ENTRE FERAS & ESPINHOS

ELIZABETH HELEN

ENTRE FERAS & ESPINHOS

SÉRIE
FERAS & PRÍNCIPES
LIVRO 1

São Paulo
2024

Grupo Editorial
UNIVERSO DOS LIVROS

Bonded by thorns
Copyright © 2023 by Elizabeth Helen
© 2024 by Universo dos Livros

Todos os direitos reservados e protegidos pela Lei 9.610 de 19/02/1998. Nenhuma parte deste livro, sem autorização prévia por escrito da editora, poderá ser reproduzida ou transmitida sejam quais forem os meios empregados: eletrônicos, mecânicos, fotográficos, gravação ou quaisquer outros.

Diretor editorial
Luis Matos

Gerente editorial
Marcia Batista

Produção editorial
Letícia Nakamura
Raquel F. Abranches

Tradução
Débora Isidoro

Preparação
Aline Graça

Revisão
Nathalia Ferrarezi
Bia Bernardi

Arte e design de capa
Renato Klisman

Diagramação
Nadine Christine

Dados Internacionais de Catalogação na Publicação (CIP)
Angélica Ilacqua CRB-8/7057

H413e   Helen, Elizabeth
Entre feras e espinhos / Elizabeth Helen ; tradução de Débora Isidoro. -- São Paulo : Universo dos Livros, 2024.
304 p. (Feras & principes ; vol. 1)

ISBN 978-65-5609-691-9
Título original: *Bonded by thorns*

1. Ficção norte-americana 2. Ficção erótica 3. Contos de fadas - Adaptação I. Título II. Isidoro, Débora III. Série

24-4102 CDD 813

Índices para catálogo sistemático:
1. Ficção canadense

Universo dos Livros Editora Ltda.
Avenida Ordem e Progresso, 157 — 8º andar — Conj. 803
CEP 01141-030 — Barra Funda — São Paulo/SP
Telefone: (11) 3392-3336
www.universodoslivros.com.br
e-mail: editor@universodoslivros.com.br

A todos que desejavam seu próprio conto de fadas
enquanto cresciam — com direito a lugares distantes,
duelos de espadas, feitiços, príncipes disfarçados…
e, é claro, um monte de feras.

Entre feras & espinhos é o primeiro volume da série Feras & Príncipes. Trata-se de um romance não monogâmico cujo final é instigante. Aborda temas adultos e conteúdo sexual explícito, sendo, portanto, recomendado para maiores de dezoito anos. Observe a seguir os avisos de gatilho (por favor, note que os avisos de gatilho abaixo contêm spoilers):

- Violência fictícia e conteúdo perturbador;
- Abuso emocional de relacionamentos anteriores;
- Abuso físico sugerido de relacionamentos anteriores;
- Sangue e violência fictícios.

Rosalina

Dei a volta ao mundo. Andei na Grande Muralha da China, jantei no topo da Torre Eiffel e viajei no trem-bala de Tóquio a Osaka. Não é só isso. Liderei um exército para a batalha montada nas costas de um dragão, seduzi um cruel chefe da máfia e voltei a tempo de me apaixonar por todo mundo, de vikings a cavaleiros da Távola Redonda. Vivi mil vidas.

Pena que a única vida real seja uma merda.

Suspiro e fecho o livro que estou lendo. É bom, sobre uma caçadora de fantasmas que acaba se apaixonando pelo espírito que deveria perseguir. Algumas pessoas chamam esse gênero literário de *guilty pleasure*, mas por que eu deveria me sentir culpada por querer fugir para outro lugar, mesmo que só por um tempinho?

A livraria está muito quieta hoje, por isso consegui dar uma espiada em algumas páginas... ou em uma centena delas. É típico do outono. Quando a temporada de turismo chega ao fim, Orca Cove entra em modo de hibernação. Só os frequentadores regulares aparecem, e eles não precisam muito da minha ajuda — nem a querem.

Empurro o cabelo para trás da orelha, sem me importar em prender essa mecha de novo no bagunçado ninho de rato que criei no alto da cabeça. Olhar pelas grandes vitrines na frente da loja é suficiente para me fazer pegar o suéter. Chuva no outono no Noroeste Pacífico é tão típica quanto um urso cagando na floresta, mas isso não impede os habitantes de reclamarem. Tomando cuidado para não derrubar o display de livros que montei, apoio a mão aberta no vidro úmido. Gosto da chuva. Ela me faz sentir menos culpa por ficar encolhida em um lugar fechado, longe de tudo e de todos. Tenho certeza de que, se dissesse isso a alguém, me chamariam de esquisita. Mas, ei, assim como a chuva em Orca Cove e ursos cagando na floresta, isso também é esperado.

A sineta da porta tilinta, e Josie e Tiffany entram conversando. Ambas são moradoras tão típicas quanto se pode encontrar: meia-idade, adoram vinho, só convivem com a própria bolha. Casadas com dois dos guias de pesca.

— Oi — digo, fingindo arrumar a vitrine, em vez de estar olhando a chuva como uma esquisita. — Como vão, senhoras?

Josie para e põe as mãos na cintura. Ela arrumou o cabelo, e mechas curtas formam cachos abaixo das orelhas.

— Rosalina, passo por esta loja diariamente e você sempre está na vitrine. Richard nunca te dá folga?

Richard é meu chefe. E tenho certeza de que ele gostaria de me dar folga... para sempre. Mas nunca encontraria alguém na cidade disposto a abrir e fechar a loja quase todos os dias, sem receber hora extra.

— Ah, eu peço para trabalhar. — Paro atrás da caixa registradora. — Isso me mantém ocupada.

Josie e Tiffany trocam um olhar de pena.

— Pensei ter visto seu pai chegando de carro na cidade, outro dia — Tiffany comenta lentamente. — Onde ele estava dessa vez?

— Ele acabou de chegar de Petra, na Jordânia. — Eu me viro, tentando esconder o rubor no rosto. — E já viajou de novo.

— Não encontrou fadas em Petra, então? — Josie dispara, com a voz aguda. Ela tenta dar à voz a entonação de uma pergunta autêntica, mas ouço a risada contida por trás das palavras. Um interesse em descobrir mais fofoca para as reuniõezinhas no café e para as aulas de ginástica. Não vou dar isso a elas.

— Não — respondo. — Ele ainda não encontrou o que procura.

— Vem, vamos dar uma olhada nas revistas novas. — Tiffany puxa Josie para o fundo da loja.

Encostada no balcão, apoio a cabeça nas mãos. Talvez seja por isso que Richard me mantém no emprego. Quando não é temporada de turismo, o único jeito de sustentar um comércio é organizando um ato circense para a população ver e rir.

Eu não devia pensar assim. Josie e Tiffany são legais. E fiz muitos amigos em Orca Cove. É claro, todos se mudaram depois da formatura, foram para a faculdade ou deixar sua marca nas grandes cidades. Não tenho mais muitas notícias deles. E, quando tenho, é difícil acompanhar o que falam sobre promoções, planos de viagens ou qualquer aventura empolgante, enquanto eu... continuo aqui. Trabalhando na livraria. Cuidando do meu pai. *Exatamente onde vocês me deixaram.*

Eu me ocupo com uma pilha de revistas *Home & Garden* que acabaram de sair da caixa e as levo para Josie e Tiffany no fundo da loja. Apesar do expediente longo, gosto do meu trabalho. Literalmente, vivo cercada de livros. Quem não amaria isso?

A Livraria Goela da Gaivota é comprida e estreita, lotada de estantes altas que transformam o lugar em um labirinto. Richard a herdou dos pais, e não creio que ele tenha algum amor pelo produto, mas tem amor por dar ordens e ser dono de um monopólio.

Fui eu, no entanto, que transformei este casebre de madeira arruinado, cheio de goteiras e úmido, no que é agora. Cordões de luzinhas enroscados nas vigas aparentes? Sim. Displays semanais com as atrações da região? Sim. Nunca perder o último James Patterson? Sim. É claro, algumas das minhas ideias não deram em nada. Como me sentar sozinha no meio da loja em um círculo de cadeiras vazias, com um bule de chá quente intocado, porque ninguém apareceu para o clube do livro que organizei. Ou quando Richard me fez desmontar o display que comemorava a semana do folclore local, dizendo que eu estava dando má fama ao seu comércio.

Mas continuo tentando. É tudo o que tenho.

Por isso estou feliz por mostrar as novas revistas para Josie e Tiffany.

— Que pena. Ela se formou há... o quê, oito anos? Se não fosse pelo pai, aposto que já teria ido embora com todos os outros jovens. — A voz de Josie chega através das pilhas. Paro atrás de uma das estantes mais altas e afasto um livro para poder espiá-las.

Elas estão bem próximas, fingindo ler as revistas, mas fazendo o que todo mundo nesta cidade faz melhor: fofocar.

— É claro que a culpa é do pai — Tiffany cochicha de volta. — Ela é linda, não tem como negar. Não acha que ela parece uma daquelas estrelas de cinema de antigamente? Não é de se estranhar que Lucas Poussin tenha se apaixonado. Você se lembra do Lucas?

— Como poderia esquecer? — Josie suspira. — Ele foi a melhor coisa que jamais aconteceu à garota. Pena não a ter levado com ele para a cidade. Lucas salvou a vida dela, mas não conseguiu salvá-la da loucura do pai. As conversas estranhas do George Louco já duram vinte e cinco anos!

Tiffany cobre a boca com a mão.

— No começo era engraçado. Mas agora é só triste. Ele prefere jogar fora seu dinheiro e o futuro da filha a aceitar que a esposa fugiu.

— Não, não, ela foi capturada por feéricos! Talvez o Papai Noel a obrigue a trabalhar em sua oficina. — Josie ri alto, e Tiffany bate de leve no braço da outra mulher.

Meu rosto fica vermelho, e lágrimas queimam o canto dos meus olhos. Sei que a cidade fala. Como não falaria? Mas ouvir isso com tanta nitidez...

Quero sair dali e gritar que ouvi tudo o que as duas disseram. Que elas não fazem ideia do que estão dizendo. Que meu pai não é maluco. Que a cada viagem que faz, a cada empréstimo que contrata para financiar uma viagem, ele chega mais perto daquilo que precisa.

Mas elas não estão completamente erradas.

Lucas salvou minha vida.

De cabeça baixa, volto ao balcão da frente com passos silenciosos. Quando escuto as duas se aproximando, forço um sorriso e aceno para elas em despedida.

Sinto a culpa como uma pedra dentro do estômago, por não ter me posicionado. Não ter defendido meu pai. Mas de que adiantaria?

Nada vai mudar o fato de que sempre serei diferente.

Talvez elas estejam certas sobre meu pai.

Talvez estejam certas sobre mim.

O céu escureceu e se tingiu de um cinza-profundo, e as lâmpadas da rua estão acendendo quando visto o casaco e me preparo para fechar a loja.

Richard chegou aqui uma hora atrás para fazer o inventário mensal. Felizmente, essa é uma das únicas tarefas que ele não confia a mim. O paletó xadrez e sujo está pendurado sobre as caixas de papelão, e ele abre os últimos carregamentos entregues.

— Estou indo embora — aviso. — Vejo você depois, Richard.

Ele resmunga uma resposta, mas, quando toco a porta, a voz profunda berra:

— Que porra é essa?

Ele está segurando dois dos últimos romances que encomendei. Com um grito de alegria, pego um de sua mão.

— Enfim chegaram! Nossa coleção estava desatualizada, encomendei algumas coisas para renovar o estoque. Este é um romance sobre uma universidade mágica, e este é um contemporâneo sobre uma menina que finge ser o irmão para jogar hóquei...

— Romances? — Richard me interrompe irritado. — Rosalina, quantas vezes já falei? Isso não vende. — Ele bate com a mão aberta na testa. — Quanto do orçamento desperdiçou nessa bobagem?

Abraço o livro.

— Não é bobagem...

Richard vasculha a caixa como uma fuinha furiosa.

— Todo esse pedido é de romances? Que tipo de idiota é você? — Ele me encara com os olhos escuros e meio fechados. — Vai ter que devolver.

— Mas... se me deixar colocar os livros na vitrine...

— Escute aqui, O'Connell — meu chefe rosna. — Você mora aqui desde sempre, devia saber que o povo desta cidade não gosta de mudança. Eles querem os autores que conhecem. E, principalmente, não querem esse lixo bobo e irreal. A única pessoa tonta o bastante nesta cidade para engolir esse tipo de merda é você.

Não pode falar comigo desse jeito. Você não saberia identificar literatura nem se ela caísse na sua cabeça. Você é desagradável, hostil e tem cara de fuinha. Eu me demito. Essas coisas e mais algumas passam por minha cabeça, mas a garganta está seca, e o coração bate depressa demais. Então, outra voz se junta à discussão. *Você precisa desse emprego. Papai precisa do dinheiro. Você não tem capacidade para fazer outra coisa.*

Por instinto, abaixo a manga esquerda do suéter.

— Eu... vou devolver os livros. Amanhã cedo.

Richard suspira e massageia a região entre os olhos, no alto do nariz.

— Sabe, fui amigo de George no passado. — George. Meu pai. — Quero manter você empregada pelo bem dele. Não complique as coisas para mim, ok?

Assinto, respiro fundo e engulo o choro.

— Ok. — Em algum lugar, encontro um pouquinho de coragem e sussurro: — Antes de devolvê-los, posso comprar dois?

Richard acena com indiferença.

— Tudo bem. Pegue o que quiser. Eu desconto do seu pagamento.

Com cuidado, escolho dois livros e os guardo na bolsa.

— Boa noite.

— Boa noite, Rosalina — ele responde sério. Como se lidar comigo fosse a pior parte de seu dia. E é, provavelmente.

Era o que Lucas dizia.

Saio da livraria para a chuva, desejando muito poder estar em outro lugar, qualquer um, menos aqui.

Rosalina

A chuva fina salpica meu casaco quando ando pela rua e me afasto da livraria. Só quero ir para casa, jantar uma comida de micro-ondas e me ajeitar no sofá com minha caçadora de fantasmas.

Merda. Tem uma bagunça enorme esperando por mim. É sempre assim. Meu pai desaparece durante meses, volta para casa por alguns dias, bagunça a casa inteira com mapas, livros velhos e artefatos estranhos, e vai embora de novo.

Ele disse que Petra foi uma decepção. Não tinha nada lá, só becos sem saída. Agora, ele vai voltar à floresta. Tudo isso sempre volta à floresta.

Orca Cove é banhada pelo oceano Pacífico a oeste e pelo lago Villeneuve ao sul. A imensa Floresta da Sarça cobre a região nordeste, que é onde os guias de caça levam os turistas no auge da temporada. Meu pai diz que tem outra coisa lá.

Puxo o capuz sobre a cabeça e olho para os meus sapatos encharcados. Meu pai tem uma barraca boa e equipamento de primeira, mas deve estar com frio. Mandei bastante comida desidratada e providenciei tabletes de purificação de água, mas e se ele se esquecer de usá-los? E se, enquanto se desloca, ficar incomunicável?

E se for dessa vez que ele não vai voltar?

Os pensamentos são inúteis. Repeti tudo isso ao meu pai cem vezes. Mas, para ele, não importa. *Ela está lá, Rosa. Sei disso. Não vou parar enquanto não a trouxer para casa.*

Cada cidadezinha tem seu próprio maluco. E Orca Cove tem George Louco, meu pai. O ex-arqueólogo que disse à região inteira que sua esposa foi capturada por feéricos.

Eu moro perto da livraria — tudo é perto em Orca Cove —, mas sigo pelo caminho mais longo. Pinheiros muito altos ladeiam as ruas, e todos os edifícios são projetados para parecerem cabanas de madeira. O ponto central da cidade, o Poussin Hunting Lodge, é iluminado com lâmpadas douradas, e é lá dentro que fica o pub para onde as pessoas vão depois de um dia de trabalho. Não piso nesse lugar há eras. São muitas lembranças.

Só tem uma coisa que pode fazer eu me sentir melhor depois de um dia como hoje.

Meus pés se movem por conta própria e me levam até a rua na divisa da cidade, longe das casas e das lojas no centro. O céu ficou ainda mais escuro, e ali há menos lâmpadas de iluminação pública, mas conheço a cidade como a palma da minha mão. Poças espirram água em volta dos meus tornozelos quando acelero o passo.

E, assim que a vejo, um sentimento de calma me inunda. É uma construção com teto de zinco, uma janela rachada, uma porta com uma dobradiça quebrada e pintura verde-oliva descascando de todas as paredes. Está à venda há anos, e nunca houve nenhum interessado.

Mas um dia esse lugar vai ser meu. Eu me aproximo e apoio a mão na parede. Posso imaginar agora: destrancar as portas logo cedo, quando a névoa ainda dança em torno dos pinheiros. Caminhar até uma bonita mesa no centro do espaço. Eu teria um computador de primeira linha que nunca quebraria. De um lado, haveria fileiras, fileiras e mais fileiras de livros. Uma enorme seção infantil com uma caixa de brinquedos. Uma seção para exposições. E uma prateleira inteira só de romances.

Seria exatamente aquilo do qual nossa comunidade precisa.

Uma biblioteca.

A visão surge com perfeita nitidez diante de mim. Provavelmente eu estaria mais perto do meu objetivo se não tivesse oferecido ao meu pai o dinheiro da poupança que eu havia guardado para pagar a faculdade. Mas nossa casinha seria tomada pelo banco, e ele estava no fundo do poço da depressão por não poder seguir uma pista nas terras altas da Escócia, já que faltava dinheiro para a passagem aérea.

É claro, tive que dar o dinheiro a ele.

Eu teria estudado Literatura Inglesa como imaginava? Teria feito um mestrado, como Lucas? Teria ficado em uma cidade grande, como uma das minhas amigas?

Meu reflexo me encara da janela do imóvel dos meus sonhos: alta, cabelo castanho e revolto, rímel borrado em torno dos olhos castanhos. Se inclino a cabeça, minha imagem se fragmenta no vidro rachado, transformando a expressão cansada em algo monstruoso.

Posso não ter a biblioteca, mas tenho outra coisa. Adiante, na mesma rua, um salgueiro-chorão se balança ao vento. Ele já perdeu a maioria das folhas, mas ainda tem algo de elegante na árvore, como se os galhos fossem a saia de um lindo vestido de baile.

A clássica maluca da região. Personificando uma árvore. Tal pai, tal filha, acho. Mas gosto mais dessa árvore que da maioria dos moradores de Orca Cove. Além disso, meu pai diz que essa era a árvore favorita de minha mãe.

Por isso era o lugar perfeito para construir minha pequena biblioteca. Esta é uma das poucas coisas que meu pai fez por mim: construiu uma casinha com porta de vidro e a instalou sobre uma estaca de madeira bem alta.

Decorei a parte de fora com flores secas. Rosas, especificamente. Meu pai sempre me perguntava o que eu queria de suas viagens. *Que você volte para casa em segurança. Que fique e não me deixe sozinha de novo,* eu pensava. Mas nunca falei isso em voz alta. Em vez disso, sempre pedia uma rosa, algo barato e fácil de encontrar. E pelo menos essa era uma promessa que ele sempre cumpria, mesmo que, às vezes, fossem pequenos bibelôs ou bijuterias, e não uma flor de verdade.

Ocupei a bibliotecazinha com todos os meus livros favoritos. Ainda não havia acontecido de alguém pegar ou deixar um volume, mas...

— Espera, o quê... — Meu coração disparou. A bibliotecazinha... está destruída. Há livros espalhados pelo chão úmido, a estaca está inclinada e a casa está destroçada na rua. Corro para lá, tentando salvar os livros das poças. Então vejo que uma das paredes foi pichada: FORAM OS FEÉRICOS. — Não, não, não. — Caio de joelhos, e os livros escorregam das minhas mãos para a lama. Trabalhei tanto nisso...

O farol alto de um veículo corta a escuridão da rua. Protejo os olhos. Um caminhão barulhento se aproxima devagar. Quase não enxergo nada com as luzes acesas. Que tipo de idiota acende o farol alto ao percorrer uma rua residencial?

Mas o caminhão... vem em minha direção. Eu me levanto e salto da rua para a calçada rapidamente, derrubando os livros que salvei das poças. O veículo para de um lado da rua, dá ré e estaciona na minha frente.

Um protesto morre em meus lábios quando os pneus esmagam os restos quebrados da minha biblioteca. Que importância tem isso? Eu não teria conseguido salvá-la mesmo. Flores secas despejam suas pétalas no lodo.

Estranho quando o motor do caminhão silencia. Quem pararia para falar comigo? Agora que meus olhos não são mais ofuscados pelos faróis, consigo ver o logotipo na porta do veículo. Poussin Hunting Co. Será um dos guias do Poussin? Mas por quê?

Um arrepio de antecipação percorre meu corpo. *Espera...*

Botas pesadas tocam o chão do outro lado. Meu coração martela no peito conforme dou a volta no veículo. A garoa enfim se transforma em chuva, e gotas pesadas salpicam o chão. Os faróis projetam sombras escuras de todas as árvores.

— Rosalina O'Connell. Não pode ser.

Isso não pode ser verdade. Porque, parado na minha frente, está Lucas Poussin. Meu ex-namorado.

Sinto a garganta fechar. Ai, caramba. Ele parece... bem. Bom, sempre foi bonito. Faz quase um ano que não o vejo. Ele sempre honra Orca Cove com sua presença na época do Natal, mas ainda é cedo demais para isso.

Lucas passa uma das mãos pelo cabelo ruivo-escuro. Usa uma jaqueta de couro sobre uma camisa preta e jeans ajustado. Parece mais "urbano" que os caras da região, mas ainda tem aquele jeito. O jeito de filho do caçador.

— Eu estava a caminho da sua casa, quando vi alguém pisando nas poças de lama. Imaginei que fosse algum desocupado ou outra criatura indesejável e só parei para despachar o intruso da cidade. E o que vejo? Rosalina O'Connell em pessoa.

Estou encharcada de lama, da jaqueta à legging preta. Sei que tenho bolsas sob os olhos e tenho certeza de que a chuva já está transformando meu rímel em manchas. É claro, ele parece ter saído da capa da *Men's Health*.

Lucas olha para mim intrigado, e percebo que ainda não falei nada. Caramba. É minha vez de dizer alguma coisa, não é? Mas, como sempre, estou completamente sem ação.

Porque isso é o que Lucas faz comigo. Aparece uma vez por ano e me imobiliza dos pés à cabeça. É como se eu regredisse ao ensino médio, absorvendo cada palavra sua. O pior é saber que isso é patético. Quem visse pensaria que tenho dezesseis anos, não vinte e seis.

Todos em Orca Cove pensam que Lucas é o presente de Deus para a humanidade. A única vez que os moradores pensaram em mim como alguém mais que a filha do George Louco foi depois do incidente no lago congelado. Na época, eu namorava Lucas.

Minha garganta se contrai como se eu voltasse no tempo, e me sinto como se a água gelada me envolvesse. Vejo a mão dele como um farol.

Apesar de tudo, sei que ser a namorada de Lucas era mais confortável que ser a excluída, como agora. Ter que responder a perguntas sobre ele era muito mais fácil que ouvir as pessoas querendo saber por que meu pai estava plantando círculos feéricos no quintal.

Mas ser a namorada de Lucas não foi legal quando ele me dispensou na noite anterior à sua partida para a universidade. Ou quando ele voltava para casa no Natal, levava-me para jantar e pedia uma salada para mim porque "você já ganhou os quilinhos do calouro e ainda nem foi para a faculdade". Ou no último inverno, quando fomos beber no Lodge, e eu o levei para casa para ele poder me comer. Quando acordei, ele estava fazendo *sexting* com uma garota da universidade. Fingi que não vi.

Ele olha para mim intrigado. E sorri.

— Gata, você deve estar muito animada por me ver.

E apesar de tudo isso... estou.

Ele me abraça, e é bom demais me sentir envolvida por seu calor. Inspiro. Ele tem cheiro de colônia e couro, um cheiro muito conhecido. Não consigo me conter.

— Senti saudade.

— Eu sei, princesa. — Ele se afasta e sorri. Meu peito explode. Está sorrindo para *mim*.

— Estou... surpresa por ver você — consigo falar. Sou alta, tenho um metro e oitenta, e ele tem três centímetros a mais que eu, mas, quando olha para mim desse jeito, eu me sinto uma menina de cinco anos.

— Era o que eu queria. — Seu sorriso é luminoso. — Eu me formei na primavera. Ficou sabendo? Com louvor, é claro.

Sim, fiquei sabendo. Os Poussin são basicamente a realeza em Orca Cove. Todo mundo falou sobre isso.

— E aí, arrumou um emprego em algum escritório de contabilidade na cidade? — pergunto.

Ele ri.

— É, mas desisti disso. Eles tinham um problema com minha atitude visionária. Não preciso ser posto em uma gaiola, sabe?

— É claro — respondo. — Quanto tempo vai ficar aqui?

Ele ignora a pergunta e segura meu queixo. Respiro fundo, encarando-o como uma de suas fêmeas.

— Você é mesmo bonita, surpreendentemente bonita — ele sussurra, mas não é como se falasse isso para mim. É como se dissesse para si mesmo. — Um tipo único de beleza.

Minha pele coça. Abaixo a manga esquerda.

Ele se vira e volta ao caminhão.

— Jantar no Lodge amanhã às sete. Leve seu pai, se ele não estiver muito ocupado caçando gnomos ou sei lá.

É… é isso? Ele me diz para encontrá-lo para jantar e vai embora? Eu devia mandar o cara se foder. Devia responder que, se quer jantar comigo, ele tem de ir me buscar. Devia dizer…

Mas, antes que eu tenha coragem para dizer alguma coisa, Lucas já foi embora, deixando-me sozinha na chuva com minha biblioteca danificada e as rosas murchas.

Rosalina

Centenas de olhos animalescos me encaram. E só metade deles está presa à parede.

O Poussin Hunting Lodge está lotado. *Quantas pessoas Lucas convidou? Não é só um jantar comigo; ele organizou uma festa para a cidade inteira.*

Escolhi uma echarpe grande, camisa branca e legging preta, mas estou malvestida, comparada aos trajes elegantes de todos ali. Tento desaparecer na multidão. O calor da grande lareira de pedra descongela meu rosto frio. O aroma sutil de bebida alcoólica e tabaco se mistura ao cheiro das mesas repletas de carne fumegante e tortas de abóbora.

A família de Lucas é dona do Hunting Lodge há gerações. O lugar é uma mistura de pousada, pub e serviço de guia. O teto de vigas altas sustenta lustres antigos, cada um munido de uma luminária que projeta luz alaranjada no ambiente. Mesas, cadeiras, bancos e o bar são de madeira escura. Folhas de outono e folhagem variada decoram a lareira.

As paredes exibem cabeças de alce e veado, além de peles de urso, onças-pardas e de um lobo. Lucas matou o lobo há quase dez anos. Ele me contou que atirou na parte de trás da cabeça do animal, que estava dormindo. O pelo ainda é macio e denso, quase cintilante à luz do fogo.

A tensão me corrói, e me obrigo a desviar o olhar. Tem muita gente ali. *Uma festa de boas-vindas que ele esqueceu de mencionar?*

A cidade inteira está aqui, mas é claro que ninguém tenta conversar comigo. Vejo muitos familiares de Lucas, inclusive os das cidades próximas. Primos, tias, tios, avós. *Eu tenho apenas pai, e só na metade do tempo.*

Os pais de Lucas sempre foram bons comigo. Mas até eles contribuem com a fofoca da cidade sobre os O'Connell malucos.

— Pelos menos vocês terão netos bonitos — ouvi muitas pessoas dizerem ao sr. e à sra. Poussin, com tom de condolências.

Mas eles não precisam se preocupar. Lucas deixou bem claro que não queria um futuro comigo quando rompeu o namoro antes de ir para a universidade. Agora eu sou só a garota que ele pega quando volta para casa.

Finalmente, vejo Lucas me olhando por cima do guarda-corpo do andar de cima. Aceno do meio dos convidados e subo a escada correndo.

Ele me abraça. Uma intensa onda de alívio invade meu corpo, e suspiro entre seus braços musculosos antes de ele me soltar. Lucas segura meu queixo e me faz fitá-lo.

— Vi você entrar. Parecia completamente atordoada.

Bem, teria sido bom saber que haveria tanta gente, penso.

Lucas abaixa a mão.

— Você nunca teria suportado a cidade grande. É revigorante lembrar como minha princesa é inocente.

— Não me chama de princesa. — Odeio esse apelido.

— Vou arrumar um emprego para você aqui, na recepção. Vai ser bom ver gente de todos os cantos da vida.

— Eu vejo pessoas diferentes na livraria — respondo.

— Que pessoas? Mulheres e velhos embolorados? — Lucas ri. Depois me agarra pela cintura e me puxa contra seu peito largo. — Estou falando de gente de verdade. Pessoas que viram o mundo.

— Também vi muitos lugares. Bem, li sobre eles.

— Minha princesa. — Ele balança a cabeça, olhando-me com ar de piedade enquanto as mãos deslizam por meu braço. O polegar roça meu pulso esquerdo.

— Espere...

Ele levanta a manga da camisa e examina meu braço.

— Ah, é verdade — diz. — Eu devia ter lembrado que você nunca conseguiria me esquecer.

Ele esqueceu?

Ele esqueceu.

Esqueceu as lágrimas que lavaram meu rosto oito anos atrás, enquanto eu sufocava de ânsia e mal conseguia respirar. Nunca esteve disponível quando precisei dele. E estava indo embora para começar a universidade. A dor me arranhava por dentro como um animal enjaulado. E, por mais que eu chorasse, nenhuma lágrima o tocou.

Eu me lembro daquela noite.

De como ele revirou os olhos, andando de um lado para o outro e abrindo os braços.

— Que porra você quer de mim?

Eu não podia dizer, porque não sabia. Não sabia por que doía tanto quando ele não ia a um encontro ou se esquecia de ligar e por que doía ainda mais quando ele estava ali. Mas, de algum jeito, aquilo era mais suportável.

Doeu mais quando ele sacou a faca de caça e cortou a manga da minha camisa.

— Agora vai se lembrar — repetia enquanto cravava a ponta afiada no meu antebraço, traçando a primeira linha. — Agora vai lembrar quem salvou sua vida. Agora vai lembrar que não precisa me incomodar com suas perguntas.

E me lembro do sangue que caiu do meu pulso e penetrou a madeira do chão do meu quarto. Como a mancha patética está lá até hoje.

Mas ele foi embora.

E foi embora deixando seu nome entalhado em meu braço e meu sangue no chão.

Agora, ele sorri para mim.

— Não precisa fazer essa cara de preocupada. Agora estou em casa.

— É que... — Ele me interrompe com um beijo. Sua boca cobre a minha, e a língua desliza entre meus dentes. Quando ele se move contra o meu corpo, tento baixar a manga. A mão bruta passeia em meu corpo, agarra um seio através da camisa, depois contorna a cintura e aperta minha bunda.

— Senti saudade desse rabo — ele murmura em meu ouvido. — As garotas da cidade são magras demais. Não têm nada para apalpar.

— Lucas. — Sinto o corpo gelado quando o imagino lá. Com quantas garotas ele dormiu?

— Não fique com ciúme, docinho. — Ele inclina a cabeça de lado, e um meio-sorriso surge em seu rosto. — Devia agradecer às garotas da cidade. De que outro jeito eu poderia perceber o que quero?

Engulo em seco.

— O que você quer?

— Falando nisso, precisamos descer para a nossa festa.

— Espere. — Ele segura meu braço e me puxa de volta para onde estão os convidados. — *Nossa* festa?

Não sei bem por quê, mas tem um buraco no meu estômago, que fica cada vez maior. Um pressentimento, como se fosse acontecer alguma coisa no instante em que Lucas me levar para o meio da festa. Alguma coisa vai mudar. Algo que não pode ser desfeito.

Não estou preparada. Não estou preparada de jeito nenhum.

Lucas solta meu braço, depois sobe na mesa no meio dos convidados. Ele gesticula pedindo silêncio.

— Muito bem, pessoal! — Sua voz ressoa. — Tenho boas e más notícias. O que querem ouvir primeiro?

Os convidados vibram com a antecipação, aplaudindo e levantando canecas de cerveja.

— Certo, certo. — Lucas acena para acalmá-los. — Vou começar pelas boas notícias. Decidi tomar o Hunting Lodge dos meus pais oficialmente!

Todos aplaudem e gritam, e o pai dele enxuga uma lágrima com um guardanapo.

— Contem com melhorias e modernização, mas sempre preservando antigos valores e tradições familiares. — Lucas exibe um sorriso rápido. Ele é mesmo bonito, com aquele cabelo vermelho brilhando à luz do fogo. — Agora as más notícias.

Um murmúrio de inquietação se levanta do grupo. Recuo um passo.

— Ao assumir a responsabilidade da pousada — Lucas continua —, tive que considerar outras responsabilidades também. A partir desta noite, estou fora do mercado!

Algumas gargalhadas ecoam, e vejo um grupo de garotas segurar o braço uma da outra e começar a cochichar. Alguma coisa perigosa ferve dentro de mim.

Um barulho ecoa no pub quando Lucas pula de cima da mesa e para na minha frente. De repente, ele não está mais em pé. Está ajoelhado.

Tem uma caixinha em suas mãos, e ele a abre. Um diamante enorme e quadrado, tão luminoso que faz meus olhos lacrimejarem.

— Quebre o coração de todos os moradores daqui ao aceitar ser minha esposa, princesa? — Lucas sorri, olhando para os convidados.

Lucas...

Lucas está me pedindo em casamento.

Abro a boca, mas nenhuma palavra sai.

Uma parte minha pode ver: ser sua esposinha em Orca Cove. Ajudando a cuidar da pousada. Talvez me sentindo como se este fosse meu lugar.

Também consigo ver a extremidade vermelha da letra S espiando sob o punho da camisa.

O gelo inunda meu corpo e sinto como se estivesse me afogando, como se roupas pesadas me puxassem para o fundo, cada vez mais fundo.

Uma risada nervosa ecoa entre os convidados em reação ao meu silêncio. Todos me observam, como se também tivessem sido pedidos em casamento. Lucas enfim olha para mim, e vejo a surpresa estampada em seu rosto.

— E aí, qual vai ser? Sim ou sim?

Eu achei que tivesse essa resposta. Não se deve saber a resposta quando alguém está ajoelhado à sua frente?

A porta se abre de repente. Vento gelado e folhas secas invadem o pub, e vejo o filho do açougueiro parado, segurando alguma coisa contra o peito. Ele entra na sala cambaleando.

— Rosalina, eu estava procurando você!

Lucas se levanta e me empurra para trás dele.

— Thomas, o que é isso? O pub está fechado para um evento privado.

O cabelo vermelho de Thomas está desalinhado, o rosto sardento está corado.

— Você precisa me ouvir. Dei muitas voltas na floresta hoje, caçando. Acabei me perdendo, me afastei muito da trilha. Então vi isto. É a jaqueta do sr. O'Connell.

— Papai! — Saio de trás de Lucas e tiro a jaqueta das mãos de Thomas. Está coberta de sangue.

— Rosalina. — Lucas tenta me empurrar para trás novamente.

Eu o ignoro e seguro Thomas pelos ombros.

— Você tem que me levar ao local onde encontrou isto. Vou procurar meu pai.

Keldarion

— Olá? Alguém mora aqui? Preciso de ajuda! — A voz ecoa pelo castelo. Não é possível. Não pode ser... — Eu me perdi e fui atacada! Não quero fazer mal a ninguém. Só preciso de um lugar para descansar.

Não, não, não.

Tem um intruso no castelo.

A voz desconhecida penetra em meus ouvidos e sinto o mau cheiro desse invasor, mesmo estando no fundo dos meus aposentos. Não pode ser.

Humano.

Um humano conseguiu achar o caminho para o Vale Feérico e para o interior da Sarça. Meu coração bate forte quando levanto a cabeça, tentando enxergar além do emaranhado de espinhos que domina o teto. Castelárvore deve estar muito fraco, de fato, se o Vale agora é tão pouco denso a ponto de permitir que humanos...

— Tem alguém aqui? — a voz grita de novo.

Um tremor de raiva me sacode, e meu pelo branco e pesado espalha o gelo que se acumulou nele durante a noite. Onde estão os outros príncipes para lidar com essa insanidade?

Ezryn saiu para patrulhar o Reino da Primavera, provocando goblins só para se divertir. Dayton deve estar desmaiado em cima do próprio vômito. E Farron está... ocupado, é claro.

Isso significa que vou ter que lidar com o invasor. Um grunhido reverbera no fundo do meu peito. Minhas patas racham o gelo que cobre o chão quando me dirijo à porta. Um humano no castelo. Não é possível.

Abro a porta com o focinho e vejo Astrid sentada lá fora. Ela salta para trás, encolhendo-se de imediato ao ver a fúria em meus olhos.

— Mestre, tem... tem um humano no castelo — ela murmura.

Eu a ignoro e sinto de novo aquele grunhido gelado no peito. Humanos. Criaturas idiotas com vidas efêmeras. O Vale está realmente tão fraco?

O pensamento — o lembrete urgente — da magia lânguida faz meus músculos enrijecerem a cada passo. Talvez o fim tenha realmente chegado. Talvez sejamos libertos de nosso sofrimento de uma vez por todas.

Um uivo estrangulado soa na torre da masmorra. Ele também está agitado. O cheiro desse humano vai empestear o castelo por vários dias.

Sussurros e exclamações misturam-se quando entro no piso principal. Os criados espalham-se apressados, encondem-se nos batentes das portas e refugiam-se em diferentes cômodos. Estão com medo do humano... ou de mim?

Minhas patas deixam pegadas de gelo a cada passo e olho para baixo, contraindo-me ao ver meu reflexo. O animal horrendo, medonho, olha para mim. Com um rugido, arranho a imagem com as patas. Como esse humano se atreve a me forçar a sair de minha ala durante a noite? Por que ousaria enfrentar a Sarça e entrar no castelo? Para rir da fera?

— Olá? — a voz ecoa de novo, e agora estou correndo, até que derrapo e paro nas muralhas, de onde olho para baixo, para o grande salão.

Lá está ele.

O invasor.

Ele é um homem alto, já de idade um pouco avançada, com cabelos castanhos salpicados de branco. A barriga é redonda e saliente, mas, no geral, parece forte. As roupas ensopadas colam à pele, e sua bolsa pinga água no meu chão.

Sempre esqueço como os humanos são patéticos, até olhar para eles.

Eu poderia matá-lo e acabar com isso. Mas Ez não gostaria. Ele tem uma fraqueza pelas coisas patéticas da vida.

Talvez por isso tenha uma fraqueza por mim.

— Um viajante perdido, mestre — diz uma voz atrás de mim, e não me dou ao trabalho de olhar para Marigold. — Está ensopado. Devo oferecer a ele um chá e um manto seco...

— Não — resmungo. — Ele não vai ficar. Tem sorte por não morrer pela invasão.

Marigold suspira.

— Sim, mestre.

Ranjo as presas, inalando o ar denso do castelo, um ar pesado e úmido. Só um humano idiota. Nada mais. Vou lidar com a situação, voltar para os meus aposentos, e isso não será mais que uma ocorrência irritante. A árvore... a maldita árvore. Farron vai ficar arrasado quando souber que o Vale está tão fraco...

— Fui perseguido por goblins — grita o humano, vagando pelo grande salão. A luz alaranjada da lareira dança sobre sua pele. — Estou procurando minha esposa.

— Ele vai morrer se o mandar de volta lá para fora, mestre — Marigold sussurra. — Olhe para o homem. Poderia até ter boa aparência, se não estivesse tão encharcado. Uma coisinha triste.

— Goblins são uma consequência para quem invade a Sarça — resmungo. Às vezes, queria que Marigold tivesse medo de mim como os outros. Preciso lidar com esse invasor antes que os criados de coração mole e cabeça mais mole ainda organizem um jantar e um baile para ele.

Recuo um passo em direção às sombras. Algumas palavras ríspidas ditas da escuridão farão o ser efêmero sair correndo. Não preciso me mostrar para ter o domínio do meu castelo.

Quando abro a boca para gritar com o invasor miserável, ele se dirige à lareira e estende uma das mãos para os arbustos densos e negros do espinheiro que sobe pela parede de pedra até a cornija.

— Fascinante — sussurro.

Observo com curiosidade mórbida, saliva pingando das presas, quando ele desliza as mãos pelos galhos espinhosos. Sim, camponês, nem o nosso castelo está protegido da Sarça. E logo você vai descobrir que aqui não é nenhum santuário...

— Rosas — murmura ele. E as vê escondidas entre os espinhos. Alguns dos últimos resquícios em flor de Castelárvore. As poucas sobreviventes resilientes que não foram facilmente sufocadas por espinhos e raiz. Os últimos símbolos de esperança de que nosso lar ainda pode resistir um pouco mais. De que pode haver esperança para as almas amaldiçoadas que aqui residem.

— Uma rosa — repete o humano, estendendo as mãos para os galhos. — Uma rosa para minha Rosa. Afinal, prometi a ela.

Minhas pupilas se dilatam à medida que a cena se desenvolve diante de mim: esse humano ousando tirar um pedaço da última vida de nossa árvore sagrada. Ele puxa a rosa do caule, removendo-a delicadamente dos espinhos. Depois, coloca-se diante da luz da lareira, admirando-a. Um botão vermelho-sangue.

— Minha nossa — Marigold murmura.

Toda misericórdia e curiosidade desaparecem. Ele... ele a roubou. Ele tirou vida de Castelárvore.

Eu queria perdoar. Queria demonstrar humanidade. Mas o humano perdeu o direito quando roubou da Casa da Rainha. Agora, o homem dentro de mim solta as rédeas do controle e liberta a fera.

Com um rosnado, salto por cima da balaustrada e aterrisso com um baque nas sombras do grande salão. O homem dá um pulo e derruba a rosa.

— Quem está aí?

Ando sorrateiro para o outro lado, permanecendo nas sombras. Ele empalidece, tentando acompanhar meus movimentos no escuro.

— Sou o senhor deste castelo — rosno —, e você é um invasor e um ladrão. Sabe qual é a punição para ladrões no Vale Feérico?

O homem parece intrigado, e parte do medo se dissipa de sua expressão.

— Estou aqui. Consegui. Por favor, me ajude. Estou procurando minha esposa...

— Ajudar você? — Minha voz ecoa como as profundezas de uma fenda de gelo. — Como um criminoso se atreve a pedir minha ajuda? Você ultrapassou o limite de uma magia que está além da sua compreensão. Saia agora e agradeça por voltar levando sua vida, por mais breve que seja.

Mas o humano cai de joelhos.

— Por favor, senhor. A rosa era só um humilde presente para minha filha. Faz vinte e cinco anos que procuro este reino. Minha esposa está aqui, em algum lugar, e...

Tem uma parte minha, bem no fundo, que respeita a coragem desse humano patético. Mas é evidente que ele não tem ideia do que fez. Não entende o verdadeiro significado de medo.

Então, com passos lentos, deliberados, caminho para a luz.

O homem cambaleia para trás com os olhos arregalados e vidrados, a boca aberta em formato de O, horrorizado. Ele continua recuando, mas me aproximo mais depressa, salto em sua direção e o imobilizo, plantando uma pata de cada lado de seu corpo. Exibo as presas e estou prestes a rosnar para ordenar que saia, quando uma luz atrai meu olhar. Uma rosa cristalizada feita de pedra-da-lua em uma corrente no pescoço dele, um trabalho complexo que cintila à luz do fogo.

Recuo. Encaro o humano.

E com o equivalente a vinte e cinco anos de ira e sofrimento, levanto-me até atingir minha estatura máxima e digo:

— Quer ficar no Vale Feérico? Então ficará.

Seguro seu casaco entre os dentes e o arrasto escada acima. Para a masmorra.

Rosalina

Durante toda minha vida, meu pai foi chamado de louco por acreditar em magia e feéricos perversos que sequestram pessoas deste mundo e as levam para longe, para terras enfeitiçadas. Diziam que era maluco, que esse era seu jeito de lidar com a dor causada pela fuga da esposa. Mas aqui, na escuridão no fundo da floresta, os dedos pálidos de Thomas tremem à luz da lanterna. Imagino se uma parte dele está começando a acreditar em meu pai.

E uma parte minha também, talvez.

— Isso não faz sentido — Lucas resmunga atrás de mim. Ele insistiu em vir, e nenhum de nós esqueceu que não dei uma resposta para seu pedido de casamento. Nem a multidão chocada, que me viu sair correndo atrás de Thomas e ficou cochichando que eu era louca por não ter dito sim para Lucas. Talvez eu fosse mesmo tão louca quanto meu pai.

Nada disso me incomoda agora. Porque preciso encontrá-lo. Meu pai sumiu muitas vezes antes, mas sempre voltou. Meu coração dispara, e não só por causa do sangue na jaqueta. Tem alguma coisa muito errada nisso.

Lucas e eu andamos lentamente atrás de Thomas, que faz o possível para se lembrar da trilha, enquanto só os raios pálidos das lanternas iluminam o caminho. Eu devia me sentir grata pela presença de Lucas, por sua proteção, mas o jeito como seu rifle de caça brilha ao luar me causa arrepios.

— Hum... — A voz de Thomas treme. — Acho que estamos chegando perto. Não tenho certeza.

Estreito os olhos, mas, cada vez que foco em alguma coisa, a luz da lanterna me ofusca.

— Apaguem as luzes.

— Você enlouqueceu — afirma Lucas. — É melhor voltarmos de manhã. Vou organizar uma equipe de busca na pousada.

— Só apague a luz — peço, irritada. — *Por favor*.

Ele resmunga, mas desliga a lanterna. Enquanto meus olhos se adaptam à escuridão, os sons da floresta ganham vida: o ranger dos galhos ao vento, o pio suave das corujas, o movimento de criaturinhas rasteiras.

E a respiração ofegante de Thomas.

Uma luz fraca tremula na periferia do meu campo de visão, e caminho em meio à névoa naquela direção.

O vento brinca com meu cabelo. *Por aqui, por aqui*, ele diz, juro.

Uma roseira enorme impede meu avanço. Os galhos espinhosos se contorcem em torno das árvores, e as rosas estão abertas, pétalas vermelhas cobrindo o chão da floresta. É estranho vê-las abertas em outubro. Alguma coisa molhada cintila ao luar sobre as pétalas.

— Que porra é essa? — Lucas acende a lanterna, e a claridade repentina me desorienta.

Mas ali, iluminados pela luz, vejo sangue vermelho e pedaços rasgados de tecido.

— Foi aqui que encontrei o casaco — Thomas gagueja.

Lucas se aproxima.

— O sangue é fresco. Ele não pode estar longe.

Tem um trecho da roseira quebrado perto dos meus pés, com flores e espinhos arrancados.

— Ele entrou por aqui.

— Princesa, espera — Lucas protesta. — Não podemos voltar de manhã?

Mas já estou de joelhos, passando entre os galhos. É um emaranhado de espinhos, cada um deles frio e duro como um fragmento de granizo. As pontas afiadas enroscam em minhas roupas e arranham meu rosto. Sangue morno pinga do meu queixo. Apressada, eu o limpo e continuo me movendo para dentro do buraco. *Ele deve ter passado por aqui.*

Atrás de mim, Lucas se despede de Thomas, que já suportou drama demais esta noite sem ter que rastejar por uma sinistra roseira superdesenvolvida. Galhos se partem quando ele entra no buraco atrás de mim.

— Estive nesta floresta centenas de vezes — diz ele — e nunca vi rosas silvestres.

— Talvez não estivesse prestando atenção — murmuro.

Minhas mãos estão sujas de lama, mas tem uma luminosidade leitosa lá na frente, um sopro de ar fresco. O caminho deve levar para o interior da floresta. Meu pai pode ter dado voltas e se perdido.

Algo semelhante a esperança desabrocha em meu peito e continuo me movendo, rompendo a última camada de espinhos para uma área aberta.

E nada é igual.

O sentimento mais estranho me percorre como uma onda e respiro fundo. O cheiro é úmido e natural, com toques de musgo e madeira. Uma nota de podridão e decomposição, como um túmulo velho, esquecido.

— Onde estamos? — Lucas se levanta e toca meu ombro.

Esse lugar não é parecido com nada que já vi antes. É como se ainda estivéssemos no trecho da roseira, mas agora os galhos são grossos como troncos de árvore, com espinhos do comprimento do meu braço. Não há flores. Sob meus pés, névoa e terra escura e solta. Mal consigo enxergar o céu noturno em meio ao emaranhado de espinheiros.

Atrás de nós, ainda posso ver a roseira que atravessamos rastejando; as flores vermelhas são o único ponto de luz em todo o cenário.

Lentamente, estendo a mão para um arbusto espinhoso. Não é inteiramente preto, mas roxo, um roxo profundo.

— Espere... — Lucas gritou.

Uma corrente de energia me percorre quando toco o galho gigantesco. Juro que a planta estremece sob meus dedos.

Lucas segura meu braço e me puxa de volta.

— Que porra está fazendo?

Olho para ele e não consigo evitar o sorriso que se espalha por meu rosto.

— Não está vendo? Estamos na terra dos feéricos. Meu pai finalmente a encontrou. — Pego meu celular. Não tem sinal. Nenhuma surpresa.

Lucas arregala os olhos escuros quando estuda o entorno. Vejo que sua cabeça entrou em guerra. Mas, de algum jeito, sei que estou certa. Até o ar tem um gosto diferente. Estamos longe de casa.

Corro alguns passos e grito:

— Pai! Pai, encontrei você. Sou eu!

Lucas tira o rifle do ombro e o segura com as duas mãos. O luar forte ilumina uma trilha estreita entre os espinhos. Começamos a andar. Ele olha para trás de vez em quando e suspira aliviado quando ainda vê a roseira atrás de nós. A trilha fica mais estreita, e um lado dela desce íngreme para um barranco rochoso, de cujo fundo escuro sobem espinhos que cobrem a pedra.

Uno as mãos em torno da boca.

— Pai, sou eu, Rosalina! Vim buscar você.

Um chilrear estranho ecoa além da névoa. Depois se multiplica, vem de trás e... de baixo. Risadas.

Uma silhueta emerge do emaranhado de neblina e galhos. Lucas recua e tropeça em mim. Eu me viro e vejo mais formas se aproximando pelo lado dele também. Estamos cercados.

Quando a luz da lua se derrama sobre os seres, repulsa e medo inundam meu corpo. As criaturas não são como nenhum humano ou animal que eu já tenha visto. Parecem ter saído de um pesadelo. Humanoides com corpos pálidos vestem armaduras simples de couro e trapos sujos. Olhos amarelos tremulam como velas prestes a se apagar, e dentes afiados se projetam de rostos deformados, horríveis. A pele podre se solta dos corpos cobertos de musgo e feridas amarelas infeccionadas. E nas mãos carregam lâminas pretas, espinhos cortados das plantas à nossa volta e afiados.

Talvez não estejamos na terra dos feéricos.

Estamos na terra dos monstros.

Rosalina

Um horror nauseante percorre meu corpo quando os monstros se aproximam. Não tenho para onde fugir.

O suor escorre da testa de Lucas.

— Puta merda — geme ele, e o rifle treme em suas mãos.

— Espere — sussurro. — Talvez possamos argumentar com eles.

Algumas criaturas animalescas e deformadas rosnam atrás dos humanoides. A silhueta me faz pensar em hienas, mas os corpos são pálidos e cobertos de feridas infeccionadas de onde verte uma estranha gosma verde. Pequenas florestas brotam de sua carne: um canteirinho de cogumelos em uma pata, um tufo de musgo em volta de uma orelha. E todos têm cheiro de decomposição e morte.

A náusea aumenta.

Dois monstros humanoides dão um passo em nossa direção.

— Temos visitantes — comenta um deles com uma voz molhada, lamacenta.

Eles falam. As mãos de Lucas tremem no rifle, e rezo para ele não fazer nenhuma bobagem.

— Parece que nunca tinham visto um goblin, Launak — outro chilreia.

— É, acho que não, Aldgog. Olhe essas orelhas redondas e curtas. Humaninhos perdidos — Launak sibila.

Goblins. Uma das muitas monstruosidades sobre as quais meu pai falava em seus relatos. Ele dizia que eram inimigos dos feéricos. Mas vê-los aqui pessoalmente...

Tem pelo menos vinte nos cercando, rindo e cantando:

— *Humaninhos perdidos, humaninhos perdidos, humaninhos perdidos.*

— Estou procurando meu pai — digo.

A canção dos goblins muda.

— *Pai, pai, pai. Pai perdido. Pai, pai, pai.*

Launak vira a cabeça para o lado com um movimento que não é natural.

— Não tem pai nenhum aqui.

— Não, o velho. O velho — diz Aldgog, exibindo uma fileira de dentes amarelos.

Os goblins se aproximam enquanto falam, e os que estão acima de nós descem pelos espinheiros. Não tenho ilusões em relação às suas intenções, mas, se sabem alguma coisa sobre meu pai, preciso descobrir todas as informações que puder, antes de fugirmos.

— O velho — repito. — Onde ele está?

— Não quero ir aonde o velho foi. — Vejo o medo passar pelo rosto de Aldgog.

— Levado — Launak sibila.

— Quem levou meu pai? — pergunto.

— Inverno. — Uma língua negra se projeta da boca de Launak, e ele abaixa a voz ao dizer: — Keldarion e suas feras.

Keldarion...

Gorjeios e gritinhos de medo irrompem entre os goblins à nossa volta.

— Keldarion. Keldarion. Príncipe das feras.

O medo desabrocha em meu peito, e percebo que os goblins se aproximaram tanto que consigo sentir seu cheiro pútrido, como folhas fermentando, cogumelos velhos e lama quente, molhada. Sinto que vou vomitar.

— Keldarion e suas feras da Sarça.

— Calem a porra da boca, todos vocês — Lucas ruge, engatilhando o rifle.

— Lucas, espere!

Ele dispara.

Estrondos altos ressoam à minha volta e clarões brilham diante dos meus olhos. Ouço o som horrível dos gritos quando as balas encontram os goblins.

Ele esvazia o pente, e vejo o massacre. Pelo menos cinco goblins morreram. Sangue preto como tinta se espalha no chão.

— Corra — arfo.

Saltamos sobre os corpos sem vida, mas ouvimos movimento atrás de nós. O choque provocado pelo ataque de Lucas se dissipou. Eles vêm vindo.

Lucas cai, e o rifle desliza para baixo de um arbusto de galhos retorcidos.

— Merda — ele resmunga. Uma sombra escura salta por cima de mim, uma das criaturas parecidas com hiena, e se atira sobre Lucas. Ele grita quando as garras afiadas rasgam suas costas. Lá atrás, os goblins aplaudem, mais barulhentos à medida que se aproximam.

— Lucas! — O horror cresce dentro de mim, e o instinto assume o comando. Agarro a espada de espinho de um goblin morto e a enterro na carne da pata apodrecida do cão. Uma substância preta como piche jorra da ferida, e ele gane de dor.

Lucas o empurra de cima dele. A criatura rola, cai do penhasco no limite da trilha e despenca para o emaranhado de espinhos lá embaixo.

Sem tempo para recuperar o rifle, Lucas se levanta e saímos correndo, voltando na direção de onde viemos. A roseira está lá na frente, as flores vermelhas chamando. Além delas está a segurança. Saber que meu pai ainda está neste lugar é uma profunda agonia, mas, se estiver morta, não vou poder procurá-lo. *Eu vou voltar.*

Alguma coisa agarra meu tornozelo e eu caio, rolando para o precipício, e um grito explode da minha garganta. Paro de repente quando a echarpe enrosca em um dos arbustos gigantescos. Levanto a mão e agarro o tecido com desespero, conseguindo me segurar. Lá embaixo tem o vazio escuro, um emaranhado de espinhos que parecem lanças. Goblins se reúnem no alto, na beirada do penhasco, rindo e esperando para ver se vou cair.

— Lucas! — grito.

Ele está quase na roseira, bem longe dos goblins, agora que as criaturas pararam, a fim de assistir ao meu tormento.

— Lucas! — A echarpe esgarça, e despenco com um tranco. Estou presa por algumas fibras.

— *Caindo, caindo, caindo, ela vai* — cantam os goblins. — *Vai para a mãe. Caindo, caindo, caindo, ela vai.*

Meus pés chutam o ar. Definitivamente, não quero descobrir quem é a *mãe.*

— Lucas!

Ele para de correr e olha para mim. Arregala os olhos cor de avelã.

A echarpe rasga e eu caio, despencando para os espinheiros. Bato a cabeça na parede do penhasco, e minha visão fica turva.

Alguma coisa firme envolve minha cintura, e paro bruscamente. Começo a me mover mais devagar, como se flutuasse na água, como se algo me guiasse pelo labirinto retorcido de espinhos. Sinto o chão sólido sob os pés, e o que me sustentava se desenrola da minha cintura.

Tudo é nebuloso, mas os espinheiros balançam e fazem barulho quando os goblins descem rastejando. Seus olhos amarelos brilham na escuridão. Eu me obrigo a rolar e começo a rastejar, arrastando a barriga no chão. Uma dor aguda irradia da minha cabeça.

O mundo ganha vida, girando, girando, girando. Mas não, não é o mundo. Os espinhos estão se movendo.

Gritos agudos e estridentes cortam a noite. Um líquido preto pinga à minha volta como chuva. Minha visão perde a nitidez, mas vislumbro silhuetas de goblins empalados em fileiras de espinhos.

Braços enlaçam minha cintura e me levantam. Sou puxada contra o peito largo de um homem. Lucas voltou por mim?

Pisco, tento recuperar o foco quando levanto a cabeça e vejo olhos negros como as sombras e cabelos da mesma cor.

— Descanse, Princesa — uma voz suave murmura em meu ouvido. — Você está em casa.

Rosalina

Tudo é um borrão. Eu me sento, massageio a cabeça e tento entender as lembranças em meio à névoa da confusão. Devo ter desmaiado depois de... depois de...

O que foi aquilo? *Quem* foi aquilo?

Que porra acabou de acontecer? Minha cabeça roda e o corpo dói.

Isso não é real. Não pode ser.

Ainda assim o rosto dança em minha mente, mais claro que qualquer sonho. Olhos escuros como sombras, cabelos muito negros, linhas leves de contrariedade emoldurando a boca exuberante que eu gostaria de poder ver sorrir...

Legal, qual é o problema comigo? Bati a cabeça de verdade, porque a primeira coisa que penso em uma situação como essa não pode ser um cara aleatório, em vez dos *monstros* de verdade que tentaram me matar.

Não só eu. Tentaram matar Lucas também. Onde ele está? Na última vez que o vi, ele fugia e me abandonava pendurada sobre o vazio de um precipício. Massageio o braço esquerdo. Por que estou surpresa? Porque ele salvou minha vida uma vez no passado?

E me pediu em casamento...

Tudo bem, não posso pensar nisso agora ou vou pirar de verdade. Preciso segurar a onda e encontrar meu pai.

Minha garganta se contrai e lágrimas inundam meus olhos. E se aquelas coisas o encontraram primeiro e ele está...? Não. Preciso ter fé. Ele está em algum lugar por aí. Vou encontrá-lo, e vamos para casa juntos.

Os espinhos pretos são ainda mais espessos aqui, muito mais altos que eu. Alguns galhos são tão grossos quanto meu braço, mas tem uma trilha estreita que passa através deles. Um passo de cada vez.

Vou andando por esse caminho e olho para cima, para o céu nublado. A luz do sol é fosca. Devo ter passado um tempo desacordada. Preciso fugir logo, porque não quero ficar outra noite aqui. E não posso contar com um homem misterioso que, provavelmente, nem é real para me salvar.

Talvez eu tenha sorte ao cair e os goblins não tenham sido tão sortudos.

O trajeto faz uma curva em meio aos arbustos e, de repente, o emaranhado se abre, expondo uma área na minha frente. Meu coração falha por um segundo e esfrego os olhos. Devo ter batido a cabeça com muita força...

Porque não é possível que exista um castelo construído dentro de uma árvore gigantesca. Parece a cena de um livro de histórias ou de um filme do Studio Ghibli. Uma ponte de pedra se projeta na direção do terreno sob a árvore-castelo. Talvez deva estar sobre um fosso, mas é difícil dizer, porque há um emaranhado de arbustos de espinhos roxos lá embaixo.

Duas grandes estátuas guardam a ponte dos dois lados. Tento decifrar seu formato, mas há tantos arbustos de sarça ao redor delas que não consigo.

Isto é o que meu pai procurou durante a vida inteira. A casa dos feéricos. Se eles moram em algum lugar, deve ser em um castelo construído em uma árvore, certo?

E, se ele escapou por entre os arbustos e fugiu daqueles monstros, deve ter vindo para cá.

Piso na ponte.

À medida que me aproximo, percebo como é difícil dizer o que é árvore e o que é castelo. A coisa toda é um trabalho complexo de casca de árvore e pedra, muito natural e construído ao mesmo tempo. Torres altas se projetam para a imensa copa. Alguns galhos mais altos ainda têm folhas de outono, mas grande parte da árvore está desfolhada. Linhas pretas correm pelo comprimento do tronco. Ela parece... doente.

O mais impressionante de tudo é que os arbustos de espinhos se prolongam até o topo, cobrindo a estrutura por completo, formando um pseudoesqueleto vegetal e perfurante.

Uma enorme porta de mogno me espera no fim da ponte. Quem mora aqui? Aqueles tais goblins? Algo pior?

Se eu fechar os olhos, talvez acorde novamente em minha cama e tudo esteja normal. Então vou poder... o quê? Casar-me com Lucas?

Não é o que eu quero?

A madeira é fria sob meus dedos. Certamente, não quero saber quem vive aqui, por isso não vou bater. Abro a porta. Um rangido alto ecoa no hall imenso, e eu entro. Está escuro, e pisco algumas vezes para tentar me adaptar.

— Pai? — chamo hesitante. Meus passos reverberam quando ando pelo interior. — É Rosalina. Estou aqui para levar você para casa.

Ouço movimentos rápidos à minha volta e pulo, levando a mão ao peito.

— Olá?

Nada além do meu eco. Ando um pouco mais para o interior do castelo, e meus passos agora são suavizados pelo tapete. Nuvens de poeira me seguem por onde ando. Talvez o lugar esteja abandonado.

Os espinhos invadiram o interior do castelo. As paredes são uma mistura de pedra e madeira, mas nenhuma das duas foi forte o suficiente para impedir a penetração dos pequenos ferrões. Eles enroscam-se nas paredes, aglomeram-se nos cantos, espalham-se pelo chão.

Uma brisa sopra meu cabelo, e juro que ouço um sussurro. Giro olhando em volta. Nada.

— Olá?

A porta se fechou atrás de mim, e ao lado dela vejo o mais estranho objeto. Um belo espelho em uma moldura dourada com rosas incrustadas. A superfície espelhada tem uma coloração envelhecida, quase de néctar. Quero tocá-la.

Mas não posso sair tocando objetos sinistros em um castelo encantado esquisito. Até consigo imaginar que isso vai acabar mal. Preciso sair daqui o mais depressa possível. Sinto arrepios na pele úmida. Balanço a cabeça, respiro fundo e tento acalmar o coração disparado.

Mas meu coração não se acalma. Ele para, depois acelera, bate forte no peito. Alguma coisa se contorce dentro de mim, um grande anseio, e viro a cabeça para o lado. Uma escada enorme sobe para a escuridão com o corrimão coberto de espinhos. *Lá.* É lá que preciso ir.

Subo os degraus quase flutuando como um fantasma, ouvindo os galhos quebrando sob meus pés. A escada leva a uma torre isolada, sobe dando voltas e mais voltas à medida que me movimento.

Minhas coxas queimam, e estou ofegante quando chego a uma porta de aço. Eu a empurro com força.

De todos os lugares que vi até agora, este é o que mais se parece com um castelo, com paredes e chão feitos de pedra. Espinhos ainda se espalham por todas as superfícies, e uma brisa fria sopra entre eles. Janelas com grades deixam entrar a luz do sol, que já se despede. Logo não vou conseguir enxergar nada. Cruzo os braços e dou alguns passos à frente.

— Pai?

Viro em uma esquina e sufoco um grito. Lá, em uma cela de grades, caído contra a parede do fundo com uma enorme coleira no pescoço, vejo um prisioneiro. Não é meu pai.

É um homem jovem.

Rosalina

Quando arfo assustada, o homem na cela olha para mim.

O espaço entre nós vibra. Seus olhos são dourados como o outono, emoldurados por cílios espessos e longos. Cabelo castanho e desgrenhado cai em cachos sobre as sobrancelhas grossas, e os lados mais curtos se projetam para fora. A boca carnuda se abre em um questionamento silencioso quando ele olha para mim. O homem está sem camisa, tem um tronco esguio e musculoso, e mantém as pernas esticadas à frente do corpo, cobertas por uma calça rasgada. Mas o que me faz parar onde estou e acelera meu coração são... suas orelhas.

São pontudas.

Esse homem não é um homem. É um feérico.

E também está acorrentado à parede. Feérico ou não, precisa de ajuda.

Corro para a cela e seguro a porta.

— Oi! Você está bem?

Ele me encara confuso, como se não acreditasse no que vê. Ei, quem tem as orelhas pontudas é ele, mas o cara me olha como se eu fosse a esquisita?

— Quem... quem é você? — o feérico pergunta. E se concentra na janela atrás de mim. — Você não pode ficar aqui. Precisa sair. Agora.

Puxo a porta. O cadeado é enorme. Aqueles monstros moram aqui? Eles mantêm esse feérico prisioneiro?

— Quero te ajudar. Por favor, me fale. Tem um homem aqui? Um humano, como eu?

O homem lambe os lábios e endireita as costas. Percebo que a coleira em seu pescoço é muito grande. Ele poderia tirá-la com facilidade. Por que a carrega no pescoço desse jeito?

— Não interessa. Você precisa sair deste lugar agora. Escute o que eu digo, ok?

— Um humano — repito. — Tem algum humano aqui? Mais alto do que eu, cabelo castanho. O nome dele é George. Por favor, me fale!

Vejo o pescoço do feérico se mover, e ele agarra a calça com os dedos longos.

— Sim. Mas isso não importa. Você precisa ir embora. Não é seguro.

Uma onda de alívio me invade. Ele está aqui. Está aqui!

— Preciso encontrá-lo, depois volto para te libertar — prometo. — Não vou deixar você aqui.

— Não, não, não! — o homem berra. Sua voz seria quase melodiosa, se não tivesse o tempero do medo. Ele se lança à frente, agarra as grades, e seu rosto está a um milímetro do meu. E me encara com tanta intensidade que quase caio para trás. Mas, em vez de me afastar, eu me aproximo.

— Escute — ele diz. — Você tem que sair agora. Não há muito tempo. Se estiver aqui quando o sol desaparecer...

Seus olhos dourados cintilam à luz cada vez mais fraca. É um homem bonito, apesar do medo que encobre sua expressão.

— Vou encontrar um jeito de abrir essa porta — aviso. — Só preciso achar meu pai.

— Não! Não! — ele grita e sacode as barras.

Eu me viro e corro. Meu pai está aqui. Ele está aqui, e vou encontrá-lo.

Celas vazias se enfileiram contra as paredes, algumas totalmente tomadas por espinhos.

— Pai! — chamo.

— Rosalina? Rosa!

Corro através de um feixe alaranjado de sol e derrapo ao tentar parar na frente de uma cela. Meu pai.

Ele está de joelhos e agarrado às barras, com a testa apoiada no aço frio. Seu cabelo está colado à testa suada e ele ainda usa as mesmas roupas com que saiu de casa. A diferença é que agora estão encharcadas e cobertas de lama. Seu colar favorito, o que ganhou da minha mãe, descansa sobre o peito. A rosa de pedra-da-lua cintila à luz pálida.

Seguro as mãos dele sobre as grades.

— Pai! Você está bem?

— Rosalina — ele sussurra com voz rouca. — Como me encontrou?

Sorrio com tristeza.

— Sempre vou te encontrar.

— É real, Rosa — ele murmura. — Todo esse tempo. Finalmente achei.

ENTRE FERAS & ESPINHOS

Puxo a porta com força para testá-la. Trancada.

— Eu sei, pai. Podemos falar sobre isso mais tarde. Tenho que tirar você daqui.

— Não! — Ele se levanta e agarra meu braço. — Você tem que ir embora. Agora. Salve-se!

— Não enquanto você não estiver livre — afirmo.

— Você não entende. Eles são monstros, Rosa! Feras!

De repente, a luz do sol é engolida por sombras. Meu pai olha para cima, levantando a cabeça devagar, e seu rosto se torna uma máscara de horror.

O tempo para. Tem algo atrás de mim. Algo terrível e maléfico. E, se eu me virar, vou me estilhaçar. A dormência está dominando meu corpo.

Ouço um estalo e vejo o gelo se espalhando no chão. É bonito, um branco-azulado cintilante com delicadas rachaduras internas. Ele sobe pelas grades da cela, e meu pai as solta, recua cambaleando.

Respiro fundo e me viro. Mas só vejo sombras.

— Quem está aí? — pergunto, tentando manter a voz firme.

Percebo um movimento trêmulo em um canto e olho para lá. Dois olhos azuis e gelados me observam da penumbra, brilhantes como se fossem iluminados por um fogo azul.

— Sou o senhor deste castelo. Você é uma invasora. — A voz é profunda e grave, como o estrondo de uma geleira caindo no mar.

Descargas nauseantes de adrenalina inundam meu corpo, mas endireito as costas.

— Por favor, liberte meu pai, e eu o levarei para bem longe daqui. Nunca mais voltaremos.

A sombra se move tão depressa que tenho de girar rapidamente para não a perder de vista. A única coisa que consigo ver são aqueles olhos de chama azul.

— Seu pai é um ladrão. Ele roubou meu castelo e agora deve pagar por isso. Ele é meu prisioneiro e assim permanecerá por toda a eternidade.

— Meu pai não é ladrão! — grito. Ele é muitas coisas, mas nunca roubaria.

Meu pai se levanta e bate com as mãos nas grades.

— Foi só uma rosa!

O senhor do castelo ruge.

— Só uma rosa? Você é um ladrão e um criminoso. Agora vai permanecer aqui, como meu prisioneiro. Queria ficar com os feéricos? Pois fique, nesta masmorra, até sua breve vida se esgotar.

Lágrimas inundam meus olhos quando encaro meu pai. Durante muitos anos, fiquei magoada com ele. Cada evento na escola que meu pai perdia porque estava pesquisando, todas as dívidas que fez por causa de suas viagens, a vergonha que senti por ser filha do maluco da cidade. Mas ele é meu pai. E a rosa que roubou... era para mim. Para minha pequena biblioteca, que Lucas derrubou.

— Ah, papai. — Seguro suas mãos através das barras e fecho os olhos.

Não há alternativa além dessa. Sacrifiquei minha vida inteira por ele. O que é mais um sacrifício? Giro novamente e encaro os olhos de fogo e gelo.

— Eu pedi a rosa. Deixe-me cumprir a pena no lugar dele.

— Não, Rosalina! — grita meu pai.

Os olhos piscam, e o senhor do castelo parece imóvel.

— Você não sabe o que está pedindo, humana.

Levanto o queixo.

— Sei, sim. Mantenha-me como sua prisioneira.

Meu pai grita.

— Ele é um monstro, Rosa. Um monstro! Fuja enquanto pode!

Mas não consigo ouvi-lo. Porque os olhos piscam lentamente, e então o senhor do castelo dá um passo para o feixe do sol.

Ele é mais alto que qualquer homem que conheço. O cabelo longo e branco cai sobre os ombros, com apenas uma parte presa para trás, a fim de revelar as sobrancelhas escuras e os olhos aterrorizantes, como lagos cristalinos ao luar. O colete preto e justo envolve os ombros largos e os braços enormes. Ele é bonito de um jeito incisivo e letal, como uma estalactite de gelo suspensa sobre sua cabeça, prestes a despencar.

Como o homem preso em outra cela, ele tem orelhas pontudas. É um feérico.

E eu estou em perigo.

O feérico se adianta um passo, me forçando a encará-lo. Prendo a respiração, todos os pensamentos desaparecem da minha mente.

Ele inclina a cabeça levemente como se me analisasse, sem piscar. O tempo parece respirar bem fundo.

Por fim, ele fala naquela voz baixa, grave.

— Sou Keldarion, mestre deste castelo e de todos que nele habitam. Se escolhe ser nossa prisioneira, isso significa que agora sou seu senhor também. O que acha, humaninha?

Estou paralisada por seu olhar. Um sentimento explosivo irrompe em meu peito, e as palavras saem de uma vez só.

— Sim. Eu escolho ficar.

Ele se vira e arranca o cadeado com a mão. A tranca se abre com um estalo gelado.

— Não, Rosalina, não! — grita papai.

O feérico levanta meu pai pelo colarinho da camisa e o joga para fora da cela. Tento ampará-lo, mas Keldarion me segura pela parte de trás da blusa. Em um único instante, ele abre a porta de outra cela e me joga lá dentro. Ouço o estalo quando o cadeado é fechado.

Meu pai corre em minha direção, mas Keldarion o impede de passar.

— Vou providenciar para que seu pai seja devolvido ao reino humano sem sofrer nenhuma lesão — rosna o mestre. — É mais clemência do que ele merece.

— Espere! — grito e seguro as barras da porta. — Pai!

— Rosa!

Mas o mestre do castelo arrasta meu pai pela masmorra, para longe dos meus olhos.

E sou deixada com a luz do dia que se despede, sozinha.

Rosalina

Passo a noite entre cochilos agitados. Encolhida em um canto da cela, tento não chorar.

Nada disso deveria ser possível. O reino dos feéricos não pode existir de fato. Todas as teorias do meu pai tinham bases reais? O que minha mãe disse a ele antes de partir? Alguma coisa treme dentro de mim. Durante todo esse tempo, nunca perguntei por que ele tinha tanta certeza de que minha mãe havia sido levada por feéricos. Agora queria ter mais um momento para conversar com ele.

Talvez tudo isso seja um pesadelo do qual vou acordar. Mas, cada vez que abro os olhos depois de fechá-los com força e torcer desesperadamente para acordar na minha cama, eu me deparo com a cela fria. E mal consigo enxergar além dela, porque a noite é muito escura.

Sem luz, os barulhos se tornam ainda mais aterrorizantes. Em algum lugar próximo, uma criatura uiva muitas vezes. Cubro as orelhas com as mãos e aperto com força, tentando bloquear o som apavorante. Não é como o uivo normal de um cachorro, parece um lobo torturado, um ser dividido entre a vida e a morte. Estou aterrorizada demais até para me mexer.

Em algum momento durante a noite, adormeço e acordo com uma luminosidade suave entrando pela fresta de uma janela na cela. Meu corpo está dolorido depois da noite no chão duro, e estou toda arrepiada. Eu me levanto e olho pela janela.

Uau. Daqui de cima posso enxergar quilômetros. E esses espinhos pretos-arroxeados... Eles cobrem tudo o que a vista pode alcançar. Misturam-se a um rio caudaloso e se contorcem floresta adentro além dele. E, acima da floresta, aninhados na montanha, os arbustos parecem cobertos de alguma coisa vermelha.

Rosas?

Vim do meu reino através de uma roseira. Seria aquele o caminho para casa?

Aquele misterioso matador de goblins me carregou por uma distância bem grande...

A visão perde o foco quando olho para baixo. Devo estar a uns cinco andares do chão, pelo menos. Lá embaixo tem a ponte que leva para fora dos espinheiros. Depois dela, tudo se resumiria a percorrer a trilha estreita até a roseira.

O senhor do castelo cumpriu sua promessa e mandou meu pai de volta em segurança? Havia alguma coisa triste e atormentada em seu olhar, uma escuridão como nenhum homem poderia ter. Só me resta torcer para a palavra do feérico ter sido verdadeira.

Esta era uma das muitas regras que meu pai recitava: nunca faça acordos com os feéricos. Mas o que propus ao mestre não foi um acordo, foi a urgente necessidade de manter meu pai vivo.

Se meu pai está em casa, tenho de ir encontrá-lo. Não importa que promessa eu tenha feito a Keldarion. Não vou passar o resto da vida em uma cela fria com um balde para cagar.

Preciso fugir.

Não tenho noção de tempo aqui presa na cela, mas imagino que várias horas passam enquanto mexo no cadeado, sem resultado algum. Sou muito boa com fechaduras — único benefício de ter um pai paranoico que mudava as fechaduras da casa uma vez por mês e sempre se esquecia de me dar uma cópia da chave —, mas isso é muito maior que eu e meus grampos para cabelo. Meus braços doem depois de tanto esforço para ficarem esticados e sustentarem meu corpo todo pressionado contra as barras para que eu tivesse o melhor ângulo. Não vi nem ouvi qualquer sinal de vida desde que acordei. Talvez Keldarion tenha esquecido que me trancou aqui, e morrerei de fome.

Com um grunhido de frustração, afasto-me das barras e vou até a janela. Não é justo. A ponte está bem embaixo de mim, e espinheiros grossos e sólidos sobem pela lateral da árvore-castelo. Se eu conseguisse passar por essa janela, aposto que seria capaz de descer, atravessar a ponte correndo e desaparecer na Floresta da Sarça. Prefiro me arriscar com os goblins que com o monstro que se autodenomina mestre. Antes eu chamava por meu pai. Se pudesse escapar à luz do dia, esgueirar-me como antes, talvez fosse capaz de passar despercebida.

Mas a largura da janela não é suficiente para passar mais que um braço. Seguro o parapeito com as mãos e abaixo a cabeça. Lágrimas escorrem por meu rosto. Que estupidez a minha, imaginar que poderia fugir de uma prisão feérica. Vou ficar presa aqui até definhar e morrer. Se essa merda de janela fosse um pouquinho maior…

— O… o quê? — Salto para trás. A moldura da janela brilha com uma tonalidade rosa-dourada. Em seguida, a pedra se move e os tijolos se rearranjam uns sobre os outros, até a janela… ficar mais larga.

Grande o bastante para que eu possa atravessá-la.

— Que porra é essa? — Olho para trás, meio que esperando ver um mago feérico do lado de fora da cela. Mas não tem nada. Só a mim, banhada na radiante luz do sol.

Dou um passo hesitante para a janela. O vento sopra; afasto meu cabelo escuro do rosto. Sim, consigo passar pela janela, definitivamente.

Descer cinco andares pendurada em arbustos espinhosos não é uma ideia insana, é? Observo o corredor do lado externo da cela. Mais para o fundo da masmorra, o homem com a enorme coleira está lá sentado, provavelmente impotente. Queria poder libertá-lo, mas não consigo fazer nada enquanto estiver presa aqui. Talvez, quando chegar em casa, eu possa pensar em um jeito de resgatá-lo.

— Obrigada, castelo — sussurro e subo no parapeito da janela.

Então, agora que estou ali em cima, não tenho mais tanta certeza de que amo essa ideia. Um movimento errado, e vou acabar empalada por mil espinhos. Estico o pé para testar um dos arbustos grossos grudados à parede da construção. Ele parece firme o bastante para me sustentar, mas não teve que lidar com essa mulher inteira antes.

Orca Cove está esperando por mim. Todas as minhas esperanças e meus sonhos. A biblioteca, meu pai… Lucas.

Respiro fundo, e o ar faz minha garganta doer. Não consigo fazer isso. Não consigo fazer isso. Não consigo.

De repente, um galho se estende e fica suspenso abaixo de mim. Um degrau.

— Ótimo. Um espinho senciente. — Suspiro. — Não preciso ter medo.

Com o mantra de Duna ecoando na cabeça, viro-me para apoiar os joelhos na janela e olho para a cela. Apoio as mãos dos dois lados e escorrego um pé para o galho.

Ele me aguenta. Tudo bem. Meu corpo todo está tremendo, mas coloco o outro pé no degrau. Ainda não mergulhei para a morte no verdadeiro estilo Mufasa; isso já é alguma coisa. Próximo passo: apoios para as mãos. Levanto o braço direito e encontro um galho forte, tomando cuidado para não tocar nos espinhos enormes. Depois, manobro o corpo para longe da janela e me agarro aos arbustos com firmeza.

De repente, a janela brilha com uma luminosidade trêmula e encolhe de novo. É isso, agora não tem volta.

Olhe para mim. A garota que quase foi reprovada em educação física escalando a parede de um castelo como se fosse o safado do Robin Hood. Mesmo que, talvez, Robin Hood nunca tenha precisado se preocupar com a echarpe enroscando em espinhos ofensivamente grandes ou com as coxas grossas tremendo a cada passo.

Mão, pé. Mão, pé. Mão, pé. Cada movimento é lento e aflitivo na descida da escada improvisada. Não me atrevo a olhar a que distância estou da ponte. Só consigo me concentrar em um movimento de cada vez. O vento sopra forte, uma rajada repentina, e grito ao ver os arbustos se soltando da parede do castelo em velocidade progressiva e mortal. Seguro firme, sentindo o corpo se chocar contra a estranha mistura de pedra e casca de árvore.

— Eu consigo — anuncio com voz estrangulada e continuo descendo.

Mão, pé. Mão, pé. Mão, pé. Mão, p…

— Aah! — grito quando um galho quebra sob meu peso. Perco o equilíbrio e caio, escorregando para baixo com o corpo em contato com os espinhos.

O choque contra a pedra é intenso. Incrédula, respiro fundo, percebendo que aterrissei na ponte. Ela estava bem embaixo de mim.

— Estou viva! — Minha risada é intensa. Mal consigo ver a janela lá em cima. Foi uma longa descida. Toma essa, sra. Kimmer e seu comentário sobre "falta de participação nas aulas de ginástica" no meu boletim.

Giro e observo o espinheiro. Nenhum sinal de Keldarion. Essa é minha chance.

Liberdade.

Cabelo e echarpe tremulam atrás de mim quando corro. Corro mais do que jamais corri em minha vida, seguindo na direção das estátuas cobertas de sarças. Estou arranhada e cheia de hematomas da queda, com os músculos contraídos e doloridos, mas estou viva e livre, estou livre, livre…

De repente, alguma coisa sai de trás de uma estátua e se choca contra mim.

Rosalina

— Aiii! — Caio sentada, e é como se tivesse atropelado uma rocha. Antes que consiga registrar alguma coisa, uma presença se debruça sobre mim. Minha garganta se contrai, e sinto tanto medo que não consigo nem gritar.

O ser bloqueia a luz do sol, cobrindo-me de sombra. Um homem... Acho que é, pelo menos. Não consigo ter certeza, porque ele veste uma armadura de metal que o cobre dos pés à cabeça, e esta é protegida por um capacete cinza e brilhante. O capacete é quadrado, com gravações complexas de pétalas e vinhas. Um visor de vidro escuro em forma de T é a única indicação de que ele é capaz de enxergar além daquela coisa. O restante da armadura é decorado por delicados arabescos e desenhos florais que se espalham pela superfície. Cada parte se encaixa perfeitamente na outra, como se tivessem sido feitas sob medida para ele.

O cavaleiro é tão alto que preciso levantar o queixo para enxergá-lo. Ele dá mais um passo em minha direção, como um gato se preparando para devorar um rato. Uma capa preta e longa como uma sombra se arrasta às suas costas.

— Quem... é você? — consigo murmurar.

O cavaleiro não responde. Inspiro profundamente. É Keldarion? Não, o senhor do castelo tem ombros mais largos. Talvez seja um visitante que não sabe que sou uma prisioneira...

Mudo de posição, apoiando-me sobre as mãos e os joelhos, e depois fico em pé.

— Eu já estava de saída...

O cavaleiro avança sobre mim. A mão coberta pelas brilhantes manoplas de ferro envolve meu pescoço e me empurra contra a barricada de pedra da ponte. Arbustos estalam atrás de mim.

Tento respirar, mas ele aperta meu pescoço com tanta força que o ar quase não tem por onde passar. O cavaleiro me levanta até meus pés balançarem no ar. Arranho a mão dele, mas é inútil.

— Quem é você? — ele pergunta. — O que está fazendo aqui?

Sua voz vibra em mim, e arrepios sobem por minhas costas. Ela é calma e regular, apesar da reverberação no capacete.

— É uma espiã do Príncipe dos Espinhos? Mais um presente dele? — Sua mão aperta mais forte, e ele me bate contra a barricada com mais intensidade. — Responda.

Agarro os dedos em volta do meu pescoço, tentando afastá-lo. Meu campo de visão começa a escurecer. Com toda força que tenho, levanto um pé e acerto sua barriga.

Mas que inferno! Meu pé ricocheteia como se eu tivesse chutado uma placa de metal. Acho que quebrei um dedo. Mas minha reação deve ter causado surpresa, porque ele me solta, e caio no chão tossindo, agarrando o pescoço.

Em uma explosão de raiva do tipo "vou morrer mesmo", eu o encaro.

— Como é que posso responder, se você está me estrangulando, seu enlatado gigante?

Não sei de onde vem a coragem. Talvez seja do fato de quase ter morrido. Talvez seja da certeza de que não tenho nada a perder. Ou porque estou bem cheia de me submeter aos caprichos de todo mundo.

Ele permanece imóvel, como uma armadura vazia decorando um corredor — uma armadura enfeitada e floral. Mas não vou lhe dar a oportunidade de me agarrar de novo. Dou um pulo, pronta para correr para os arbustos...

Ele segura meus punhos e imobiliza minhas mãos diante de mim.

— Me solte! — grito, tentando com afinco me libertar, cuspindo e rosnando como um felino selvagem. Mas isso só o faz me segurar com mais força.

Mas que droga, ele continua imóvel e em silêncio. Preciso tentar uma tática diferente. Inspiro profundamente para acalmar a respiração ofegante, paro de resistir e olho nos olhos dele. Ou onde penso que estão os olhos.

— Olhe só, eu nem devia estar aqui. Não conheço nenhum Príncipe dos Espinhos, ou sei lá. Sou humana. Está vendo minhas orelhas? Estou só tentando ir para casa. Me solte. Por favor.

O cavaleiro não responde. Encarar os espaços escuros em que deveriam estar seus olhos é quase hipnótico. Sinto o ar preso na garganta. Quem é esse ser? Não posso ver seu rosto, mas sinto que ele me analisa, que olha *dentro* de mim.

— Fale alguma coisa — resmungo.

— Qual é... seu nome? — ele pergunta com aquela voz estranha e retumbante que lembra veludo.

— Rosalina.

— Rosalina — ele repete, e os dedos se afrouxam em meus pulsos.

De repente, ouço passos na ponte e olho para trás. Uma menina corre em nossa direção. Como Keldarion e o homem na masmorra, ela tem orelhas pontudas. Sua pele é tão pálida que é quase translúcida, e o cabelo curto e branco balança a cada passo.

— Meu príncipe! Meu príncipe!

Meu príncipe? O enlatado que tentou me estrangular é um *príncipe*?

O príncipe olha para a menina e inclina a cabeça.

— O que é, Astrid?

A garota se curva ofegante, e seu vestido branco tremula ao vento.

— Essa mulher humana! Ela não devia estar aqui.

— O quê? — O príncipe solta meus punhos e se vira para encará-la. — O que isso significa?

— Ela é prisioneira de Keldarion — explica a menina de cabelos brancos. — E está fugindo!

Hehe. Eles que fiquem pensando no mistério sobre quem sou eu. Não vou ficar aqui para ver. Assim que o Príncipe Homem de Lata me solta, corro para os arbustos. Keldarion e seu castelo de bizarrices podem ir para o inferno.

— Aaaah!

Sinto novamente um aperto no pescoço e caio para trás. Mas dessa vez não é a mão do cavaleiro, e sim minha echarpe, que ele agarrou, e está me puxando pela ponte.

— O que está fazendo? — grito, encaixando as mãos sob o tecido da echarpe para não ser degolada.

— Você é prisioneira de Keldarion — ele declara sem pressa.

— Eu não fiz nada! — grito.

A menina de cabelo branco pula ao nosso lado.

— Ela encontrou a trilha da Sarça para o castelo e subiu até a masmorra para procurar o pai. Trocou de lugar com ele por vontade própria.

O príncipe de armadura suspira.

— Eu passo três dias fora, e Keldarion encontra um jeito novo de me atormentar.

— Para onde está me levando? — Esperneio, mas é inútil. Ele me arrasta como se eu não fosse nada.

A menina de cabelo branco — Astrid — abre as portas, e sou levada para dentro do castelo.

— Não perca tempo me devolvendo à masmorra. Vou encontrar outro jeito de escapar — aviso.

O príncipe olha por cima de um ombro sem muito interesse. Em vez de subir à masmorra, seguimos por uma escada grandiosa e por um longo corredor com paredes verdes e desenhos dourados e rebuscados de flores e folhas.

— Ele a mantinha na masmorra? — O cavaleiro olha para Astrid e, desta vez, a voz suave dá lugar a um grunhido áspero.

— Sim, príncipe Ezryn — responde Astrid, correndo para acompanhá-lo.

Paramos, e a pressão da echarpe diminui. O príncipe Ezryn abre uma porta, levanta-me pelos ombros e empurra-me para dentro do aposento. Entro tropeçando, mal conseguindo ver onde estou.

O príncipe dá meia-volta, e sua longa capa preta tremula.

— Se Keldarion a quer aqui, vai ter de assumir a responsabilidade por ela. Astrid, você pertence ao estafe dele, trate de cuidar dela. Garanta que ela receba água e comida. E mande alguém limpar isto aqui. Não descemos tanto a ponto de jogar uma garotinha na masmorra.

— Garotinha? — rosno e corro na direção dele. — Ei, volte aqui...

Mas ele sai, batendo a porta.

Ezryn

Eu me apoio no batente da porta, ignorando o gelo que se espalha lentamente pela armadura.

Keldarion anda de um lado para o outro na minha frente, fitando o chão com uma expressão contrariada. Ele ainda não me viu, e espero alguns momentos antes de me anunciar. Não é sempre que vou à Ala Invernal, e preciso dar uma conferida em tudo.

Ela sempre foi assim ou ficou pior? Quando foi a última vez que estive aqui? Espio pelo visor preto do capacete. Espinhos cristalizados arranham todas as superfícies. As paredes cintilam com flocos de neve e o assoalho preto coberto de geada é escorregadio. Sua espada foi deixada embaixo da cama.

Não, definitivamente, ficou pior.

Pigarreio, e Kel se vira bruscamente para me encarar, os olhos brilhando como os de um animal ferido. Assim que registra minha presença, ele relaxa e suspira.

— Ah. Você voltou.

— Há uma hora — respondo. — Não quer me contar o que está acontecendo?

Kel ri baixinho e volta a andar pelo aposento.

— Não sei do que está falando.

Limpo a geada dos ombros e entro no quarto.

— Agora mantemos prisioneiros humanos?

Kel se apoia no parapeito da janela e olha para a Sarça.

— Houve uma invasão, um ladrão do reino humano. Teria sido melhor se eu o matasse?

Deslizo um dedo pela grossa camada de neve que se formou sobre seus cobertores e travesseiros. O frio atravessa até minha armadura. Primavera e Inverno têm uma longa história, e não desconheço os resquícios grudentos de uma geada, mas esse frio é diferente de qualquer outro que já senti fora do Reino do Inverno.

— E a garota?

— Os criados falam demais — Kel resmunga.

Então, ele ia se fechar como um babaca.

— Agora começamos a aprisionar meninas humanas inocentes, então?

Kel se vira e rosna para mim.

— Se quer opinar sobre como meu castelo é administrado, talvez deva ficar dentro dele de verdade.

Estou imóvel, não permito que nenhum movimento revele o efeito que suas palavras têm sobre mim. Em ocasiões como esta, sou grato pelo capacete. Eu devia saber que Keldarion monitorava minhas idas e vindas.

Respiro devagar, silenciosamente, estabilizo as emoções e me afasto dele.

— Em todos esses anos, nenhuma criatura teve permissão para entrar neste castelo, além de nós, os serviçais e Quellos. Você despachou todas as provocações de Caspian. Agora decidiu manter uma prisioneira?

Kel bate com os cotovelos na mesa, espalhando uma nuvem de neve, depois apoia a cabeça nas mãos.

— O pai dela me roubou. Ela o encontrou e se ofereceu para trocar a própria liberdade pela dele. Quem sou eu para negar à humana esse direito?

— Eu o encaro. Sei que ele sente meu olhar, embora não possa ver meus olhos, porque suspira. — O que é isso, Ez?

O que é isso? Keldarion nunca foi de manter prisioneiros pessoais, nem mesmo criminosos de guerra. E certamente não tem interesse em humanos. Ele está escondendo alguma coisa. Uma parte minha quer agarrá-lo pelos ombros e sacudi-lo.

Mas ninguém na porra dos quatro reinos se atreveria a tentar.

A questão gira em minha cabeça. Por que agora? Por que se interessar por essa humana, depois de não ter tido interesse por nada?

Penso de novo no que aconteceu mais cedo, quando voltava para casa e vi a menina pendurada de modo precário nos arbustos espinhosos, descendo da torre da masmorra.

Quando ela corria para a Sarça como se as serpentes do Inferior a perseguissem, jurei que era algum tipo de serviçal de Sira ou Caspian. Estava preparado para acabar com a vida dela ali mesmo.

Enlatado. Foi como ela me chamou. Foi tão ridículo que eu quase poderia ter rido. Quase.

Ela me encarou com um fogo que eu não soube ler. Medo, raiva. Mais alguma coisa.

Felizmente, Astrid apareceu. Não sei o que eu teria feito. Talvez a teria deixado partir.

Mas nem eu ouso desobedecer ao mestre de Castelárvore.

Keldarion me encara com aquela intensidade familiar. Ele quer uma resposta para a pergunta.

Talvez eu seja masoquista. Talvez queira provocar em Kel algum sentimento, mesmo que seja ódio de mim. Mas sugiro:

— Não pode estar pensando que a mulher humana é sua...

Kel atravessa o cômodo em um instante como se voasse, empurra-me contra a parede e imobiliza-me com o antebraço em meu pescoço.

— Não diga essa palavra para mim — ele rosna. Seus olhos brilham com uma força interior.

Tenho que fazer um esforço enorme para não tremer e me submeter. Mas obrigo os músculos a se manterem imóveis, respiro fundo e acalmo o coração. Ficamos nos encarando por um momento, duas determinações frente a frente.

Por fim, ele abaixa o braço e me dá as costas.

— Saia daqui, Ez.

Eu me viro para a porta.

— Eu a coloquei em um quarto e orientei Astrid a servi-la. Não somos animais.

Ainda não, pelo menos.

Rosalina

De todas as coisas que imaginei que pudessem acontecer quando eu fugisse, ser enforcada por um cavaleiro gigante mascarado não fazia parte da minha lista de possibilidades. Massageio o pescoço, revendo mentalmente flashes de como ele me levantou com facilidade. Depois me arrastou até aqui como se eu fosse só um saco de farinha.

O cavaleiro mascarado. Príncipe Ezryn.

Inspiro e me dou um momento para estudar o ambiente. Estou em um quarto gigante e... é bonito. Uma fusão impressionante de casca de árvore e arquitetura. Tem uma *árvore* de verdade crescendo em uma das paredes, com flores de cerejeira cor-de-rosa que desabrocham e caem, cobrindo o tapete.

É evidente que não usam este lugar há muito tempo. Lençóis brancos empoeirados cobrem a mobília, exceto a cama, com o dossel de quatro colunas douradas, envolvido por uma cortina de flores roxas de salgueiro. As paredes são de mármore claro, cor-de-rosa, com veios brancos e rosa-dourados.

Tudo seria perfeitamente encantador, não fossem os enormes espinhos atravessando a parede e rachando o chão. Os mesmos que vi lá fora e na masmorra. Eles cobrem cada centímetro do castelo.

— Gostou?

Dou um pulo e olho para a menina parada na porta. O príncipe mascarado a chamou de Astrid. Ela é uma coisinha, com cabelos brancos e curtos, além de impressionantes olhos vermelhos. A pele pálida é quase translúcida, e ela usa um vestido marfim com avental azul. Astrid não parece ser muito mais velha que eu, embora isso não signifique muita coisa, provavelmente a julgar por suas orelhas pontudas. Se as histórias do meu pai têm algum fundamento, feéricos são imortais. Ela podia ter vinte ou dois mil anos.

— Ah — ela diz. — A propósito, meu nome é Astrid.

— O meu é Rosalina. — Caio sentada na cama, e uma nuvem de poeira se levanta à minha volta. — Se aquele demônio mascarado espera minha gratidão por ter me transferido da masmorra para um quarto, ele vai ficar esperando. Uma prisão bonita ainda é uma prisão.

A expressão de Astrid entristece, e sinto uma pontada de culpa. Talvez ela esteja presa tanto quanto eu. Quem ia querer ficar em um lugar que aprisiona velhos indefesos, é governado pelo homem mais rude que já existiu e guardado por um aterrorizante príncipe mascarado?

Respiro fundo e belisco a parte mais alta do nariz, entre os olhos.

— Desculpe. Não tem sido fácil. Um dia atrás, eu nem acreditava que feéricos existiam.

Meu pai tinha razão o tempo todo. Minha mãe está em algum lugar deste mundo? Ela pode ter sobrevivido? Contenho um tremor quando penso nos goblins pálidos.

— Não sabia sobre nós? Sério? — Astrid saltita em minha direção. — Como chegou aqui, então? Em geral, só os que acreditam conseguem entrar no Vale Feérico.

— Vale Feérico — sussurro. — É onde estamos?

— Exatamente, estamos em Castelárvore. — Astrid me puxa para a janela. Lá fora fica o terreno do castelo e, além dele, as sarças.

— Não parece muito feérico nem encantado — resmungo.

O lábio de Astrid treme.

— Nosso castelo e a terra estão doentes. E isso está se espalhando para os quatro reinos.

— Quatro reinos?

— Primavera, Verão, Outono e Inverno — explica Astrid. — Não pode ver os reinos daqui, mas podemos entrar neles a partir do castelo. Antes que eu tenha tempo para perguntar do que ela está falando, a menina aponta os espinheiros lá fora. — Só que esta terra é perigosa. Sei que não quer ficar aqui, mas eu não tentaria fugir de novo. É espantoso que você e seu pai tenham chegado aqui vivos.

Uma imagem passa por minha cabeça: o homem de cabelo escuro. Era real ou só um produto da minha imaginação depois que bati a cabeça?

— Os arbustos de espinhos estão repletos de goblins e seus cães.

— O que aqueles monstros querem?

Astrid balança o nariz e morde o lábio.

— Caçar, matar e causar o caos. Eles respondem apenas ao Inferior. São só feras raivosas do Príncipe dos Espinhos.

— O Príncipe dos Espinhos. — Estudo os arbustos roxos que sobem pelas paredes e brotam de fendas no chão.

— Isso também é obra dele — explica Astrid.

— Quem é ele? Outro feérico?

Astrid assente.

— O mais perverso e vil de todos. Ele vive em um reino escuro e traiçoeiro conhecido como Inferior. É um grande traidor. Alguém que espero que nunca conheça.

— Os dois feéricos que conheci aqui não são muito melhores. Um prendeu meu pai, e o outro me esganou. Talvez todos os homens feéricos sejam babacas. — Puxo a manga para baixo. Ou talvez todos os homens sejam.

— Sei que a impressão pode ser essa, mas, para quem mora em Castelárvore... há uma grande tristeza. E os príncipes não são tão maus, depois que os conhece melhor.

Quero dizer a Astrid que o nome disso é síndrome de Estocolmo, mas a garota parece tão sincera que tento suavizar o tom. Ela é a única aqui que demonstrou alguma bondade. Na verdade, é única criatura que me trata com gentileza em muito tempo. Eu me sento na cama e suspiro.

— Então, você trabalha aqui?

— Sim, sou parte do estafe do Inverno. Sou dama de companhia, embora não tenha nada para fazer, ultimamente. Peço desculpas por minha agitação. Mas como poderia conter o entusiasmo? Você está aqui. — Ela se senta ao meu lado e toca meu cabelo. — É muito bonita. Nunca tinha visto uma humana.

Meu rosto esquenta.

— Pode me contar mais sobre este lugar? Disse que é parte do estafe do Inverno, o que isso significa? Quem é o feérico de olhos azuis que prendeu meu pai? E o cavaleiro aterrorizante é um príncipe legítimo? Por que não podem apenas podar os espinhos?

Os lábios de Astrid tremem. Opa, acho que peguei pesado demais com as perguntas.

As portas se abrem, e uma mulher feérica entra empurrando um carrinho. Ela parece ser de meia-idade, tem cabelos loiros que usa presos em um coque no alto, lábios cheios e um corpo roliço. As orelhas também são pontudas.

Usa um vestido branco e simples, mas o avental é cor-de-rosa. Antes que eu possa estudá-la um pouco mais, sinto o cheiro do carrinho e deixo escapar um gemido constrangedor.

— Achei que nossa nova hóspede poderia estar com fome, embora tenha ouvido dizer que ela já conheceu algumas das opções mais deliciosas do castelo — a mulher comenta e pisca para mim com cílios muito longos. — Meu nome é Marigold. Sirvo ao Reino da Primavera, mas sou eu que garanto que todos por aqui sejam alimentados e não tenham sede. E isso inclui a nova hóspede.

Quero dizer que sou prisioneira, não hóspede, mas ela trouxe comida, então, mordo a língua. Além do mais, minha boca fica cheia d'água quando sinto o cheiro do que tem no carrinho, embaixo da cobertura.

Marigold nota meu olhar e remove a tampa. A bandeja tem uma variedade de cores, do marrom-dourado dos waffles ao vermelho intenso de tomates fritos. Panquecas fofas ganham o brilho da calda, e fatias suculentas de laranja e morangos vermelhos reluzem como pedras preciosas.

A feérica estaciona o carrinho na minha frente, e pego um pedaço de panqueca.

Uma pessoa inteligente questionaria a possibilidade de a comida estar envenenada, mas tenho certeza absoluta de que esses feéricos poderiam me matar, se quisessem. E, assim que a doçura esponjosa derrete em minha boca, esqueço tudo isso e me entrego à refeição. Quanto tempo faz que não como? Talvez nem faça tanto tempo assim, mas fugir de goblins e ser sequestrada por feéricos realmente abre o apetite.

Depois de devorar uma quantidade suficiente de frutas e outras delícias, levanto a cabeça e vejo Astrid e Marigold me observando. Limpo as migalhas da boca e resmungo constrangida:

— Hum, desculpem. Eu devia ter perguntado se queriam comer alguma coisa.

— Não seja boba — responde Marigold, servindo o chá do bule ao lado da bandeja em uma xícara fumegante. — Depois de tudo pelo que passou, você merece algo de bom. O que fez por seu pai foi muito generoso. O estafe inteiro está comentando.

Ao ouvir a menção ao meu pai, paraliso com o quarto salgado a caminho da boca. Misturo açúcar e um leite com cheiro de castanhas ao chá para adiar a resposta. *Será que ele chegou em casa?*

— O feérico com quem fiz um acordo... — começo, certa de que ela sabe a quem me refiro. — Acha que ele mandou mesmo meu pai para casa?

— É claro — Marigold confirma. — Quando o mestre promete alguma coisa, ele cumpre com todo o coração. Confiável e leal é o que ele é. Um pouco severo, no entanto.

Não entendo. As duas falam com muita leveza desse suposto mestre. O feérico de cabelo branco com aquela voz sombria e os penetrantes olhos azuis...

Keldarion.

— Diferente de outro feérico que conhecemos — Astrid bufa. — Ca... Marigold a encara séria.

— Não pronuncie esse nome aqui. O mestre proibiu, lembra?

— Não sei como poderíamos esquecê-lo. Não com tudo isso. — Astrid gesticula mostrando um dos muitos espinhos que rasgam as paredes. — Ou com os *presentes* constantes para o mestre.

— Não sei como alguém poderia esquecê-lo, mesmo depois de vê-lo uma única vez. — Marigold se abana com um guardanapo. — Por que os maléficos sempre têm de ser tão bonitos?

Acho que estão falando sobre o Príncipe dos Espinhos. Astrid disse que ele cultiva as sarças, controla os goblins e mora em um lugar chamado Inferior.

— Como está o café da manhã? — Astrid pergunta, olhando para mim com aqueles olhos grandes e, é óbvio, aflita para mudar de assunto.

— É a melhor comida que como em muito tempo. — É verdade. Comida de feérico com certeza supera as Pop-Tarts frias e sem graça que normalmente engulo a caminho do trabalho. Bebo um gole do chá, que tem sabor floral e maltado. Ele desce morno e reconfortante pela garganta. — Vocês todos moram e trabalham aqui?

— Sim, somos residentes permanentes. Não seríamos recebidas, se voltássemos para nossos reinos — explica Astrid.

— Como assim?

Marigold alisa as pregas do avental.

— Tem um feitiço profundo neste castelo, e não podemos falar sobre isso. Mas, como agora esta é sua casa, precisa saber algumas coisas.

Astrid se aproxima saltitando, com os olhos vermelhos transbordando empolgação.

— Castelárvore tem quatro alas, cada uma delas representando um dos reinos feéricos: Inverno, Primavera, Verão e Outono. É costume o príncipe de cada reino residir no castelo com um estafe selecionado pessoalmente. Eu sou do Reino do Inverno, e Marigold...

— Sou do Reino da Primavera. — A mulher feérica sorri.

— E agora estamos na Ala Primaveril — suponho, notando as flores que descem pelas paredes.

— Sim — Astrid confirma —, e também tem a Torre Alta...

— E você já conheceu o príncipe do meu reino — Marigold interrompe. Tenho a impressão de que a interrupção é intencional.

Este castelo guarda segredos dentro de segredos.

— O Príncipe da Primavera? — Dou uma risadinha. — Está falando do homem de armadura e capacete? Sim, eu o conheci. Ele apertou meu pescoço e me esganou.

Marigold senta-se ao meu lado na cama e arregala os olhos.

— Com muita força?

Também abro mais os olhos.

— O... o quê?

Ela ri com uma expressão maliciosa.

— Bem, se um dos príncipes quisesse pôr as mãos grandes no meu pescoço...

— Marigold! — Astrid bate nela com um lado do avental. — Você é péssima.

— Ora, uma mulher pode ter fantasias, não pode? Não sobra muito mais que isso para nós por aqui.

Meu rosto fica vermelho. Creio que nós duas temos sentimentos diferentes sobre ser esganada. Mas agora não consigo parar de pensar em como a mão dele é grande o bastante para envolver todo meu pescoço e na força que ele fez para me levantar do chão.

Bato na testa, um tapa merecido. Qual é o problema comigo? Olho novamente para Astrid e Marigold.

— O príncipe e o estafe... De vez em quando, eles... — Paro, sem saber como me expressar.

— Não! — Astrid reage depressa. — Todos eles são muito respeitosos conosco.

— Infelizmente. — Marigold suspira, depois funga baixinho. — Ah, quase esqueci. Trouxe roupas limpas para você.

Também dou uma fungada. Atravessar aqueles arbustos e passar a noite em uma cela não contribuiu muito com meu estado geral. Marigold se abaixa sob o carrinho.

Ela me entrega uma pilha de roupas, que apoio no colo. Não há como deixar de notar a maciez do tecido e como minhas mãos estão sujas em cima dele. Na verdade, acho que ainda tem sangue seco em mim.

— Obrigada.

— Você precisa se livrar desse cheiro de bode que correu no esterco. — Marigold olha para Astrid. — Leve a garota à Veranil para se lavar. Vou mandar o restante do estafe limpar e arrumar este quarto.

— Não precisa ter todo esse trabalho — protesto. — Isso aqui já é dez vezes melhor que a cela na masmorra.

Ela move a mão.

— Bobagem. Não temos hóspedes há vinte e cinco anos, e daquela vez as coisas não correram muito bem. Não tenho ninguém a quem dar ordens há eras.

Antes que eu possa perguntar sobre o desafortunado hóspede de vinte e cinco anos atrás, Astrid entrelaça o braço no meu.

— Lady Rosalina, você vai adorar as fontes quentes. Eu sei que vai.

Fontes quentes em um castelo? Acho que estou um *pouco* curiosa. Além disso, se vou ficar aqui até conseguir pensar em um jeito de passar pelos goblins, conhecer os espaços do castelo é uma boa ideia.

Retribuo o sorriso de Astrid.

— Vamos lá.

Rosalina

— Estamos entrando na Ala Veranil — Astrid avisa.

Mas eu não precisava da informação. Uma brisa morna brinca em meu cabelo, e o ar parece mais denso. Flores forravam as salas da Ala Primaveril, com trechos de grama e musgo brotando no chão. Aqui tem areia transbordando entre as lajes de pedra, movendo-se sob minhas botas. As paredes mudam gradualmente para um tom claro arenoso e são enfeitadas com conchas de cores diferentes. Redes azuis e globos de vidro pendem do teto, e o aroma de sal e sol invade meu nariz.

Um castelo com a magia de quatro reinos feéricos… Ontem eu não sabia que havia um reino feérico, muito menos quatro. Tenho muitas perguntas sobre este lugar.

Não consigo me conter e toco um mensageiro dos ventos pendurado junto de uma janela, um objeto feito de casca de árvore e conchas amarradas com cipó. Elas balançam delicadamente e batem na madeira, provocando um som alegre que formiga em minhas costas. *É bonito.*

— Quase chegando. — Astrid passa a mão na testa e o suor escorre por seu rosto.

— Está se sentindo bem?

— Ah, sim, tudo bem — ela resmunga. — Só não sei por que *ele* precisa manter isso tudo tão quente. Mas sou do Inverno, então, o que sei sobre isso?

Respondo com um sorriso fraco, e ela empurra uma pesada porta de madeira que se abre para uma passagem estreita. Água pinga das paredes de pedra cinza, e o calor aqui é ainda mais intenso que no salão. Abafado e úmido. A sensação é de estarmos descendo, talvez até abaixo do próprio castelo. Depois de uns cinco minutos, a passagem se abre para uma enorme caverna.

O chão muda para areia branca e fofa que contorna uma lagoa azul. É uma gruta encantada. Paredes de pedra criam um labirinto de lagoas borbulhantes, e, além da névoa, vejo uma cachoeira.

— Uau — murmuro, certa de que meu queixo vai tocar o chão. — Como isso é possível?

— Castelárvore — explica Astrid. — A Rainha Feérica o construiu. Ele tem a magia de todos os reinos feéricos. Dentro deste castelo sagrado, ela criou os lugares mais bonitos de cada região.

— Rainha Feérica — sussurro. — Devo me preocupar com a chance de encontrá-la também?

— Ah, não. A rainha não é vista no Vale Feérico há quinhentos anos.

— Como alguém pode governar uma terra sem estar presente há quinhentos anos?

— Bem, ela deixou um Protetor Jurado dos Reinos e… — Astrid dá um tapa na testa. — Esqueci suas roupas limpas. Vai começando, enquanto vou buscá-las correndo.

— Começando?

— É, pode tomar banho. Espere. — Ela se vira para a lagoa e ergue a voz. — Olá! Tem alguém aí? — Sua voz aguda ecoa na rocha da caverna distante. — Tudo bem, estamos sozinhas. Pode deixar suas roupas ali, vou lavá-las.

Ela torce o nariz, e tenho certeza de que preferiria queimá-las em vez de lavá-las. Não tenho culpa se fui perseguida por goblins. Mas sigo o olhar dela até as prateleiras embutidas na parede de pedra. Estão cheias de toalhas brancas e fofas, potes com gel de cores diferentes e barras de sabonete.

Não contenho um gritinho. Quero tirar esse sangue de goblin do corpo.

— Use o que quiser, volto já com as roupas limpas.

— Tem certeza? Posso ir com você.

— Não, não. Por favor. Vá se lavar. Eu insisto.

Acho que ela está um pouco agradecida por não ter que derreter nessa praia enquanto espera eu me banhar.

Astrid hesita.

— Não vai tentar fugir ou coisa parecida, vai?

— Vou só tomar banho. Prometo. — Estou falando sério. Não vou correr o risco de ser capturada pelo Homem de Lata bombado de novo, de jeito nenhum. E ela estava certa sobre os goblins. Quando eu fizer a próxima tentativa de fuga, e vou tentar de novo, serei estratégica.

Astrid sorri para mim com gratidão e se retira, e vou inspecionar a prateleira de pedra. Tem um cesto pequeno, onde ponho um sabonete com cheiro de cereja e alguns frasquinhos misteriosos que contêm um creme denso. Espero que um deles seja xampu.

Analiso ao redor duas vezes antes de tirar a roupa. Astrid garantiu que eu estava sozinha. Tiro a echarpe rasgada e a camisa que um dia foi branca, mas que agora é marrom com um *tie-dye* mórbido. A legging rasgou, e nunca mais quero ver essas meias.

Pego o cesto, ando pela areia macia e entro na água. É gloriosa. Aveludada e morna, a água me envolve, e suspiro demoradamente. O cesto flutua, e o puxo comigo mais para dentro, para o fundo.

A areia dá lugar a pedra lisa. Considerando a cor da água, deve haver alguns trechos onde não vai dar pé.

Vou batendo os pés até a cachoeira no fundo da lagoa, e lá esfrego cada pedacinho do corpo com o sabonete de cerejeira e afundo na água. Sinto um gosto salgado na boca. Massageio o gel nos cabelos. O aroma me faz pensar em uma cornucópia tropical: abacaxis, mangas e cocos.

Vou para baixo da cachoeira, que parece cair do próprio teto, e deixo a água me enxaguar. Quando sinto como se meu couro cabeludo tivesse sido sacudido, aproveito a oportunidade para nadar. Seria capaz de ficar na lagoa para sempre.

Ouço barulho na entrada das fontes quentes. Astrid deve ter voltado. Uma correnteza mansa passa por baixo de mim.

— Astrid? — chamo. Nenhuma resposta, e um arrepio estranho percorre minhas costas. — Astrid?

— Posso ser Astrid, se você quiser, amor — responde uma voz masculina, suave e arrogante.

Solto um gritinho assustado e puxo o cesto para a frente do peito, vendo alguém sair de trás de uma das rochas.

Um homem.

Não, um feérico.

Tem um homem feérico nas fontes quentes comigo.

Rosalina

Puta merda, ele é lindo.

É tão alto que o tronco inteiro está fora da água, e consigo ver com nitidez cada centímetro do peito musculoso. É bem definido e marcado, mas não como o de Lucas, que passava horas na academia buscando definição. Os músculos desse feérico são largos e tonificados, criados com movimentos de verdade e — a julgar pelas pequenas cicatrizes e marcas que cobrem seu corpo — com a prática de luta.

A água é tão transparente que eu poderia enxergar mais para baixo, se quisesse. Talvez uma pequena parte de mim, uma parte bem pequena, esteja curiosa. Mas não sou nenhuma voyeurista, por isso levanto a cabeça. Infelizmente, secar a barriga de tanquinho e o peito perfeito não parece menos pervertido, no momento.

— Apreciando a paisagem? — Seu sorriso é assimétrico, meio de lado, e os dentes são brancos. — Não posso te condenar por isso.

Só meu nariz fica acima da superfície quando me abaixo. Preciso sair daqui. O problema é que, enquanto Astrid não voltar, não tem roupa nenhuma esperando por mim, e, mesmo que houvesse, não vou conseguir sair da fonte sem oferecer a ele a vista completa. Minha única opção é esperá-lo sair.

É claro, ele não tem só um corpo incrível. Cabelos dourados que tocam os ombros, com trancinhas que mantêm pequenas mechas afastadas do rosto. Sobrancelhas escuras e um nariz que parece ter sido quebrado várias vezes — o que é estranho, porque um feérico deveria cicatrizar rapidamente, não? Ou isso é coisa da minha imaginação? Mas o nariz não prejudica sua beleza. Como o sorriso torto, tudo nele é cativante.

Sinto uma contração bem no meio do corpo e fico vermelha quando, com horror crescente, percebo que ele está me estudando como eu o estudo. Seguro o cesto contra o peito e recuo, esperando que as ondulações na água prejudiquem a visão que ele tem de mim, repentinamente consciente da minha barriga levemente arredondada e das coxas em constante contato. Uma lembrança de Lucas dando tapas em minhas pernas para fazê-las balançar passa por minha cabeça.

— O que está fazendo aqui? — pergunto, pondo a cabeça para fora da água apenas o suficiente para formular a questão.

— Tomando banho — responde o feérico, finalmente mergulhando aquele peito perturbador na água. — E dando uma olhada no novo bichinho de estimação de Kel.

Uma fúria quente ferve dentro de mim, e me surpreendo por não ver a água borbulhar.

— Não sou bichinho de ninguém.

Ele levanta uma sobrancelha escura.

— Vamos ver.

Engulo em seco e tento me controlar. A necessidade de ficar brava é grande, mas os olhos dele são como uma droga. Ele sorri para mim, e o sorriso parece sincero. Ofegante, eu o observo, esperando alguma coisa acontecer. Meu corpo se arrepia e os músculos entre minhas pernas se contraem. Quero tocá-lo mais que qualquer outra coisa, mas não posso me mover.

Controle-se, garota. Eu me afasto um pouco mais.

— Quem é você?

— Quem sou eu? — Outro sorrisinho. Tudo é uma piada para ele? — Meu nome é Dayton.

— Dayton — repito. Falo de um jeito casual, sem perceber como o nome soaria em minha boca. Como luz do sol e fogo.

Ele pisca para mim. Seus olhos são azuis. Não como os de Keldarion, com seus olhos de lascas de gelo. Não, os de Dayton são como o mar antes de uma tempestade...

Percebo que, enquanto eu olhava para aqueles olhos, ele se aproximou, e estou nua, e com certeza ele também está nu.

Dou mais um gritinho de medo e ando de costas até bater em uma parede de pedra. Felizmente, isso interrompe seu avanço.

— E imagino que também trabalhe aqui? — pergunto, mesmo que só para me distrair.

Ele levanta as sobrancelhas e ri, uma gargalhada profunda e tão alegre que provoca em mim um sorriso involuntário.

— Amor — diz Dayton —, você realmente não me conhece. Prefiro passar o pau em brasa quente a *trabalhar*.

O humor me contagia, e retribuo o sorriso.

— Bom, vai ter que deixar de ser tão preguiçoso. Marigold disse que vai pôr todo mundo para trabalhar, agora que estou aqui.

— Não, isso é injusto — ele diz. — Não pode envolver Marigold nisso. Se já a conheceu, sabe como ela pode ser apavorante.

— Está de brincadeira comigo.

— Só um pouquinho. — Ele sorri mostrando os dentes brancos. — Qual é seu nome, amor?

— Rosalina. — Continuo me movendo com cuidado, enquanto tento avaliar o feérico. Sua gentileza é diferente da de Astrid e Marigold. Não ignoro o tom de flerte e como seus olhos não se desviaram de mim desde que ele entrou na lagoa.

No nível racional, sei que deveria estar com medo. Estou literalmente nua e a três metros de distância de um homem que pode me dominar em um segundo. Mas nada dentro de mim sugere medo. Na verdade, é o oposto, como se tudo em mim quisesse chegar *mais perto* dele.

Talvez seja algum truque feérico, mas, se quero fugir desse castelo encantado, preciso ser corajosa. Não vou conseguir sair sozinha. Preciso de informação, talvez até de aliados.

Empurro o cesto que contém sabonete, xampu e outros frascos.

— Se vai tomar banho, pode usar. — Minhas bochechas esquentam quando desvio o olhar rapidamente, torcendo para ele não perceber quanto me sinto exposta e vulnerável. Cruzo os braços sobre o peito embaixo d'água, embora ele esteja longe demais para ver alguma coisa, talvez.

— Ah, obrigado. — Ele pega o sabonete.

— Então, o que pode me dizer sobre o senhor deste castelo?

— O senhor? Hum... — Dayton olha para o teto de pedra enquanto desliza o sabonete pelo corpo. Essa pode ter sido uma péssima ideia, porque esqueço por completo o que perguntei conforme a espuma se espalha por seus ombros largos. — O carrancudo gelado? Tem mais força que inteligência. Ele é alguém que você não quer *mesmo* aborrecer. Mas já sabia disso, presumindo que passou a primeira noite na masmorra.

— Caramba, as notícias correm por aqui.

— O que se pode fazer? Você é o novo objeto brilhante que todo mundo quer ver.

Os mistérios continuam se acumulando, mas parece que todos que trabalham no castelo falam pouco.

Dayton se vira ligeiramente; tem uma cicatriz nas costas. Uma cicatriz enorme. As linhas irregulares ondulam na pele perfeitamente bronzeada.

— O que aconteceu... — As palavras saem de minha boca como um sopro, antes que eu consiga pensar melhor nelas.

Ele se vira depressa, exibindo outro sorriso ao passar o sabonete no peito musculoso, depois as mãos desaparecem embaixo d'água.

— Não posso esquecer a parte mais importante. — Ele me encara, movendo o braço para cima e para baixo.

Se eu já não estivesse nessa piscina, tenho certeza de que estaria pingando. Abaixo e sopro bolhas na água, pensando na primeira noite, quando o mestre me trancou na masmorra. Não foi culpa de Dayton e dos outros criados, mas não posso me enganar e pensar que eles são meus amigos.

Outra lembrança surge em minha mente: o jovem feérico com a coleira no pescoço, os olhos dourados, o jeito como o cabelo caía sobre a testa. Levanto um pouco a cabeça para encarar o feérico na minha frente. Felizmente, ele jogou o sabonete de volta no cesto, embora eu não saiba se o que está fazendo agora é muito melhor. Seu peito se alarga, os músculos se alongam quando ele espalha o xampu no cabelo comprido. Alguma coisa atrai meu olhar. Um colar de conchas balança sobre seu peito, com pérolas entrelaçadas em volta de um pedaço irregular de vidro vermelho do mar. É bonito.

— Posso fazer uma pergunta?

— Pergunte qualquer coisa, amor.

— Quando cheguei aqui, vi um rapaz na masmorra. Estava aqui pensando se você sabe por que ele foi preso.

Dayton submerge para enxaguar o xampu do cabelo. Quando se levanta, mechas loiras mais escuras caem sobre o rosto.

— Um homem na masmorra? Humm. — A água se move entre nós quando ele se aproxima. Desta vez não tenho para onde ir.

— Sim. Ele não parecia perigoso. Por que estava lá?

— Bom, tenho uma pergunta para você — Dayton murmura, e agora ele está tão perto que consigo ver todos os tons de azul em seus olhos, o turquesa ondulante e o safira profundo de um oceano. — Ele era bonito?

É uma pergunta ridícula. Uma pergunta que não tem a ver com nada. Eu deveria empurrá-lo por isso. Mas o rosto do homem na masmorra aparece diante de mim como se eu sonhasse acordada. As profundezas de seus olhos dourados, o tremor dos lábios cheios. Não consigo dizer nada além da verdade.

— Sim.

Dayton levanta as sobrancelhas e ri de novo. Desta vez, o som reverbera dentro de mim, bem lá embaixo, e fecho as pernas com força.

O feérico se aproxima, e sinto a pressão da rocha lisa em minhas costas. Ele estende a mão e pega uma mecha do meu cabelo molhado.

— O que você quer com ele?

— Libertá-lo — respondo, acrescentando: — Levá-lo para um quarto, pelo menos, como me levaram. Não é justo que ele fique na masmorra.

— Por quê? — Dayton está tão perto que sua respiração morna acaricia minha orelha. — Quer a gratidão dele? Espera que a recompense?

Não, é claro que não. Minha resposta é simples. Nós dois somos prisioneiros e, de alguma forma, consigo sentir que aquela corrente é tão injusta para ele como seria para mim. Mas as palavras de Dayton são como fogo dentro de mim, e não consigo evitar que elas me consumam. Sinto os mamilos enrijecerem sob meus dedos e abaixo as mãos fechadas para aplacar essa ânsia no interior do meu corpo.

Os olhos azuis de Dayton me queimam. Sua mão grande e calejada segura meu queixo e me obriga a encará-lo.

— Sabe, o mestre não é o único que governa este castelo. Ele também é comandado por três outros príncipes.

— Três outros príncipes. — Minha voz não é mais que um sopro. O contato da mão dele com minha pele gera uma corrente de energia, e preciso de mais. Meu corpo treme, e combato o impulso de tocá-lo.

— Isso mesmo. Tenho certeza de que você consegue deduzir quem são.

Penso um pouco, buscando as palavras como quem peneira areia. Quatro alas, quatro reinos.

— Um príncipe para cada estação.

— Boa menina. — Seu polegar acaricia meu lábio inferior. — Talvez tenha mais sorte se implorar por misericórdia a um deles, em vez de recorrer ao nosso mestre gelado. Sabe implorar, Rosalina?

Todo o ar deixa meu corpo de uma vez só, em um sopro, e não sou mais que pedra derretida brilhando nesta água.

— Meu príncipe! — Uma voz aguda e chocada ecoa no espaço amplo. Astrid está parada na margem, carregando um fardo de roupas.

Dayton solta meu queixo e abaixa a mão.

Com a perda do contato, minha sanidade retorna. Como é que pude perdê-la? E, com o retorno da sanidade, as palavras enfim são absorvidas pelo cérebro.

Meu príncipe.

A porra do príncipe.

Esse feérico na fonte quente é um príncipe. Quero morrer. Eu aqui tentando arrancar informações dele, como se lidasse com um serviçal. Acho que deveria estar grata por ele não me trancar de novo na masmorra.

— Peço desculpas, milorde — Astrid gagueja. — Não pensei que estaria aqui.

— Tudo bem, Astrid — Dayton responde, já a caminho da margem. — Eu queria conhecer nossa nova hóspede.

E é então que, para meu horror cada vez maior, percebo que Dayton está saindo da água. Eu devia olhar para o outro lado.

Mas não olho.

E puta merda. Sua bunda foi esculpida pelos deuses, e consigo vislumbrar de relance alguma coisa muito comprida e ereta entre suas pernas, antes de ele enrolar uma tolha branca no quadril.

— Rosa — ele sorri, pegando-me desprevenida no meio dessa olhada pervertida —, por que não encanta o Príncipe do Verão para conseguir o que quer? Ouvi dizer que ele é o mais bonito. E o melhor na cama.

A gargalhada idiota e perfeita de Dayton ecoa no espaço amplo quando ele vai embora.

Rosalina

O sol poente espalha uma suave luz rosada e vermelha por todo o quarto. Marigold pôs o estafe para trabalhar. Talvez ela seja mesmo assustadora, como Dayton insinuou. Quando voltei das fontes quentes, havia flores frescas em vasos pintados, e os lençóis que cobriam a mobília tinham sido removidos para revelar uma penteadeira e um guarda-roupa brancos. Ela não demorou nada para encher o armário com belos vestidos. A cama tinha lençóis limpos com um aroma suave de rosas por trás do eterno perfume de flor de cerejeira.

Marigold serviu meu jantar muito cedo. Não podia ser mais que quatro horas, mas não recusei a comida. A sopa era quente e reconfortante, e eu não conseguia deixar de rir com a boca cheia, enquanto Astrid e Marigold me interrogavam para saber todos os detalhes do meu encontro com Dayton.

Dayton, o Príncipe do Verão.

Fiquei nua dentro d'água com um príncipe feérico. Acho que meu rosto ainda está enrubescido depois disso. E corou ainda mais quando Marigold me pediu para descrever o abdome dele com todos os detalhes. Ela teria entrado em combustão espontânea se eu mencionasse a bunda perfeita.

Depois que terminei de comer, Astrid e Marigold recolheram os pratos, mas deixaram uma vasilha com frutas secas e castanhas, caso eu sentisse fome durante a noite. Elas abriram a porta do banheiro contíguo e me ensinaram a usar a latrina — graças ao bom menino Jesus, os feéricos têm encanamento interno. Depois me desejaram uma boa noite.

— Lembre-se, meu bem — Marigold avisou —, não saia do quarto até o sol nascer. Essa é uma ordem direta do mestre.

Agora que as duas saíram, uma solidão surpreendente me invade. É muito estranho. Não me importo com isso, ficar sozinha. Fico perfeitamente contente em minha casinha, esperando meu pai. Mas este lugar, embora bonito, é diferente. E elas não me deixaram nada para fazer. Amanhã vou ter de perguntar se tem livros no castelo.

Pego o celular do meio do que sobrou das minhas roupas, agora bem dobradas. É claro, não tem sinal e a bateria está quase acabando. Mas me permito um momento para olhar a foto do meu pai, depois uma de Lucas. Apesar de ele ter me abandonado, espero que tenha voltado para casa em segurança. Ele estava muito perto da roseira, deve ter escapado. Abro mais duas fotos do meu álbum favorito e paro em um velho retrato escaneado dos meus pais na frente do salgueiro. O cabelo castanho e longo de minha mãe tinha sido ondulado, e ela usa o pingente de rosa de pedra-da-lua no pescoço. É o mesmo que meu pai nunca tira. É uma das poucas coisas que temos dela.

De repente, queria que ele também tivesse algo meu.

Vivo um momento de autopiedade, depois jogo o celular na gaveta da mesa de cabeceira e me sinto entediada no mesmo instante. O sol ainda não se pôs, e não estou cansada. Meu corpo ainda está cheio da energia deixada pelo encontro nas fontes quentes.

Dayton não me deu nenhuma informação sobre o homem na masmorra. Por que não consigo tirá-lo da cabeça? Se eu soubesse o que ele fez, por que o prenderam...

Talvez o homem esteja tão aflito quanto eu para fugir. E se ele conhece o território? Um jeito de passar pelos goblins, talvez? Alguma coisa desperta em meu peito, uma urgência que me induz à ação. *Preciso encontrar o homem na masmorra.*

Já vesti o pijama que Marigold me deu, na verdade, uma camisola macia com flores cor-de-rosa bordadas na bainha, e pego um manto azul e simples no guarda-roupa. Em seguida, calço minhas botas velhas e me dirijo à porta.

Qual é o grande problema de sair do meu quarto à noite? Giro a maçaneta, e a porta não cede.

Trancada.

É claro que está trancada. Dou uma olhada no quarto, procurando alguma coisa que sirva para forçar a fechadura. Ouço um ruído das plantas, olho para trás e vejo um espinheiro se movendo, crescendo um pouco mais. Um dos espinhos se torna longo e pontiagudo... como uma chave micha.

Isso é de uma conveniência sinistra. Mas nunca fui de olhar os dentes de um cavalo dado, então digo um simpático "obrigada" para a vinha esquisita e arranco o espinho. A ponta desliza para dentro da fechadura, e ouço o clique instantaneamente.

Nervosa, prendo o espinho no cabelo e saio devagar para o corredor silencioso. *Cadê todo mundo?* Não tenho plano, só uma poderosa urgência de falar com esse feérico. Sinto que é importante.

A rota que Ezryn seguiu quando me arrastou pela echarpe é clara em minha cabeça, e chego ao saguão principal. Lá embaixo, depois da escada, tem a porta da frente e aquele espelho estranho.

O espaço também está vazio. Todo mundo dorme cedo?

Do hall de entrada, sigo o mesmo caminho escada acima para a masmorra na torre, desviando com cuidado dos espinhos para não me espetar neles.

O ar úmido acariciando meu cabelo molhado provoca um arrepio. Nenhuma tocha foi acesa, e vou andando guiada pelo restinho de luz vermelha do sol que passa pelas janelas abertas, mas protegidas por grades.

A escada circular termina, e entro na sala das celas.

Meu coração dispara. Lá está ele.

Mas está deitado, de olhos fechados. Uma onda de medo me invade, até que noto o movimento suave do peito subindo e descendo. *Ele só está dormindo.*

Continua sem camisa, vestido apenas com uma calça marrom simples.

— Oi — cochicho por entre as grades. Ele não se mexe. Parece que não tem mais ninguém, mas foi neste lugar que aquele grande bruto gelado me surpreendeu da última vez, então, não quero falar muito alto.

Em vez disso, puxo o longo espinho do rabo de cavalo e tento abrir a fechadura. Em poucos momentos e com alguns movimentos, ela destrava com um clique. Sem fazer nenhum barulho, deixo o espinho no chão e empurro a porta de barras de ferro.

Eu me abaixo ao lado do homem. As mãos dele estão livres, mas a grande coleira de metal envolve seu pescoço, presa à parede de pedra por uma corrente.

Alguma coisa feroz desperta dentro de mim quando o vejo acorrentado desse jeito. De imediato, remove a coleira puxando-a até o topo de sua cabeça, mesmo sem saber de que ela adiantaria. A coleira é grande demais para o homem, que poderia tê-la tirado sozinho sem dificuldade.

Com delicadeza, sacudo seu ombro.

— Ei, acorda.

Ele se levanta lentamente, e mechas de cabelo castanho caem sobre a testa, revelando a ponta das orelhas. Dayton tinha me perguntado se ele era bonito e, embora seja, tem algo mais. Um tipo de beleza que enfeitiça.

— Você. — A voz dele é áspera.

— Vim te resgatar — aviso.

— Me resgatar? — ele pergunta sonolento. Então, seu rosto se transforma em uma máscara de horror. Ele leva as mãos ao pescoço, olha para baixo, para a coleira no chão.

— O que você fez?

— Eu te soltei. — Aponto a porta aberta.

Se tirar o colar foi a pior coisa do mundo, a porta aberta era o fim de todas as coisas.

— Ah, não... — Ele olha para a janela da cela quando a última luminosidade vermelha desaparece além do horizonte, envolvendo-nos em completa escuridão. Seus olhos dourados penetram nos meus, e ele fala com a voz sufocada: — Você tem que correr.

Rosalina

Olho para o feérico, tentando entender o medo em seus olhos dourados.

— Correr? — repito.

— Corra! — ele grita, mas a ordem se torna um grito áspero, e ele se dobra.

— Está tudo bem? — Estendo a mão para tocá-lo.

Sua pele ondula, uma estranha luminosidade vibra em torno dele, e seu grito de aflição se torna um rosnado profundo, enquanto pelos brotam onde antes havia só pele. Sua silhueta dobra de tamanho, depois triplica, muda, transforma-se. Uma nova criatura respira profundamente, e o vapor invade a sala gelada onde ela se levanta.

Um monstro pavoroso se debruça sobre mim. Tem semelhanças com um lobo, com o focinho longo, as orelhas pontudas e quatro patas. Mas é como se algo repugnante e monstruoso tivesse acontecido. De seu corpo se projetam gravetos pretos e galhos afiados. Folhas podres e murchas cobrem o pelo castanho-avermelhado, e seu hálito tem cheiro de madeira queimada.

Isso faz eu me lembrar dos goblins e de seus cães. A diferença é que este é gigante, tem mais de um metro e oitenta de altura e o dobro de largura. O terror aperta meu coração com tanta força que não consigo nem gritar.

De repente, a coleira gigantesca no chão faz muito mais sentido.

O olhar do lobo monstruoso está cravado em mim. Os olhos dourados são os mesmos do homem feérico. Mas não há sinal de reconhecimento quando me encontram.

Um rosnado profundo irrompe de sua boca, e ele avança. Impelida pelo pouco impulso de autopreservação que me resta, rastejo e saio do caminho da criatura, tentando alcançar a porta da cela. O movimento a fecha acidentalmente, trancando-me ali com o monstro. Um grito de pavor brota do meu peito. A criatura move uma pata, e a dor explode em minha panturrilha quando ele arrasta as garras enormes por minha perna.

Desesperada, tento alcançar a porta da cela outra vez, consigo abri-la e saio. A dor irradia a cada movimento que faço, e o sangue escorre por minha perna. *Puta que pariu.* Sigo mancando tão depressa quanto posso, tentando chegar à escada.

Atrás de mim, o lobo monstruoso uiva e se atira contra a porta da cela, arrancando as dobradiças. Desço a escada com toda velocidade possível, torcendo para o espaço estreito retardar o avanço da criatura.

Passo por entre os galhos espinhosos, usando os braços e o corpo para abrir caminho. Olho para trás e vejo os arbustos se fechando em torno do monstro. Mas ele segue em frente, quebrando-os como se fossem ossos. Os espinhos rasgam seu pelo, mas a fera é implacável, e uma profusão de galhos destruídos cobre o chão de ensanguentadas pontas roxas. Pedra e casca de árvore se desprendem do teto do castelo.

Grito, sinto o corpo inundado por um terror bruto. *Socorro. Alguém me ajude.*

Os espinhos enroscam em meu manto, rasgando e esgarçando. Meu cabelo engancha nos galhos, o rabo de cavalo se solta e mechas longas caem sobre meus olhos. Tropeço nos últimos gravetos e corro cambaleando para o saguão principal do castelo, onde caio. O sangue que escorre do ferimento em minha perna forma poças embaixo de mim.

Ouço um estrondo na escada, o barulho de pedras caindo e se partindo à medida que espinhos são arrancados das paredes.

Tento me levantar, mas minha mão escorrega no sangue e caio de novo, batendo com o queixo na pedra dura. *Levante, levante, levante.*

Sinto a garganta em carne viva e as lágrimas escorrendo pelo rosto, enquanto a dor parece cortar meu corpo. Apesar dela, trabalho músculo a músculo, até ficar em pé. A perna machucada queima quando me obrigo a continuar andando, mancando pelo saguão.

Olhos estranhos me espiam das sombras. Olhos... de animais. Um guaxinim, um pássaro nas vigas, um coelho...

Todo o ar deixa meu corpo quando sou derrubada de cara no chão. *Ele me pegou.* Arrasto-me, em desespero tentando cobrir o rosto com os braços. Uma pata gigante cai sobre meu ombro, imobilizando-me no chão, e a outra passa por meus braços.

Uma fileira de dentes afiados brilha quando ele rosna para mim. O cheiro de madeira queimada domina o ar. Ele abre a boca.

E a única coisa em que penso é que, pelo menos, a morte causada por um lobo monstruoso é um pouco mais admirável que cair do banquinho da livraria. E com certeza é melhor que morrer afogada. Um arrepio gelado percorre meu corpo, e imagino se ser devorada por um lobo é melhor que o afogamento: congelante, até o corpo todo queimar.

Um rosnado diferente ressoa.

O uivo ensurdecedor de dor explode em meus ouvidos quando um novo conjunto de dentes encontra o pescoço do lobo castanho-avermelhado debruçado sobre mim. Há outro lobo aqui, e ele tem o dobro do tamanho do primeiro. A criatura maior fecha a boca e tira o lobo castanho de cima de mim com uma força aterrorizante. A fera menor voa longe em meio a um borrão de pelo e sangue, ganindo até bater na parede de pedra e cair com um baque repulsivo.

Quando o lobo maior avança, um medo paralisante me domina. Lascas brilhantes de gelo enfeitam seu corpo, e uma hipnótica luminosidade azul dança no pelo branco, desenhando padrões em espiral.

O lobo castanho do outro lado se levanta do chão com dificuldade, pingando sangue vermelho do ferimento no pescoço. Seus olhos ainda estão cravados em mim, e ele rosna. O chão fica molhado de saliva.

A criatura branca dá um passo, depois outro, até me cobrir com seu corpo imenso. Ele se abaixa o suficiente para eu poder tocar a barriga macia de pelos alvos.

Sinto no ar uma nota sutil de neve, um frio que penetra em meus pulmões aos poucos, como o primeiro sopro do inverno.

O lobo branco abre a boca e uiva.

O som reverbera em meus ossos e vibra por todo o castelo, fazendo a pedra tremer. Até os espinhos estremecem e se retraem.

Se eu achava que meu coração não podia suportar mais nada, estava enganada. Porque duas outras formas gigantescas aparecem no hall de entrada.

Ai, meu Deus, mais lobos. Eles saltam na frente do lobo branco e avançam em direção ao marrom. Esses dois são ligeiramente maiores que o marrom, mas não tão grandes quanto o branco.

Um é cinza-escuro, quase preto, e rosna baixo encarando o marrom. Uma demonstração de domínio. O monstruoso lobo preto tem pelo grosso, no qual há ossos de pequenos animais presos: vejo crânios de aves e chifres enroscados. Fungos de cores brilhantes e musgo crescem em partes das patas traseiras e das costas. Seus olhos amarelos brilham muito no escuro, e ele mostra os dentes tortos.

O lobo marrom late irritado uma vez, mas não recua.

Durante todo o tempo, a respiração pesada da criatura branca me envolve. Ele está encolhido, pronto para saltar. Olho para a escada por entre suas patas imensas, e ele rosna aborrecido, como se soubesse que estou pensando em fugir.

O quarto lobo salta. Algas marinhas podres se emaranham no pelo dourado. Há estrelas-do-mar e corais grudados em suas patas. Conchas e vidros do mar emolduram seus olhos e a mandíbula. Ele abocanha a nuca do lobo marrom.

A criatura marrom gane, mas o dourado apoia uma pata gigantesca sobre suas costas e o obriga a se abaixar em submissão. Finalmente, o lobo marrom dá um último latido e fecha os olhos.

Um grunhido satisfeito brota do lobo preto, e o dourado abre a boca, soltando o pescoço do marrom, mas mantém a pata sobre suas costas. Os dois olham para a criatura branca.

O supergigante lobo branco e gelado que continua debruçado sobre mim.

Ah, não, não sei o que está acontecendo aqui, mas espero mesmo que não seja uma batalha entre lobos para decidir quem vai conseguir me comer. Tenho que sair daqui. Rastejo de baixo do lobo branco, e um grito apavorado escapa de minha boca.

— Keldarion! Socorro!

Com um movimento tranquilo, o lobo branco dá um passo e bloqueia minha rota de fuga. Ele é muito grande, e a cabeça está bem na minha frente. Linhas azuis e brilhantes giram em torno de seu rosto, mas são os olhos que me paralisam. Azuis e claros como um lago congelado.

— É você... — murmuro.

Eu me viro para os outros lobos. Se o marrom era o rapaz da torre, então...

O lobo dourado com os corais e os vidros do mar grudados no pelo... conheço aquele dourado. Já o vi na cabeça do príncipe feérico nas fontes quentes. E o lobo preto cujo pelo cintila cinzento à luz da tocha, como a armadura do feérico mascarado...

Primavera, Verão, Outono e Inverno. Os quatro príncipes feéricos.

— Vocês são feras — concluo ofegante. — Todos vocês são feras.

O lobo branco rosna baixinho, e todo o calor restante desaparece do ar. Então Keldarion, o feérico que é Príncipe do Inverno, crava seus olhos gelados em mim e abre a bocarra.

Puta que pariu, talvez, no fim, eu esteja aqui para virar refeição de lobo. Ele me pega com a boca. O pânico inicial desaparece quando não sinto dentes me perfurando. Ele está me carregando pelo castelo.

Um momento depois, estou rolando pelo chão do meu quarto. O lobo me empurra com o focinho até eu ficar deitada de bruços. Ele coloca uma pata na minha panturrilha ensanguentada. Sinto o choque da dor, depois o formigamento da dormência. Observo minha perna e vejo uma fina camada de gelo cauterizando a ferida.

— O que está acontecendo? — pergunto aflita. Olho para o lobo, mas ele já me deu as costas. — Keldarion?

Estou sozinha de novo em um castelo de feras.

Dayton

Ouço vozes discutindo antes mesmo de abrir a porta. Ezryn deve ter culhões tão duros quanto o capacete que sempre usa. Mesmo sabendo que ele vai assumir o comando do que está acontecendo lá fora, hesito. O gelo envolvendo lentamente o batente não é um bom sinal.

Ranjo os dentes e abro a porta. Esta é a sala de que menos gosto no castelo inteiro. É sempre muito fria.

Kel e Ez estão parados ao lado da janela e continuam discutindo quando entro, como se eu fosse imperceptível. Não é incomum.

Farron está encolhido no sofá, com os joelhos puxados contra o peito. Meu coração fica apertado. Ele parece muito infeliz. Sento-me no braço do sofá, e ele se encolhe junto de mim no mesmo instante. Sua mão agarra o tecido da minha calça e, por instinto, toco as ondas macias de seu cabelo castanho.

— Por que papai e mamãe estão brigando desta vez? — cochicho.

Isso me rende um breve sorriso, antes de ele ficar sério de novo, com os olhos dourados vidrados.

— É tudo minha...

— Não — eu o interrompo e levanto seu queixo. — Não comece.

— Ah, Dayton, parece que enfim conseguiu se arrastar para fora da cama. Estaria a par dos acontecimentos se tivesse chegado na hora. — A voz metálica de Ezryn reverbera, e ele me analisa. — Mandei Rintoulo te chamar há uma hora.

— Esperava uma atitude diferente do Príncipe do Verão, o bêbado? — Kel resmunga, sempre com o cabelo branco emoldurando os ângulos da mandíbula.

Um sorriso largo modifica meu rosto, uma defesa instintiva.

— Desculpem. Vocês sabem que arrastar um animal gigantesco até a masmorra dá muito trabalho. É muita escada. E muitos *espinhos*.

Kel franze a testa, e uma camada de gelo estala sob seus pés. É muito fácil tirar o cara do sério.

— Chega — Ezryn se irrita. — O assunto é grave.

Meus dedos descem um pouco mais pelo pescoço de Farron, e ele se retrai. Ainda tem marcas vermelhas ali, mas não foram deixadas por mim. Só segurei a pele frouxa da nuca. O ferimento é resultado da mordida de Kel. A prova da força do ataque era que a marca ainda persistia em Farron em sua forma feérica.

Faz tempo que todos nós sabemos quanto Kel está desequilibrado, mas a noite passada ultrapassou os limites. E não vou deixar Farron pagar por isso.

— Você tem razão. É sério. — Eu me levanto, e a raiva me percorre como uma onda de calor. A água invade minhas botas onde o gelo derrete sob meus pés. — Farron foi ferido ontem à noite. Poderia ter sido morto.

— Farron deveria aprender a controlar sua fera. — Keldarion dá um passo em minha direção. — O filhotinho teve vinte e cinco anos para isso.

O rosto de Farron se contorce de tristeza.

— Ele nem deveria ter precisado disso! — grito. — Você quase quebrou o pescoço dele. Por quê? Para proteger uma humana?

Não é fácil me amedrontar. Já vi Kel destruir sua torre, arrancar espinhos das paredes, quebrar pedra com as mãos. Já o vi matar vinte feéricos com sua lâmina no tempo que o inimigo levou para sacar a espada. Mas nunca o vi no estado em que ele ficou quando se colocou sobre a garota e fez todo o castelo tremer com seu uivo. O jeito como ele a protegeu...

Kel rosna baixinho, no fundo da garganta, e me puxa para perto.

— Não foi culpa de Rosalina! — grita Farron.

Ao ouvir o nome dela, Keldarion solta meu braço, e nós ficamos quietos.

— A culpa é minha — Farron continua com tom triste. — Kel tem razão. Não tem justificativa para eu não conseguir controlar minha... a fera. Todos vocês conseguem.

Kel olha pra Farron, e, se eu não tivesse certeza de que maldito gelado é desprovido de qualquer emoção, poderia jurar que alguma coisa semelhante a culpa reluz em seus olhos.

— Por que ela estava fora do quarto? Falei para não a deixar sair. — Kel está gritando com Ez de novo. Uma das coisas que ele mais gosta de fazer.

— Verifiquei a porta antes de me recolher — Ezryn afirma. — Não sei como ela saiu.

Quando tudo se encaixa, respiro fundo.

— Ela queria libertar Farron. Droga, ela me perguntou sobre ele nas fontes. Disse que você era bonito. — Bagunço o cabelo dele ao ver suas bochechas vermelhas. — Não contei nada para ela porque... porque, merda, Kel. Você nunca conta nada para nós.

Keldarion me encara, e sei que ele absorveu o que falei. Sim, eu a vi nas fontes e não posso ficar pensando nisso, porque meu pau fica duro quando me lembro daquele momento.

Todos os serviçais cochichavam sobre a mulher que Keldarion mantinha prisioneira. O que era bem esquisito. Kel não fazia prisioneiros. Nunca olhou duas vezes para todas aquelas feéricas lindas, normalmente seminuas ou nuas, com as quais Caspian insistia em tentar atraí-lo para os portões do castelo. Então, por que a teria aprisionado? Não podia ser só por causa de sua beleza, que era assunto de todas as fofocas dos serviçais.

Mas eu precisava ver com meus próprios olhos. Afinal, quanto uma humana podia ser realmente bonita?

E descobri... Bonita pra cacete.

Talvez eu fosse tendencioso, mas ela parecia incrível nas fontes quentes da Ala Veranil, com os olhos castanho-claros e o cabelo escuro contrastando com a pele pálida. Molhada e nua, com o rosto tingido pelo mais delicioso tom de rosa, deixando escapar um gritinho de surpresa...

Porra, minha vontade foi de jogá-la na areia e fazer sexo com ela, só para ver que outros sons poderia produzir. Não consegui ver muito de seu corpo. Ela ficou submersa, mas, entre uma ondulação e outra, deduzi que tinha seios fartos e adivinhei uma curva mais generosa do quadril. Meu pau endureceu assim que a vi, e soube que seus lábios tinham gosto de sal, que todo seu corpo me faria querer lamber cada centímetro seu.

Mas sabia que ela era prisioneira de Kel e, por isso, estava fora do meu alcance. E estaria mentindo se dissesse que isso não me fez desejá-la ainda mais.

— Day — Farron sussurra. Seus olhos dourados me analisam, as bochechas levemente coradas. Kel me encara de modo letal. Droga, pensar na garota me deixou excitado, e todos eles conseguem farejar isso no ar.

Pois que o filho da mãe fareje. Está amargurado depois da última experiência amorosa, que foi um desastre, e tenho zero compaixão por ele. Quem confia em quem ele confiou merece tudo o que recebeu. Ez o avisou. Farron e eu avisamos. Todo o seu reino avisou.

Ezryn suspira aborrecido e se coloca entre nós.

— Por mais que eu deteste admitir, Dayton tem razão. Kel, você precisa nos contar por que ela está aqui.

— Já falei — ele grunhe, e os olhos de lascas de gelo se voltam para mim. — O pai dela é um ladrão, e ela trocou a própria liberdade pela dele.

Temos todos a mesma suspeita. Não pode ser essa a razão. Há mais algo mais que ele não revela.

Como sempre, a maldição da Feiticeira ecoa em minha mente: *Este feitiço só será quebrado pela conquista verdadeira do amor predestinado; e só se o vínculo amoroso que há muito tempo foi escrito nas estrelas for aceito.*

Que grande bobagem. Conheci duas, talvez três pessoas em toda minha vida que encontraram o parceiro predestinado. Não duvido que ela nos tenha amaldiçoado sabendo que o feitiço jamais poderia ser quebrado.

— Se insiste em mantê-la aqui — diz Ezryn —, precisamos decidir o que fazer com ela. Precisamos estabelecer regras, e vamos informar à garota...

— Não vamos dizer nada para ela! — Keldarion rosna. — Quer hospedá-la na Ala Primaveril? Muito bem. Mas a garota ficará permanentemente no quarto. O estafe pode levar comida e...

Ezryn não cede. Ele o interrompe com um tom ameaçador, grave.

— Você é tão irrazoável com Rosalina quanto foi com Caspian.

Farron segura minha mão. Entramos na fase final do jogo. O castelo inteiro está desabando.

Há um instante de silêncio, como uma pausa em uma canção. Keldarion se ergue até sua estatura máxima, e o inverno explode em torno de si. Lascas de gelo se quebram no ar. Empurro Farron para o chão e me jogo também, cobrindo a cabeça dele com os braços.

A fera dentro de mim luta para sair, mas a contenho. O lobo dourado enfureceria Kel ainda mais. Farron treme sob meu toque, e aproximo a boca de sua orelha.

— Está tudo bem. Não precisa do seu lobo, vou te proteger.

Ele assente, e seu corpo treme sob o meu.

Pedras caem do teto quando olho para cima e vejo Kel jogar Ezryn contra a parede. Ele congelou todos os espinhos na sala. Estão morrendo aos poucos, mas sei que vão crescer de novo rapidamente.

— Eu poderia arrancar sua língua por essas palavras — Kel rosna, empurrando com força o Príncipe da Primavera contra as pedras.

Ez inclina a cabeça, e fragmentos de gelo brilham no capacete de metal.

— Sem ofensa, Alteza, mas primeiro teria que alcançar minha língua.

Esse cara é foda. Um dia ele vai ultrapassar os limites com Kel, e vamos ver suas entranhas de metal espalhadas pelo castelo. E o pior é que o corpo vai acabar tão mutilado que não saberemos a aparência dele, nem depois de morto.

Mas Kel deixa o ar sair em um longo sopro e solta Ezryn no chão.

— Faça o que achar certo, Ezryn. Não quero nada com a garota.

— Então, deixe-a ir embora.

Ele vira a cabeça, e o cabelo branco cai sobre o rosto.

— Nunca.

— Se você se nega a manter este castelo em ordem, vou ter que cuidar disso — Ezryn avisa. — Vou passar informações suficientes para Rosalina, a fim de mantê-la segura aqui. É evidente que ela não tomará conhecimento das nossas questões mais íntimas. Mas o castelo vai ser a casa dela, e é o lar de todos que moram aqui.

Lentamente, eu me levanto e puxo Farron comigo. O único som é o dos espinhos, já crescendo outra vez, espalhando-se pelas paredes e pelo teto do quarto de Kel. Droga, a magia daquele demônio é implacável.

O peito de Keldarion arfa, a respiração é pesada em sua garganta.

— Diga a ela o que tiver de dizer. Alimente-a. Vista-a. Faça o que quiser. — Seu olhar penetrante e gelado se detém em cada um de nós. — Mas nenhum de vocês vai tocar nela.

Ele se recolhe às sombras do quarto, e o poder de suas palavras se espalha por meu corpo. Merda. Por que tenho a sensação de que, de todas as regras malucas de Kel, essa vai ser a mais difícil de seguir?

Rosalina

Ontem à noite, dormi na cela de uma prisão. Hoje, estou em um quarto lindo, em uma cama macia com dossel.

E tanto faz, poderia ser aquela masmorra fria.

Tentei ajudar o homem feérico… mas ele se transformou. O aviso rouco de meu pai ecoa em minha cabeça: *Eles são monstros, Rosa! Feras!*

Sim, entendi o alerta quando Keldarion me jogou dentro de uma cela e Ezryn me sufocou, acusando-me de ser uma espiã. Nunca imaginei que eles fossem mesmo *lobos demoníacos*.

Encolho-me enrolada nos cobertores. Aquela coisa… ela me atacou. Sangue seco cobre minha perna. O gelo com que Keldarion cobriu o machucado derreteu há muito tempo. Sei que deveria ter tentado lavar o ferimento ou pelo menos improvisado um curativo, mas não consigo fazer nada que não seja ficar encolhida na cama.

O que vou fazer?

Sou prisioneira de quatro príncipes feéricos. E sou indefesa contra eles.

O céu começa a clarear. Acho que consegui dormir uma ou duas horas, mas foi um sono muito agitado. O medo desapareceu com a noite e deu lugar à tristeza. Abraço o travesseiro e choro.

A porta do quarto é aberta e me levanto sobressaltada. Mas é só um coelhinho branco. Ele vira a cabeça em minha direção, observando-me com os pequenos olhos brilhantes e vermelhos.

— Oi, fofinho — sussurro com a voz rouca de tanto chorar. — Também está preso neste castelo?

O coelho se aproxima aos pulinhos, até que, com um grande salto, sobe na cama. Não contenho um sorriso. Sempre quis ter um bichinho, mas, com a agenda inconstante de meu pai, nunca achei justo.

O animal se sacode bem ao lado do meu rosto, e toco seu pelo macio.

— Também precisava de companhia? — fungo. — Tudo bem. Estou aqui.

Ele é muito fofo com o focinho cor-de-rosa, as orelhas compridas e os brilhantes olhos vermelhos que parecem atentos, cravados em mim. A manhã se anuncia no horizonte, e os primeiros raios dourados de sol passam pela janela.

— Qual é seu nome? — pergunto. — Bola de neve? Fofinho? Pulinho... AAH!

Fofinho está... *crescendo*. E se despindo do pelo como em algum tipo de pesadelo. Recuo me arrastando na cama, mas, quando pisco, o coelho desapareceu e foi substituído por... Astrid.

— Pode me chamar de Fofinha, se quiser. — Ela sorri. Está deitada na minha cama, muito tranquila, com a cabeça ao lado da minha no travesseiro. E completamente nua.

— Onde... onde estão suas roupas? — pergunto com voz aguda. — Ou seu pelo?

Ela olha para o corpo magro, pálido.

— Ah, é verdade. Esqueci que os humanos não se sentem tão confortáveis com a nudez.

Rindo, Astrid se levanta e vai pegar um roupão no guarda-roupa.

Eu me apoio sobre as mãos e os joelhos, encarando-a sem disfarçar o choque. Ela se vira e me observa com os olhos humanos, mas vermelhos como os do coelho. Espera. Não são olhos humanos. Ela é feérica, como os outros.

Astrid cruza as mãos diante de si e sorri, como se esperasse eu me recuperar.

— Por que chegou como um coelho? — pergunto devagar.

Ela ri e caminha com leveza para sentar-se na beirada da cama. O cabelo branco e liso desce até o queixo, e a franja deixa à mostra sobrancelhas claras.

— Sou uma lebre, na verdade. Elas são bem comuns no Reino do Inverno. Devia ir vê-las!

A única coisa que sei sobre lebres é que uma vez, quando estava deitada na cama com Lucas afagando meu rosto e me olhando com o que poderia ser amor, ele sorriu e abriu a boca, e jurei que ia me dizer todas as coisas que eu queria tanto ouvir, mas falou:

— Já ouviu o grito de uma lebre morrendo? Às vezes gosto de atirar nelas com o rifle, mas o tiro me impede de ouvir o grito. Consigo arrancar esse som delas com a faca. É diferente de tudo o que você jamais vai ouvir.

— Então ele montou em mim, tocou meu rosto e sussurrou no meu ouvido:
— Quero ouvir você gritar do mesmo jeito.

Não sei se cheguei a dar o que ele queria.

Fecho os olhos com força, trazendo os pensamentos de volta ao presente. Porque prefiro estar neste quarto com essa maldita aspirante a coelhinha que viver aquele momento de novo.

Ele não é mais assim, uma parte da minha mente argumenta. *Ele me pediu em casamento.*

— Tudo bem? — Astrid se aproxima e afaga meu cabelo com ternura.

— É tudo meio opressor — respondo. — Alguns dias atrás, estava trabalhando em uma livraria. Agora sou prisioneira em um castelo encantado.

Astrid sorri com tristeza.

— Não sei se isso melhora as coisas, mas estamos todos muito animados com sua presença. Não aconteceu nada de empolgante nos últimos vinte e cinco anos.

— Está presa aqui há todo esse tempo?

Ela assente e une as mãos no colo.

— Podemos ir embora, acho. Mas para onde iríamos? Os amaldiçoados não têm um lar para onde voltar.

— Amaldiçoados — repito. — Todo mundo aqui é... amaldiçoado?

Astrid caminha até a janela, e a luz do amanhecer pinta seu corpo pálido de cor de laranja.

— Feéricos de dia, animais à noite. Suponho que nós, os serviçais, deveríamos nos sentir sortudos. Você se acostuma a virar animal. Mas não acredito que seja possível se acostumar com... o que acontece com os príncipes.

Os horrendos lobos deformados aparecem em minha mente, os olhares insanos e os corpos gigantescos fazem meu coração disparar.

— O que aconteceu aqui? Por que são todos amaldiçoados?

Astrid olha para a porta com nervosismo.

— Alguém está vindo.

A porta é aberta, e Marigold entra com uma bandeja de café da manhã. Ela olha para mim, e sei que fica aborrecida com o sangue manchando os lençóis limpos. Descubro que não preciso explicar o que aconteceu na noite passada. Todos no castelo já sabem. Os olhos que senti olhando para mim eram dos serviçais.

Como pouco, escolhendo torrada para acalmar a náusea. Marigold e Astrid me dizem em que animais os criados se transformam. Marigold é um guaxinim, e tem um urso, um pinguim e dois cachorros, e o jardineiro vira uma grande coruja. Quando pergunto *por que* isso tudo está acontecendo, elas se esquivam da questão com a agilidade de um border collie.

Ouço batidas fortes na porta. Respiro fundo e endireito as costas.

— Entre.

A porta se abre lentamente, até revelar uma silhueta de metal muito alta.

O cavaleiro mascarado da ponte. O lobo cinza-escuro que babava terra e tinha ossinhos enroscados no pelo.

Ezryn, o Príncipe da Primavera.

Rosalina

Astrid se curva com intensidade.

— Meu príncipe! — ela esganiça e passa correndo pela porta, seguida por Marigold.

Meu coração fica apertado. Quero gritar para que elas fiquem, para não me deixarem sozinha com esse... O que ele é? Um monstro? Mas minha garganta se contrai, e tudo o que consigo fazer é recuar até me encolher contra a cabeceira da cama.

E o maldito Homem de Lata não faz nada para me tirar dessa aflição. Fica parado na porta, com o rosto inteiro escondido pelo capacete de metal.

Minha respiração é irregular, e percebo quanto estou vulnerável encolhida junto da cabeceira, enquanto ele me mantém refém com um olhar que não vejo. Ainda visto a camisola da noite passada e, honestamente, os espinhos a rasgaram quase por completo. O tecido fino cor-de-rosa cola ao meu peito e aos quadris generosos, as mangas longas são largas, mas justas nos pulsos. Meu cabelo escuro cai sobre os ombros, despenteado depois da corrida pelo castelo e da noite agitada de insônia. Devo parecer uma presa fácil aos olhos dele.

— O que é? — disparo por fim, porque meu coração acelerado não suporta mais isso. — O que você quer?

O grande peitoral de metal da armadura sobe e desce a cada respiração. Ele dá um passo à frente.

A cada estalo das botas de metal no chão, mais o medo se espalha em mim. *Perigo, perigo, perigo*, grita minha mente racional. E no entanto...

Tem alguma coisa arranhando meu peito por dentro, uivando por liberdade. Algo desejando que eu me aproxime dele.

Ele vai me matar? Por que não me importo com isso?

Em um segundo que parece uma hora, sua sombra cai sobre mim na cama. Olho para a máscara intransponível, sabendo que o medo está estampado em meu rosto.

— Sou prisioneira de Keldarion — consigo dizer. — Não pode me machucar. Sou... Ah!

O príncipe mascarado se senta na beirada da cama, e o peso do corpo e da armadura me joga para cima como se o colchão fosse um trampolim. Então, ele agarra meu tornozelo e levanta minha perna.

— Que porra você está fazendo? — grito, tentando segurar a camisola para não oferecer um espetáculo.

Ele não responde, só vira e abaixa minha perna para examinar a panturrilha. Depois faz um ruído estranho, uma mistura de suspiro e gemido.

— Dá para me soltar? — começo, mas sou interrompida quando ele segura meu quadril com a mão enluvada e me vira com um movimento brusco. De repente, estou deitada de bruços, com o rosto sobre o travesseiro. A mão fria de metal ainda segura meu tornozelo sem nenhuma delicadeza.

— Mas que porra? — Quero que minha voz transmita ultraje, mas ela soa como um sussurro afogado.

Ele me virou como se eu fosse uma boneca de pano. O que está fazendo com minha perna? O medo explode em meu peito, mas tem mais alguma coisa.

De repente, a mão que não está segurando meu tornozelo pressiona minhas costas, empurrando meu rosto contra o travesseiro.

— Fique quieta — ele ordena com voz fria e calma.

Paro de me debater no mesmo instante. A pressão da mão em minhas costas é firme. De um lado, estou aterrorizada com a ideia de o Gigante de Ferro estar prestes a me matar; de outro, eu me sinto estranhamente excitada ali deitada, paralisada por sua ordem.

A pressão diminui em minhas costas, e ouço ruído de tecido e o tilintar de metal. Incapaz de conter a curiosidade, viro os ombros para ver o que ele está fazendo.

Ele removeu as luvas, revelando mãos grandes e pele bronzeada.

— Então tem carne e sangue aí — resmungo. — Já estava pensando que você fosse um esqueleto de ferro.

Ele inclina a cabeça de metal para mim, mas não diz nada. Suas mãos permanecem uma sobre o tornozelo, a outra na parte de trás do meu joelho, dos dois lados do corte horroroso na panturrilha.

— Não mexa a perna — Ezryn fala devagar.

O domínio calmo da voz me torna impotente para resistir. Respiro fundo. Os dedos calejados deslizam sobre minha pele pálida, e me encolho quando tocam a ferida.

Ezryn leva uma das mãos à bolsa presa de um lado do quadril e agarra um punhado de folhas verdes e brilhantes. Com destreza, ele as empurra para baixo da máscara, revelando um pedaço de pescoço bronzeado, depois as tira de lá. As folhas parecem úmidas.

— Você mastigou isso? — pergunto. Mas ele me ignora, como adora fazer, e espalha as folhas mastigadas sobre o ferimento. — Eca, tem sua saliva nisso...

Ele cobre o corte com as folhas e as mantém com movimentos surpreendentemente ternos, e sinto um formigamento na perna. A dor latejante se dissipa, substituída por um pulso quente. Ele remove a mão e as folhas.

Levanto a cabeça e parte do corpo, e ele não tenta impedir. Seguro minha panturrilha e arregalo os olhos. O ferimento está completamente curado, restando apenas uma cicatriz vermelha.

— Como fez isso? — sussurro.

Ele me ignora de novo e afasta meus braços. Dou um grito, mas suas mãos são firmes e não me soltam.

Ele desliza um polegar áspero por meu punho direito. De imediato, o calor se espalha por minha pele e esqueço a aspereza.

— Estes são menores — ele resmunga. — Mais fáceis de resolver.

— Você é algum tipo de mago? — pergunto, enquanto ele levanta a manga da camisola e trabalha em meu braço direito. Quando ele não responde, abaixo a cabeça e encaro o visor preto onde devem estar seus olhos. — Ei, por que não responde quando falo com você?

Em resposta, ele me puxa para perto e empurra a manga até meu ombro. Segurando o bíceps direito, cobre um arranhão ensanguentado provocado por um espinho.

— Há muito tempo, a Rainha abençoou o Alto Governante de cada reino com grande magia. Herdei a magia de minha mãe. Todos os feéricos podem nascer com uma afinidade pela magia, e os Altos Governantes recebem uma grande bênção para proteger seu reino. Como a Bênção da Primavera — ele murmura, e a voz é tão calma que é quase enervante. — Rejuvenescimento.

Suponho que isso explique todo o gelo em volta de Keldarion.

Ezryn abaixa a manga da camisola, cobrindo meu braço de novo, e pega o punho esquerdo. Eu o arranco da mão dele.

— Não — digo, de repente constrangida. — Esse braço não tem nada.

A máscara se inclina quase com incredulidade, mas ele não insiste.

Tem algo estranhamente bonito nessa armadura; os desenhos delicados de vinhas e folhas, o brilho manso do sol matutino no metal. Imagino como seria senti-la na ponta dos dedos.

Mas não importa se ele curou meus ferimentos. A criatura que mora nele tentou me devorar. E não posso esquecer que ontem mesmo ele apertou meu pescoço.

Talvez, contudo, haja alguma coisa por trás da ternura com a qual curou minha perna. Tenho que tentar.

— É comum humanos visitarem o Vale Feérico? — pergunto hesitante. Ele não responde, e continuo: — Foi por isso que meu pai veio aqui. Ele está procurando minha mãe. Tem certeza de que ela foi sequestrada por feéricos.

Ouço o suspiro profundo.

— Trazer humanos do seu mundo é proibido por nossas leis.

— Mas pode ter acontecido? Outros humanos conseguiram chegar aqui?

— É possível, mas raro. Existem alguns humanos que entraram por acaso e construíram uma vida em um dos quatro reinos.

— Minha mãe não teria nos abandonado — afirmo, mais para mim que para ele. — Meu pai disse que o amor deles era mais radiante que todas as estrelas no céu.

Ezryn olha para a janela.

— Você viu com seus próprios olhos. Há muitos perigos aqui.

Ele está sugerindo que ela entrou no Vale e morreu? Foi morta por um daqueles goblins ou alguma coisa assim? Medo e raiva travam uma luta dentro do meu peito.

— Por que me mantém aqui presa? — pergunto. — Não tenho nada que você quer. Meu pai não teve a intenção de roubar nada de Keldarion. Por favor, me deixe ir embora.

— Você trocou de lugar com ele. — O príncipe Ezryn se levanta, e sua sombra me cobre outra vez. — É nossa prisioneira e desobedeceu às regras quando deixou seu quarto ontem à noite. Não tente fugir novamente ou será punida. — Ele se vira e caminha para a porta. Sem olhar para mim, diz em voz baixa: — Deve encontrar os príncipes na sala de jantar.

A fúria me invade.

— Vocês me mantêm prisioneira, quase me mataram ontem à noite e querem que eu vá encontrá-los? De jeito nenhum. Não quero ver a cara de qualquer um de vocês...

— Você vai. Não é um pedido. — Com um estalo da capa, ele se vira e sai. — Astrid — grunhe, e a menina de cabelo branco entra silenciosa, depois de ter ouvido tudo, é óbvio —, deixe-a apresentável. Se puder.

Rosalina

Eu devo ser completamente maluca para comparecer a um almoço com esses príncipes feéricos. Um me aprisionou, um me ameaçou, um tentou me devorar e um, desconfio, queria fazer coisas bem indecentes comigo. E todos se transformam em lobos demoníacos, porra.

Não é como se eu pudesse escolher. Inspiro profundamente pelo nariz e aliso as saias. Sim, *saias*. Astrid me arrumou com um vestido muito exagerado. Ela diz que é um vestido próprio para ser usado durante o dia, mas, para mim, qualquer coisa com várias camadas é chique. Tipo, essa coisa tem um saiote, é bizarro.

Mas *é* bonito. Azul-turquesa, tem mangas longas e drapeadas bordadas com pequeninos flocos de neve e um corpete azul-marinho. A saia termina pouco acima dos tornozelos, obviamente feita para uma mulher mais baixa. Isso não me incomoda. Com essa altura, estou acostumada.

Astrid me garantiu que a costureira do castelo faria roupas perfeitas para mim. Para que uma prisioneira precisa de costureira? Vou ter que me controlar nessa reunião e exigir respostas sobre o que está acontecendo de verdade.

— Por aqui, lady Rosalina. — Astrid abre uma porta dupla de madeira e me conduz por ali.

A sala de jantar parece ter saído de um conto de fadas. Cortinas de veludo grosso emolduram as janelas, e uma mesa de jacarandá própria para banquetes ocupa o centro do espaço. As paredes são pintadas de um vermelho-profundo, com entalhes de rosas ao longo da parte superior dos arcos das portas. Esta sala, como o restante do castelo, não está livre da vida vegetal residente. Espinhos escuros envolvem cada coluna e batente de janela, capturando a luz.

Três príncipes feéricos estão sentados à mesa, e todos me olham quando entro. Um deles se levanta, empurrando a cadeira para trás com um ruído estridente.

— Hã, sente-se, por favor.

É o homem da masmorra. Ele agora tem uma aparência muito diferente. Está usando uma túnica amarela com um cinto dourado em formato de folhas, e a calça marrom e justa desaparece nas brilhantes botas pretas. Uma argola dourada decora uma de suas orelhas, e o cabelo castanho e macio cai sobre o rosto quando ele inclina a cabeça para mim.

Engulo em seco e estudo a mesa por um momento, tentando decidir onde me sentar. Tem uma cadeira em cada ponta e três de cada lado. Dayton, o cara das fontes quentes, está sentado ao lado do homem da masmorra; ele usa uma túnica bege parecida com a do outro, mas desamarrada e tão aberta que posso ver seu umbigo.

Na frente deles está Ezryn. Meu rosto fica vermelho quando penso em como ele me virou de um lado para o outro na cama hoje mais cedo. Queria saber se estou apresentável o bastante para ele... Não que eu tenha alguma ideia do que pensa aquela estátua viva.

Ao que parece, a presença de Keldarion não foi solicitada.

— Escolha um lugar — Astrid sussurra. — Tem uma cadeira vazia ao lado do príncipe Farron.

Farron. É o nome dele. Bem, considerando que ele tentou me devorar na noite passada, prefiro manter distância.

Eu poderia me sentar ao lado de Ezryn. Suas mãos cobertas por manoplas são dois punhos poderosos sobre a mesa. Ele pode ter curado minha perna mais cedo, mas ainda não esqueci nosso primeiro encontro. E não vou deixar meu pescoço perto dele de novo. Não, obrigada. Hoje não.

Eu teria dito para ele apertar com mais força. As palavras atrevidas de Marigold voltam à minha cabeça. A danada quase esguichou quando contei sobre Ezryn ter curado minha perna.

Uma imagem passa por minha cabeça quando imagino a mão dele em volta do meu pescoço, jogando-me em cima da mesa com a mesma força com que me jogou na cama, depois desamarrando meu corpete e...

Legal, que porra é essa? Marigold está me influenciando, porque príncipes feéricos mascarados *não têm* nada de sexy, na minha opinião.

A cabeça metálica se vira em minha direção, e vejo meu rosto corado no reflexo. *Merda, esse esquisito não lê pensamento, lê?*

Dou dois passos desajeitados à frente; preciso mesmo decidir qual é o menor dos males.

Uma porta é aberta do outro lado da sala e, por um momento, tudo o que vejo é uma silhueta negra. Uma brisa gelada me atinge.

Keldarion chegou. Ele caminha para a luz e está... péssimo.

Bem, tão péssimo quanto um príncipe feérico incrivelmente bonito pode estar. Enquanto os outros príncipes se esforçaram um pouco para parecerem nobres nesta ocasião monumental que é almoçar comigo (não posso dizer o mesmo em relação a Ezryn, mas seu capacete está mais brilhante que nunca), Keldarion parece ter saído de um esgoto.

O cabelo branco cai sem vida e sujo sobre os ombros. A túnica preta tem manchas de sangue, e olheiras contornam os olhos claros. A única coisa delicada nele é um colar de floco de neve cristalizado que repousa sobre o peito musculoso.

Keldarion encontra meu olhar do outro lado da sala, mas interrompe o contato visual com um sorriso tenso ao se dirigir à mesa. Considerando que a última vez que o vi eu estava inerte entre suas gigantescas mandíbulas de lobo, acho que esperava uma reação mais calorosa.

Também atravesso a sala de jantar, fazendo mais barulho do que deveria ser possível com aqueles tamanquinhos delicados. E, antes mesmo de saber o que estou fazendo, puxo a cadeira na ponta da mesa, na frente de Keldarion, e o encaro ao me sentar.

Farron também se encosta na cadeira meio desajeitado. Dayton se inclina e sussurra alguma coisa no ouvido dele, o que faz Farron sorrir. Alguém com presas tão afiadas não deveria ter aquele sorriso fofo.

De repente, a sala de jantar fica movimentada com a entrada dos serviçais. Travessas com salgados recém-assados, salada fresca e vegetais coloridos ocupam o centro da mesa. Criados servem jarras de suco e bules fumegantes de chá quente.

Enquanto o estafe anda de um lado para o outro, não posso deixar de notar que Dayton cumprimenta cada serviçal pelo nome, conversando com todos e perguntando sobre a manhã de cada um. Ele é realmente muito encantador. Uma das criadas se demora um pouco mais, toca seu braço.

Marigold e Astrid me disseram que os príncipes mantêm distância do estafe, mas é verdade? Fecho as mãos embaixo da mesa. Em que estou pensando? Ele flertou comigo uma vez e acabou de deixar evidente que é o que faz com todo mundo.

Além do mais, ele é um lobo monstruoso.

Dayton é o primeiro a se servir, mas, depois de encher o prato, ele o coloca na frente de Farron e começa tudo de novo.

— Devia experimentar a geleia de morango. — Dayton pisca para mim. — Marigold a fez especialmente doce esta semana.

Tudo o que consigo fazer é balançar a cabeça. Nunca fui de recusar comida, mas meu estômago está embrulhado.

— Você precisa comer. — A voz de Kel me arranca dos pensamentos nervosos, e, quando levanto a cabeça, vejo que ele está me encarando do outro lado da mesa.

— Não estou com fome — respondo. Não é mentira, não por completo.

Um músculo se contraindo na mandíbula de Kel é o único sinal de irritação. Não sei por que sua perturbação acende em mim um fogo tão delicioso. Talvez seja meu jeito de manter alguma sensação de controle, ainda que eu seja sua prisioneira.

— Se não comer agora, vai ter fome mais tarde — Kel rosna.

— E então vou comer.

— Se não comer conosco — Keldarion grunhe —, não come mais.

— Não estou com fome! — Eu me levanto e aponto para Ezryn. — Ele não está comendo.

Ezryn está sentado, mas não tem um prato à sua frente. Eu me perguntava se ele removeria o capacete para fazer a refeição, mas parece que o acessório é um traço permanente.

— Eu como sozinho — Ezryn declara com simplicidade. — Não tiro o capacete na frente de ninguém.

Tudo bem, então. Observo Kel de novo, mas ele já está se servindo. Meu estômago ronca, traindo as declarações anteriores de falta de apetite.

De repente, Kel deixa o prato na minha frente com tanta força que me surpreendo por não ver a porcelana estilhaçada. Ali tem tudo o que mencionei ontem em uma conversa com Marigold. Aquela guaxinim vira-lata traiçoeira. Ela contou a Kel do que eu gostava? E, se contou, por que ele se importaria?

— Coma — ele diz. — É claro que está com fome.

O ar frio me envolve, neve fresca e pinho me apertando em um abraço. Tento encerrar o momento olhando para ele de cara feia, mas, quando meus olhos encontram o azul dos dele, a determinação desaparece. Seu olhar quente é como um fogo abrasador se espalhando por meu rosto, por meu pescoço e se instalando no meu peito. Astrid apertou demais meu corpete, e sinto que ele percebeu esse detalhe quando um grunhido brota de sua garganta. É um som diferente do grunhido de raiva, mais... como um de vontade.

Eu seria capaz de me esbofetear. Qual é o problema comigo? Pirei tanto que agora me sinto capaz de diferenciar grunhidos de feéricos?

Keldarion me dá as costas. Parece que o cretino do Príncipe do Inverno conseguiu ter a última palavra, o que desperta em mim uma raiva insana. Eu me levanto e pego uma maçã vermelha e dura.

— E aqui está o seu almoço — resmungo, arremessando-a nas costas dele.

Keldarion pega a fruta sem se virar. Senta-se em sua cadeira e olha para mim com uma sobrancelha escura arqueada.

Desabo na cadeira e bufo.

— Agora que estamos todos presentes — Ezryn se manifesta com um suspiro profundo —, podemos começar a reunião?

Uma reunião com os quatro príncipes feéricos. Meu estômago revira. Esta é uma reunião sobre o meu destino, meu futuro. E não posso estragar tudo.

Rosalina

Tudo o que consigo fazer é olhar para o almoço delicioso à minha frente.

Farron se levanta da cadeira.

— Quero começar dizendo... Rosalina. Hum, é que, bem, quero me desculpar pelo que quase aconteceu ontem à noite. Não tenho um controle tão bom quanto os outros sobre a maldição.

— Não tem que se desculpar — Dayton fala baixo antes que eu possa responder.

— Bem, obrigada — respondo. — Prefiro não ser comida por um lobo.

— Nesse caso, devia ter seguido as regras e permanecido no seu quarto — Keldarion retruca.

— E você devia aprender a controlar o seu temperamento! — Esse feérico idiota tem que se meter em tudo? Pego um pãozinho branco e fofo, e o arremesso para o outro lado da mesa com toda força que tenho.

Ele também o pega no ar.

— Não precisa retribuir enchendo meu prato — ele avisa e deixa o pãozinho ao lado da maçã.

— Sente-se, Farron — Ezryn o orienta em voz baixa, depois olha para mim. — Essa regra não foi criada para controlar você; é para mantê-la segura.

— Seria melhor estar segura em casa — reajo. — Se vocês...

Keldarion se levanta e apoia as mãos abertas na mesa.

— Caso tenha esquecido, você ainda é uma prisioneira cumprindo a sentença de seu pai. Os outros preferem lhe dar liberdades e direitos dentro do castelo. Se não está satisfeita com isso, seria um prazer, para mim, acompanhá-la de volta à masmorra.

Eu me sento e cruzo os braços. É claro que ele ficaria satisfeito.

Keldarion mantém o olhar gelado fixo em mim.

— Não vai sair do seu quarto à noite. Além disso...

— Já sei o que você é! E o que acontece com o estafe. Astrid me mostrou, literalmente. Por que tenho que ficar trancada?

Keldarion range os dentes.

— Está bem. Mas não volte à masmorra. Farron fica preso para garantir a proteção de todos. Dele mesmo, inclusive.

Farron continua de cabeça baixa, mexendo na comida. Dayton percebe minha atenção e atrai meu olhar com um sorriso largo.

— E não encare os animais. Eles ficam incomodados. Nem tente comê-los. Já passei uns apertos por isso.

— Eu não... O quê, apertos?

— Você pode ir lá fora durante o dia, desde que seja acompanhada por Astrid ou outra serviçal, mas não pode ir além da ponte ou da muralha — Keldarion continua recitando sua lista de exigências. — E pode tomar o café da manhã e almoçar onde quiser, mas jantamos *todos* juntos todas as noites.

Abro a boca para reclamar, mas alguém é mais rápido que eu.

— Kel — diz Ezryn —, pode haver ocasiões...

— Você disse que eu devia pôr ordem no castelo, Ezryn — Keldarion fala lentamente. — Então aceite. Pode continuar com suas caçadas depois que escurecer.

Ezryn não responde, mas cerra os punhos, e fico feliz por ter mantido meu pescoço bem longe dele. Ezryn pode ter cedido ao maldito gelado rapidamente, mas me recuso a dar a ele essa satisfação.

— Por que eu iria querer comer com algum de vocês? São meus carcereiros.

— Prefere voltar para a masmorra? — Keldarion pergunta com tranquilidade.

Então, essa vai ser a jogada dele para tudo? Mordo um pedaço do folhado de mirtilo. Caramba, é muito leve e crocante. Esses mirtilos têm gosto de sopro de vida. Devoro o folhado em dois bocados e suspiro satisfeita.

A satisfação dura pouco, no entanto, porque levanto a cabeça e vejo que Keldarion está me observando do outro lado da mesa. E tem um sorrisinho contente em seu rosto.

Maldito feérico arrogante.

— Outra regra. — Dayton se inclina para a frente, e uma covinha aparece quando ele sorri. — Você pode se banhar nas fontes quentes comigo todos os dias, se quiser. — Ele estoura uma cereja entre os lábios. — Nua, é claro.

Minhas bochechas ficam da cor das cerejas que ele está comendo quando me lembro do encontro nas fontes quentes, em como o sabonete deslizou por seu peito musculoso...

— Isso não é um requisito — Ezryn interrompe. — Astrid vai garantir sua total privacidade nas fontes. Nenhum de nós, nem o estafe, vai te incomodar de novo durante o banho.

Assinto, e isso que faz meu estômago revirar deveria ser alívio, definitivamente, não decepção. Não estou virando uma Marigold aqui.

— A menos que você implore por isso, é claro. — Dayton pisca para mim como se pudesse enxergar uma parte do meu corpo derretendo.

Fecho as pernas com força e olho para a mesa outra vez.

— O que mais?

— Astrid e as outras criadas vão te mostrar o castelo — Ezryn continua. — Pode explorar as Alas Primaveril, Veranil, Outonal e Invernal e suas instalações com uma acompanhante, como achar conveniente. Nossos aposentos pessoais ficam fora da área de visita, é claro.

— A menos... — Dayton começa.

— Fora da área de visita — Ezryn repete.

— E a Torre Alta. — Kel enfim desvia o olhar gelado de Dayton para mim. — Não pode ir lá em hipótese alguma. A área é estritamente proibida.

Algo treme em suas palavras, algo poderoso, e tudo o que posso fazer é assentir.

— Tudo bem — respondo. — Vou seguir suas regras, se...

Kel rosna e me interrompe.

— Isso não é uma negociação.

— *Se* você me explicar o que está acontecendo — concluo. Penso no que Farron disse: *Não tenho um controle tão bom quanto os outros sobre a maldição.* — Quero saber sobre a maldição. Posso presumir que ninguém neste castelo quer se transformar em lobos demoníacos e animais à noite?

Todos ficam em silêncio por um momento, e percebo a mudança no clima quando olham para Keldarion.

— Se insiste em mantê-la morando aqui — diz Ezryn —, ela tem o direito de saber a verdade.

Kel move a mão com desdém e assente.

— Farron, conte a ela — Ezryn ordena.

Dayton segura os ombros do feérico de cabelos castanhos.

— Farron está pesquisando a maldição. Ele é quem mais sabe sobre isso tudo.

— Hum, certo — diz Farron. — É tão simples quanto é complexo. Por favor, não repita a maldição para ninguém. Só os moradores de Castelárvore conhecem os detalhes.

— Não posso sair daqui, literalmente — lembro.

— Certo. — Farron passa a mão pelo cabelo ondulado. — Este castelo costuma ser o lar dos príncipes de cada reino e seus estafes.

Acho estranho que todos morem em um castelo tão distante de seus reinos, mas não o interrompo.

— Dayton foi o último coroado entre nós. Ele morava aqui havia um mês, mais ou menos, quando ouvimos batidas na porta — Farron continua. — Ao a abrirmos, encontramos uma bela mulher humana. Ela pediu para ver cada príncipe, e atendemos ao pedido. Mas, quando pediu para entrar em Castelárvore, não permitimos.

Acho que eu também não deixaria uma estranha entrar na minha casa. Fico atenta a todos os príncipes enquanto Farron conta a história. Dayton mantém a cabeça baixa, Kel está carrancudo e Ezryn está imóvel como uma montanha.

— Foi aí que tudo mudou — Farron continua. — Ou melhor, a mulher mudou. Ela se transformou em uma feiticeira etérea. Nunca tinha sentido uma magia como aquela. As palavras dela nos rasgaram, entraram em nós, e ela nos amaldiçoou com um feitiço tecido de luar.

— E a maldição?

— Os residentes de Castelárvore se transformariam em animais à noite. Os quatro príncipes seriam os mais amaldiçoados de todos — Farron explica. — Somos poupados na noite de lua cheia. Sabe-se por qual misericórdia.

— Ninguém sabe sobre isso — Ezryn declara em tom solene. — De início, pensamos que ela poderia ser do Inferior ou uma feérica poderosa nos amaldiçoando para tentar se apoderar da magia de Castelárvore. Mas ela nunca mais apareceu depois daquela noite, e minha pesquisa não encontrou resultados.

— E não tem nada que possam fazer quanto a isso? — pergunto. — Para quebrar a maldição?

— Não exatamente. Maldições de feéricos sempre podem ser quebradas — Farron responde em voz baixa. — A Feiticeira disse que só poderíamos quebrar a maldição quando encontrássemos nosso amor predestinado, e antes que...

— Chega — Keldarion interrompe. — Já contaram o suficiente.

— Amor predestinado? Que merda é essa?

— A outra metade da sua alma. — Dayton sorri com ar poético. — Nascida da mesma estrela. Alguém por quem todo seu ser clama.

— É coisa de feérico. — Farron olha para mim com um sorriso solidário.

Minha cabeça funciona em ritmo acelerado. Esses príncipes feéricos são poderosos, mas também estão desesperados. Talvez o suficiente para me dar o que quero.

— Vou ajudar vocês a quebrar a maldição — proponho. Todos olham para mim como se eu tivesse anunciado que posso me transformar em raposa. Na verdade, talvez eles nem achem isso tão estranho. — É sério. Se vou ficar presa aqui, melhor fazer alguma coisa útil.

— Por que se importa com o que acontece conosco? — Dayton me encara com os grandes olhos azuis. — Afinal, somos seus carcereiros.

— Porque, quando eu quebrar a maldição, vocês vão me libertar. Esse é o acordo. Feéricos adoram uma barganha, não é verdade?

Meu coração bate forte. É uma das muitas teorias do meu pai: nunca fazer um acordo com um feérico. Mas já estou tão enrolada nisso que talvez seja minha única saída.

Os quatro ficam em silêncio por um momento, antes de Ezryn murmurar:

— Talvez ela possa ajudar Farron com a pesquisa.

— Se me deixarem tentar, não têm nada a perder. — Olho para Keldarion. — E eu só tenho a ganhar.

— Venha cá — Keldarion ordena, e é como se o comando dominasse meu corpo, porque me levanto de imediato.

Engulo em seco enquanto ajeito as saias, como se tivesse planejado isso desde o princípio. Em seguida, atravesso a sala com passos ruidosos.

Kel se levanta da cadeira quando me aproximo e olha para mim de cima para baixo. Droga, esqueci quanto ele é alto; só lembro quando começo a tremer sob sua sombra. Ele estende a mão.

— Quebre a maldição e vai poder ir embora deste castelo.

Suas palavras provocam um arrepio em minha nuca. Alguma coisa nelas não soa bem. Mas não tenho escolha.

— Negócio fechado — sussurro e aperto a mão dele. Sua pele é quente demais para um príncipe de gelo e neve.

— É uma troca — ele murmura, muito sério. — Até quebrar a maldição ou eu decidir libertá-la, você continua sendo uma hóspede de Castelárvore.

Uma força mágica percorre nossas mãos unidas. Sinto um formigamento e vejo admirada uma fita de luz azul envolver meu punho e o dele. Um calor estranho irradia das mãos juntas e uma fagulha elétrica se acende em meu coração. O vento acaricia meu cabelo, e não consigo desviar o olhar do fogo em seus olhos azuis.

Finalmente, o encantamento se dissipa, e vejo um bracelete tatuado no meu punho e no dele: tonalidades entrelaçadas de flocos de neve cor de safira e de rosas-rubi. Um símbolo do nosso juramento.

Outra coisa em seu punho atrai minha atenção. Tinta preta formando outro bracelete tatuado sobre o nosso, este em forma de...

Kel larga minha mão, e solto uma exclamação sufocada. Energia percorre meu corpo.

— Temos um acordo — sussurro.

— E não vai adiantar nada. — Kel se vira e caminha para a porta. — A maldição nunca será quebrada.

Rosalina

Na manhã do meu terceiro dia no castelo, Marigold me põe sentada na frente da penteadeira e prende meu cabelo em um coque alto, com mechas encaracoladas emoldurado meu rosto.

— Faz muito tempo que não tenho ninguém para pentear — ela explica quando protesto contra o exagero. — Deixe a mulher brincar!

É muito estranho! Ela e Astrid parecem ter um interesse particular por mim. Depois do meu encontro com os príncipes, ambas passam o dia me seguindo, perguntando se preciso de alguma coisa a cada dois segundos e discutindo sobre que parte do castelo vão me mostrar a seguir. Tenho que admitir, a companhia é agradável. Entre a energia otimista de Astrid e os constantes comentários safados de Marigold sobre os príncipes, eu passava a maior parte do dia rindo e sorrindo.

Não foi algo que imaginei fazer na condição de prisioneira. Mas a conversa na hora do almoço me deu esperança. Posso quebrar a maldição e conquistar minha liberdade. Vou ver meu pai outra vez e a vida vai voltar ao normal. É só questão de tempo.

Deslizo os dedos sobre a tatuagem do bracelete azul e vermelho em meu punho. Para um sinal de acordo com um feérico, até que é bem bonito.

Meu primeiro jantar imposto com os príncipes deveria ter sido registrado como o mais desconfortável jantar em família de todos os tempos. Keldarion não disse uma palavra sequer, Ezryn ficou sentado sem comer, Farron parecia estar nervoso demais para engolir e só Dayton e eu esvaziamos o prato.

Mas caramba. A *comida*. Cogumelos recheados com castanhas e alho acompanhados de um delicioso vegetal vermelho que eu nunca tinha visto. Pão quente que se parte como nuvens. A salada mais fresca que já comi, decorada com castanhas-de-caju tenras e rabanetes rosados. E uma deliciosa bebida cor de laranja e espumante cujo gosto lembrava limonada com manga.

Eles não querem falar comigo? Tudo bem. Vou comer a comida deles, fazer amizade com os criados e encontrar um jeito de acabar com a merda da maldição para poder sair daqui.

Admiro o trabalho de Marigold, tocando um cacho leve enquanto a luz da manhã entra pela janela.

— Caramba, Marigold, você poderia fazer carreira no cinema. Estou parecendo uma estrela de filmes antigos.

Marigold aperta as bochechas redondas entre as mãos e faz barulhinhos satisfeitos.

— É claro que sim! Você seria perfeita em uma cena com Vivian Leigh! Poxa, se um daqueles homens pudesse ser um pouco mais como Rhett Butler...

— O quê? — Quase pulo da cadeira da penteadeira. — Não me diga que vocês têm uma versão feérica de *E o vento levou*...

— É claro que não, garota. — Ela se dirige ao guarda-roupa e examina a fileira de vestidos. — De vez em quando, humanos se perdem no Vale Feérico e trazem fragmentos de casa. Ou alguns feéricos vão fazer uma visita. Os príncipes faziam isso muitos anos atrás, antes da maldição. Mas não acontece mais há muito tempo. — Ela estremece discretamente. — Mas quem sabe? Você e seu pai conseguiram passar. Talvez o Vale tenha as próprias ideias.

Balanço a cabeça, incrédula. Não consigo imaginar essa anciã feérica derramando uma lágrima por Scarlett O'Hara.

Marigold segura um bonito vestido cor-de-rosa com uma sobreposição de renda de rosas e mangas curtas que cobreiam apenas os ombros. É lindo.

— Pronto, querida.

Movo a ponta de um dos pés no chão e puxo o punho da camisola.

— É bonito, mas não tem nada aí com mangas compridas? Fico mais confortável com os braços cobertos.

Ela arqueia uma sobrancelha fina e, por um segundo, penso que vai me contestar, mas Marigold volta ao guarda-roupa e pega um vestido cor de laranja de mangas longas e saia estampada com centenas de folhas de outono.

— Este vai ficar um sonho em você. E é sazonal.

Quando termino de trocar de roupa, alguém bate à porta. Atravesso o quarto para ir abrir, certa de que é Astrid.

Em vez disso, eu me vejo diante de um metro e oitenta e pouco de pura beleza.

Segura a onda, garota, digo a mim mesma. *Ele literalmente tentou te comer há dois dias.*

Porque Farron — o misterioso prisioneiro feérico que eu quis ajudar desesperadamente, também conhecido como lobo raivoso monstruoso que rasgou minha perna e Príncipe do Outono — está parado na soleira.

— Oi — falo.

— Oi — ele responde, e sua voz falha. Ele a aprofunda e continua: — Oi. Olá. Bom dia.

Dou uma risadinha e espero-o seguir em frente. Mas Farron só me encara, analisando-me com os grandes olhos dourados, como se eu fosse a resposta para o quebra-cabeça que ele tenta resolver há uma hora. Usa óculos de armação dourada e lentes redondas, o que lhe dá o ar de um professor sexy. A roupa não faz nada para desfazer essa impressão: um colete marrom-outono sobre túnica cor de creme de gola alta e calça marrom que abraça as pernas longas.

Uma parte de mim quer bater a porta na cara dele, por ter tentado me matar. Mas outra parte — uma porção completamente insana — está feliz por vê-lo desse jeito. Pensei que ele fosse um prisioneiro.

E, quando penso no que Farron disse, sobre como não consegue controlar sua fera da mesma maneira que os outros, eu me questiono se ele não é livre de verdade.

— Posso ajudar? — pergunto, porque ele continua me encarando, como se estivesse congelado.

Farron dá um pulinho, passa a mão no cabelo e resmunga:

— Ah! Ah, sim. Desculpa. Eu... Você está muito bonita. — Levanto uma sobrancelha. — Estou falando do vestido! — ele gagueja.

Marigold aparece atrás de mim e dá um tapa na minha bunda.

— É claro que ela está bonita. E esse vestido fica ainda mais bonito no chão.

Ela ri da própria piada e se afasta pelo corredor.

Minhas bochechas esquentam, e Farron massageia a região entre os olhos, resmungando:

— Marigold...

Nós dois rimos, até que ele enfim endireita as costas e finge examinar a bainha do colete.

— Srta. Rosalina, não quero atrapalhar, mas queria saber se falou sério ontem em nossa reunião. — Ele me encara, e os olhos dourados brilham sob sobrancelhas escuras. — Pretende mesmo nos ajudar a quebrar a maldição?

— Sim — murmuro e mostro o punho tatuado como prova. — É claro que sim.

Seu sorriso é mais luminoso que o sol da manhã.

— Fabuloso. Venha comigo, então.

Eu o sigo pelos corredores e passo por criados que acenam com a cabeça e se curvam para o príncipe.

— Como certamente deve ter entendido, fomos amaldiçoados há vinte e cinco anos — explica Farron, falando muito rápido. — Como acontece com todas as maldições, tem um jeito de quebrá-la. E dediquei cada dia das últimas duas décadas e meia a tentar desfazê-la. Quando as soluções óbvias não tiveram sucesso, abracei a pesquisa em uma tentativa de decifrar significados mais profundos na maldição. Então, passo muito tempo aqui. — Paramos diante de uma porta dupla imensa com puxadores opulentos de folhas de ouro. Ele desliza uma das mãos sobre a orelha pontuda. — Espero que não fique entediada.

Farron abre as duas portas. E entro na biblioteca mais encantadora que já vi.

Rosalina

Com passos incertos, entro na biblioteca e meu coração decola. Giro devagar, tentando absorver tudo.

— É magnífico — sussurro.

A biblioteca do castelo é cheia de belezas outonais. Árvores crescem dentro dela, iluminadas em tons de vermelho, laranja e amarelo, despejando suas folhas em cascatas mansas que cobrem o chão. Alguns troncos se misturam às prateleiras altas, cheias de fileiras e mais fileiras de livros.

É a maior biblioteca que já vi em toda minha vida. Tem mais livros do que Richard, meu chefe, poderia imaginar.

Dou um gritinho e corro para baixo de uma das prateleiras. Tem uma escada — uma escada! — necessária para chegar ao topo. E ela tem rodas. É claro que vou usá-la.

— Gostou? — Farron pergunta acanhado.

— Eu amei. — Não é só o tamanho da biblioteca, mas sua opulência. As folhas farfalham à brisa leve, raios de luz entram pelas janelas de vitrais, e consigo imaginar quanto o espaço deve ser aconchegante durante uma tempestade, com a chuva batendo nas janelas. Murais decoram as paredes, retratando cada uma das quatro estações: um prado florido cheio de cervos com filhotes, um oceano enfurecido castigando uma costa de areia, um chão de outono coberto de folhas vermelhas e um lago congelado à luz do luar. Sofás e poltronas cercam uma enorme lareira, e há mesas e cadeiras espalhadas pelo espaço.

E os livros... dorsos lindamente coloridos em tons que vão do mais leve pastel aos azuis mais ricos. A tipografia é singular, alguns volumes têm letras em folhas de ouro, outros de prata, que brilham como a luz das estrelas.

A única distração para a beleza da biblioteca são tufos de arbustos de espinhos roxos subindo pelas pilhas de livros, espalhando-se pelas barreiras, envolvendo as árvores de outono e explodindo nas prateleiras.

Farron está no meio disso tudo, com um sorriso doce no rosto bonito.

Não consigo entender. Nas poucas vezes que o vi com os três príncipes, ele parecia acovardado pela presença dos demais. Ainda agora, há algo constrangido nele. De um jeito encantador. Como conciliar esse homem com o monstro da outra noite? E, mesmo que eu não consiga... ele ainda é um príncipe feérico.

Ainda está me aprisionando.

Mas vou precisar da ajuda dele, se quiser ter alguma chance de quebrar a maldição.

— Você lê muito no lugar de onde veio? — ele pergunta.

— Basicamente, eu moro nos livros. — Meu dedo traça o contorno de um dorso com letras douradas. — Trabalho em uma livraria, mas ela tem uma fração minúscula do tamanho deste lugar. — Olho para ele com um sorriso travesso. — Ei, tem algum romance aqui?

Ele ri e puxa minha mão. Meu rosto esquenta quando os dedos quentes se entrelaçam nos meus. O chão está coberto por um tapete de folhas que rangem sob nossos pés quando andamos. Ele me conduz além de uma das pilhas de livros e estende o braço para pegar alguma coisa acima de nós. O movimento levanta a túnica, revelando um abdome tonificado e uma trilha de pelos castanhos que desaparece abaixo do cós da calça. Uma corrente elétrica passa por meu corpo.

Ele pega o livro, um lindo volume azul-claro.

— Os feéricos adoram lendas românticas — diz, e sua voz é ofegante. — Este é sobre uma Princesa da Primavera que ficou noiva de um Príncipe do Outono. — Ele se inclina, ombro a ombro comigo para eu poder ver as páginas que vai virando. Notas ricas de papel envelhecido e tinta e um toque de laranja e canela pairam no ar, junto ao aroma sutil de livro velho. A arte é de tirar o fôlego, parece uma obra sobrenatural de Mucha. — Mas, pouco antes do casamento, ela saiu do castelo para cavalgar à margem do rio e encontrou um carpinteiro que vivia no interior da floresta. Naquele momento, o vínculo predestinado despertou em seu peito.

— Vínculo predestinado? — repito, meio sem ar.

— Não acredito que aconteça no reino humano — responde, olhando-me por entre os cílios escuros. Meneio a cabeça, concordando que não. Ele franze a testa e olha para cima, como se tentasse encontrar um jeito de descrever como respirar. — Um vínculo predestinado é muito raro e sagrado. É considerado o chamado de sua alma para outra; a fusão de coração; a quintessência da própria vida.

Farron me encara intensamente e levanta uma das mãos para tocar minha boca. Seus dedos tremem sobre meu lábio inferior, descem até o queixo e seguem pela curva do pescoço. Ele toca meu peito com a mão aberta, acima da curva dos seios, levantados pelo corpete apertado do vestido. Eu me pergunto se ele consegue sentir o pulsar do meu coração.

— Dizem que você sente o vínculo predestinado bem aqui — ele murmura com voz rouca. — Como um segundo coração.

— E aí, ela e o carpinteiro viveram felizes para sempre? — sussurro, nem que seja só para me distrair da mão de Farron em mim, da palma morna subindo e descendo no ritmo da minha respiração acelerada.

— Hum? — Farron recua depressa e pigarreia.

— A princesa feérica?

— Ah, sim. Não. Ela não viveu feliz para sempre. — O príncipe fecha o livro com força. — Quando o noivo descobriu que ela havia sido vinculada com o predestinado, teve um ataque de ciúmes e matou o carpinteiro. A princesa então matou o noivo e tomou seu trono.

— Não é exatamente o fim clássico de um conto de fadas — comento. Arrepios brotam em meu corpo onde a mão dele esteve.

Ele sorri acanhado.

— Não, com certeza não é.

— Então, príncipe Farron, por onde começamos?

— Só Farron, por favor. — Ele me leva de volta ao saguão principal da biblioteca. — Não sou muito príncipe, ultimamente. É difícil governar um reino quando você se torna uma fera babona todas as noites.

— Você é do Reino do Outono, não é? Existe um Rei ou uma Rainha do Outono, ou alguém para governar?

Ele pega um livro de uma prateleira e o entrega a mim, depois sobe a escada e joga mais dois para eu pegar.

— Não é assim que funciona. Os quatro reinos, Primavera, Verão, Outono e Inverno, são partes do Vale Feérico. E o Vale Feérico era governado por uma rainha que vivia neste mesmo castelo. Ela indicou quatro Altos Governantes para cada um dos reinos, mas desapareceu quinhentos anos atrás.

Tento equilibrar a pesada pilha de livros que Farron continua colocando em meus braços.

— E você governa o Reino do Outono há quinhentos anos?

Ele ri.

— Não. Houve muitos governantes diferentes ao longo dos anos. Minha mãe foi princesa, mas se cansou da função. Ela passou o título e a magia que a acompanha para mim, o filho mais velho.

Ezryn também tinha dito que herdou a Bênção da Primavera da mãe. Isso significava que Dayton e Keldarion também haviam recebido bênçãos de um dos pais?

Com um suspiro de alívio, deixo os livros sobre uma mesa de carvalho e desabo em uma cadeira.

— É isso, a política feérica é insana. Ainda estou tentando entender a existência desta dimensão alternativa literalmente na floresta no quintal da minha casa.

Farron sorri para mim com uma expressão quase juvenil.

— Acredite em mim, é melhor que seu mundo não saiba sobre a existência do nosso. A magia em nossos reinos... — Ele abaixa a cabeça e passa a língua nos lábios. — Digamos que é mais seguro para os humanos se ficarmos longe deles. Como você bem sabe.

— Não que Keldarion se importe com os humanos. — Sopro uma mecha de cabelo da frente do rosto. — Não tenho ideia do que ele quer de mim. Por que não me deixa ir embora.

Farron puxa uma cadeira, aproximando-se de mim, e segura minhas mãos. Endireito as costas, surpresa com a intensidade em seu rosto.

— Ouça, Rosalina. Quando fomos amaldiçoados, vinte e cinco anos atrás, havia alguma esperança de conseguirmos quebrar a maldição, de podermos voltar ao normal. Com o passar dos anos, no entanto, os outros príncipes... eles perderam a esperança. Especialmente Kel. Mas talvez, quem sabe... — Os olhos dele cintilam. — Uma pequena interferência humana é o chute na bunda de que ele precisa.

— Bom, se isso significa me ver livre dele, estou dentro. — Caminho até um arbusto de espinhos que se espalha sobre um parapeito. — Isso também é parte da maldição, imagino?

— Na verdade, não. — Farron para atrás de mim, e sinto seu hálito acariciando minha nuca. — Isso é presente de Caspian. O Príncipe dos Espinhos.

O Príncipe dos Espinhos. Ezryn me acusou de ser uma espiã enviada por ele, quando nos conhecemos.

— Todo mundo parece ter muito medo dele. — Ou, no caso de Marigold... tesão e medo. — Quem é esse cara, afinal?

ENTRE FERAS & ESPINHOS

Farron balança a cabeça.

— Um vilão do Reino Inferior. A maldição não só nos prende na forma animalesca todas as noites, como também enfraquece nossa magia. Caspian tem usado isso como oportunidade para espalhar sua maldade sombria com os espinhos. — Farron gesticula mostrando a biblioteca. — Eles dominam tudo, sugam a magia de Castelárvore. Nossa casa é mais especial do que você pode imaginar. É a magia dela que dá força e vitalidade aos quatro reinos. Caspian veria nossas terras se tornarem estéreis com os espinhos e as cobertas de sombras.

Uau. Agora entendo por que Ezryn ficou tão aborrecido quando pensou que eu fosse espiã.

Volto para perto da pilha de livros.

— Tudo bem, então. Só podemos lidar com o que conseguimos controlar. Assim que a maldição for quebrada, vocês terão toda sua magia de volta e vão poder meter o pé na bunda espinhosa do Príncipe dos Espinhos.

Farron sorri meio de lado.

— Gosto do seu estilo.

— Preciso de mais detalhes. O que já tentou para quebrar a maldição? — Puxo o cabelo para trás, pronta para me concentrar.

— O que podíamos fazer? Somos monstros. — Os olhos de Farron se voltam para o teto. — Ainda mais nos primeiros anos. Naquela época, nem os outros tinham domínio sobre suas feras. Ficávamos no castelo. Corríamos livres pela Floresta da Sarça à noite. Naquele tempo, pelo menos, os únicos seres que machucávamos eram os goblins.

— Com certeza tentaram encontrar seu amor predestinado.

— Dayton, Ez e eu tentamos como pudemos. Designamos vassalos de cada reino para ficarem de guarda enquanto estamos presos aqui. Ninguém sabe sobre a maldição, exceto os que estão no castelo. Todos os outros pensam que estamos aqui tentando conter os espinhos. — Farron fecha os olhos. — Meus pais governam o Reino do Outono no momento. Como a Bênção do Outono já foi passada para mim, o trabalho é exaustivo. É difícil mentir para eles. Mas se soubessem a verdade...

Seguro sua mão.

— Vamos encontrar uma saída, Farron. Prometo.

Ele ajeita meu cabelo atrás da orelha.

— Espero que sim. Pelo bem de todos nós.

Farron

É certo que a vida é cheia de idiossincrasias.

Um dia você é o Alto Príncipe do seu reino, vive uma vida como se tivesse o mundo na palma da mão. E, no dia seguinte, é um monstro com sede de sangue, pronto para rasgar a cara da primeira coisa viva que encontrar.

E um dia, você é o mesmo monstro com sede de sangue, mas uma mulher humana aparece na masmorra determinada a libertar você de si mesmo. E, apesar de tentar rasgar a cara dela... ela o perdoa.

Como eu disse. Idiossincrasias.

Faz quase um mês que Rosalina se juntou a nós como nossa hóspede. Bom, não é bem assim. Tecnicamente, ela é uma prisioneira. Por ordem de Keldarion, não pode ir para casa. Muitas vezes, eu me pergunto se ela está planejando uma tentativa de fuga. Mas, sem alguém que a escolte pela Sarça, ela seria presa fácil para os goblins.

Quando subo a escada da biblioteca para pegar uma de nossas mais antigas relíquias na prateleira mais alta, olho para baixo e a vejo sentada à mesa. Ela está debruçada sobre alguns papéis soltos que encontramos em uma prateleira no fundo do espaço, comparando a informação com um texto diferente. Seu nariz está franzido, os olhos são determinados, e tem uma linha marcando sua testa.

Não posso deixar de me perguntar se ela está gostando da estadia em Castelárvore. Todos os dias, nós nos encontramos na biblioteca para pesquisar, e todos os dias ela traz ainda mais determinação e otimismo.

Depois de vinte e cinco anos cercado de destruição, tristeza, niilismo e completa negação, tenho que reconhecer que isso é renovador.

Prendo o livreto na cintura da calça e comprimo os pés contra os dois lados da escada móvel para descer deslizando.

— Caramba, não faça isso. Vai quebrar um tornozelo — ela diz.

Dou risada e entrego o livro. Ela o pega e começa a estudar o sumário.

Faz muito tempo que não entro no reino humano, e fico tão pouco tempo fora de Castelárvore que nunca vejo os humanos que passam acidentalmente pelo Vale Feérico e decidem ficar. Rosalina não é como me lembro dos humanos.

Seu cabelo escuro cobre os ombros e cai em uma cascata de ondas sobre as costas. Algumas folhas se aninharam entre as mechas. Os olhos castanhos que se movem pela página brilham à luz de fim de tarde. E as curvas de seu corpo estão perfeitamente à mostra em um chemise cor de creme com amarração frontal e saia marrom ampla, que tem um caimento perfeito nos quadris. As fitas da blusa desamarraram, e a abertura revela um vislumbre das curvas brancas dos seios.

Ah, estrelas. O que estou fazendo? Estamos pesquisando. Não vou ficar secando a mulher como se fosse um pedaço de carne, como Dayton faz sempre.

Embora o cérebro concorde com isso, o corpo ignora a resolução. Sento-me logo para poder me ajeitar melhor e discretamente embaixo da mesa. Graças às estrelas, ela está compenetrada no trabalho.

Talvez eu pudesse ignorar esses lampejos incômodos de desejo, se ela fosse só bonita. Mas também é inteligente, incisiva, como muitos espinhos em Castelárvore. O prazer me invade a cada vez que trocamos ideias, e ela parece pegar essa troca e conectá-la a um conceito como jamais vi alguém fazer. E nunca conheci alguém que quisesse ficar na biblioteca por tanto tempo. Se não tivéssemos os jantares obrigatórios de Kel — e a chegada da minha fera todas as noites —, desconfio de que ficaríamos aqui até o amanhecer.

Rosalina começa a ler em voz alta, mas não consigo me concentrar, o que não é nada comum para mim. Pesquisa é algo em que posso me perder. A única coisa que me dá esperança.

Mas cada parte da minha cabeça está concentrada em duas coisas e apenas elas: os seios perfeitos diante de mim.

Por que me sentei aqui? Podia ter escolhido qualquer outro lugar, mas agora estou bem na frente dela e de cara para o espetáculo. Tento olhar para outro lado, mas é impossível: meus olhos voltam a ela, debruçada sobre a mesa com o vestido aberto. Os seios pendem pesados e macios, os mamilos quase exibidos pelo decote. Se ela fizer um pequeno movimento, tudo vai ficar visível.

Não posso me mexer. Meu pau está ereto, pressionando a calça com uma necessidade urgente. Se eu me levantar, ela vai ver com muita nitidez que a quero. E essa não é uma opção. Esta casa agora é dela, e a última coisa de que Rosalina precisa é presumir que um de seus captores quer jogá-la sobre a mesa e fodê-la em cima dos livros sobre os quais nos debruçamos no último mês.

Esfrego o rosto com as mãos. Não, não, não. O que está acontecendo comigo? Não sou como Dayton, um galinha malicioso. No último mês, Rosalina e eu nos tornamos... Será que me atrevo a dizer? Amigos?

Conhecidos, pelo menos, e de um jeito como ela não interage com os outros príncipes. Keldarion parece odiá-la. Eles passam nossos jantares obrigatórios trocando comentários ferinos, antes de Kel perder a paciência, normalmente, e voltar para o quarto, furioso. Apesar do meu incentivo para tentar conhecê-la melhor, Ezryn se recusa a ir além da interação mais básica. Vejo nos ombros dele a tensão quando ela tenta conversar ou apenas entra na sala. E Dayton... Dayton faz o que é esperado. Quando não está bêbado demais para se concentrar em alguma coisa, ele a encara como se ela fosse a última gota de água no Vale e ele estivesse morrendo de sede.

Meu rosto esquenta, e preciso me esforçar para manter a expressão indiferente.

— ... interessante, não?

Pisco, e Rosalina olha para mim com ar de censura.

— Farron, estava me ouvindo?

— Hum? — Alinho os ombros, sentindo-me um menino de novo, surpreendido sonhando acordado na aula.

— O que eu estava lendo agora? Não é interessante?

— Si... sim. Muito interessante. Boa descoberta. — Pigarreio. Ela ainda não arrumou as fitas soltas do vestido.

Meus olhos descem de seu rosto para a visão espetacular dos seios. Seria muito fácil estender a mão e segurar um deles, girá-la e empurrá-la sobre a mesa. Passamos quase todos os dias juntos no último mês. Eu a vi olhar para mim quando pensa que não estou prestando atenção. Seus olhos estudam meu corpo da cabeça aos pés, parando no peito, nos braços.

O que ela faria, se eu tentasse?

Ela arqueia uma sobrancelha e olha para baixo, para onde meus olhos estão cravados. Percebe as fitas abertas.

— Ai, que bagunça — murmura e fecha o vestido rapidamente. — Desculpe. — Seu rosto fica rosado.

Eu me levanto tão depressa que a cadeira cai no chão. Seguro as mãos dela, afasto-as das fitas, e o vestido se abre outra vez.

— Não tem motivo nenhum para se desculpar. Eu é que peço desculpas. É que... você me deixa nervoso.

Os olhos dela se arregalam e exibem toda a parte branca.

— *Eu* deixo *você* nervoso? Você é um príncipe mágico de outra dimensão que mora em um *castelo*. E é inteligente e gentil comigo, por alguma razão, e também é, tipo, muito gostoso, e falei demais... — Ela se cala, olhando para o chão. E termina sussurrando: — Em geral, uso moletons.

Um instante passa, e eu rio. Ela me olha com uma sobrancelha levantada, depois ri também.

— Por que estamos rindo?

— Não sei o que é um moletom — admito. — Mas deve ser ridículo, pelo nome.

— Você não sabe o que é um moletom? — ela grita. — Ah, não. Preciso arrumar um para você. Nunca mais vai voltar para esses casaquinhos, coletes e suspensórios... — Ela estala o elástico sobre meu peito com delicadeza, antes de apoiar os dedos em minha clavícula.

— Farron — ela sussurra e fecha os olhos. — Se dependesse só da sua decisão, você me libertaria?

Alguma coisa dentro de mim rosna: *Não. Minha. Minha para sempre.* Mas balanço a cabeça, e mechas de cabelo ondulado dançam diante dos meus olhos.

— É claro que sim, Rosalina.

Ela morde o lábio.

— Como é saber que tem um amor predestinado por aí, alguém só para você?

Eu me encosto na cadeira e suspiro profundamente.

— Para ser sincero, não sei. Como você já entendeu, amores predestinados são raros. Não é uma coisa sobre a qual a maioria de nós pensa na juventude.

— Então, feéricos não esperam o amor predestinado. — Ela passa a mão na tatuagem do pulso direito. — Vocês também se casam, como os humanos?

Pego um livro em cima da mesa e o abro em uma página. Uma imagem emoldurada de flores retrata um casamento feérico.

— De certa forma, sim. Existem cerimônias para dedicar a vida ao outro. Mas elas não têm a mesma magia que um vínculo predestinado.

— A magia. — Rosalina arregala os olhos. — A magia sobre a qual lemos. Ela é real? Ouvir sua parceira em pensamento, a sensação de efervescência, os impulsos sexuais dominadores... — Ela fica vermelha.

— Não sei. — Meu rosto também esquenta. — Os pais de Ezryn eram predestinados. E acredito que os avós de Kel também. Eles podem saber um pouco mais sobre isso.

Rosalina revira os olhos.

— Como se eles conversassem comigo.

Continuo virando as páginas.

— A falta de um vínculo predestinado não impede alguns feéricos sem limites de tentar imitar a magia com o parceiro escolhido. Isso pode ser bem perigoso. — Encontro uma página com ilustrações de espirais roxas e verdes.

— Imitar a magia? — Rosalina pergunta.

Deslizo um dedo pelo papel áspero.

— Todos os feéricos têm a magia da barganha, e alguns a utilizam com seus amantes para fazer um pacto de amor. Pode ser tão inofensivo quanto se lembrar de dizer "te amo" todos os dias. Caso contrário, você ficaria com cabelos brancos. Ou tão grave quanto morrer se beijar outra boca.

— A magia pode mesmo provocar tudo isso?

— Magia feérica é poderosa — explico. — Quanto mais forte o amor, mais forte a barganha. Esses feéricos se desesperam para recriar o poder que vislumbram em predestinados.

Rosalina passa os dedos na imagem, depois olha para mim.

— Bem, espero que, quando encontrarmos seu amor predestinado, Farron, a pessoa seja tudo com que você sempre sonhou.

Como ela pode saber que há anos tenho medo desse momento? Mas há tanta bondade em suas palavras, que não consigo evitar um sorriso.

— Obrigado, Rosa.

Ela enrubesce.

— Rosa?

— Rosalina, quero dizer. Desculpe, eu...

— Não. — Ela segura minha mão, e receio que possa sentir minha pulsação acelerada. — É fofo.

Rosalina pisca para mim com os olhos muito abertos. Fofa é ela, e é bonita também. Queria saber que gosto têm seus lábios, que som ela faria se eu deslizasse a língua por seu pescoço...

Ela se aproxima.

— Você não merece essa vida. Você é tão bom e gentil. A Feiticeira é cruel mesmo.

A lembrança da Feiticeira desperta raiva, vergonha e culpa, e as emoções se unem dentro de mim. Não é certo. É injusto pra caramba. Não sou como os outros, que mereceram isso. Não sou como o que traiu seu reino ou o que o abandonou. Nem como o que fez mau uso de seu poder.

No entanto, estou aqui trancado mesmo assim.

— Farron? Desculpe. Falei demais. — Rosalina se vira e massageia o braço.

— Não, é que... — Quando estou prestes a decidir se devo contar a ela sobre a noite da maldição, um estrondo ecoa fora da biblioteca, do outro lado da porta que leva ao hall de entrada.

Gargalhadas estrondosas e barulho de vidro se quebrando. E depois... a voz de uma mulher.

— Ah, que tormento — resmungo. Só pode significar uma coisa.

Saio correndo da biblioteca, e Rosalina corre atrás de mim. Preciso descobrir o que está acontecendo, antes que Keldarion descubra.

Corremos pela passagem da Outonal, ouvindo folhas e gravetos estalarem sob nossos pés.

— O que está acontecendo? — Rosalina grita. — Caso eu nunca tenha mencionado, não sou grande coisa correndo...

Quando fazemos a curva que nos leva ao alto da escada de onde se vê o hall de entrada, paraliso.

Porra. É pior do que eu pensava.

Ele realmente trouxe alguém aqui.

Dayton está apoiado na moldura dourada de rosas do espelho, com uma jarra de bebida malcheirosa em uma das mãos e a bunda de uma feérica loira e peituda na outra.

Tudo o que consigo fazer é respirar profundamente por entre os dentes. O lobo dentro de mim ataca meu peito, dilacera as costelas com as garras. Está desesperado para sair. E, se eu me deixar dominar pela ira, haverá um banho de sangue aqui.

Mas nem isso vai ser tão ruim quanto o que vai acontecer se Keldarion vir uma estranha dentro do castelo.

Descemos a escada correndo e chegamos ao saguão. Rosalina se dobra para a frente, ofegante. Mas não olha para Dayton nem para a feérica.

Ela olha para o espelho. Ah, é. Acho que não explicamos essa parte. Talvez ela acredite que aquilo seja um objeto de decoração.

O espelho brilhante ondula com uma luz iridescente. Ele tem o tamanho da porta, mais ou menos, e ilumina o espaço com fragmentos geométricos azuis, vermelhos e verdes. A luz cintila no peito nu de Dayton. Na verdade, ele veste apenas o traje tradicional do Reino do Verão, um cinto largo de couro que envolve sua bunda musculosa. O cabelo loiro e comprido cai sobre os ombros, e ele exibe aquele meio-sorriso sonolento que sempre aparece quando está louco de raiva.

A feérica loira também está bêbada, é visível, agarrando o peito dele e rindo entre um soluço e outro.

— Dayton — rosno. — O que está fazendo?

Ele olha para mim, e o humor faz seus olhos brilharem.

— Farron, veio me dar as boas-vindas. Não se preocupe. Não é necessário. — As palavras se atropelam, e ele solta a jarra no chão. Ela rola na direção de Rosalina, que usa um pé para interromper o movimento.

— Dayton, isso é muita irresponsabilidade, até para você — diz Rosalina, e seu tom sério quase me faz sorrir. Quase. — Sabe muito bem o que Keldarion fez com a última visita que recebeu.

— Ora, se você agora não é a Rainha do Castelo? — Dayton ri.

A feérica cai para a frente, esmagando os seios grandes contra o corpo nu de Dayton. Meu coração bate forte, e cravo as unhas na palma das mãos para me concentrar na dor.

— Dayton, por que esses dois estão tagarelando tanto? Pensei que íamos para o seu quarto. — Ela abaixa a mão e segura o membro de Dayton através do couro.

Meu rosto queima, e odeio como Dayton sorri enquanto ela o massageia. Ele está fazendo um espetáculo, com a cabeça inclinada para trás e os olhos fechados.

— Você está certa, querida. Olhe para esses dois. Parecem moscas barulhentas. — Ele a agarra pelos ombros e a empurra contra a parede, mas está olhando para mim. — Talvez queiram participar. — Ele desliza a língua pelo queixo da feérica, desce pelo pescoço e enterra o rosto nos seios dela.

Rosalina fica tensa ao meu lado, e seu rosto se tinge de um tom de vermelho intenso.

— Pa... participar?

Dayton levanta o olhar dos seios da feérica.

— Está interessada, flor? Venha cá, e mostro a você como um feérico faz amor. — Ele lambe os lábios, e seu olhar é intenso.

Não posso falar nada. Não consigo nem me mexer. A fúria preenche cada fibra do meu ser. Como Dayton se atreve a desobedecer a regra sagrada de Keldarion? Kel pode ser um babaca paranoico e metódico, mas essa regra nos protege. Ninguém entra em Castelárvore. Ninguém.

E exibir essa mulher na nossa frente, essa criatura aleatória com seu vestido transparente que mal cobre a parte mais alta das coxas... Bem, eu devia ter esperado por isso. Estou acostumado com Dayton olhando para mim enquanto enterra o pau em outro homem ou mulher. Mas convidar Rosalina a participar...

Quero rasgar sua garganta. Quero gritar com ele. Quero sair daqui e deixá-lo enfrentar a fúria de Keldarion.

Mas estou preso ao chão.

Covarde.

Mas... ela não está. Rosalina balança a cabeça e torce o nariz.

— Chega. Dayton, você precisa crescer. Não tenho ideia de quantos anos tem. Provavelmente uns quatro milhões. Mas está se comportando como um adolescente idiota. — Ela se aproxima e segura o braço da feérica. — E você! Sabe quanto isso é perigoso? Você nem sabe nada sobre o lugar onde esse idiota a trouxe.

— Ele é o Príncipe do Verão, porra... — a feérica começa, mas Rosalina a interrompe ao puxá-la em direção ao espelho.

— É, e é um cretino por ter trazido você aqui. É perigoso. Mas ele não se importa com você. — O olhar que ela lança para Dayton provoca um arrepio gelado em minhas costas. — Só se importa com ele mesmo.

Dayton parece querer responder, mas balança no lugar, antes de cair contra a parede.

— Temos que mandar você para casa. Como é que eu opero essa coisa? Farron? — Ela olha para mim, mas meus músculos ainda estão congelados. — Farron, reaja. Preciso de você.

Preciso de você.

É como se essas três palavras acendessem um fogo embaixo de mim. Rosalina precisa de mim. Avanço, tropeço nos pés antes de me endireitar à sua frente.

— Si... sim?

— Faça sua mágica nessa coisa de espelho encantado — Rosalina fala. — Temos que mandar nossa nova amiga de volta para casa.

— Certo. — Tusso, depois seguro a feérica pelos ombros. Ela parece prestes a me agredir... ou vomitar.

Respirando fundo, ponho uma das mãos em sua testa e sinto a magia profunda de Castelárvore. Todos os dias, com a maldição se fortalecendo, a árvore enfraquece. Agora mesmo, tenho de fazer um esforço enorme para trazer uma dose minúscula de magia à ponta dos meus dedos.

— Isso é só um sonho. Quando você acordar, vai se lembrar de tudo como resultado de um sono agitado — sussurro. Os sinais da magia de Outono: a decomposição, as folhas caídas e a finalização escondida dentro de tudo penetram em sua mente, confundindo a memória. — Ela pisca, os olhos ficam turvos. — Agora, pense na sua cama. Consegue imaginá-la? Consegue vê-la?

— Sim — ela murmura.

Eu a viro para o espelho.

— Muito bom. Mantenha essa imagem em mente e atravesse. Você vai chegar aonde quer ir.

— Que sonho estranho — ela murmura ao entrar no espelho. Seu corpo ondula com a luz trêmula. E ela desaparece.

Eu me viro e vejo Dayton sentado no chão, com a cabeça caída sobre o peito.

Sei por que ele faz isso. Pelo mesmo motivo que Keldarion não sai do castelo. Pela mesma razão que Ez prefere ser a fera em vez do homem. Pelo mesmo motivo que me leva a me perder na pesquisa. Estamos todos tentando fugir.

Mas que merda, meu coração se quebra quando ele faz isso.

— Ele está bem? — Rosalina pergunta, aproximando-se para cutucar o peito dele.

Dayton bate na mão dela.

— Estou acordado.

— Desculpe, Rosa — digo. — Sei que estava me contando sobre alguma coisa empolgante que descobriu, mas acho que vou ter que encerrar nossa sessão de pesquisa mais cedo. Preciso levar Dayton para o quarto dele.

— Posso ajudar de algum jeito? — Ela parece muito sincera, e a preocupação está estampada em seu rosto.

— Não, sério. Não é a primeira vez que isso acontece.

— E não vai ser a última — Dayton avisa com voz pastosa, antes de deixar a cabeça cair de lado.

— Tudo bem, vou continuar olhando aquele livro que você encontrou — ela diz.

Afago sua mão, querendo um último contato entre nós, antes de ela se afastar.

— Se precisar de alguma coisa, estarei na Ala Veranil.

Ela assente e se retira, rebolando o quadril largo escada acima até desaparecer.

Respiro bem fundo e digo ao meu pau para entrar na mesma frequência que a do cérebro.

E, no momento, isso significa lidar com os cento e dezesseis quilos de músculos e bebedeira na minha frente.

— Você é um idiota — disparo quando me abaixo para apoiar um braço de Dayton sobre meus ombros.

— *Você gosta dela* — ele responde cantarolando.

Eu o ponho em pé. Estrelas, o cara é pesado.

— Quê?

— *Você gooosssta dela* — Dayton canta de novo. — Eu vi como olha para ela. Você gosta dela...

Empurro Dayton contra a parede de pedra.

— Eu gosto de *você* — rosno. — E, se aprontar outra merda dessas, Keldarion vai rasgar sua garganta...

Dayton agarra um punhado do meu cabelo e puxa, obrigando-me a olhar diretamente para ele. Para quem bebeu tanto, ele ainda tem reflexos bem rápidos. Minha respiração é irregular. Nossos peitos se tocam, e o dele brilha com uma camada de suor.

— Você estragou minha trepada, Farron.

— Não precisa dela. — Minha voz é um grunhido áspero.

— Não sei, não — ele retruca. — Meu pau está desesperado por alguma coisa apertada e quente.

— Você está bêbado demais — acuso.

Ele agarra minha mão e a leva ao membro. O volume rígido é evidente através do couro grosso.

— Paga pra ver, Farron.

Rosalina

Sou a primeira a chegar na sala de jantar, acompanhada de Astrid, depois da minha caminhada vespertina pelo terreno da propriedade. Tinha me sentido estranha após Farron levar Dayton para o quarto. Alguma coisa na situação me incomodou. Eu não conseguia parar de me lembrar da feérica chupando o pescoço de Dayton, como uma vampira.

Mas andar um pouco ao ar livre e rasgar folhas em pedacinhos fizeram eu me sentir um pouco melhor. Não era como se eu estivesse enciumada. Como poderia sentir ciúme, se estava literalmente tentando encontrar o amor predestinado dos príncipes? Mas eu sabia que o de Dayton não era aquela feérica loira.

Felizmente, Farron se livrou dela. Eu me senti melhor assim que ele a empurrou pelo espelho. Sempre achei que aquilo não combinava muito com a decoração, mas agora entendo o que é de verdade. Um espelho enfeitiçado para transporte... A feérica só precisou imaginar para onde queria ir, e ele a levou para lá. Para meu infortúnio, ele precisava da magia de Farron para funcionar, senão eu poderia usá-lo para voltar para casa.

O estafe pôs o jantar na mesa e me sentei. Hoje havia abóbora assada coberta com castanhas, vegetais grelhados e mais daquele pão fofo.

Cadê todo mundo?

Pego o livro que trouxe da biblioteca para continuar minha pesquisa, mais motivada que nunca para provar que a feérica não era o amor predestinado de Dayton.

— É indelicado ler à mesa. — A voz ríspida me assusta, e levanto a cabeça a tempo de ver Keldarion ainda em pé ao lado da cadeira que costuma ocupar, bem na minha frente.

Seu cabelo branco está molhado, umedecendo o tecido da camisa. Ela parece ser um número menor, colando nos lugares certos. O cheiro dele, uma combinação de pinho e alguma coisa mais primal, um almíscar marinho salgado, provoca em mim uma estranha agitação.

— Esteve nas fontes quentes de Dayton.

— Eu tomo banho — diz Keldarion, enchendo o prato de comida —, de vez em quando.

Não consigo deixar de rir, e, quando o encaro, ele está imóvel, olhando para mim com uma expressão intrigada. Corada, desvio o olhar. Somos só nós à mesa.

— Dayton bebeu um pouco demais — comento, tomando cuidado para não mencionar a visitante que ele trouxe. — Farron foi ajudá-lo.

— Farron faz um espetáculo para mostrar que está tentando decifrar a maldição. — Keldarion estala a língua em sinal de desaprovação. — Logo você vai descobrir que ele é o pior inimigo de si mesmo.

— Onde está Ezryn? — A cadeira dele está vazia.

Keldarion serve uma fatia especialmente dura de abóbora assada em seu prato.

— Caçando.

— Caçando. Tipo... para comer?

— Goblins. Mas o esforço dele é inútil. Para cada um que ele mata, o Inferior cria mais dois.

— Por que Ezryn faz isso, se não muda nada?

Keldarion inclina a cabeça. Uma gota de água escorre pela curva forte de seu queixo.

— Ezryn tem um ódio enorme de todas as criaturas do Inferior. Caçar é um jeito de controlar a ira.

Acho que seremos só Keldarion e eu para o jantar esta noite. Não, nada desconfortável, nem um pouco...

Ele passa a mão no cabelo antes de continuar se servindo, mas seu aroma invade meu olfato outra vez.

Não consigo evitar, respiro fundo. Tem algo incrivelmente certo nesse cheiro misturado ao de Dayton, inverno e verão.

Balanço a cabeça. O que há de errado comigo? Talvez tenha a ver com estar no mundo feérico, mas nunca fui tão sensível a cheiros antes.

Isso me dá uma ideia. Talvez predestinados tenham o mesmo cheiro, e podemos usar isso para ajudá-los a encontrar os amores predestinados deles. Volto ao meu livro e vou virando as páginas, procurando alguma informação sobre aromas.

Um barulho na minha frente me faz levantar a cabeça, e vejo Keldarion depositar um prato de comida preparado com perfeição. Tem até o pãozinho extra, do jeito que gosto.

— Eu ia comer — resmungo, voltando ao livro — depois deste capítulo.

Keldarion tenta arrancar o livro da minha mão.

— Já falei. É indelicado ler na hora do jantar.

— Também é indelicado arrancar um livro da mão de alguém. — Não solto o volume. Nem ele, e, de repente, eu me sinto pendurada, como se ele me segurasse com o livro acima do chão.

Rosno para ele e esperneio. Ouço o barulho de alguma coisa rasgando. Acho que o livro não foi feito para sustentar o peso de uma mulher de bunda grande. Porque agora estou caindo.

Keldarion solta o volume e me segura pela cintura. Deixo escapar um "Ahh!" nada feminino. Agora ele está me segurando como se nos preparássemos para entrar em nossa primeira casa.

É muito constrangedor.

Mas também é estranho. Não estou preocupada com ser pesada demais para ele. Ele não parece sobrecarregado. Só furioso.

Estou acostumada com isso.

— Meu livro — choramingo ao ver as páginas flutuando à nossa volta. Estendo a mão e pego uma delas.

— O que tinha nele de tão importante, afinal? — ele pergunta.

— Era para você, idiota. Estou pesquisando amores predestinados, lembra?

Um ruído contrariado brota de seu peito, e sinto a vibração, porque estou literalmente encostada nele.

— Está perdendo tempo.

— Não estou. — Não consigo nem encarar a criatura. Então, leio a página na minha frente. Aqui tem um trecho que eu ainda não havia lido. Levanto as sobrancelhas e me agito em seus braços para descer.

Mas ele não me solta. Em vez disso, nós nos movemos desajeitados até meus braços estarem em volta de seu pescoço e minhas pernas em torno de sua cintura, mas não consigo me concentrar nisso, porque estou focada demais nesta página. Isso pode ser bom. Pode ser muito bom.

Termino de ler a página. *É isso!* É a primeira pista de verdade que encontrei.

ENTRE FERAS & ESPINHOS

Mas ainda estou no colo de Kel como um macaco-aranha demoníaco e não sei por que ele ainda não me pôs no chão. Sei que ele é uma poderosa força da natureza, mas é gentil comigo. Seu corpo rígido pressiona minhas curvas, e sinto o calor de sua pele se espalhando em mim como um incêndio na floresta. Como ele pode ser Príncipe do Inverno, se estou derretendo em seu abraço? Minha pele formiga e meu coração dispara. O aroma inebriante de pinho misturado a sal faz minha cabeça girar, e só quero mais.

O toque de nossas mãos quando selamos o acordo não foi assim. Aquilo não foi nada comparado a agora. Seus braços musculosos me envolvem com mais força, como se nunca mais fossem me soltar. Sua inspiração é uma vibração deliciosa.

Espera, o quê? Ele está cheirando meu cabelo, é sério?

Sinto a respiração presa na garganta.

— Que cheiro eu tenho?

O corpo dele fica tenso, sua voz é um grunhido.

— Saia de cima de mim.

Desço depressa, com o coração galopando no peito e a garganta contraída. Seu rosto não demonstra a fúria que eu esperava, é indefinível, na verdade, como se tentasse transmitir um significado que não consigo decifrar.

— Seu amor predestinado... Eu...

— O quê? — Ele me interrompe falando por entre os dentes.

— Acho que sei como encontrá-la — digo, e a expressão dele suaviza. Sacudo a página em minha mão. — Aqui diz que, às vezes em grande trauma, o vínculo predestinado pode ficar adormecido por anos, décadas até. Talvez os vínculos predestinados de todos vocês tenham sido suprimidos durante a maldição por aquela feiticeira perversa. Então, precisamos de um gatilho para despertá-los. Trazê-los à tona. Aqui explica que ele pode ser despertado durante algo grandioso, como um predestinado em perigo, ou durante um momento importante. — Seguro a manga da camisa dele. — Se conseguirmos descobrir como produzir um evento desse tipo, talvez vocês possam encontrar seu amor predestinado.

— Está falando sem parar — ele avisa, mas sua voz não tem mais o tom de ameaça.

— Tenho uma ótima ideia! Ai, caramba, preciso encontrar Farron.

Eu me abaixo e começo a recolher as páginas do livro.

— Obrigada pela ajuda! — Olho para trás, a caminho da saída, mas ele não diz nada, só me encara com a mesma expressão ilegível no rosto bonito.

Rosalina

Minha cabeça está cheia de ideias. É claro, agora tudo faz sentido. Tenho que encontrar Farron para discutir essa teoria. Ele disse que estaria na Ala Veranil pondo Dayton na cama. A essa altura, já deve ter terminado de lidar com o idiota bêbado.

Ouvi muitos rumores sobre Dayton e suas aventuras. Sei que ele é a versão feérica de um homem pegador, basicamente. Mas ver aquela garota em seus braços, na minha casa...

Minha casa?

Que merda está acontecendo comigo? Esta não é minha casa. Minha casa fica em Orca Cove. Meu lar é a casinha bagunçada que divido com meu pai. Meu lar é... com Lucas.

Mas alguma coisa nisso parece estar muito errada. Estou aqui há um mês e criei uma rotina. Ser cumprimentada por Astrid todas as manhãs. Escolher roupas e penteados com Marigold. Passar os dias na biblioteca com Farron. Até comer com os príncipes. Por mais aterrorizantes que eles sejam, estou descobrindo suas pequenas peculiaridades. Como o jeito de Dayton e Farron terem discussões acaloradas sobre qual reino tem a melhor comida. Ou como sempre pego Ezryn guardando muffins nos bolsos por baixo da mesa, imagino que para comer sozinho, mas é como se não quisesse que alguém descobrisse que ele gosta mais dos de chocolate. E, de vez em quando, surpreendo Keldarion esboçando um sorriso por causa de alguma atitude de um deles. O sorriso sempre desaparece em um instante, mas esse vislumbre faz meu interior se iluminar como uma árvore de Natal.

Quando penso em Keldarion, meu corpo é inundado pela sensação de como ele me abraçou. *Abraçou?* Não, ele só me impediu de cair no chão. Tenho que pôr a cabeça no lugar. Esta não é minha casa.

Tenho uma tarefa a cumprir.

E isso significa que preciso informar Farron agora mesmo sobre a minha descoberta.

Corro para a Ala Veranil, passando pelo corredor com as paredes que cintilam como uma gruta subaquática. Até o cheiro aqui é diferente: como o de sal, areia e fruta tropical. O teto é pintado com um mural hipnotizante de aves marinhas voando no céu, e até as maçanetas das portas são feitas de conchas. Como em qualquer outra área do castelo, os espinhos pretos atravessam pedra e vidro, espalhando-se pelas paredes e pelo chão.

Onde está Farron? Já deve ter posto Dayton na cama.

Viro uma esquina e corro para a maior porta: madeira azul-turquesa com um batente incrustado de conchas. Os aposentos de Dayton. A porta está encostada, e entro sem fazer barulho, procurando Farron na escuridão.

Nunca estive nos aposentos de nenhum dos príncipes, mas, como eu imaginava, este é imenso. Aposto que é maior que minha casa inteira. O quarto principal está escuro, a luz externa é inteiramente bloqueada por cortinas que vão do teto ao chão. Mas um canto do quarto é iluminado por tochas altas. Sigo em frente e espio além de uma divisória.

Minha boca seca e o estômago se contrai como uma armadilha para urso. Pisco algumas vezes, sem saber se o que vejo é real ou uma miragem.

Encontrei Farron.

Mas ele não está sozinho.

Está com Dayton.

Recuo depressa para não ser vista. Meu coração bate a mil quilômetros por hora. Preciso sair daqui. Isso é uma grande invasão de privacidade. Posso recuar em silêncio de volta à porta...

Mas não consigo me controlar. É como se cada fibra do meu ser me forçasse a espiar de novo. Só mais uma olhadinha...

Não, não é miragem. Dayton está deitado na cama, banhado pela luz alaranjada da tocha. Seu cabelo dourado e longo se espalha em torno da cabeça como um halo, e seu sorriso é o mais arrogante que já vi naquele rosto.

E, caralho, ele está nu.

O corpo estendido tal qual um deus grego. O peito musculoso cintila, e uma das mãos segura a base do pênis.

Porra. As mãos de Dayton devem ser enormes para conseguirem envolver toda aquela monstruosidade. O pau está ereto, e a mão se move em um ritmo constante pela carne dura. A ponta brilha com uma gota perolada, e engulo em seco, sentindo a boca encher de água de repente.

Mas é a visão acima dele que faz meu coração quase saltar do peito. Farron se debruça sobre ele tão nu quanto Dayton.

Eu tinha visto parte do corpo de Dayton nas fontes quentes. Mas nunca tinha visto Farron desse jeito, sem os óculos, o colete e o casaco de alfaiataria.

Estaria mentindo se dissesse que nunca pensei nisso. Como poderia não pensar? A cada dia que passávamos juntos, eu conhecia um pouco mais do Farron que não era o lobo raivoso que tentou me matar. Ele é bondoso e divertido, e tem um charme meio desajeitado. E aquele rosto lindo... Como eu poderia não imaginar o que ele escondia sob as roupas elegantes?

E seu corpo é tão delicioso quanto o de Dayton.

Onde Dayton é largo e musculoso, Farron é esguio. Suas costas têm músculos definidos e visíveis, e deixo o olhar descer ao longo da coluna até a bunda empinada...

Não, não, não. Isso é perversão. Preciso sair...

— Porra, Farron. Você é lindo — Dayton murmura e segura a parte de trás da cabeça dele, puxando-o para baixo, para um beijo. — E fica tão gostoso quando está com ciúme.

— Ciúme de quê? — Farron murmura. A mão dele desliza pela coxa de Dayton até a ponta de seu membro. Ele passa um dedo na gota cintilante e o leva à boca. — Você sempre volta para mim.

Dayton geme e segura um lado do rosto de Farron.

— Continua sendo atrevido e vai sentir essa *volta* na sua bunda, lobinho.

— Está com medo de não conseguir cumprir a promessa? — Farron abaixa a cabeça e a posiciona entre as pernas de Dayton. — Você disse que não estava bêbado demais para foder. Prove. Quero sua porra escorrendo pelas minhas pernas por dias.

Puta merda. Seguro o canto da parede e fecho as pernas com força. Sinto o calor entre elas como uma fornalha. Eu sabia que Dayton e Farron tinham algum tipo de... conexão. Mas eles são amantes.

E, por mais que eu precise sair daqui, sou fisicamente incapaz disso. É como se todo meu corpo fosse atraído pelos dois, como se meu coração ameaçasse explodir com a ideia de não testemunhar tudo isso.

Dayton se senta e segura Farron pelo cabelo, puxando a cabeça para trás, expondo o pescoço.

— Quer que eu te foda, é, lobinho? Pede. Implora pelo meu pau.

A voz de Dayton vibra em minha cabeça: *Sabe implorar, Rosalina?*

Farron deixa escapar um suspiro trêmulo, que eu imito. Solto mais o peso do corpo contra a parede quando sinto os joelhos tremerem. Os olhos azuis de Dayton estão cravados em Farron.

— Quero seu pau — Farron pede com voz rouca, e meus lábios se movem, acompanhando as palavras. — Preciso dele, *preciso* de você.

— Então se ajoelha como um bom menino. — Dayton continua sentado enquanto Farron obedece, vira-se de costas para Dayton, fica de quatro e empina a bunda.

A umidade escorre por minhas coxas quando esfrego uma na outra, desesperada por qualquer tipo de fricção.

Dayton se inclina e pega um frasco de cima da mesa da cabeceira, um óleo com o qual ele cobre a mão.

— Agora me diz, lobinho, quer que eu vá devagar? Ou prefere que eu castigue seu rabo?

Farron agarra os lençóis.

— Me fode com força. Quero sentir você me rasgar.

Dayton ri e esfrega o óleo no pau.

— Meu pequeno sádico. — Então ele se inclina para trás e aprecia a vista. — Lindo pra cacete.

Com um tapinha na bunda de Farron, Dayton agarra seu quadril e o penetra.

Farron grita com o rosto enterrado nos lençóis. E eu me apoio à parede como se fosse cair, sentindo o centro do meu corpo eletrizado com a mistura de calor e necessidade. Posso me sentir lá, sendo fodida por Dayton e fodendo Farron. Uma parte de cada um deles.

Dentro e fora, dentro e fora. Dayton arrasa a bunda de Farron. Suas bolas enormes balançam com a força de cada movimento, batendo na pele de Farron como se batendo palmas. E Farron projeta o corpo para trás como um animal, empurrando o quadril com toda força possível contra Dayton.

Nunca tinha visto nada parecido com isto: a necessidade desesperada entre eles. Isso é o que significa *foder*. Não aquela merda desanimada que Lucas fazia comigo. É assim que homens de verdade fodem.

E cada centímetro de mim grita para estar entre os dois. Como seria? Sentir Dayton me penetrando com a força que ele penetra Farron? Ver o rosto de Farron se contorcer como se contorce agora, mas por causa do meu corpo?

Cravo as unhas na madeira da parede para não me tocar.

— Meu pau está bem duro para você, lobinho? — Dayton grunhe, apoiando uma das mãos na cabeça de Farron e empurrando o rosto dele contra os lençóis. — Está vendo o que acontece quando duvida de mim?

A resposta de Farron é um gemido.

Dayton levanta Farron pelo cabelo, puxando-o contra o peito. Os dois ficam de joelhos. Seu pau enorme ainda está dentro de Farron, do qual agora tenho uma visão nítida.

Caralho. O pau dele está duro como aço, comprido, com a ponta quase tocando a barriga. De repente, eu me imagino de quatro na sua frente, lambendo as gotas pré-orgasmo, enquanto Dayton continua dentro dele.

Mas é mais que a intensidade da foda. Os braços de Dayton envolvem o corpo de Farron, que se vira para olhar nos olhos dele. É como se houvesse eletricidade entre os dois. Ambos sorriem, um sorriso cheio de desejo, uma mistura de confiança, amizade e puro tesão.

— Quero ver seu peito pintado com sua porra — diz Dayton. — Depois vou encher seu rabo com a minha. Vai gostar, lobinho?

— Vou, Day. — Farron rebola e segura o membro ereto. Sua mão se move para cima e para baixo, para cima e para baixo, para cima e para baixo. Ai, caramba. A ideia de ver Farron gozar nele mesmo... Minha calcinha está ensopada, e consigo sentir a viscosidade entre as pernas. Quero muito a porra de Farron e a de Dayton também. Quero o suficiente para cair de joelhos diante deles e implorar por uma gotinha em minha língua.

Sinto que me contorço por dentro até ser quase doloroso. Meus joelhos cedem e caio para a frente, no chão.

Os olhares se voltam para mim, e vejo o choque estampado em seus rostos.

Mas Dayton não para. Ele range os dentes e fode com mais força. Farron olha para mim, boquiaberto, e grita:

— Rosalina!

Depois goza, e o jato quente pousa em seu peito.

— Caralho! — Dayton grita, e sua expressão anuncia que ele está despejando todo seu alívio dentro de Farron.

Rastejo para trás com o rosto pegando fogo.

— Me... de-desculpem! — grito. — Não queria interromper!

Saio correndo do quarto, desesperada para me afastar deles. Porque só consigo pensar em Farron gozando enquanto gritava meu nome.

Ar. Preciso de ar frio imediatamente. Abro a porta do castelo e cambaleio para o jardim, enchendo os pulmões com a brisa de fim de outono. O frio da noite me abraça, enquanto o sol projeta suas últimas ondas de cor, cintilando sobre os espinhos que se enroscam nas cercas-vivas. Um anoitecer como este traz os aromas da vida, cheios de doses iguais de decomposição e crescimento.

Farron e Dayton são amantes. Eu me encosto à parede do castelo, precisando sentir algo sólido. A imagem deles não sai da minha cabeça. Dois corpos perfeitos, brilhando de suor e juntos, a adoração com que um olhava para o outro...

Meus dedos pressionam o peito com delicadeza, incendiando-me. Sou esmagada pelas sensações que Dayton provocou enterrando o pau enorme em Farron e me olhando o tempo todo. Os suspiros trêmulos de Farron quando seu prazer explodiu como um gêiser, espalhando-se pelo peito. *Rosalina*. Foi mesmo meu nome que ele gritou?

Uma brasa incandescente brilha dentro de mim. Meu centro se contrai e as coxas tremem. O que teria acontecido se eu ficasse? Se me rendesse à tentação? Minhas mãos passeiam por cima do corpete, desamarrando as fitas e acariciando os seios doloridos, enquanto revejo mentalmente a imagem de Dayton e Farron. A outra mão se esgueira para baixo da saia e roça de leve a calcinha ensopada. Ondas de prazer se espalham por meu corpo, e meus lábios se afastam em êxtase.

Uma sensação inebriante se espalha por meu corpo como um incêndio. Respiro fundo, e uma força fabulosa envolve meus tornozelos. Duas vinhas espinhosas enroscam minhas pernas. *Isso é estranho*. A sensação é excitante e esquisita, diferente de tudo o que já experimentei. Meus mamilos enrijecem, e seguro os seios, empurrando a cabeça para trás contra a parede, deixando escapar um suspiro de prazer. Nunca imaginei que sexo pudesse ser daquele jeito. Os dois estavam em um plano diferente de existência. Eles se amam?

Meus dedos deslizam entre as pernas, explorando a umidade. As vinhas se enrolam em minhas coxas, levando-me próximo ao limite do prazer. Imagens de Farron e Dayton inundam minha mente, o jeito como se moviam juntos, aquela paixão animalesca. As mãos de Farron agarrando o cabelo de Dayton, puxando-o mais perto para um beijo quente que me faz queimar de desejo. Farron beijou Dayton como se Dayton fosse o sol e ele precisasse de cada gota de seu calor para sobreviver. Quero ser beijada daquele jeito.

Uma dor aguda explode em minha mão em movimento, e abro os olhos. Tiro a mão do meio das pernas e vejo uma gota de sangue no dedo. Minha saia cai, e realmente me dou conta dos espinhos enrolados em minhas pernas.

Isso não está certo.

— Saiam de cima de mim — grito, e os espinhos caem.

— Desculpe, eu me distraí olhando para você. Acho que me empolguei um pouco — diz uma voz mansa, encantadora. — Mas, por favor, não pare por minha causa.

Viro a cabeça de repente e vejo uma silhueta escura sobre os arbustos. Um corpo masculino reclinado, com uma perna balançando preguiçosa. Não preciso que ninguém me diga quem é esse. Posso sentir em todo meu ser.

O Príncipe dos Espinhos chegou a Castelárvore.

27

Rosalina

As sarças se movem sob o Príncipe dos Espinhos e o carregam até o chão. Ele sai das sombras para a luz vermelha do crepúsculo.

Alguém que criou os espinheiros do mal não tem direito a essa beleza singular. Seus olhos são como o céu da noite, escuros e profundos, com centelhas ocultas de roxo vibrante. Ondas escuras descem em cascata dos dois lados do rosto, e um adorno de prata enfeita sua testa com uma pedra azul e brilhante no centro. Os lábios se distendem em um sorriso malandro quando ele se aproxima.

— Bem, parece que minha princesinha ficou bem à vontade em um castelo de feras.

— Não sou sua — respondo com a garganta seca. — Nem te conheço.

Ele inclina a cabeça fingindo tristeza.

— Mas sabe quem eu sou.

— Você é o Príncipe dos Espinhos — retruco. *Caspian*. Foi assim que Farron o chamou. Mas não consigo pronunciar o nome. De algum jeito, parece íntimo demais.

— É como eles gostam de me chamar. Não consigo imaginar por quê. — Ele gesticula mostrando o entorno.

Então, enfim estou frente a frente com o monstro que está tentando destruir o castelo dos príncipes.

Ele segura meu punho e me puxa para perto. Ao ver a gota de sangue na ponta do meu dedo, franze a testa.

— Desculpe. O que é o prazer sem um pouco de dor?

— Estava me espionando — deduzo, chocada.

Ele aproxima meu dedo da boca e suga devagar, um contato molhado e quente, saboreando cada gota da minha essência. Seus olhos encontram os meus, e vejo um lampejo de malícia nos dele.

— Delicioso — o príncipe ronrona.

Ele solta minha mão devagar, e a eletricidade corre em minhas veias. Seu toque despertou em mim uma carência profunda, e meu corpo traiçoeiro quer mais. Não era só o sangue que ele saboreava em meu dedo...

Furiosa com a reação do meu corpo, rosno para ele.

— Confesso que esperava uma língua bifurcada.

— Peço perdão pela decepção — ele murmura em meu ouvido. Sua respiração é quente. Os lábios macios dançam ao longo da minha mandíbula até a boca encontrar minha face. Não contenho uma exclamação ofegante quando a língua a acaricia com suavidade, deixando uma trilha molhada de calor. Fecho os olhos ao sentir um estranho prazer efervescente se espalhar por meu corpo.

— Você é desperdiçada aqui, com Keldarion e seus cachorrinhos. — A voz dele fica ainda mais baixa, como se compartilhasse um segredo. — Sabemos apreciar a beleza no Inferior. Eu nunca pensaria em trancar você em uma gaiola.

— Sai... — Não consigo terminar a frase. Alguma coisa me puxa para trás, e tudo o que vejo é Caspian voando para o espinheiro.

Keldarion para na minha frente, envolvendo meu corpo inteiro com o seu.

Ai, merda.

Caspian se levanta do meio dos espinhos, removendo fragmentos do colete preto e alisando a calça. Depois, olha para Keldarion, e sua expressão é medonha. O sorriso, o brilho nos olhos... Se eu não conhecesse a história, diria que era tudo brincadeira.

Enquanto isso, o gigante de cabelo branco na minha frente projeta toda a fúria com que já me acostumei.

— O que está fazendo aqui? — Keldarion grunhe.

— Ah, sabe como é, só admirando meu paisagismo. — Caspian aponta para os espinheiros altos.

Tento sair de trás de Keldarion, mas ele me empurra de volta.

— Vá embora.

Caspian se aproxima de nós com toda a graça de um reluzente gato preto.

— Não vai me apresentar para sua... — Ele faz uma pausa, olha para mim com os olhos escuros, depois encara Kel. — Nova amiga?

Por que tive a impressão de que ele ia dizer outra coisa?

— Vocês quatro estão juntos aqui há muito tempo. — Kel não responde, e Caspian continua. — E não ficaram com nenhum dos meus presentes, por mais deliciosos que fossem. Não pode me condenar por ter ficado curioso.

— Ela não é da sua conta — Keldarion declara.

Caspian para diante de nós. Ele é mais alto que eu, mas, ao lado de Kel, precisa olhar para cima.

— Ainda não aprendeu que tudo o que tem a ver com vocês é da minha conta?

Keldarion fica tenso, sua respiração fica mais pesada. Sinto um arrepio e olho para baixo, para onde o gelo se expande rapidamente sob os pés dele.

— Você não significa nada para mim.

Caspian relanceia para o gelo, depois novamente para Kel.

— Queria muito que isso fosse verdade, não é?

Kel estremece, e me inclino o suficiente para ver sua expressão. Ele range os dentes, a testa franzida. E percebo que está tentando não explodir, que tenta controlar sua magia.

Caspian volta ao espinheiro, mas, quando chega à cerca-viva, ele se vira. O vento brinca com seu cabelo grosso.

— A magia do castelo está enfraquecendo; posso sentir. Seu tempo está acabando.

— Vá embora.

Os olhos brilhantes se voltam para mim.

— Tenho certeza de que verei você em breve, princesa. Ele já deixou isso bem claro.

Um arbusto de espinhos escuros brota do chão e o cerca. Há um lampejo de magia, e ele desaparece.

Respiro fundo, e a raiva que o medo me impedia de verbalizar explode.

— Ele foi bem grosseiro. Agora entendo por que todo mundo odeia o cara.

Keldarion segura meus ombros e me vira de frente para ele.

— Ele machucou você?

— Não. Estou bem. — Fisicamente, pelo menos, se não considerar a picada no dedo. Mas minha cabeça foi destruída de todos os jeitos pelo ato de crueldade sexual de Caspian.

— Todos aqui sabem que não se pode confiar em ninguém do Inferior — ele diz, e a voz fica mais tensa. — Você não é daqui, no entanto, então, vou avisar só uma vez. Nunca negocie com ele. Nunca faça acordos com o Príncipe dos Espinhos.

Tem uma urgência desesperada em sua voz. Assinto e tento deixar o clima mais leve.

— Obrigada por ter vindo aqui fora. Ele é bem esquisito. — E mais que lindo. Mas decido não dizer isso a Kel. Acho que ele não gostaria de ouvir.

— Tem certeza de que ele não a machucou? — Kel estuda meu rosto, depois seu olhar desce pelo corpo. As mãos tremem sobre meus ombros quando chega ao peito e vê as fitas desamarradas.

Soltas, porque eu as desamarrei e me toquei pensando em Dayton e Farron. Meu corpo esquenta, e sinto que as bochechas ficam vermelhas.

— O que estava fazendo no jardim, Rosalina?

— Eu...

Ele segura meus ombros com mais força, e estamos nos movendo. Ele praticamente me levanta. Minhas costas encontram a parede sólida do castelo, seu peito pressiona o meu, e uma das mãos de Keldarion agarra a pedra acima de nós.

— Me distrai.

— Distrair você? — Ele está tão perto, que posso sentir seu hálito gelado afastando o cabelo do meu rosto. — Distrair você do quê?

Agora ele segura meu ombro com uma leveza inversamente proporcional à força com que segura a pedra na parede. Seus dedos se contraem, e algumas pedrinhas caem no chão.

— Que inferno, Rosalina.

Eu poderia escapar por baixo de seu braço, poderia empurrá-lo. Mas não faço nada. Alguma coisa em seu encontro com o Príncipe dos Espinhos o deixou sem freio.

Ou só mais sem freio que de costume.

— Kel. — Afasto algumas mechas rebeldes de cabelo que caem sobre o rosto dele. Sua expressão se contorce em um tipo estranho de agonia.

Um rosnado profundo vibra em seu corpo.

— Fale sobre alguma coisa. Fale sobre um dos seus livros chatos.

— Ei! — Empurro seu peito, mas não causo nada com isso, talvez por ele ser tão firme quanto a pedra atrás de nós. — Meus livros não são chatos.

Ele respira fundo, e um esboço de sorriso passa por seu rosto.

— Os livros em que Farron pesquisa são. Há outros mais interessantes na biblioteca.

— Vou ter que... — Minha voz não é mais que um sussurro, e minha mão toca o rosto dele. — Vou ter que explorar...

Keldarion deixa escapar um gemido atormentado e me vira, de forma que agora ele está apoiado na parede.

— O sol está se pondo, Rosalina, e não consigo me controlar.

— O quê?

— Você tem que correr para o seu quarto e trancar a porta.

— Kel...

— A noite se aproxima. — Os olhos de Keldarion brilham como uma chama azul. — E não consigo controlar minha fera. Não depois de... Vá.

E, desta vez, ouço o que me diz. Afasto-me dele e corro para o meu quarto.

Rosalina

Passo o restante da noite tentando me acalmar, depois de tudo o que aconteceu. Primeiro, descubro alguma coisa que pode mesmo ajudar os príncipes a encontrar seu amor predestinado. Mas não me aprofundei nisso ainda, porque, quando encontro meu parceiro de pesquisa, ele está no meio da melhor transa de reconciliação da vida dele. Foi o que pareceu, pelo menos.

Que tipo de relacionamento Farron e Dayton têm? É óbvio que não é uma relação fechada, considerando que Dayton trouxe uma feérica para casa. Talvez eu esteja pensando na situação em termos humanos. Feéricos podem ter expectativas diferentes de seus relacionamentos.

E conhecer o Príncipe dos Espinhos. *Caspian*. A fúria com que Keldarion se dirigiu a ele, o jeito possessivo como me protegeu. Ou talvez eu esteja vendo coisas demais. Todos os príncipes parecem ter razões próprias para odiar Caspian, e até eu posso entrar nesse grupo. Os espinhos não combinam com o castelo.

Seu tempo está acabando. O que ele quis dizer com isso? Há algo mais na maldição que os príncipes não me contaram?

Batidas na porta interrompem meus pensamentos.

— Entre — digo.

Marigold aparece empurrando o habitual carrinho de comida. Bom, Marigold, o gordo guaxinim marrom usando um avental. Ela me disse que precisa manter alguma coisa de sua humanidade, mesmo nessa forma. Não sei se algum dia vou me acostumar a ver o estafe assim.

Apesar de ter permissão para andar pelo castelo após o anoitecer — desde que não solte o raivoso Farron —, passo a maior parte das noites na cama, lendo livros que pego na biblioteca e saboreando uma xícara de chá.

— Oi — digo.

— Oi, meu bem. — Ela tira as patas do carrinho, mas continua em pé sobre as duas perninhas. — Ouvi dizer que teve um encontro e tanto hoje à tarde. Deixou o mestre com o humor certo.

Esta era outra coisa com a qual eu precisava me acostumar: os animais falam. Distraída, penso se os príncipes na forma de lobo também falam.

— Tive a impressão de que o Príncipe dos Espinhos só apareceu para provocá-lo.

Marigold balança a cabeça.

— Eu não duvidaria disso. Aqueles dois têm uma história terrível.

— Que história? — pergunto, intrigada. Senti o veneno quando Kel falou com Caspian.

— Agora não é hora disso. Gosto de uma boa fofoca, mas tem algumas coisas que nem eu vou ser pega comentando. — Quero insistir, mas sinto um cheiro delicioso, e Marigold levanta as patas para tirar a tampa de uma bandeja. A abóbora assada e o pão fofo do jantar. — O mestre foi persistente, disse que você tem que ser alimentada — Marigold explica. — Ele falou que você não comeu nada. — É claro que ele percebeu. Mas meu estômago ronca quando olho para a comida. — Vou deixá-la à vontade. — Marigold sai balançando a cauda listrada.

Olho para o prato. Por que, de repente, eu me sinto culpada por não ter jantado com Kel mais cedo? Por que fui a única a aparecer? Ele é meu carcereiro. Eu não deveria me sentir mal por nada.

— Aaah! — Solto uma exclamação frustrada e devolvo a tampa à bandeja com força. Pego um livro da mesa de cabeceira, visto meu roupão mais fofo e calço os chinelos mais aconchegantes, depois pego a porcaria do jantar e saio do quarto e da temperatura perfeita da Ala Primaveril. — Não tem como não encontrar a Ala Invernal — resmungo andando. — É só seguir a brisa mais fria e o corredor mais insalubre.

Levanto um braço ao escorregar no gelo, enquanto o outro segura a bandeja com o jantar junto da barriga. Sei qual é a porta do quarto de Kel porque, quando Astrid me levou para conhecer tudo, ela me disse para nunca ir lá, em nenhuma circunstância.

Não tenho medo. Se Keldarion disse para Marigold me alimentar, deve ter recuperado o controle sobre sua fera. O que provocou o descontrole? Foi a aparição de Caspian ou outra coisa?

Paro na porta e bato três vezes, antes de perder a coragem.

— Sou eu. Vim... — Antes que eu conclua, a porta se abre um pouquinho, como se tivesse vontade própria.

Não tem ninguém atrás dela, e uma brisa gelada me atinge através da fresta. Pelo menos não preciso me preocupar com um jantar quente demais.

Lá dentro a temperatura é congelante, e uma fina camada de neve cobre o chão. Flocos de neve caem lentamente do teto.

— Vim cumprir minha parte do trato. Jantar com você. Lembra? — Levanto minha bandeja.

O quarto é um completo desastre. A cama mal se mantém em pé; cobertores velhos caem pelas beiradas e se amontoam no chão. O sofá rasgado está coberto de neve, com as almofadas fundas no centro e as pernas revestidas de gelo. A única luz no ambiente é fornecida por uma faixa de luar que entra pela janela panorâmica, projetando sombras imóveis e sobrenaturais nas paredes. Espinhos ameaçadores brotam de cada canto, lançando seus ramos finos que parecem agarrar o ar gelado. *Nunca vi tantos em um lugar só.*

Engulo em seco. *Ele está aqui?*

Então, percebo movimento em um canto escuro, a neve se ajeitando, e me vejo frente a frente com dois olhos azuis e brilhantes. O restante da fera é escondido pelas sombras, mas o luar é refletido por aqueles espinhos gelados que brotam de seu corpo imenso.

— Não devia estar aqui — o lobo rosna, e me assusto. Ele fala, então. Sua voz é mais profunda e mais alta que na forma humana, como uma geleira rachando.

Faço um esforço para manter o rosto indiferente, neutro e isento de julgamentos sobre o quarto bagunçado e sua forma aterrorizante.

— Estou aqui porque não vou conseguir suportar suas críticas amanhã por não ter cumprido minha parte do acordo.

Ele consegue ouvir as mentiras em minhas palavras? Tem uma mesinha ao lado do sofá, e vasculho a gaveta em busca de fósforos. Encontro uma caixa velha. Risco o palito na mesa e acendo uma vela já meio queimada. Uma luz suave e morna vai se espalhando pelo quarto, e empurro um monte de neve de cima do sofá para me sentar nele.

A comida ainda está quente, e ficamos os dois em silêncio enquanto como. Mas não suporto a quietude.

— Hoje me deparei, por acidente, com uma situação bem constrangedora com Dayton e Farron. — Deixo o garfo sobre o prato e olho para

Keldarion. — Foi isso que quis dizer quando falou que Farron era o pior inimigo dele mesmo?

O grunhido do lobo é a única resposta, e tenho que preencher minhas próprias lacunas. Farron parece estar determinado a quebrar a maldição, mas é possível que uma parte dele hesite, por causa de seus sentimentos por Dayton? Termino de comer e reflito:

— Sendo sincera, fico bem feliz por humanos não terem predestinados. Não seria estranho encontrar seu predestinado e odiá-lo? Ou já estar apaixonado por outra pessoa?

— Predestinados são incrivelmente raros — Keldarion resmunga do canto.

— Por um bom motivo, é provável. Não parece justo não ter o direito de escolher por quem se apaixona. Fico pensando se é assim que Farron se sente. Se foi isso que a princesa feérica do livro sentiu ao conhecer seu predestinado carpinteiro. Ou encontrá-lo foi o melhor momento da vida dela? — Percebo que Keldarion está em silêncio e sinto um pouco de culpa. — Não ouça o que eu digo. Você vai se encantar por seu amor predestinado. A pessoa vai quebrar sua maldição. Só estou sendo uma humana ingênua, como sempre.

O lobo grunhe e se levanta, derrubando a neve que estava sobre ele. Por um momento, quase penso que vai se aproximar de mim. Mas ele dá voltas como um gato procurando a posição mais confortável e se deita de novo.

Agora está olhando para o outro lado, para longe de mim.

— Alguém está azedo hoje — resmungo, deixando meu prato no chão.

Devo ir embora? Já cumpri meu dever de jantar com ele. Sinto alguma coisa se torcer dentro de mim. Sei que, nos dias em que mais me perco nos recantos sombrios da minha mente, sempre tem algo capaz de me tirar de lá.

Pego um livro do bolso do robe.

— Ainda estou um pouco ofendida. Mais cedo, você perguntou sobre meus livros *chatos*. Bem, eles são tudo, menos chatos.

Abro o livro encantado. É uma ótima história, uma aventura romântica que Farron recomendou sobre uma princesa druídica e seu melhor amigo *ranger* tentando recuperar a magia dos dois. Li metade do livro na noite anterior. Mas agora o abro na primeira página e começo do princípio.

— *A árvore falava comigo de novo* — digo, lendo a primeira frase. — *Sua voz era de despedida, delicada como o sussurro do vento nas folhas e incisiva como o estalo de um galho seco.*

Eu me perco nas palavras, e Keldarion não me interrompe nem me manda embora. Depois do primeiro capítulo, percebo que ele mudou de posição, e os olhos brilhantes e oblíquos agora me observam. E espero que ele venha comigo para uma floresta de aventuras, de feras anciãs e velhas maldições, que se afaste da escuridão da própria mente.

Um arrepio percorre todo o meu corpo, e algo úmido pressiona meu rosto. Eu me viro, resmungo dormindo. *Por que estou com tanto frio?*
— Levante-se — diz uma voz autoritária.

Abro os olhos com esforço e estendo as mãos. Maciez. Depois rolo até estar cercada por pele branca e sedosa. Um movimento leve e cadenciado me faz fechar os olhos. Acho que estamos em movimento. A próxima coisa que percebo é que estou deitada em uma cama fofa.

Conheço esses travesseiros, esses cobertores. Minha cama. O instinto de sobrevivência me faz rolar e levar meu corpo de cubo de gelo para baixo das cobertas. Mas sinto falta da maciez. Do cheiro de inverno.

Sonolenta, estico uma das mãos e agarro um tufo de pelo branco, resmungando alguma coisa.

O pelo escorrega dos meus dedos quando mergulho na inconsciência.

De manhã, o sol me envolve e acordo devagar. Quando tiro os pés da cama, eles afundam em um monte de neve fofa.

Por quanto tempo o Príncipe do Inverno ficou ao meu lado?

29

Rosalina

Estou na metade da torta de limão quando vejo uma garota nua do lado de fora da minha janela.

— Menina! — Meu grito é de pânico e alarme, e o recheio de limão se espalha no chão quando derrubo meu café da manhã. — Tem uma garota nua lá fora!

Astrid e Marigold correm para perto de mim. Eu estava escondida no quarto, tomando meu café sem a menor pressa, tentando decidir se seria constrangedor demais ir à biblioteca hoje para pesquisar.

Por um lado, enfim tenho uma pista que quero investigar. Por outro, não sei como vou encarar Farron depois de tudo o que vi dele ontem. E se ele achar que sou uma pervertida?

Finalmente, minha decisão é adiada por essa interrupção.

— Ai, céus — Marigold suspira, colando o nariz à vidraça. — De novo não.

— Fazia tanto tempo — Astrid comenta. — Pensei que ela tivesse parado de vez.

— Espere, o quê? — Olho para as duas. — Ter uma garota pelada na porta da frente é uma ocorrência comum?

— Sim, bem, não. — O lábio inferior de Astrid treme. — Acontecia muito no início da maldição.

— É bobagem continuar se preocupando com isso — Marigold decide. — Astrid, avise o mestre.

Astrid estremece visivelmente.

— De jeito nenhum. Você sabe como ele fica quando uma dessas garotas aparece.

— Eu aviso — falo. — Não tenho medo de Keldarion.

Marigold e Astrid olham para mim como se eu fosse maluca, e talvez seja. Mas é a verdade. Não tenho medo do senhor de Castelárvore. Ao menos não pelos mesmos motivos que elas.

— Melhor você ficar no seu quarto. Essas perturbações sempre o deixam bem agitado. Os príncipes vão resolver tudo — afirma Marigold. — Tenho certeza de que ele vai acabar percebendo a presença da garota; ele sempre sabe quando tem alguém no castelo.

De onde estou, tenho uma visão perfeita da ponte que leva à porta da frente. A garota carrega alguma coisa embrulhada nos braços e está falando, mas não consigo discernir as palavras.

— Não vou deixá-la nua lá fora! — Pego um manto do guarda-roupa e desço a escada do castelo em direção à entrada. Marigold e Astrid me seguem.

Saio correndo e paro diante da feérica.

— Parece estar com frio. — Seguro o manto aberto na minha frente.

Ela não pega o agasalho nem parece preocupada com a própria nudez. Inclina a cabeça de lado e diz:

— Onde está Keldarion? Preciso falar com ele.

Sinto um arrepio e seguro o manto com mais força. Por que essa encantada pelada precisa falar com Kel? De perto, vejo que ela é bonita. Mais baixa e mais magra que eu, com olhos castanho-claros e cabelos castanhos compridos e cacheados. Os seios são fartos e parecem firmes, pouco cobertos pelo pacote de roupas nos braços dela.

Isso é muito estranho.

— Quer vestir isso aí? — sugiro.

Ela olha para as roupas em suas mãos e dá de ombros, sacudindo o vestido preto e fino antes de vesti-lo. Hesitante, ponho o manto sobre seus ombros.

Ela reage intrigada, depois se aproxima.

— Puxa, você é muito bonita. — A feérica desliza a mão por um lado do meu rosto e toca minha orelha. — E é humana.

— Ah... obrigada? — Fico corada. — Meu nome é... Rosalina.

— O meu é Ciara. Desculpe, Rosalina — ela fala em voz baixa e sedutora. — Estou carente. Ele me mandou aqui antes de eu terminar, sabe?

— Quem te mandou aqui?

— O Príncipe dos Espinhos — Ciara, Astrid e Marigold dizem ao mesmo tempo.

Olho para elas boquiaberta.

— Como é que é? Você estava no meio da transa com Caspian, e ele usou essa magia esquisita de espinho e tesão para mandá-la aqui? E não é a primeira vez que ele faz isso?

Ciara passa a mão no cabelo.

— Por que os mais bonitos são os mais fodidos? Enfim, cadê Keldarion?

Meu rosto esquenta. Por que ela precisa falar com Kel?

— Rosalina! — Eu me viro e vejo Farron descendo a escada correndo, abotoando o colete todo torto. Ezryn está trás dele.

Os olhos param e encaram Ciara.

— Merda. De novo não — Farron prageuja.

— Não dava para esperar até a hora do almoço para enfrentar toda essa comoção? — Dayton sai cambaleando. Ele leva a mão à cabeça para proteger os olhos da luz e balança a cada passo. Pelo jeito, virar lobo à noite não o salvou da ressaca.

Mas ele veste apenas calça de moletom larga — ou o equivalente feérico a uma calça de moletom. Meio caída, ela deixa ver os músculos deliciosos em forma de V. *Cacete.*

Meus olhos alternam entre ele e Farron. Não consigo evitar, meu rosto queima quando penso na imagem dos dois juntos.

É provável que Dayton nem notasse um meteoro aterrissando na nossa frente, mas Farron percebe. Seu rosto fica vermelho e ele morde a boca, tão fofo e acanhado que sinto um frio na barriga.

Ezryn se dirige a Ciara, que agarra meu braço.

Mas Ezryn decide que ela não precisa ser estrangulada, apesar de ter acabado de admitir que foi enviada por Caspian. Ele olha para as mãos dela e diz:

— Venha comigo. Vamos mandar você para casa.

A garota me encara, ansiosa, antes de todos nós entrarmos no castelo depois de Ezryn. Eu sigo Farron.

— Todo mundo fica repetindo "de novo não". Caspian sempre manda gente pelada ao castelo?

— É um padrão estranho. — Farron suspira e passa a mão no cabelo ondulado. — Acontecia muito nos primeiros anos da maldição. Feéricas seminuas ou nuas apareciam na nossa porta, e todas explicavam que tinham acabado de ter relações sexuais com o Príncipe dos Espinhos.

— Isso é bem maluco. — Paro de andar e vejo os outros entrarem no castelo. — Por quê?

— Sei tanto quanto você. — Farron dá de ombros. — Provavelmente, para atormentar Kel. — Se o vínculo predestinado acontecesse com uma dessas feéricas, Caspian poderia atormentá-lo para sempre por ter possuído a predestinada dele primeiro. Ou Caspian odeia compromisso e acha que a porta da frente do castelo é um lugar tão bom quanto qualquer outro para deixar suas... descobertas.

— Que pervertido. — Olho para ele de novo. — Aliás, Farron...

— Desculpe — ele fala ao mesmo tempo que eu.

Deixo escapar um suspiro aliviado e uma risadinha, como ele.

— Não queria ser invasiva...

— Rosa, não. — Ele segura minhas mãos. — Eu disse para você me encontrar na Ala Veranil. Não sei onde estava com a cabeça. Devia saber que...

— Dayton é lindo que até dói. — Sorrio para ele. Suas mãos são quentes no ar gelado da manhã.

Ele balança a cabeça.

— É um jeito de descrever a situação.

— Se não se importa por eu perguntar, vocês estão juntos? Como isso interfere na procura de um amor predestinado?

Ele enrubesce.

— Conheço Dayton desde sempre. Passei um tempo com ele no Reino do Verão e... aconteceu. Depois que fomos coroados Altos Príncipes e nos mudamos para Castelárvore, continuamos. É divertido, só isso.

Divertido, só isso parecem mais palavras de Dayton que de Farron.

— Parecia mais que diversão — comento, antes de conseguir me conter. — Quero dizer...

Tento recuar, mas Farron me puxa para perto.

— Por quanto tempo ficou olhando, Rosa?

Sinto o calor invadir meu corpo. Ele falou meu nome. Havia sido a surpresa ou outra coisa?

— Não muito.

— Talvez seja um pouco mais que diversão para mim — Farron reconhece em voz baixa e olha para a porta da frente, por onde todos os outros já passaram. — Estou sempre olhando para o amanhã, para o futuro, para uma cura. Mas, quando estou com Day, é como se fosse o único tempo em que vivo de verdade.

— Todo mundo precisa de alguém que nos faça sentir vivos.

— Com certeza. — O polegar massageia a palma da minha mão. — Não estamos só um com o outro. Dayton busca seus prazeres com frequência e às vezes me envolve nisso.

— Tipo, vocês dois e outra pessoa? — Não consigo evitar a curiosidade que ecoa em minha voz.

Ele deixa escapar um suspiro pesado. Percebo que mudei de posição, e agora meu peito está quase colado ao dele, nossas mãos presas entre nós.

— Às vezes — ele murmura com voz rouca e fecha os olhos. Está imaginando alguma coisa que já aconteceu... ou seus pensamentos refletem os meus? Algo que *poderia* acontecer. — Rosa, se...

Vozes altas ecoam no interior do castelo, e olho para Farron com uma expressão complacente.

— Acho que devíamos ajudar.

Subimos a entrada correndo e entramos no hall. Ezryn, Dayton, Astrid e Marigold estão reunidos em volta do espelho.

Ciara olha para todos com as mãos na cintura.

— Não vou a lugar nenhum antes de falar com Keldarion!

— Minha magia não está funcionando no espelho — Ezryn resmunga. — A de Dayton também não. É como nas últimas vezes. Duvido que sua magia funcione, Farron.

Ele suspira profundamente.

— Suspeito que Caspian pôs algum feitiço nelas para mantê-las aqui. Outro jeito de nos atormentar. Só a magia de Kel ainda é forte o bastante para quebrar a barreira.

Ezryn se vira e caminha para a escada.

— Vou buscá-lo. Mas talvez precise de ajuda.

Farron faz uma cara de sofrimento antes de arrastar Dayton escada acima para ir atrás de Ezryn.

Pouco à vontade, eu me aproximo de Marigold, Astrid e Ciara, que agora é tão prisioneira aqui quanto eu.

— Então, como foi isso? — Marigold balança as sobrancelhas escuras. — Dormir com o príncipe das sombras em pessoa?

— Marigold! Não pode perguntar isso a ela! — diz Astrid.

Mas Ciara não parece acanhada ao explicar:

— Todo mundo diz que não se deve ir ao Inferior, mas, sendo sincera, todas as minhas melhores trepadas aconteceram em uma das festas de Sira. Quando chamei a atenção de Caspian ontem à noite, eu soube que tinha de ir até o fim. Ele é um sonho, é claro, mas é mais que isso. Todas nós temos essa curiosidade. — Ela mede Astrid com o olhar. — Você é do Inverno, não é? Eu também. Precisava saber: o pau de Caspian é realmente digno do Reino?

Astrid estremece, e seu rosto se contorce em uma expressão de raiva.

— O Reino não está perdido...

— E? — Marigold está praticamente babando. — É digno ou não?

— Não. — Ciara revira os olhos. — Ele foi encantador até chegarmos ao quarto. Nem se despiu por completo. Usei todos os meus melhores movimentos, mas ele parecia entediado o tempo todo. Loucura, não? Tipo, já olharam para mim? — Ela é bonita da cabeça aos pés, mas não é só isso, a feérica tem uma aura de confiança que eu invejo. — Depois de alguns minutos, ele saiu de cima de mim e nem gozou dentro! Molhou os lençóis, pôs as roupas em minhas mãos e disse: "Fala para o Kel que mandei um oi". Um cretino. Não fui lá embaixo para ele me mandar com um recado para o seu...

Um sopro de ar gelado nos envolve e nos viramos para a escada. Keldarion está lá em cima, acompanhado pelos outros três príncipes.

Ciara arregala os olhos. Ela se move na direção deles. Quando Kel chega ao fim da escada, ela tenta tocá-lo.

Cerro os punhos junto do corpo. Por que ela está tão determinada em...

Mas Keldarion a segura pelos punhos e a arrasta para a frente do espelho sem sequer encará-la.

— Ninguém quer você.

Ciara solta uma exclamação estrangulada, depois olha para um lado e para o outro. Alguma coisa fica mais nítida em seus olhos.

— Eu...

Keldarion para diante do espelho e apoia uma das mãos nele. O vidro ondula sob seu toque.

— Pense na sua casa. Não volte ao Inferior.

Ciara assente. Ela dá um passo em direção ao espelho antes de olhar para trás.

— Quase esqueci. Isto é para você. — Ela põe a mão no bolso do vestido e pega um pergaminho enrolado, que oferece a mim.

Pego o pergaminho e sinto o sopro de magia quando ela desaparece dentro do espelho.

A respiração de Kel é pesada sobre minha cabeça quando ele observa o papel em minhas mãos. É um rolinho pequeno, fechado com um selo de cera no formato de uma rosa.

— Acho que vou ver o que tem aqui — murmuro, sentindo o coração disparar enquanto desenrolo o pergaminho. Os príncipes, Marigold e Astrid se reúnem à minha volta.

O que encontro é uma linha breve escrita com uma caligrafia floreada.

Pensei em você o tempo todo.
- C

— Aquela feérica nem era parecida com você. — Dayton rompe o silêncio com uma gargalhada. — Bem, agora você é mesmo parte da família, flor, conquistou o tormento do Príncipe dos Espinhos.

Keldarion

À s vezes me pergunto por que mantenho Perth Quellos como vizir do Reino do Inverno, se ouvir a voz dele é como enfiar a cabeça em neve derretida.

Mantenho o corpo rígido e as pernas cruzadas, e permaneço apoiado em uma coluna do hall de entrada. É o único espaço de Castelárvore onde a presença de Quellos é permitida. Nunca o levo à sala de estar ou à de jantar. E com certeza jamais o levarei à Ala Invernal.

Ele tem sorte por ainda ser autorizado a entrar no castelo.

— Está me ouvindo, Keldarion? — o vizir pergunta, pronunciando claramente cada sílaba. Tochas iluminam sua cabeça calva, e os olhos vidrados parecem olhar através de mim.

— Não, não estou ouvindo. Minha mente continua voltando à semana passada. Maldito Caspian. Ele sempre se diverte muito me atormentando. Mas envolver Rosalina…

— Keldarion? — Quellos se irrita.

— Goblins saqueando as cidades. Pequenas rebeliões. Cavaleiros desertando do exército. Por que se dá ao trabalho de vir, se nunca traz nada de novo? — disparo.

Quellos me encara com frieza. Ele me conhece desde que eu era um menino. Foi conselheiro do meu pai. Deuses, o homem é velho. Mesmo assim, ainda não me entendeu, e isso me enlouquece.

— Keldarion, você é Príncipe do Reino do Inverno. Seu reino precisa de você lá.

Toco o colar de floco de neve que repousa sobre meu peito. A camisa branca e simples tem um V amplo na frente, e uso calça justa de couro com botas sujas. Não quero que Quellos tenha a ideia de que me arrumo para ele.

— Já falamos sobre isso. Se Castelárvore perder a briga para os espinhos, não vai ser o fim do Reino do Inverno. Será o fim de tudo.

Quellos umedece os lábios azuis, manchados pelo consumo de tamen, sementes de uma frutinha que só cresce no entorno de Presagelada, a capital do Reino do Inverno. Tamen se tornou um produto de alto valor de mercado por sua capacidade na manutenção de atenção e foco — e por ser altamente viciante.

— Entendo que os espinhos sejam uma ameaça. Mas talvez você precise de assistência externa. Se eu me instalasse aqui para estudar esse fenômeno...

— Sua presença é necessária no Reino do Inverno — rosno.

Eu nunca deveria ter permitido a entrada de Quellos no castelo. Mas era melhor que voltar ao meu reino, como os outros fazem esporadicamente para verificar como vai o governo de suas terras. Não volto à minha desde a maldição.

Provavelmente, não vou voltar nunca.

Ele está ficando aborrecido comigo. Cada visita é pior que a anterior. Em cada visita ele se torna mais insistente sobre meu retorno.

Goblins invadindo cidades... Cidadãos revoltados tentando pôr um fim ao meu principado.

Não há nada que um animal possa fazer.

Suspirando, massageio a região entre os olhos.

— Você está no comando, Quellos. É o vizir e o governante do Reino do Inverno. Encontre uma solução para os problemas.

Um músculo se contrai de um lado do rosto de Quellos.

— Não sou Príncipe do Reino do Inverno. Não tenho nenhuma magia antiga. E só você pode empunhar a espada da Rainha.

— E preciso deter os espinhos...

— Mas não os está detendo! — Quellos berra. Ele nunca falou comigo assim.

E, se outra pessoa qualquer falasse, a essa altura, teria o pescoço entre meus dentes.

O vizir respira com esforço e gesticula, mostrando os arbustos de espinhos roxos brotando nas frestas da pedra.

— Olhe em volta, Keldarion. Cada vez que venho visitar, está pior. A magia de Castelárvore está desaparecendo. *Sua* magia está desaparecendo. Ou você faz seu trabalho... — ele respira fundo — ou passa o governo para alguém que o faça.

Sinto a vergonha me invadir. Vergonha, raiva e sentimento de traição. Quellos já conhece muitos dos meus demônios. Se também soubesse sobre a maldição... *Não, ele não deve saber nunca.*

Quellos esconde as mãos nas mangas amplas.

— Algumas pessoas nascem para governar, meu príncipe. Outras não. — Ele se levanta e caminha para a grande porta do castelo. — E, a cada dia que passa tentando decidir qual dos dois você é, mais seu povo sofre.

— Sou o único que pode deter o Príncipe dos Espinhos — rosno.

Quellos olha para mim com as pálpebras meio baixas.

— Ou ele é o único que pode deter você?

A palavra sai como o grunhido raivoso.

— Saia.

— Estou saindo — ele retruca tranquilo. — Ah, uma criada nova?

Rosalina está parada ao pé da escada, carregando uma bandeja com biscoitos e chá. Ela sufoca um gritinho ao ver minha expressão e quase derruba a bandeja.

— Desculpe! Desculpe! Não queria atrapalhar. É que... ouvi vozes, tinha comida demais só para mim e pensei que Kel poderia querer alguma coisa. Quero dizer, Keldarion. Príncipe do Inverno. Príncipe do Inverno. Hum, eu vou... — Ela se vira.

— Espere — diz Quellos. — Humana, não é?

— Sim — ela esganiça. — Rosalina O'Connell.

— Interessante. Nunca soube que tinha humanas a seu serviço, Keldarion.

Gelo se espalha a partir de minhas botas, e me coloco entre os dois.

— Você estava de saída.

— Sim. Sim, estava — Quellos confirma. — Foi um prazer conhecer você, Rosalina. Talvez nos vejamos no futuro. — Ele abre a porta.

Um sopro de ar frio me atinge. Não é frio como meus aposentos, onde os espinhos *dele* afetaram tudo, até minha magia. Não, esse frio traz o cheiro de fumaça de madeira e castanhas assadas. Um toque de pinho da Floresta de Ranúnculos se mistura ao cheiro terroso do solo coberto de neve. Um toque gelado paira no ar depois que ele sai e bate a porta.

Tem cheiro de casa.

— Que merda é essa? Para onde ele foi? — Rosalina pergunta. — Aquilo lá fora não parecia a Sarça.

— Sabe que estava escutando uma reunião política privada?

ENTRE FERAS & ESPINHOS

— Eu não estava escutando! — O rosto dela se tinge de um cor-de-rosa único. — Estava tentando ser simpática e trouxe biscoitos.

Minhas botas batem pesadas no gelo que se forma a cada passo que dou na direção dela. Rosalina sustenta meu olhar. Paro bem à sua frente, e a bandeja é a única coisa entre nós.

Eu me lembro de como ela ficou quando a prendi contra a parede externa do castelo. Pequena e assustada, um ratinho diante do meu lobo. Ela sabia? Sabia que estava mais segura comigo, que a capturei, que com aquele monstro de espinhos? Pensar nas mãos dele acariciando a pele alva dela...

— Keldarion — ela sussurra —, por que está olhando para mim como se quisesse me comer?

Lentamente, pego um biscoito da bandeja e mordo um pedaço.

— Obrigado, Rosalina.

Ela suspira como se tivesse prendido a respiração por muito tempo.

— Então...

— Então?

— Vai explicar para onde foi o homem esquisito de lábios azuis?

Um sorriso levanta um canto da minha boca.

— O homem de lábios azuis é meu vizir real, e ele foi para casa, para o Reino do Inverno.

— Precisa me mostrar como isso funciona.

Suponho que não faria mal algum explicar, uma vez que não quero que ela acabe indo sem querer a um lugar onde não deveria estar.

— Por que não me conta o que acha disso?

Ela arqueia uma sobrancelha escura e deixa a bandeja sobre a mesa de canto, ao lado de um velho relógio empoeirado e um castiçal. Depois se inclina e desliza os dedos pelo batente da porta. O cabelo castanho desce em ondas por seu corpo como uma cascata, emoldurando as curvas do busto. Marigold hoje a vestiu com uma calça de cintura alta que se ajusta às pernas longas e torneadas. Respiro fundo para me controlar quando outra imagem ocupa meus pensamentos.

A ousadia de Caspian mandando aquela feérica e a comparando, mesmo que muito sutilmente, à Rosalina. *Ele está me provocando.* E não há nada que eu possa fazer quanto a isso, não sem deixá-lo ainda mais desconfiado.

Eu me viro. Pensar nele só faz minha raiva crescer. Este momento é de Rosalina. Vou dar a ela mais um minuto para tentar entender a porta antes de mostrar seus segredos.

O cheiro nostálgico de noz-moscada, canela e maçãs maduras invade a entrada do hall. Folhas douradas flutuam em torno de Rosalina. No mesmo instante, eu me aproximo e a puxo contra o corpo. Vejo um relance de trilha de terra e enormes folhas de outono antes de bater a porta.

— Como abriu aquilo? — pergunto, girando-a de frente para mim.

— Com a maçaneta — explica ela, empurrando meu peito para se soltar. Eu a solto.

Rosalina aponta para a porta.

— Abaixei a maçaneta e apareceu um pequeno seletor. Tinha um floco de neve nele. Eu o girei. Vi uma rosa, uma tulipa, uma concha e parei na folha. E a porta abriu para... — Ela me encara, e vejo a empolgação em seus olhos. — Aquilo era o Reino do Outono? Como isso é possível?

— A Rainha Feérica construiu este castelo acessível a todos os reinos. Fisicamente, ele está localizado no interior da Sarça, mas aparece de maneira mágica nos quatro reinos — explico, olhando para o intrincado seletor rosa-dourado sobre a maçaneta da porta. Normalmente ele fica escondido. Ela não devia ter conseguido decifrar essa magia com tanta facilidade. — A porta se abre fora do castelo para cada reino, mas o exterior da construção são só troncos ocos. Existe apenas um interior de Castelárvore.

— Todos os caminhos trazem para cá, para a Sarça — ela deduz.

— Exatamente. Mas cada reino tem seu próprio domicílio real, onde costuma residir a família do Alto Governante.

— Família — Rosalina repete, e ouço a dor em sua voz. Agora está pensando no pai, o invasor. — Sua família...

— Meu pai foi um Alto Príncipe melhor do que eu jamais poderia sonhar ser, e minha mãe foi uma governante generosa e benévola.

— Kel — ela sussurra —, onde estão seus pais agora?

— Vítimas do Inferior — ele grunhe.

— Sinto muito...

Eu a interrompo e apoio a mão na porta. Ainda tem uma corrente elétrica se movendo nela.

— Antes da maldição, estafe e visitantes podiam entrar com liberdade em Castelárvore. Mas desabilitamos o uso dessas entradas. O único que tem autorização para entrar aqui desse jeito é Perth Quellos, meu vizir.

Ela me estuda por um longo momento, depois se dirige ao espelho pendurado ao lado da porta.

— E isso?

— Você nunca para de fazer perguntas?

O sorriso estilhaça meu coração.

— Você mora em um castelo encantado. Tem muito motivo para curiosidade aqui.

— O espelho é outra relíquia da Rainha Feérica. Só pode ser usado pelos príncipes.

— Para ir aonde quiserem — ela diz.

Levanto uma sobrancelha.

— Boa dedução.

Rosalina passa um dedo pela elegante moldura dourada. O espelho ondula como água.

— Com os espinhos sugando a vida de Castelárvore, a magia do espelho também desaparece aos poucos — explico devagar.

Rosalina abaixa a mão e me olha.

— E o símbolo da rosa sobre o seletor... — A voz dela tem um estranho tom melodioso. — Tinha alguma coisa naquele emblema. Se eu pudesse vê-lo de novo...

Seguro seu braço e a puxo para perto de mim. Ela me encara surpresa, confusa com minha atitude, esperando que eu fale.

— Chega de testar a magia por hoje.

Rosalina assente devagar em sinal de compreensão, mas não se afasta de mim. Na verdade, dá mais um passo em minha direção.

— Kel, é verdade que não volta ao Reino do Inverno desde a maldição?

— Sim.

O sorriso dela tem o brilho de uma primeira nevasca.

— Bem, toda minha curiosidade me deu uma ideia brilhante sobre como quebrar a maldição.

Antes que eu possa dizer qualquer coisa, ela se afasta.

Suspiro. Deixo que tenha esperança. Assim como Farron também a tem. Como Dayton e Ezryn se agarram aos fragmentos dela.

Mas eu conheço a verdade.

Para mim, nunca haverá um jeito de quebrar a maldição.

Rosalina

Nosso primeiro café da manhã em família — e, quando falo em família, eu me refiro aos quatro carcereiros que me mantêm cativa — é tão estranho quanto o jantar de todas as noites.

O jantar nas últimas semanas seguiu um certo padrão que quase sempre envolve Farron explicando nossa pesquisa, mas sendo atropelado por Keldarion, que normalmente grita com Dayton ou Ezryn, dependendo do humor. Às vezes, Ez e Kel se unem contra Dayton, quando ele se torna muito irritante, e é sempre divertido ver isso.

Mas Ezryn só está presente em metade do tempo. E Dayton às vezes está tão bêbado que apaga antes de chegar à sala de jantar. E, se chega lá, tudo o que consegue fazer é ficar sentado sonolento, enquanto Farron tenta alimentá-lo com sopa. É muito bonitinho.

Felizmente, não tive de suportar mais nenhum desconfortável jantar a dois com Keldarion.

Além dos jantares, passo a maior parte dos dias com Farron, pesquisando na biblioteca. Estou desesperada para saber mais sobre ele, os outros príncipes e o mundo. Mas todos são muito reservados, não compartilham informações. Nem Marigold e Astrid me ajudam com isso. A primeira só quer falar sobre como os príncipes são lindos... o que é verdade. Espero que os futuros amores predestinados me mandem cartas de agradecimento. E a segunda tem tanto medo de Keldarion que jamais vai me contar alguma coisa interessante — o que também é compreensível. O temperamento dele é mais volátil que o de um gato. Mas o mais assustador de tudo é que, quanto mais tempo eu passo aqui, menos me sinto prisioneira e mais me sinto parte da casa, desesperada para quebrar a maldição.

Agora estou no caminho certo. Logo os príncipes terão as pessoas que lhes são prometidas em seus braços amorosos e eu irei para casa, em Orca Cove, e voltarei a ser motivo de fofoca na livraria.

Balanço a cabeça e enfio metade de um muffin de mirtilo na boca.

— E aí? — Dayton pergunta preguiçoso, girando o copo com suco de laranja, que tem um cheiro forte demais. — O que todo mundo vai fazer na lua cheia?

A lua cheia. Todos estão muito empolgados com isso — ou melhor, Dayton está. A única noite do mês em que a maldição não os transforma. Um tema secundário na pesquisa que estou desenvolvendo com Farron. Especulamos se a magia da Feiticeira não é forte o suficiente na lua cheia ou se é a magia feérica dos quatro que está no auge. Seja qual for o caso, em todas as luas cheias nos últimos vinte e cinco anos, a maldição não os afetou, nem ao estafe do castelo.

Fiz uma piada sobre os filmes de lobisomem não terem interpretado essa informação direito, mas Farron não entendeu.

— Sério — Dayton continua —, na lua cheia, vocês vão...

— Vou me transformar no meu lobo e caçar goblins — Ezryn anuncia, sentado ali impassível como sempre. Sem nenhuma comida diante dele, é claro.

Dayton leva a mão ao peito, chocado.

— É a única noite do mês em que não precisa se transformar naquele cachorro pulguento.

— Os goblins não tiram folga, continuam aterrorizando nossos reinos — Ezryn argumenta. — Eu também não vou parar.

— Eu não, irmão — Dayton avisa. — Preciso de um tempo. Uma chance para ser homem.

— Um tempo para quê? Encher a cara? Ficar sentado nas suas fontes quentes? — Farron resmunga, amargurado.

Pensando bem, ontem ele também estava de mau humor. Era de se esperar que estivesse eufórico. Uma chance de passar a noite fora daquela masmorra úmida.

— Beber durante o dia não é nada, comparado a provar um vinho de uvas doces sentindo a brisa noturna do mar no rosto — Dayton continua. — Vou voltar ao Reino do Verão para apreciar sua beleza.

— Não pensem que isso é demonstração de interesse — Keldarion opina. — Ele não pretende se inteirar de nenhum assunto político enquanto estiver lá.

— Como posso me incomodar com isso, enquanto todos os frutos de gloriosas noites de verão estarão chamando por mim? Vinhas doces e mulheres ainda mais doces. — Dayton sorri. — Além do mais, minha irmã tem toda a questão política sob controle.

— Sua irmã é uma *criança*. — Farron empurra a cadeira para trás e o encara. — Você é tão insano em relação a isso quanto sobre todo o resto.

O sorriso não desaparece do rosto de Dayton, mas juro que vejo algo semelhante a dor cintilar em seus olhos.

— Estamos todos aqui com o tempo contado. Ou você se diverte enquanto pode ou passa esse tempo trancado na sua velha biblioteca empoeirada, procurando uma coisa que nunca vai encontrar. Ei, quem sabe, talvez meu amor predestinado caia sentado no meu pau no Reino do Verão e eu mesmo quebre a porra da maldição?

Os olhos de Farron ficam cheios de lágrimas, e ele sai da sala.

— Farron, espere — chamo.

— Preciso me arrumar. — Ele para na porta, e a expressão em seu rosto é mansa. — Vou voltar ao Reino do Outono para ver meus pais. É bom passar a noite lá de vez em quando.

E vai embora. Fico surpresa quando o olhar feroz de Dayton não abre um buraco na parede.

É isso, vou ter que falar sobre meu plano. Mas estou um pouco nervosa, agora que meu braço direito se retirou.

— Onde vai passar a noite de lua cheia, Keldarion? — pergunto, tentando ganhar tempo.

— Vou ficar aqui — ele afirma.

Não ganhei tempo nenhum.

— Kel não deixa o castelo há vinte e cinco anos — explica Dayton. — E dizem que essa não é a única coisa que ele não...

— Devia tomar cuidado quando fala com o Príncipe do Inverno — Ezryn se irrita. — Ele recebeu a Espada da Proteção...

— É, e que grande maravilha isso fez por nós — Dayton declara, e sinto fogo em suas palavras. Farron deve ter afetado seu equilíbrio. — Kel bagunçou a vida de todos nós. Para quê? Para ficar entre as sombras...

— Chega — Keldarion rosna, batendo com as mãos na mesa. Uma geada se espalha sobre a madeira, dando-lhe um aspecto de queimadura de gelo.

É isso, agora ou nunca.

— Eu sei como quebrar a maldição! — falo alto e me levanto.

Todos os olhos se voltam para mim.

ENTRE FERAS & ESPINHOS

— Bem, tenho uma ideia. Uma hipótese, na verdade. Algo que Farron e eu pensamos que vale a pena tentar.

Quando contei minha ideia a Farron, ele fez uma careta e resmungou algo sobre como tentaria qualquer coisa a essa altura. Mas ele me abandonou, então, a verdade era o que eu fazia dela.

Kel dá a impressão de que ouvir minha ideia é muito menos interessante que dar uma surra em Dayton, seu objetivo atual. Mas, felizmente, Ezryn gira a cabeça coberta de metal em minha direção e diz:

— Compartilhe seu conhecimento, Rosalina.

Devagar, Kel se senta, e Dayton presta atenção em mim. O nervosismo provoca um frio em minha barriga e um rubor no rosto.

— Farron e eu temos feito muitas pesquisas. E preciso dizer... Dayton está certo.

Dayton parece ser o mais chocado de todos, mas o rosto de Kel revela insatisfação, e posso imaginar o olhar perplexo de Ezryn por trás da máscara.

— O que quero dizer é que sim. Talvez seu amor predestinado caia bem em cima do seu, hum...

— Se apenas mencionar meu pau faz você ficar vermelha desse jeito — Dayton ri —, imagine como ficaria com ele na...

— Deixe de ser grosseiro — eu me irrito. — O ponto é que Dayton está certo sobre poder encontrar seu amor predestinado no Reino do Verão. Com certeza ninguém vai encontrar amor nenhum trancado neste castelo como você, Kel. Não vai acordar um dia e sentir o vínculo predestinado explodir dentro de si.

— E por que não? — Ele olha para mim furioso.

— Porque não é assim que funciona!

— Não? — Seus olhos são chamas azuis do outro lado da mesa.

Li cada livro sobre vínculos na merda da biblioteca ao longo do último mês, e parece que Keldarion está decidido a testar esse conhecimento.

— Ok, tecnicamente, você poderia acordar um belo dia e sentir o vínculo. Mas é improvável. Alguma coisa precisa desencadear o processo.

— E quais são os possíveis gatilhos, Rosalina?

Respiro fundo para me acalmar.

— Isso não tem nada a ver com meu...

— Devemos trazer Farron de volta para explicar isso direito?

— Possíveis gatilhos para despertar o vínculo são um incidente com você ou com seu amor predestinado, uma experiência de quase morte.

Uma emoção intensa de ambos, com certa proximidade, também teria potencial. E proximidade é algo que Farron e eu temos pesquisado. Pelo que podemos dizer, não é uma coisa infinita. Não tenho certeza sobre a magia deste castelo, mas não acredito que os vínculos alcancem seus reinos. Talvez na Sarça, que é onde o castelo está de fato erguido, mas, a menos que o amor predestinado seja um goblin, Keldarion, não vai *senti-lo* aleatoriamente.

Ele me encara e joga uma uva na boca. Isso o silencia por enquanto, pelo menos. Olho para Ezryn e Dayton.

— Creio que a maldição adormeceu seus vínculos predestinados. Ou pode ser porque a maioria de vocês não sai daqui. — Farron me contou que, no início, ele, Dayton e Ez tentaram andar pelos reinos durante o dia, mas ano após ano infrutífero acabou corroendo a esperança de todos. E os amores predestinados teriam de amá-los com feras e tudo. — Dayton teve a maior exposição, provavelmente, considerando que às vezes você sai para beber de dia e na lua cheia. Já sentiu...

— Ah, senti um monte — Dayton responde.

— Escute. — Balanço a cabeça e passo as mãos no cabelo, tentando lembrar trechos do livro. — Em todos os livros, existem afirmações de que o vínculo é indescritível, o que é bem inútil. Mas, pelo que deduzi, é como... estrelas iluminando seu corpo inteiro, percebendo que havia uma parte do seu coração que estava vazia e a preenchendo...

Paro de falar e vejo que eles estão me encarando com expressões ilegíveis. Bem, exceto Ezryn. Nele, vejo com perfeição meu reflexo constrangido.

— Dayton, já sentiu algo assim antes?

— Não — ele responde de maneira automática, mas seus olhos se voltam para a porta, antes de voltarem aos meus.

Imprestáveis, cada um deles. A cada dia que passa, fico menos surpresa pelos idiotas não terem quebrado a maldição. Juro, eu poderia jogar cada amor predestinado no colo deles, e eles ainda não conseguiriam quebrar o feitiço desgraçado.

Mas preciso seguir adiante.

— Encontrar o amor predestinado é a parte mais importante de quebrar a magia, e, para isso, vamos usar terapia de exposição!

— Hã, o quê? — Dayton estranha.

— Em outras palavras — abro os braços para dar ênfase à colocação —, um grande baile!

— Um baile? — Ezryn repete lentamente.

— Sim. — Tenho de explicar antes que consigam me impedir. — É a oportunidade perfeita para encontrar muitas pessoas solteiras... e tocar nelas. Às vezes, estar na mesma sala que o amor predestinado pode despertar o vínculo. Farron e eu pensamos que cada reino pode organizar um baile. Assim, vão poder conhecer criaturas de todo o Vale Feérico.

— Você me conhece, amor. — Dayton sorri. — Estou sempre a fim de uma festa.

— Faltam poucas semanas para o solstício de inverno. Se fizermos o primeiro baile no Reino do Inverno, isso também poderia ajudar a inspirar as pessoas — sugiro, hesitante. Pelo que o vizir de Kel contou, o Reino do Inverno precisa de uma injeção de ânimo.

— O solstício não cai na lua cheia — pontua Ezryn. — Teria que ser durante o dia.

A esperança cresce dentro de mim. A afirmação não é uma recusa.

— Sim, podemos organizar uma celebração diurna. Espalhar rumores sobre os príncipes estarem procurando parceiras. Isso vai atrair uma multidão interessada.

— Dançar com um bando de feéricas e beber durante o dia? — Dayton ri. — Você tem o meu apoio.

— Suponho que a ideia tenha algum mérito — Ezryn opina. — Precisaríamos, no entanto, ter o cuidado de voltar ao castelo antes do anoitecer. Ninguém pode saber sobre a maldição.

— É claro, podemos organizar tudo isso! Tenho certeza de que seus vínculos predestinados vão despertar nesse cenário tão romântico! — Quase pulo de entusiasmo. Eles concordaram com o plano. Isto é, até eu olhar para Keldarion.

Sua expressão é tempestuosa, e sou envolvida pela correnteza quando ele olha para mim.

— Pode usar meu reino e convidar meu povo, mas eu não estarei presente.

Eu me aproximo, aflita.

— Kel, você tem que ir.

— Minha resposta é definitiva.

Se Keldarion não vai, o plano se desfaz. Especialmente porque vamos começar pelo reino *dele*. O príncipe acha que vai acordar um dia com o vínculo predestinado pronto? Ou ele não se importa. Não se incomoda com este castelo. Ou com os outros príncipes. Ou com qualquer um que não seja ele.

— Você é um desgraçado egoísta, Kel — acuso.

Procuro o muffin mais assado na cesta e o arremesso com toda a força que tenho. Keldarion não pega o muffin, não porque não consiga. Ele só pensou que o esforço não valia a pena, e o bolinho ricocheteia inofensivo em seu peito duro como pedra.

Pego outro bolinho, mas ele já percorreu o comprimento da mesa e segura meu punho, cobrindo a tatuagem do acordo com a mão.

— Com esse tipo de conversa, Rosalina, você vai combinar muito bem com o restante do Reino do Inverno.

Rosalina

Atravesso os corredores furiosa depois do café da manhã, sem olhar para onde vou. Qual é o problema de Keldarion? Como vou quebrar a maldição, se ele não aceita tentar nada? E, se não quebrar a maldição, nunca vou recuperar a liberdade e voltar para casa.

— Vai se machucar, amor. — Mãos firmes seguram meus ombros e me desviam de um espinho bem grande. Olho para trás e vejo Dayton se aproximando. — Tudo bem?

— Não — resmungo e continuo andando. — Não entendo Keldarion. Parece até que ele *gosta* de ser um animal.

— Nenhum de nós gosta. — Dayton anda atrás de mim. — Mas Kel...

— Viu? Nem você consegue pensar em uma desculpa para ele.

— Não é isso. Kel é complicado com essa questão de parceiros.

Paro, e alguma coisa aperta meu peito.

— Por quê?

Dayton olha de um lado para o outro, depois apoia a mão em um dos espinhos.

— Olha só, Kel teve um grande amor, e dizer que a história acabou mal seria subestimar demais a desgraça.

Keldarion já esteve apaixonado? Isso é surpreendente.

— Esse grande amor também era o predestinado dele?

— Caralho, espero que não — Dayton ri. — Mas não, acho que não.

— O que aconteceu com ela?

— Perguntas demais — Dayton murmura. — Pela luz da lua, flor, está chorando?

Enxugo os olhos.

— Não! É só que... Como vou ajudar vocês, se Kel não quer nem *tentar*?

Dayton suspira e me envolve com um braço, puxando-me contra o corpo. Ele é quente, e sinto o aroma doce de brisa marinha e de sol. A calma me invade.

— Se eu tivesse um coração, entenderia por que Kel não tem tanto interesse em encontrar o amor predestinado — diz Dayton. — Mas, como é evidente que sou delirante e incapaz de sentir algo, concordo com você. Keldarion é um grande cretino, e, se eu tiver que desistir das minhas noites pelo resto da vida por causa daquele desgraçado lobo dourado, é provável que eu acabe matando Kel algum dia.

— É, um grande cretino. — Saboreio essa nova sensação de paz, sentindo o peito firme de Dayton em meu rosto. Mas ele me afasta, e a raiva me invade de novo no mesmo instante.

— Mas que, hoje à noite, o desgraçado cheio de dentes vai ficar dormindo. — Dayton sorri para mim, e mechas de cabelo loiro caem sobre seu rosto. — E eu preciso me arrumar.

— Ah.

— Rosalina, amor. — Ele deve ver o desânimo em meu rosto, porque toca meu queixo e o levanta. — Existem três maneiras de se livrar da raiva: lutar, beber ou trepar até ela sumir. Peça a Marigold para preparar um drinque especial hoje à noite. Ela é surpreendentemente habilidosa com coquetéis.

Ele se vira e volta pelo corredor. Alguma coisa borbulha em meu peito, um anseio rebelde, como se ainda não estivesse pronta para deixá-lo ir.

— Me leve com você ao Reino do Verão — peço.

Ele para por meio segundo, depois dispara:

— Não. — E continua andando.

— Quero fazer o que você disse — insisto, correndo atrás dele. — Me leve.

— Caso tenha esquecido, você é prisioneira de Kel.

Franzo a testa.

— Tecnicamente, sou prisioneira do castelo e dos príncipes feéricos. Se eu for com você, não vai ser fuga.

Dayton para onde está, e me choco contra seu corpo sólido.

— Caso não tenha notado, Kel não liga para detalhes técnicos. E dou valor à minha cabeça. Muito valor. Já viu como ela é bonita?

— Tudo bem. — Respiro fundo. — Acho que você é mesmo o cachorrinho de Kel.

Eu me viro, dou um passo, dois, e, de repente, alguma coisa me gira e minhas costas se chocam contra uma parede dura de pedra. Dayton está na minha frente, com uma das pernas entre as minhas.

— Ora, ora, quem diria uma coisa tão cruel sobre mim? — Ele aproxima o rosto da minha orelha, e fios do cabelo macio fazem cócegas em minha face.

Tento normalizar a respiração.

— O Príncipe dos Espinhos disse.

— Quando descobri que ele esteve aqui... — Dayton ri, mas é uma risada sem humor. — Quando soube que ele esteve tão perto de você...

— O quê? — Inclino a cabeça para olhar em seus olhos, sentindo o peito roçar no dele. O calor se espalha por mim.

Dayton fecha os olhos com força.

— Kel deveria ter matado o desgraçado por ter se aproximado tanto.

De mim ou do castelo?

Dayton se afasta da parede.

— Me encontre no espelho ao anoitecer. — Ele olha por cima do ombro com um sorriso perigoso. — E se vista para uma noite quente. Afinal, vamos ao meu reino.

Rosalina

— Você não precisa de um leão de pelúcia. — Dayton me afasta da barraquinha cheia de bichos de pelúcia e outras criaturas fantásticas.

— Mas ele tem *asas*, Dayton — choramingo.

Uma hora atrás, passamos pelo espelho encantado e entramos no Reino do Verão por um beco. Quase perguntei sobre usarmos o seletor da porta para entrar no reino daquele jeito, mas Kel tinha dito que esses caminhos foram fechados há muito tempo.

Além do mais, Dayton queria chegar perto da vida noturna, e saímos do beco em um animado mercado ao ar livre. O lugar era movimentado e vibrante, cheio de pessoas circulando com roupas coloridas, mercadores oferecendo seus produtos em pequenos carrinhos e artesãos exibindo trabalhos complexos que iam de joias a vidro escuro pintado. Era uma área à beira-mar; navios passavam pelo porto e o sol poente iluminava as ondas.

Dayton revira os olhos e tira algumas moedas do bolso.

— Um leão de pelúcia.

O vendedor arregala os olhos envoltos em rugas.

— Para o príncipe, este é um humilde presente.

— Não, eu insisto. — Dayton deixa as moedas de ouro sobre o balcão.

O vendedor olha para a direita e para a esquerda.

— Meu príncipe, se não for ousadia demais perguntar, quando volta para casa de vez?

A expressão brincalhona que Dayton exibia há um momento perde a cor, antes de ele se refugiar atrás de um sorriso arrogante.

— Infelizmente, ainda há muitos espinhos em volta de Castelárvore. Os outros não conseguem conter a magia sombria sem mim.

O ambulante levanta a cabeça e segue a direção de seu olhar. A cidade sobe a partir dali, posso ver Castelárvore ao longe.

Mas é uma ilusão. Dayton havia me explicado que só a porta da frente está fisicamente no reino. Se alguém passar por ela, chega ao castelo de verdade, aninhado no interior da Sarça. Ou era assim, pelo menos, antes de eles fecharem as portas para ajudar a esconder a maldição.

Abaixo de Castelárvore, há um belo palácio sobre um penhasco com vista para o mar. Dayton me disse que é o Palácio do Verão, onde reside agora sua irmã mais nova, a administradora deixada para governar no lugar dele. As paredes são construídas como uma mistura de marfim e pedras de jade, com torres douradas que brilham como o próprio sol.

O vendedor assente e olha para Dayton com admiração.

— Se quer saber minha opinião, deveriam tê-lo coroado Protetor Jurado dos Reinos, depois do que fez o Príncipe do Inverno.

Dayton oferece um sorriso fraco e escolhe o leão. Empurra o bicho de pelúcia contra minha barriga com mais vigor que o necessário. O que foi isso? O que Kel fez?

— Obrigada — digo.

Mas Dayton só grunhe. Alguma coisa nas palavras do vendedor o incomodou. Observo o mercado. É muito estranho estar no meio de tanta gente, depois de passar mais de um mês trancada em um castelo.

O vento que vem do oceano acaricia minha pele, e me agasalho com o manto. Sigo a sugestão de Dayton e, como ele, visto roupas pretas para me misturar à multidão. Mesmo assim, isso não impede que as pessoas o reconheçam.

Gritos de alegria ecoam, e levanto o olhar para ver o enorme prédio por onde estamos passando: arcos gigantescos de mármore e arenito. As muralhas são cobertas de inscrições complexas e estátuas, e vejo através da abertura assentos arranjados em fileiras. Os gritos da plateia ecoam no ar. Do lado de fora, tem mais ambulantes vendendo discos de argila gravados com imagens de guerreiros.

— Que lugar é este? — pergunto quando outro rugido ecoa da multidão.

— O Coliseu Sol, uma pedra angular do Reino do Verão — Dayton responde. — É onde os melhores heróis são forjados. Feéricos testam sua força e sua coragem uns contra os outros, ou contra monstros do Inferior.

— Uau. Como antigos gladiadores.

Ele pisca.

— De onde acha que eles tiraram as ideias?

Eu sabia que tinha reconhecido parte da arquitetura aqui. É como ver a imagem tirada de um livro de história, uma fusão de projetos romano e grego. Feéricos e humanos são mais interligados do que jamais imaginei.

— Mas não temos escravos, é claro — Dayton acrescenta. — Batalhas na arena são uma grande honra. De fato, espera-se que membros da casa real lutem para provar seu valor.

— Espere aí. — Seguro o braço dele. — Está me dizendo que já lutou lá dentro. E sobreviveu?

— Fala sério, nem foi um desafio tão grande. — Ele sorri. — Eu poderia derrubar meia dúzia daqueles lutadores de olhos vendados.

— Podemos ver?

— Sedenta de sangue hoje, flor? — Alguma coisa cintila em seus olhos quando ele observa a arena, e não sei se é tristeza, anseio ou… medo.

— Dayton?

Ele passa um braço sobre meus ombros.

— Talvez outra hora. O sol está se pondo, e ainda não bebi nada. Preciso corrigir essa falha agora mesmo.

Andamos pela cidade até Dayton nos levar para dentro de um bar, mas tenho certeza de que os feéricos têm outro nome para este lugar. Uma bonita mulher feérica nos recebe na entrada.

— Me dê seu manto — diz Dayton.

— Ouvi seu conselho. — Solto a presilha do manto e entrego para ele. — O estafe ficou bem animado quando me vestiu para vir ao Reino do Verão.

Marigold e Astrid garantiram que eu me encaixaria no grupo. Depois de fazê-las jurar segredo, contei que passaria a noite em um dos reinos, e ambas ficaram muito entusiasmadas. Marigold recrutou Flavia, uma criada do Reino do Verão. Ela já foi costureira e passa as noites como uma pequena cabra.

O sorriso em seu rosto quando levou ao meu quarto uma coleção de vestidos do reino me deixou propensa a fazer praticamente tudo o que ela quisesse. Quase tudo. Parece que feéricos do Verão não gostam muito de se cobrir, e tivemos que analisar vários vestidos, até eu encontrar um com mangas. Ou o mais perto disso. Eu me contentei com o tecido roxo e leve envolvendo meus antebraços e aberto por fendas nos bíceps. A peça desce em pregas na parte frontal, presa em cada ombro por um broche de concha dourada. O pano fino é franzido na cintura, e noto certa transparência.

O que levou Astrid a se preocupar com outra coisa. Meu corpo e a falta de cuidado que tenho dispensado a ele desde que cheguei. Bem, sinto muito. Nunca imaginei que depilar as pernas ou fazer as unhas fosse importante enquanto estava presa em um castelo e trabalhando para quebrar uma maldição.

É evidente que estava enganada.

— Você precisa se sentir sua melhor versão quando sai com um príncipe feérico — Astrid tinha dito, preocupada. E expliquei logo que não se tratava de um encontro com um príncipe feérico.

Todo recato humano foi jogado pela janela do castelo quando me despi, e Astrid usou uma navalha enorme para depilar minhas pernas. Enquanto isso, Marigold espalhava óleos em minha pele e dizia que, já que eu não estaria em um encontro com um príncipe feérico, devia tentar arrumar um pau feérico do Verão, porque eles eram os "melhores para transar e lutar nos quatro reinos".

Astrid se limitou a assentir, sem interromper a depilação.

Depois que fui esfregada, lavada e coberta de óleo, e fiquei lisa como um filhote de foca, voltamos ao vestido. Flavia insistiu em pentear meu cabelo. Tranças complicadas formavam uma coroa no topo da minha cabeça. Ela até as ajeitou de modo a cobrir a ponta das minhas orelhas, para que eu me integrasse aos grupos com mais facilidade. Era o equivalente a enfiar um gatinho no meio dos leões, mas eu gostava da sensação.

Meu coração se enterneceu por essas adoráveis criaturas, que me preparavam para um não encontro com um príncipe feérico. Todas me fizeram prometer que, na volta, eu contaria cada detalhe e minhas impressões sobre o reino.

Mas talvez eu não esteja tão bonita quanto imagino, porque Dayton não fala nada. Está olhando para mim com o manto nas mãos, piscando com cara de espanto. Sim, sei que ele deve ter visto feéricas cem vezes mais bonitas que eu, mas esperava que ao menos reconhecesse o esforço que fiz e inventasse um elogio.

Ele se vira e entra no bar sem dizer nada.

Rosalina

Sigo Dayton para o interior do bar. É diferente de tudo o que já vi. Mesas de pedra e elegantes colunas de mármore ocupam um grande espaço ao ar livre. Há uma lagoa rasa com uma fonte e vitórias-régias no meio. Feéricos lindos caminham na água, segurando copos altos e espumantes, conversando e rindo.

A brisa acaricia minha pele, e, de repente, eu me sinto exposta aos olhos que me observam. É como se me dissecassem. Meu rosto esquenta.

— Venha — Dayton resmunga e segura meu punho para me conduzir pela multidão. — Não fui contratado para ficar de babá a noite toda.

Faço uma cara feia para ele e tento escapar da pressão no punho.

— Não preciso da sua ajuda agora, já chegamos.

Ele me leva a uma mesa maravilhosa ao lado de uma balaustrada. Olho por cima da grade e vejo o oceano lavando a lateral do edifício. No centro da nossa mesa, tem uma vela em formato de rabo de sereia.

Quase paro de respirar quando olho para o príncipe. Sua túnica branca está colada ao corpo musculoso, e a calça marrom e larga deixa pouco trabalho para a imaginação. O acessório é um colar de conchas que acaricia seu peito e uma espada curta pendendo do cinto. Mesmo sem todos os adornos dourados de príncipe, as criaturas à nossa volta suspiram, reconhecendo a perfeita forma física de Dayton. Embora se vista com simplicidade, ele exibe uma beleza que vem de dentro, provocando uma centelha inegável.

— Espere aqui — ele diz e se levanta. — Não se mexa.

Assinto contrariada, mas ele volta um momento depois com uma garrafa de vinho frisante rosado e duas taças.

— Vinho feérico não é como as coisas que você bebe em casa. É forte e pode ter efeitos diferentes, dependendo de quem o envasa — explica conforme nos serve. — Especialmente em humanos. Portanto, beba alguns goles e observe como se sente.

— Eu sei beber — minto descaradamente, lembrando a última vez que bebi meia garrafa de cerveja na véspera de Ano-Novo e apaguei às onze e meia da noite. — Preocupe-se com você, e eu me preocupo comigo.

Ele inclina a cabeça.

— Como quiser, amor.

— Acha que alguém percebeu que saí com você? — pergunto, segurando a taça.

— Duvido. — Uma mecha de cabelo claro cai sobre seus olhos azuis. — Bancar a rebelde deixa você nervosa?

Marigold e Astrid disseram que me dariam cobertura, na medida do possível. Mas não acredito que vai haver algum problema. Farron e Ezryn saíram, e o idiota, estúpido e cabeçudo Príncipe do Inverno nunca sai da porcaria do quarto, então, ninguém vai saber ou se importar com minha presença no castelo por uma noite.

Mas tudo o que consigo fazer é assentir e beber o primeiro gole de vinho. Não contenho uma reação chocada quando ele desce pela garganta. É diferente de tudo o que já provei antes. Borbulhante e doce, com um toque de acidez, um delicioso sabor com notas de mel e maçãs maduras.

— Merda, é delicioso. — Sorrio antes de beber mais um longo gole. — É este o sabor do espumante? — O fim é refrescante, quase efervescente, e tenho a sensação de borboletas batendo as asas no meu estômago.

Dayton bate a taça na minha.

— Um brinde a uma noite de bebida, dança e uma boa transa. — Fico vermelha, antes de beber mais um gole generoso. — Foi por isso que veio, não foi? — pergunta Dayton. — Não para irritar um certo cretino gelado?

— Não quero pensar em nada gelado neste momento! — Fecho os olhos e inclino a cabeça para trás, inspirando o calor no ar. — Estamos no Reino do Verão.

— Estamos — Dayton confirma e baixa a voz. — Mas preciso dizer que tem uma coisa em você que me surpreende.

— Em mim?

— Você fala muito sobre querer voltar para perto de seu pai. — Seu olhar é intenso. — Mas não tem nenhum outro homem para cujos braços queira retornar?

Ponho a mão sobre o punho esquerdo e me ajeito na cadeira, de repente incomodada.

— Bom, na verdade...

— Quem é ele? — Dayton pergunta, e não consigo dizer se é curiosidade ou raiva em suas palavras.

— O nome dele é Lucas. Namoramos, terminamos e reatamos várias vezes desde que eu tinha quinze anos, mas acho que agora é sério. Muito sério. — Respiro fundo. — Ou poderia ter sido, se eu não tivesse sido aprisionada pelos feéricos.

— Muito sério, é?

— Ele me pediu em casamento na noite anterior à minha chegada aqui. — Mexo as tranças. — Minha vida romântica humana e corriqueira deve parecer muito chata para você.

Mas o modo como me observa não é de quem está entediado. Seu olhar penetra o meu. Mas em seguida ele ri, uma gargalhada alta e longa.

— Então, devemos esperar alguma tentativa malsucedida de resgate de nossa Rosa roubada?

— Malsucedida? Você é confiante. — Sorrio. — Lucas não é feérico, mas é um excelente caçador.

— Nunca perdi uma luta, Rosa, e não vou perder a primeira para um humano. — Tem uma promessa sombria em suas palavras, algo que me faz arrepiar, mas não de medo.

— Bom, acho que não precisa se preocupar com isso. — Bebo mais um gole de vinho, tentando afogar o desânimo. — Lucas só precisou ver aqueles goblins de relance para voltar correndo até em casa. Aposto que ele acha que foi tudo um pesadelo.

— Ele deixou você com os goblins? — Agora é fúria que ouço em sua voz.

— Bem, nunca tínhamos visto nada como aquilo antes — respondo. — Eu também estava correndo! Infelizmente, sou muito mais desajeitada e caí no meio do espinheiro.

Dayton bebe o restante da garrafa de vinho, mas, antes que possa pedir outra, o garçom coloca várias garrafas sobre a mesa e um prato com frutas e castanhas, além de uma jarra de cerveja espumante.

— Os clientes mandaram. Querem demonstrar o respeito que têm por você.

Dayton acena agradecido para todos, e, uau, eu não tinha notado quantos olhos nos observavam. Acho que o príncipe é meio que um espetáculo. Mas a atenção de Dayton é só minha.

— O que foi… — começo, mas ele me interrompe.

ENTRE FERAS & ESPINHOS

— Fale mais sobre esse Lucas.

— Ele é bonito. Ruivo. Quando estávamos no ensino médio, ele tinha um fã-clube. Eu era a arqui-inimiga número um. — Sirvo mais vinho na taça e noto que esse é roxo e cintilante. Tem gosto de amoras e dos últimos raios de sol antes de uma noite de verão. — Ele dá muita importância à família. Sempre fala sobre ter casa, ter filhos, sabe como é, o sonho da casa com cerquinha branca.

— E você vai dizer sim?

Paro com a taça a meio caminho dos lábios.

— Sendo sincera, não tive tempo para pensar nisso.

— Aí está sua resposta. É não.

— Não? — Deixo a taça em cima da mesa. — Por que diz isso?

— Se fosse sim, você saberia. Não teria que pensar em nada.

Reviro os olhos.

— Olha só, não sou uma feérica com um vínculo predestinado mágico que acende, brilha e me diz quem é o cara. Nós, humanos, pensamos com a cabeça. Tipo, podemos fazer o outro feliz em longo prazo? Temos os mesmos valores e objetivos? Ele...?

— Ele faz você gozar? — Cuspo o vinho em cima da mesa. Dayton não percebe, aproxima-se e baixa a voz. — É bom para você? Ele a deixa satisfeita? Quantas vezes ele a satisfaz em uma noite, flor?

Sexo com Lucas era agradável, e eu gostava na maior parte das vezes. Gostava de estar perto dele, dos beijos intensos e apaixonados. Mas, quando pensava nos orgasmos explosivos que as mulheres tinham nos meus livros, minha mente não encontrava a correspondência.

— Eu não... — gaguejo. — Não sei.

— Se não sabe — ele sorri, satisfeito —, a resposta é nunca.

— Bom, eu...

— Antes de dizer sim para esse humano, precisa experimentar alguém adorando seu corpo como você merece. Precisa de alguém que leve você ao limite de novo, de novo e de novo.

Um calor líquido se acumula em meu ventre.

— Marigold disse que os feéricos do Reino do Verão são os melhores amantes.

— Ela disse? — Dayton se inclina e quase encosta a testa na minha. Ele mantém uma das mãos na beirada da mesa, e os músculos de seu braço contraem.

— Sim — murmuro e fecho os olhos.

— Então, tenho certeza de que consegue encontrar algum feérico por aqui louco para dar isso a você. — Ele se joga para trás na cadeira, que volta ao chão com um estrondo, e ri.

Sinto um desapontamento bobo crescer dentro de mim. É claro que Dayton não me quer. Ele é um príncipe feérico. Pode ter quem quiser. Além do mais, estou tentando encontrar seu amor predestinado. Não posso pensar nele desse jeito, por mais que ele seja lindo e charmoso.

As palavras de Dayton se juntam em minha mente. O que tenho a perder? Seria tão errado experimentar prazer por uma noite? Sou uma prisioneira. Quando voltar a Orca Cove e disser sim a Lucas, não vou me sentir culpada. Não estamos juntos de verdade... Eu ainda não disse sim.

Ele esteve com muitas garotas durante o tempo que passou na universidade. Por que não pode ser minha vez? Por que não deveria me divertir por uma noite?

Sirvo mais vinho feérico em minha taça e a levanto para um brinde.

— A beber, dançar e encontrar uma boa transa.

Dayton me observa por um momento, antes de aproximar a taça da minha.

— Um brinde, flor.

35

Rosalina

Esta é a melhor noite de toda minha vida, e não é só o vinho feérico falando. Tudo bem, talvez seja o vinho feérico falando, mas nem me importo. Tudo aqui é incrível!

A comida? Deliciosa. Comi dois pratos de castanhas e frutas, mais três cestas de pão e mais azeitonas do que consegui contar.

Não tenho ideia de quanto bebi, mas é porque continuam mandando vinho para nossa mesa. Dayton e eu mal conseguimos conversar, porque muita gente vem falar com ele, oferecer comida e bebida.

No momento, ele está lá no bar, contando alguma história improvável para um grupo de clientes fascinados. Gosto de observá-lo de longe. Alto e bonito, ele atrai as pessoas como o sol atrai planetas. E é muito encantador, sempre dá toda atenção às pessoas. Mas uma parte minha anseia pelo retorno dele à mesa.

Eu devia me concentrar na Operação Transar, mas estou bem satisfeita aqui mesmo. Não faltam coisas bonitas para ver, desde as colunas de mármore às luzes douradas e às pedras preciosas suspensas, passando pelos murais pintados. Mas o mais bonito de ver são os feéricos.

Mal consigo assimilar os rostos elegantes, as orelhas pontudas, os cabelos elaborados e os trajes esvoaçantes que não deixam nada para a imaginação.

— Estava me procurando? — Dayton pergunta ao voltar à cadeira.

— Avaliando minhas opções — respondo.

Ele levanta uma sobrancelha, depois se debruça sobre a mesa e prende uma flor azul atrás da minha orelha.

— Trouxe um presente.

O calor desabrocha em meu peito, e me sirvo de mais vinho.

— Vá devagar. — Dayton cobre minha taça com a mão. Merda, que mão enorme. Como é que nunca notei isso antes? Seguro a mão dele, querendo inspecionar as calosidades na palma.

Dou risada e entrelaço nossos dedos.

— O vinho é fantástico.

— Sei, Rosalina-eu-sei-beber — ele ri.

Eu o encaro para poder assimilar seus traços. É mais bonito que todos os feéricos aqui. A pele bronzeada brilha à luz pálida.

— Por que está olhando para mim como se eu fosse um novo livro de pesquisa?

— Esse seu sorriso... é um dos meus favoritos — digo, sentindo a cabeça leve e borbulhante.

— Você tem um sorriso meu que é seu favorito?

Assinto e afasto o cabelo de seu rosto.

— Você tem vários sorrisos: os arrogantes, os sedutores, os sarcásticos. Os de quando está triste, mas não quer que ninguém saiba.

— Tudo bem, tudo bem. — Ele balança a cabeça e bebe um longo gole. — Você é observadora, não é? Qual sorriso é o seu favorito?

Toco seu queixo forte.

— Eu chamo de sorriso secreto. Ele aparece quando você acha que não tem ninguém olhando. Só o vi quando você olha para Farron. Mas, hoje, você olhou para mim e... e é especial.

O sorriso lindo desaparece de seu rosto em um instante, e ele se levanta e me puxa.

— Você também tem um certo sorriso agora, flor.

— Eu tenho?

— Tem — ele grunhe. — Um sorriso chapado, bêbado. Exagerou no vinho.

— Só bebi o suficiente. — Dou risada. Isso é melhor do que já senti com qualquer bebida humana. — Qual é o lance entre você e Farron, aliás?

— Olha, vinte e cinco anos é muito tempo para ficar preso com as mesmas pessoas, mesmo para um feérico — afirma Dayton. — Não pode me condenar por me divertir um pouco enquanto estou lá.

Foi o que Farron disse. Só diversão. Mas não acredito que ele tenha falado sério. Dayton me puxa pelo bar, e olho para ele intrigada.

— Não acho que Farron pensa que o que existe entre vocês é diversão. Acho que ele está apa...

— Chega. — Dayton se vira, e, de repente, tem um copo de água gelada em minhas mãos. — Beba.

Bebo de má vontade. Droga, até a água aqui tem um gosto bom, é hidratante e suave ao descer pela garganta. Enquanto estou bebendo em silêncio, mais pessoas se aproximam de Dayton, dando tapinhas em suas costas e dizendo que ele faz falta.

O grupo paga bebidas, mas, desta vez, Dayton não divide nada comigo. Ele bebe tudo depressa, como se quisesse fazê-las desaparecer.

As pessoas no Reino do Verão gostam dele de verdade. Aqui não se fala em rebeliões, como o vizir relatou a Keldarion. *Provavelmente, porque Dayton não é um cretino frio de um mundo congelado.*

De repente, sinto um braço firme sobre meus ombros, e Dayton me puxa para perto.

— Como se sente?

— Mais normal. — Um copo de água, e minha cabeça está mais limpa. — Tem muitos feéricos por aqui. O que me faz pensar que devíamos praticar.

— Praticar?

— Procurar seu amor predestinado!

Dayton geme e inclina a cabeça para trás.

— Eu me sabotei quando acabei com seu porre?

— É sério, estamos no Reino do Verão. Seu amor predestinado pode viver aqui.

— Rosalina, minha querida, esta noite é para nos *divertirmos*.

Eu o puxo para o meio dos dançarinos, movendo-me como em um sonho sobre a vitória-régia. Quanto mais perto dos outros feéricos, melhor.

— Só tente, por favor.

— Tudo bem, mas depois vai ter que fazer o que eu quero.

— Certo. — Dayton me gira e balançamos ao ritmo da música. — O que... está fazendo?

— Estamos dançando — ele diz e se inclina para sussurrar no meu ouvido: — Não vou parar no meio do salão e gritar: "Ei, pessoal, estou procurando um amor predestinado!", porque vai ter uma centena de feéricas em cima de mim antes que eu respire de novo.

— Tem razão. — Só aceito dançar porque ainda tenho todo aquele vinho correndo no organismo. Todos na pista de dança olham para nós. E, embora eu não saiba quantos conseguem perceber que sou humana, tenho certeza de que todos se perguntam quem é a garota que está dançando com o Príncipe do Verão.

Mas é mais íntimo que uma dança. Dayton me aperta contra o peito enquanto balançamos de um lado para o outro. Água fria respinga em meus tornozelos quando nos movemos sobre a vitória-régia.

— Vamos lá, flor — ele fala baixinho —, me diga como isso funciona.

— Você precisa estar relaxado e aberto.

— O vinho já cuidou disso. E depois?

— Feche os olhos e descubra se sente alguma coisa diferente de tudo o que já sentiu antes. Como uma fagulha. Um fósforo acendendo aí dentro.

— Onde, exatamente?

— A maioria das pessoas sente aqui. — Ponho a mão sobre seu coração, deixando os dedos escorregarem por entre as fitas desamarradas da túnica. Sua pele é quente como a luz do sol.

Ele para de dançar, e ficamos imóveis sobre a água. Os outros casais continuam se movendo à nossa volta. Ele fecha os olhos e inclina a cabeça para trás, os músculos do pescoço se contraem.

— Descreva o que eu deveria sentir.

— Calor, como areia banhada pelo sol. — Mantenho os dedos sobre seu coração, sentindo que ele bate mais depressa. — Talvez um choque elétrico ou o coração apertado.

Alguma coisa reverbera em seu peito, e ele geme baixo.

— Acho que sinto alguma coisa.

Meu coração fica apertado e eu tremo.

— Isso, ótimo. Muito bom. Tente identificar de onde vem o sentimento.

— Procuro reunir toda a informação que encontrei na pesquisa. — Quando o sentimento começa, alguns feéricos o descrevem como se um fio os puxasse para o parceiro.

— Hum. — Dayton franze a testa. — Mas não sinto no peito.

Podemos mesmo ter a sorte de Dayton encontrar seu amor predestinado aqui no bar?

— Onde você sente?

Ele balança a cabeça, e uma mecha dourada escapa de trás da orelha. Deslizo a mão para baixo.

— Aqui?

— Não, mais embaixo.

Meus dedos deslizam por sua barriga. Suponho que haja um fundo de verdade nessa história de "borboletas no estômago".

— Aqui?

— Mais para baixo. — A voz dele é profunda e rouca.

Examino o bar. Tem muitos feéricos bonitos aqui. Qual deles o atrai? Minha mão desce automaticamente, até eu perceber que os dedos tocam o contorno de seu pau ereto.

— Bem aí — ele diz e geme satisfeito.

— Dayton! — Removo a mão para bater nele, mas ele segura meu punho, depois me gira e me puxa contra o peito de um jeito brincalhão.

— Desculpe, amor. — Ele ri. — Não consegui me controlar. Além do mais, por que não deveria sentir lá embaixo? Não vou querer trepar com meu amor predestinado até perder a razão?

Fico séria.

— Então, não sentiu nada?

— Nenhum sentimento desabrochando por aqui. A única coisa que quero é trepar com alguém.

Bufo e solto todo o ar, conforme continuamos dançando.

— Nenhuma surpresa. Tem muita gente bonita por aqui. — E já sei que Dayton não discrimina ninguém. Para ele, todo mundo é um parceiro em potencial. — E todos quase sem roupa.

— Se isso a interessa, posso levar você para outra sala, onde roupas são opcionais. — Ele me encara com um olhar malicioso. — Mas já sabemos que você gosta de olhar.

Tento me afastar com uma exclamação abafada. A cena volta à minha cabeça: ele e Farron juntos.

— Não foi minha inten...

— Eu sei. — Ele segura meu queixo. — Da próxima vez, não vá embora tão depressa. Podia ter me visto lambendo a porra do peito dele. — Meus joelhos tremem e penso que vou desmaiar. Talvez eu nem conseguisse ficar em pé, se ele não estivesse me segurando. — E a segunda rodada foi ainda mais intensa. — A boca de Dayton se aproxima da minha orelha. — Aqui entre nós, acho que saber que você estava olhando o deixou excitado. Sei que ele gostou.

Fecho os olhos.

— Segunda rodada?

— Você nunca sentiu um pau feérico, florzinha. — A boca se move para o meu pescoço, os dentes afiados mordem de leve a pele sensível. — Não tem limite para quantas vezes posso fazer você gozar.

Uma fantasia sedutora corre por minhas veias, o impulso de tirar a roupa e deixar Dayton devorar meu corpo na pista de dança. Inspiro fundo imaginando o que poderia ser, e um gemido escapa de meus lábios trêmulos.

Dayton me afasta, abro os olhos e o vejo rindo, olhando para mim com um sorriso distante, arrogante.

— Ou um desses malditos sortudos. E, apesar de duvidar que qualquer um deles tenha a minha habilidade, todo pau de feérico é bom. Pode acreditar em mim, já experimentei muitos.

Eu me sinto tonta, rejeitada e frustrada. Por que ele sente essa necessidade de debochar de mim? É claro que não me quer. Por que continuo caindo nessa?

— Certo — respondo. — Mas duvido que algum deles me queira.

— Você não é nada observadora — afirma Dayton. — As pessoas estão olhando para cá a noite toda.

— Para você. — Aponto para ele.

Dayton balança a cabeça.

— Para você! Não sei se quero beijar Astrid pelo que ela fez com você ou se a proíbo de chegar perto de você de novo. Por que a cara feia?

— Dá para não falar em beijar Astrid?

Ele sorri para mim com ar arrependido.

— Combinado, mas acho que chegou a hora da noite em que nos separamos. Encontre um feérico e convença o cara a levar você para um quarto particular. *Não* saia do bar. Nós nos encontramos nesta fonte em duas horas. Combinado?

— Então, você também...

— Linda, já bebemos, já dançamos, e não encontrei amor predestinado nenhum. É hora da foda. — Ele me empurra de leve. — Espalhe as pétalas e desabroche, florzinha.

Por via das dúvidas, pego uma taça de vinho e me misturo à multidão. É claro, nenhum homem feérico é tão lindo quanto Dayton, mas isso não significa que não seria divertido tentar alguma coisa com um deles. E talvez ele não estivesse mentindo. Talvez alguém possa me querer.

— Combinado, Dayton — respondo. — Mas vamos nos encontrar em três horas. Acho que aguento mais tempo que você.

Ele levanta a taça para mim, e desapareço no meio do movimento.

Dayton

Mal consigo ver Rosalina; ela está afundada em um sofá, cercada de feéricos. Os malditos a atacaram assim que saí de perto. O cheiro de desejo é enjoativo. Eles estão prontos para transar assim que ela der o sinal.

E ela vai sinalizar, porque é exatamente isso que lhe falei para fazer.

— Hum, não está interessado? — pergunta a feérica reclinada ao meu lado. Seu dedo desce por meu peito nu. Perdi a camisa há uma hora.

Não sei quem a pegou. Estava bêbado, mas preciso me embebedar desse jeito para me impedir de fazer uma tremenda besteira.

— Hora de acordar. — A feérica aperta meu pau flácido através da calça. Não consigo me concentrar nela.

Trazer Rosalina aqui foi uma ideia estúpida. Mas ela parecia muito desesperada. Não posso libertá-la sem desafiar Kel, mas podia dar uma noite de liberdade.

Só não percebi quanto seria difícil. Como quando ela tirou o manto e vi o que ela vestia. Como vestia pouco. Quis levá-la direto para um quarto onde ninguém pudesse vê-la. Rosalina com as roupas do Reino do Verão, meu reino, despertou alguma coisa primal em mim. Queria... Não. Seja lá o que quisesse fazer com ela seria uma traição a Kel. E seria ainda pior se eu a deixasse livre. Ele havia dito que nenhum de nós deveria tocar nela. E, se fosse pela razão de que todos desconfiávamos — a única razão lógica para tudo isso —, eu não podia.

Mas isso não significa que ela não pode se divertir por conta própria. Duvido que Kel aprovaria, mas ela merece relaxar. Ainda mais depois de como ele a tem tratado.

Se posso dar a isso a ela, darei.

Mas é difícil pra caralho.

Um dos feéricos afaga o seu braço. Outro massageia seus ombros. Ela olha para mim. Continua fazendo aquilo. Talvez para ver se já fui para o meu quarto. Não. De jeito nenhum, não vou perder Rosalina de vista até que seja inevitável.

Sua excitação é tão intensa que posso sentir o cheiro daqui. Quase tão forte quanto na vez em que esteve do lado de fora do meu quarto.

Porra. Quando me viu com Farron, quase corri atrás dela pelado e a levei para junto de nós, entre nós. Fare e eu já dividimos mulheres antes, só que ele nunca esteve muito interessado. Mas estaria, se fosse Rosa. Sei que sim.

— Lá vamos nós — a feérica ri e balança os peitos duros na minha cara. — Agora está duro.

Olho além dela para Rosalina. Um dos feéricos a põe sentada no colo, bem em cima do pau duro. Cerro os punhos e fico em pé, jogando a mulher no chão sem querer.

O cara beija Rosalina.

A raiva explode em meu peito. O monstruoso lobo dourado se enfurece dentro de mim. Preciso sair daqui antes da transformação.

Rosalina o empurra.

— Me solte!

Ela atravessa o bar, mas o feérico a segue.

— Pensei que você quisesse — fala com a voz pastosa.

— Mudei de ideia.

O alívio inunda meu peito, e o lobo se acalma.

— Eu não mudei — o feérico resmunga e puxa Rosalina. As tranças dela se soltam, expondo as orelhas redondas. — Uma humana?

É isso, ainda não acabou. Empurro as pessoas para me aproximar dela.

— Não toque em mim — Rosalina grita e olha em volta. Está me procurando.

— Não se preocupe, humaninha — o feérico ri, embriagado. — Vou tentar não quebrar você... demais.

— Falei para parar — ela rosna com o rosto contorcido pela fúria. E o macho hesita por um momento.

Este momento é tudo de que preciso. Saio do meio da multidão e me jogo sobre ele.

— Devia ter ouvido a garota na primeira vez.

O medo faz o rosto do cara empalidecer.

— Príncipe Dayton — ele gagueja. — Mal toquei nela...

— Ela é a última coisa em que você vai tocar. — Um grupo enorme se forma à nossa volta, mas empurro todos e jogo o sujeito em cima de uma mesa. Seu grito só enfurece ainda mais meu lobo. Abro os braços do desgraçado.

— O que... o que está fazendo? — ele grita, e lágrimas descem por seu rosto.

Minha espada é a resposta. Eu a puxo e a abaixo em arco em um movimento ininterrupto, cortando os ossos dos punhos com força suficiente para a lâmina parar fincada na mesa. As mãos repulsivas caem no chão, pintando o assoalho de vermelho. O sangue jorra dos punhos abertos, encharca meu tronco e reveste sua boca aberta em um grito interminável.

A multidão explode em um frenesi selvagem, as pessoas se empurram para fugir. Eu me viro e vejo Rosalina paralisada pelo choque, com o rosto expressando uma mistura de incredulidade e terror. Sem esperar nem mais um momento, eu a seguro pelo braço e a arrasto para longe do bar.

Ouço os sussurros em meio ao caos:

— Dâmocles nunca teria feito isso.

— Talvez por isso Dayton esteja ausente. Está trancafiado para ser protegido da própria fúria.

— Devia ter deixado o príncipe bebê na arena com as feras selvagens. Um bom lugar para ele.

Preciso sair daqui.

— Mande a conta para minha irmã — digo ao proprietário a caminho da saída.

O ar noturno não resfria minha pele.

— Dayton. — Rosalina agarra meu braço. — Dayton, você se machucou?

Quase dou risada. É claro que em um momento como esse ela se preocuparia comigo.

— Você não viu? O sangue não é meu.

— Day — ela insiste —, seus olhos... estão brilhando.

— Merda — resmungo. Eu a puxo para uma viela próxima. — Precisamos voltar ao castelo.

— Desculpe, é tudo culpa minha — ela murmura. — Pensei que eu quisesse... você sabe. Mas, assim que me tocaram, senti uma repulsa horrível. Imaginei que fosse passar quando me beijassem, mas ficou pior...

Apoio as mãos na parede de pedra.

— Rosalina, você precisa parar de falar sobre beijar feéricos. — Tenho a sensação de estar queimando de dentro para fora. Não sei se vou me transformar em lobo ou explodir e levar todo o Reino do Verão comigo. Merda, faz décadas que não me sinto tão descontrolado.

— Eu ia dizer que ficou ainda pior quando ele me beijou — ela continua, porque tem sempre que concluir seu argumento. Acho muito fofo quando ela faz isso com Kel, mas, agora que está fazendo comigo, quero calar aquela boquinha linda.

Fecho os olhos e tento ignorar o fogo que queima em meu peito. Solto o fecho da maior concha no meu colar e revelo o espelhinho dentro dele. Inclino o objeto em direção à parede, refletindo a luz até ela construir um portal giratório na superfície.

— Como? — Rosalina arfa. — Você tem espelhos portáteis?

— Não temos tempo para outra lição de magia, flor. — Eu a seguro pelo punho e a puxo até o portal. Ela precisa estar em segurança dentro do castelo antes que eu exploda.

A magia nos envolve e caímos no hall de entrada frio, recebidos pela visão conhecida dos malditos espinhos.

Respiro fundo e massageio a respiração entre os olhos. Que merda está acontecendo comigo?

Rosalina me encara com os olhos cheios de preocupação.

— O que aconteceu lá, Dayton?

— Desculpe se assustei você.

— Não fiquei com medo. Ele mereceu. — Seu rosto é austero. — Agora ele não pode tocar ninguém que não queira seu toque. Não tão facilmente, pelo menos.

— Sinto muito que não tenha tido sua noite relaxada. — Uma das mangas tinha escorregado, e eu a levanto.

— Eu não queria nenhum deles, mesmo. — A mão dela segura a minha antes que eu possa me afastar. E o contato de pele com pele acende outro tipo de fogo dentro de mim. — Não entendo o que aconteceu com seus olhos. Você parecia tão...

— Ninguém a ameaça daquele jeito, Rosalina — rosno. — E, se eu não saísse de lá, teria rasgado cada um deles, e depois minha fera teria aparecido para terminar o serviço.

Os dedos dela seguram os meus, e sua respiração fica pesada. Ela me encara com aqueles grandes olhos castanhos, e eu me desmancho.

— Day...

Eu a puxo para mim e a beijo com toda a vontade que tenho.

Rosalina

A boca de Dayton encontra a minha. Meu corpo toma as próprias decisões, os dedos agarram seu cabelo e o puxam para mim como se eu tivesse medo de que ele se afastasse antes de eu me satisfazer. E acho que isso jamais vai acontecer.

A barba que começa a nascer arranha minha pele a cada movimento que fazemos, seus lábios me exploram com uma mistura perfeita de força e ternura. Sinto a fome nele tanto quanto a sinto em mim. A confusão de emoções em minha mente não faz sentido, mas meu corpo sabe o que quer, e ele quer isso. Seus braços me envolvem, e o calor entre nós é palpável.

Pensei que precisasse de uma noite divertida com um feérico aleatório, mas, quando aqueles machos se aproximaram, senti um estranho arrepio de desgosto. E quando um deles me beijou? Náusea, como se eu fosse vomitar no lindo bar. Só parou quando Dayton me tirou do grupo.

Ainda tem sangue seco respingado em seu peito. Deslizo os dedos sobre os pingos e interrompo o beijo.

— Porra, Rosa — ele arfa, deslizando a boca pela pele sensível embaixo de uma orelha.

Não pare, não pare, não pare. Nunca senti isso antes, como se eu fosse uma conchinha sacudida em uma onda turbulenta.

Dayton se inclina para me beijar de novo, e minha boca se abre para a dele. Ele me abraça, tira-me do chão como se eu nem tivesse peso, o que não poderia estar mais longe da realidade. Minhas costas encontram a parede de pedra com delicadeza, em uma brecha estreita entre os espinhos, e minhas pernas enlaçam sua cintura.

Eu me apoio em um galho mais grosso, que estremece sob minha mão. Ei, pelo menos servem para alguma coisa.

Dayton me olha da cabeça aos pés e de volta, analisando meu corpo com as pupilas dilatadas.

— Você é linda. — A boca cai sobre meu pescoço e o chupa com força.

Gemendo, projeto os quadris e sinto o comprimento sólido embaixo da calça larga. Uma vibração máscula brota de sua garganta quando ele empurra o corpo com mais força contra o meu.

Os lábios fazem o caminho de volta aos meus. Ele afasta os cabelos da minha testa com as mãos grandes enquanto nossos quadris se movem, encontrando o ritmo quase instantaneamente. Como se meu corpo fosse feito para se mover com o dele.

— Dayton — choramingo o nome dele entre um beijo e outro.

— Gosta disso?

— Sim. Sim, gosto.

Ele sorri enquanto me beija.

— Vou fazer você sentir coisas que nunca sentiu antes. Vou fazer você se sentir tão bem, amor.

Calor líquido se acumula entre minhas pernas. Dayton desliza uma das mãos grandes pela frente do meu corpo, afasta um lado da blusa e expõe um seio ao ar frio, antes de cobri-lo com os dedos.

Arqueio as costas ao sentir o toque. Ele aperta meu seio, massageia-o com delicadeza e passa o polegar sobre o mamilo duro. A sensação viaja por meu corpo como um raio, e meus músculos se contraem.

Dayton emite um som de satisfação, depois afasta o tecido que cobre o outro seio. Mas, desta vez, ele não usa a mão. Usa a boca, inclina-se e o captura entre os lábios.

Pisco algumas vezes, enquanto meu corpo registra a sensação, e grito:

— Ah... Ah! — Uma das minhas mãos segura seu ombro, a outra agarra uma vinha que se contorce entre os espinhos.

Dayton lambe todo meu seio, deixando um calor de fogo onde passa a língua. Captura o outro seio com a boca e chupa devagar, provocando ondas elétricas que se espalham por meu corpo. Quando solta o mamilo com um ruído de estalar de lábios, seus dedos trêmulos dançam sobre o outro. Ele abre a boca e me acaricia com os dentes, lançando-me em uma espiral de prazer.

Dayton endireita as costas e empurra o corpo contra o meu, e a sensação do seio molhado apertado contra seu peito me enlouquece.

— Gostou de ser beijada assim, florzinha?

— Sim — murmuro em seu pescoço. Porra, ele cheira bem. Sal e suor.

Uma das mãos aperta minha coxa e sobe por ela.

— Quer ser beijada em algum outro lugar? Duvido que aquele palerma do seu ex-namorado fosse bom nisso, mas...

— Ex-noivo. Ou noivo, talvez — arfo.

Dayton revira os olhos, mas continua deslizando a mão para cima, tocando a parte mais alta da minha coxa e afastando o tecido.

— Tanto faz. Ex-noivo. — Ele ri. — Gostava dos lábios dele aqui? — Ele roça os dedos entre minhas pernas, tocando o tecido molhado da calcinha. Um som baixo escapa de minha boca e fecho os olhos. — Toda molhada, Rosa. — De leve, bem de leve, ele roça a mão no tecido ensopado. Quando me puxa para perto, seu membro rígido pressiona meu centro latejante. — Seja uma boa menina e responda à pergunta.

Solto um gemido e me lanço à procura das palavras em meio à respiração arfante.

— Eu, hã, não sei.

Dayton recua e me encara com uma expressão de pura frustração. Todas as carícias param.

— É sério, Rosalina?

— O quê? — Estou me contorcendo contra ele, desesperada por algum tipo de fricção.

Ele me empurra com força contra a parede, ainda com uma das mãos atrás da minha cabeça.

— Está me dizendo que considera a ideia de se casar com um frouxo do caralho que nunca caiu de boca em você?

— Bom...

— Não. — Ele cobre minha boca com a mão grande. — Nem mais uma palavra sai dessa boca, a menos que seja um grito de prazer ou meu nome.

— Mas Dayton...

— Perfeito. — Ele me interrompe com um beijo. Esse é mais suave que os outros, mais demorado.

Depois agarra meu quadril e vai se abaixando, guiando minhas pernas para cima dos ombros. Agarro os ramos de espinheiro dos dois lados.

— Dayton, o que... — Paro de falar quando ele beija a parte interna da minha coxa. Sua barba curta é áspera na pele sensível.

Ele agarra minha saia e a levanta até o quadril, pressionando a boca entre minhas pernas. A sensação dos lábios no tecido molhado provoca um choque que faz meu corpo inteiro tremer. Agarro os galhos com mais força e deixo escapar um gemido.

Ele segura o tecido com os dentes, chupando e puxando. Depois levanta a cabeça e olha para mim com os olhos brilhantes.

— Desculpe, mas isso está no meu caminho. — Com mãos hábeis, ele rasga a calcinha e a joga no chão. Uma brisa deliciosa desliza por minha pele, e minha reação é quase um miado. — Perfeita. — Dayton elogia antes de se colocar entre minhas pernas, e sua boca escorrega por minhas dobras. A língua me penetra, e o prazer ondula em mim.

Uma das mãos segura minha bunda, ajudando-me a sustentar o peso do corpo, mas a outra descreve círculos sobre o clitóris.

— Puta merda — suspiro, sentindo o músculo se contrair. Um calor radiante lateja dentro de mim.

— Você é uma boa menina, Rosa — ele diz. — Toda molhada para mim. Seu gosto é o do néctar mais doce.

Balanço o quadril contra sua boca. Já senti esse prazer antes? Estou tentada a dizer que ele já fez muito por mim. O homem ainda nem tirou a calça.

Mas ele não faz eu me sentir um fardo, como Lucas fazia. Acho que está gostando disso de verdade. Mas não me contenho.

— Pode parar, se não gostar do que está fazendo.

Ele para por um momento, e os dedos apertam a carne macia da minha bunda.

— Você gosta, Rosalina?

— Sim — murmuro. — Sim, nunca senti nada assim. Eu só...

— Então, os deuses vão ter que me arrancar da sua boceta gostosa. — A voz profunda vibra em minha coxa.

Estendo a mão trêmula para tocar seu cabelo macio e dourado. A sensação de ser tão desejada assim provoca um calor que desabrocha em meu peito.

— Day...

— É só isso? — Ele ri antes de tocar meu corpo com a boca outra vez. E me penetra mais fundo com a língua, aumentando o ritmo. A pressão cresce dentro de mim.

— Dayton... — suspiro o nome dele, mas depois: — Day. Day! — Ele se levanta, move minhas pernas de cima dos ombros para sua cintura.

— Espere — ofego, soltando as vinhas para agarrar seus ombros largos. Ele mudou de ideia? — Espere, eu...

— E você vai sentir, amor. — A voz dele está alterada, como se mal conseguisse se controlar.

— Nós vamos...

— Aqui não — ele diz.

Sinto a decepção inundar meu corpo.

Dayton deve ter visto minha expressão, porque segura meu rosto.

— Você vai gozar para mim, então vou levá-la para o meu quarto e foder você como ninguém mais fez antes.

Ele sela a promessa com um beijo, e sinto meu gosto em sua boca. Minha boceta molhada se esfrega no tecido áspero de sua calça, procurando contato com o membro ereto.

— Sim, Dayton.

— Vou ver você se desmanchar nos meus braços. — Uma dor aguda se espalha a partir do meu pescoço, que ele morde enquanto puxa meu cabelo.

— Depois vou encher você com meu pau.

Meu corpo fica imóvel quando uma nova consciência se impõe. Dayton segura minha boceta inteira com a mão e esfrega.

— Você está ensopada, amor. — Ele aumenta a velocidade do movimento. — Quer meu pau dentro de você?

— Sim, sim, sim. — Cavalgo a mão dele e gemo. Ele desliza o dedo em volta da entrada, e sinto o calor líquido pingando de mim em sua mão.

— Sinta seu gosto, amor. — Dayton enfia um dedo molhado na minha boca. Chupo como se morresse de fome. Mantenho os olhos abertos ao enfiar o dedo inteiro na boca, até o fundo da garganta. Ele ri, revira os olhos, tira o dedo e cobre minha boca com a dele. — Assim mesmo.

Dayton devolve a mão à minha boceta e penetra um dedo. Ranjo os dentes, gemendo ao sentir o prazer repentino. Ele trabalha em círculos, antes de entrar e sair.

Agarro seus ombros e giro o quadril para acompanhar o movimento. Um calor delicioso vai se formando bem naquele ponto íntimo. Ele flexiona o dedo e toca no local exato, e eu me dobro, encostando a boca em seu ombro.

— Mais — arfo.

Ele penetra o segundo dedo e me ajuda a guiar os quadris, para cima e para baixo. Nosso ritmo aumenta até eu estar inteiramente à mercê dele, sacudida pela tempestade em seus olhos. Uma onda se forma, cresce...

— Dayton! — grito quando ela quebra na praia. Meu corpo é sacudido por ondas e mais ondas de prazer, os músculos se contraem em torno dos dedos dele. Estou fragmentando, uma estrela explodindo em um milhão de pedaços.

Por fim, a onda me leva ao chão quando ele tira os dedos, tomando cuidado para continuar me segurando contra a parede. Mal consigo respirar.

Dayton apoia a mão no peito e olha para mim com uma expressão estranha: lábios afastados, uma curva sutil de um lado da boca. Um sorriso novo.

Só para mim.

Seus lábios são suaves quando os acaricio com dedos trêmulos. Sinto como se partes de mim flutuassem por ali, como poeira em um raio de sol. Flutuando com partes dele também. Se eu o beijasse agora, se fizéssemos amor, eu poderia reunir todas essas partes. Dayton fecha os olhos e aproxima o rosto do meu lentamente.

— Day? — Uma voz atônita soa no alto da escada.

Viro a cabeça de repente e vejo Farron lá em cima, com o cabelo bagunçado e o rosto contorcido por uma mistura de tristeza e perplexidade.

De repente, uma luz brilhante cintila sobre nós. O espelho se ilumina, e Ezryn passa por ele. Tem sangue negro em seu capacete e na armadura. Ele se aproxima e grunhe:

— O que você fez?

38

Rosalina

Dayton me segura com mais força quando Farron e Ezryn caminham em nossa direção. Bem, Farron caminha e Ezryn explode, a armadura de metal tilintando no hall aberto. Ele para diante de nós, e, meu Deus, esqueci que Dayton tinha levantado meu vestido, então estou inteiramente exposta. Mas Ezryn só puxa Dayton, e eu caio sentada.

Ezryn levanta o braço e acerta um soco no rosto de Dayton.

— Você desobedeceu a seu príncipe.

O sangue jorra do nariz de Dayton, mas ele inclina a cabeça e ri.

— Valeu a pena.

— O que foi que você fez, Day? — Farron grita.

Ajeito o vestido enquanto a culpa ferve dentro de mim. Merda, acho que devia ter esclarecido mais detalhes sobre o relacionamento deles. Mas me senti como se estivesse possuída, com um fogo incendiando meu ventre, e a única coisa capaz de apagá-lo era o toque de Dayton.

Ele levanta as mãos em um gesto pacificador, ainda um pouco cambaleante, depois do soco que levou.

— Foi só diversão, mais nada. E você nem gosta de sair para beber.

— Dayton, você é um idiota. — Farron puxa os cabelos, e uma expressão de horror domina seu rosto. — Você a tirou do castelo? Kel vai matar você!

— Ele não vai ter essa chance. — Ezryn segura Dayton pela nuca e acerta um soco no estômago dele.

— A culpa foi minha! — grito. Mas nenhum dos idiotas musculosos presta atenção em mim. — *Eu* pedi para sair. Parem de brigar!

Farron avança para Ezryn, mas é empurrado para o lado, e, na sequência, Ezryn acerta outra pancada nas costelas de Dayton. Farron cai de mau jeito, e um fino fio de sangue escorre de seu crânio. Dayton olha para ele, depois para Ezryn, e rosna:

— Beleza, quer brincar, Ez?

Ezryn parece querer apenas bater em Dayton de novo, mas, quando tenta, Dayton se esquiva e salta para trás dele e acerta onde deve haver uma lacuna na armadura, porque Ez cai para a frente.

— Parem com isso! — Farron grita e pula entre os dois, mas isso só serve para Dayton acertar seu ombro sem querer.

Farron cai para trás, chocando-se contra Ezryn, e os dois desabam com um grande estrondo metálico.

— Será que vocês podem... — Minhas palavras são interrompidas por uma repentina brisa gelada no hall.

— Que porra — exclama Dayton.

— Não — Farron arfa e se dobra para a frente, segurando a barriga.

— Merda. Não se vire, Fare... — Dayton corre para perto dele.

Farron o empurra, furioso.

— Saia! Você é o problema, Dayton.

Dayton se retrai como se Farron o tivesse agredido fisicamente.

Uma fina camada de gelo se espalha no chão até cobrir todo o hall de entrada. E, de uma nuvem fria, emerge o Príncipe do Inverno. Keldarion usa camisa preta justa e calça, e o cabelo branco e longo desce em cascata sobre os ombros. A fúria domina seus olhos gelados.

Ele move uma das mãos, e Dayton voa para trás em um jato de ar de inverno, choca-se contra a parede e é envolto em gelo até a cintura.

Ezryn rasteja para trás e se ajoelha diante de Keldarion. Farron continua rolando no chão, dominado por uma dor intensa.

E eu estou no meio disso tudo, sem saber o que fazer.

— Vá se foder, Kel — Dayton rosna, e é como se eu pudesse sentir a centelha de magia emanando dele, um fogo intenso. O gelo que o envolve derrete, e ele avança para nós.

Ezryn e Kel se olham.

— A porra da culpa disso tudo é sua, Kel — Dayton acusa. — Não pode trancá-la aqui e fingir...

Farron deixa escapar um som horrível, meio humano, meio animal. Seus dedos arranham o gelo. Estou dividida entre o impulso de correr para ele e o impulso de sair dali rápido. Dayton para, detido pela preocupação. Mas Kel assente para Ezryn, que se levanta e caminha na direção de Farron. Seus olhos brilham.

Ez se ajoelha ao lado de Farron, tira as luvas e revela mãos elegantes, bronzeadas. Segura o rosto de Farron e murmura alguma coisa que não consigo ouvir.

Pequenas raízes iridescentes brotam do chão e sobem lentamente pelo corpo de Farron. A magia torna sua respiração mais lenta.

Dayton assiste a tudo de olhos arregalados, imóvel, do outro lado da sala.

Kel caminha mais rapidamente para... mim. Caramba, eu devia ter aproveitado a oportunidade de sair correndo.

Tenho que fazer um esforço enorme para não me encolher quando o Príncipe do Inverno se debruça sobre mim. Posso dizer um milhão de coisas para me defender, mas, antes de pronunciar uma palavra que seja, ele me agarra e me joga sobre um ombro.

— Mas que...! — reajo, tentando espernear. O movimento é tão eficiente quanto bater em uma parede de tijolos. Ele não responde, apenas sobe a escada.

Levanto a cabeça e encontro o olhar de Dayton, que dá de ombros para revelar solidariedade. A magia de Ezryn com as raízes impediu a transformação de Farron, pelo menos. Ele está apoiado no peito de Ezryn.

— Kel! Para onde está me levando? — pergunto.

A resposta chega quando o chão do castelo se transforma em gelo puro. Keldarion me leva para a Ala Invernal.

Farron

— Respire comigo, Farron. Respire.

O sangue lateja em minha cabeça quando a voz de Ez penetra nela; o abraço apertado de suas raízes me mantém imóvel, seguro em seu casulo.

Recue, ordeno ao meu lobo. *Você não é necessário aqui. Fique no seu lugar.*

— Isso, Farron. Ouça minha voz. Fique comigo.

Inspirando profundamente, abro os olhos devagar e vejo o brilho do capacete de Ezryn, suas mãos nuas segurando meus ombros.

— Ah… oi.

As raízes me soltam, e caio contra o peito de Ezryn.

— Bom ter você de volta, irmão — ele diz, mantendo a mão firme em minhas costas. Sua armadura é fria em meu rosto e fede a sangue de goblin, mas não me incomoda. Preciso de um momento de conexão.

Odeio me perder para o lobo. Odeio que, depois de todos esses anos, ele ainda tenha tanto poder sobre mim. E, diferentemente dos outros, quando o lobo se liberta, não tenho nenhum controle. Seja qual for o instinto que o demônio dentro de mim queira pôr para fora, ele consegue.

Aceitei que o lobo vai vencer todas as noites. Mas, durante o dia ou na lua cheia, nunca tive o problema de me perder para minha raiva e para a fera, como os outros têm. Sempre o mantenho recolhido. Só que hoje…

Dayton.

Eu me afasto de Ezryn e cambaleio na direção de Day, que está encostado na parede e toca hesitante o rosto machucado pelos socos de Ez.

— Pare — ele rosna.

— Parar o quê?

— Pare de olhar para mim como um cachorrinho triste. — Ele se vira. — Se vocês dois não tivessem perdido a cabeça, Keldarion nunca teria descoberto.

— Ah, ia esconder seu relacionamento com a prisioneira de Keldarion? — pergunto por entre os dentes.

Dayton revira os olhos.

— Não tenho relacionamento nenhum com ela. Íamos trepar.

Ezryn se coloca em pé e, tenso, caminha para o espelho com a armadura tilintando.

— E você, qual é o problema? — Dayton o provoca. — Por que se importa com o que faço com ela?

A luz cintilante do espelho pinta a armadura de Ezryn como uma aurora boreal ondulante. Ele responde com uma voz calma demais:

— Ela não é um dos seus brinquedinhos, Dayton. Você tem a responsabilidade de protegê-la. Como prisioneira de Keldarion...

— Estou de saco cheio de ouvir que ela é prisioneira de Keldarion — Dayton reage furioso, e eu recuo. — Ela não é propriedade dele, porra. Ela me queria. Portanto, Keldarion que enfie essa informação no rabo congelado dele.

Ezryn suspira profundamente.

— Vou voltar para a patrulha.

— Por que veio, afinal? — Dayton resmunga.

Um cobertor de silêncio desce sobre a sala, um suspiro pesado contido entre armadura e pedra. Ezryn fala devagar:

— Senti uma... perturbação. E a necessidade de estar aqui.

Antes que alguém pudesse responder, ele cintila através do espelho e desaparece.

Muito estranho. Depois de voltar do Reino do Outono, fui para a biblioteca e fiquei estudando o conteúdo das duas prateleiras mais altas de uma estante, até que quase caí da escada. Foi como se um cheiro intenso passasse diante de mim, despertando uma força na dimensão mais profunda do meu peito. Não foi desagradável... até que vi Rosalina e Dayton.

Juntos.

— Vou para a cama. — Dayton passa por mim e segue com passos pesados para o corredor.

Fico onde estou. Minha cabeça é inundada por um dilúvio de emoções, e todas passam muito depressa. Não consigo entendê-las.

— E aí? — Dayton me chama. — Você não vem?

E então uma emoção se destaca, mais clara que as outras: raiva.

Corro para ele. Dayton sorri para mim com o ar mais satisfeito que alguém poderia exibir. Levanto a mão fechada e esmago o sorriso na cara dele.

— Que porra é essa? — Dayton grita, levando a mão ao rosto. — O que deu em você?

Minha mão lateja de dor e a sacudo, tentando não ser óbvio.

— Não conseguiu terminar a trepada com Rosalina e agora vai se contentar com o corpo que estiver mais perto, não é? É sempre isso que sou para você, Dayton. Uma coisa para ser fodida, enchida e descartada.

Dayton sorri e segura meu queixo.

— Quando você coloca as coisas desse jeito tão romântico, como eu poderia resistir?

Afasto a mão dele com um tapa.

— Tudo bem, tudo bem. — Dayton recua um passo. — Está com ciúme. Mas de mim ou de Rosalina?

— Não, eu... — Paro e me viro com o rosto queimando. Estou com ciúme? É isso que estou sentindo? Ou é outra coisa?

Não que tenha me destruído ver Dayton e Rosalina juntos. Na verdade, a imagem dele com ela nos braços, a expressão de êxtase no rosto dela... aquilo foi a coisa mais bonita que já vi.

Todos os dias desde que ela chegou aqui, contudo, eu me contive. Foram muitos momentos em que estive debruçado sobre ela para ler seu trabalho e ela olhou para cima... E se eu tivesse agido antes de Dayton? E se eu a tivesse beijado primeiro?

Mas não fiz nada. Porque acatei as regras de Keldarion. Porque, embora nenhum de nós tenha dito isso em voz alta, todos suspeitamos.

Só podia haver um motivo para Keldarion mantê-la aqui.

Mesmo que esse motivo não fizesse o menor sentido.

E talvez... talvez uma parte de mim sinta ciúme. Porque entendo Dayton bem o suficiente para saber que ele mentiu para Ez quando disse que Rosalina era só mais uma trepada.

Ele só havia olhado para uma pessoa como olhou para ela.

Talvez nunca encontremos nossos amores predestinados, mas eu acreditava que sempre teríamos algo especial.

— Você sabe que não me importo com quem trepa — eu me obrigo a declarar. — Se magoar Rosa, vou mostrar a você o que é sentir dor de verdade. Vai ser uma agonia que nunca mais vai esquecer.

Com um movimento rápido, Dayton me prende contra a parede e empurra o antebraço no meu pescoço.

— Eu *nunca* vou magoar Rosalina — ele diz com a voz rouca.

Minha respiração passa com dificuldade pela garganta. O rosto dele está tão perto do meu que o cheiro de sal do mar e vinho de frutas se mistura entre nós. Estrelas, mesmo com essa expressão rústica e rígida, ele é lindo. Cílios escuros sobre olhos azuis tempestuosos, um queixo largo que parece ter sido esculpido em mármore. Cabelo longo e comprido que lembra uma crina rebelde dançando sobre o pescoço grosso e os ombros.

De repente, sua expressão se suaviza e ele abaixa o braço.

— E nunca magoaria você, Fare. Não de propósito. Sou um idiota, só isso.

— Não vou discordar — murmuro, massageando o pescoço.

Dayton recua e olha para o teto, como se essa confissão fosse para o céu, não para mim.

— E aí é que está o problema. Mesmo sabendo que vai doer muito mais, mesmo que todo o meu ser seja destruído... — Ele finalmente me encara, e sua voz treme. — Não consigo deixar de querer você.

Elimino a distância entre nós, puxo sua cabeça para mim e o beijo como se fosse a primeira vez, a última vez, um beijo para a infinidade. Ele me abraça e se vira até apoiar as costas na parede, apertando-me contra o corpo com toda sua força. E quero muito tudo isso, quero estar mais perto dele, quero sentir a distância que sempre esteve entre nós desaparecer. Eu rastejaria para dentro dele, se pudesse.

Ele interrompe o beijo e segura meu queixo.

— Caralho, você me bateu.

— Você mereceu, porra.

Dayton dá uma gargalhada e agarra minha bunda.

— Venha comigo, lobinho. Vamos foder até todas as nossas preocupações desaparecerem e nos tornarmos só uma nuvem de glória.

— Para você tudo é muito fácil. Beber ou foder até os problemas sumirem.

Ele segura o lóbulo da minha orelha.

— Queria ser tão bom nisso quanto finjo que sou.

As palavras fazem meu coração bater mais depressa, porque sempre soube que era assim; sempre soube que, quanto mais Dayton é inconsequente, pior ele se sente.

— Me deixe entrar — sussurro com a boca colada à dele. — Me deixe ajudar você.

Uma sombra encobre seu rosto, antes de ser substituída por um sorriso. É uma máscara. Sei disso, mas não insisto.

— Chega de conversar — ele diz. — Vou fazer você gritar até ficar rouco demais para falar.

Respondo com um sorrisinho. Tudo bem. Estou acostumado com isso.

E não vou desistir. Porque talvez um dia ele perceba que está seguro comigo. Que pode baixar a guarda das muralhas tão altas que construiu. Um dia, ele me deixará protegê-lo.

Cambaleamos pelos corredores para o quarto de Dayton, na Ala Veranil. Ele me joga na cama e se coloca entre minhas pernas, observando-me como um rei do mar de alguma lenda: o peito nu e brilhante de suor, o cabelo despenteado e bagunçado por minhas mãos; o colar de conchas pendurado entre os peitorais.

O sangue em seu peito só o faz parecer ainda mais gostoso.

— Está vendo isso aqui? — Ele agarra o pau grosso por cima da calça. Como poderia não ver? É o pau de um deus: enorme e forte, e o conheço tão bem que posso praticamente sentir o gosto salgado das gotinhas que brotam dele antes da ejaculação. — Responda. — Ele me puxa pela gola da camisa e me põe de frente para o membro.

— Estou vendo. — Minha voz é trêmula.

Dayton segura minha cabeça e a empurra contra o pau. O membro comprido passa em meu rosto, e o tecido da calça é uma barreira perversa entre mim e a pele acetinada embaixo dela.

— Está sentindo? — ele geme.

— Sim — resmungo contra a rigidez.

— Hoje à noite, este pau é seu. Todo seu, Farron. Vou fazer você sentir coisas muito boas.

As palavras dele fazem meu membro latejar e pulsar, implorando pelo toque. Incapaz de resistir, ponho a língua para fora, tentando desesperadamente lamber todo seu comprimento através do tecido.

Antes que eu vá muito longe, Dayton levanta meu queixo até eu olhar para aqueles olhos intensos. Provavelmente, ele me vê trêmulo e aflito.

— Vou pegá-lo como se fosse a primeira vez. Você é meu.

Sou o mais novo dos quatro príncipes. O mais fraco. Mas, quando Dayton me possui desse jeito, não me sinto fraco. Eu me sinto um deus, meu corpo cria sentimentos tão intensos por ele que Dayton não consegue controlar os urros de prazer. Meu corpo é capaz de fazer esse pau jorrar como uma cascata. Meu corpo consegue drenar o Príncipe do Verão.

Dayton esmaga minha boca na dele. Cada puxão no meu cabelo é um êxtase. A sensação das mãos ásperas no meu pescoço, abrindo a camisa, beliscando meus mamilos... é prazer absoluto. Quando nossos membros se encontram, solto um gemido cheio de necessidade.

Com uma urgência que sei que ele também sente, puxo sua calça para baixo e amparo suas bolas pesadas com uma das mãos. Deixo escapar um suspiro de alívio inconsciente por tê-lo nas mãos.

— Isso, lobinho. — Ele joga a cabeça para trás. — Isso, amor.

Puxo delicadamente, primeiro uma, depois a outra. Seria capaz de passar a eternidade ouvindo seus gemidos de prazer. Por que não pode ser assim? Por que temos que ficar obcecados com amores predestinados e maldições? Por que não podemos ser apenas nós dois neste quarto pelo resto de nossas vidas quase imortais?

Rosalina.

O pensamento me abala, e meu pau pulsa em resposta. Não, não seria certo estar aqui só com Dayton. *Preciso dela.*

Seus olhos castanhos e o cabelo escuro invadem minha mente e, de repente, eu me atiro sobre o pau de Dayton, abocanhando-o como um homem faminto. Ele reage com surpresa, depois quase ronrona e empurra o membro para dentro da minha garganta.

Imagino que ela está nos vendo agora, como viu antes. Que estou olhando para ela enquanto engulo o enorme membro de Dayton e o levo mais, mais fundo. E se ela dividisse nossa cama? E se, enquanto chupo Dayton, ela me chupasse?

O pensamento me faz abaixar a calça e agarrar meu pau. Imagino os lábios perfeitos em torno dele, o olhar doce enquanto ela engole minha porra.

Pérolas cintilantes brotam do meu pau e passo os dedos pelo líquido. Dayton vê e segura minha mão, enfia meus dedos na boca. Ele me chupa no mesmo ritmo em que o estou chupando, e é como se eu enlouquecesse. Não é o suficiente; quero mais, mais fundo, mais, mais, mais.

— Vá com calma — Dayton empurra minha testa com delicadeza. — Lobinho esganado. Vou gozar na sua bunda, não na sua boca.

Ele bate no meu rosto de um jeito condescendente, mas não me importo. No momento, eu comeria na mão dele ou rolaria no chão, se ele mandasse.

Dayton olha para o meu pau e morde a boca.

— Que coisa linda. — Depois os olhos sobem até meu rosto. — Você, Farron, é bonito pra caralho.

O mundo poderia pegar fogo que eu não me importaria, desde que Dayton continuasse olhando para mim desse jeito. Ele empurra meu peito e me faz deitar na cama.

— Levante as pernas.

Faço o que ele diz, colocando-me em uma posição extremamente vulnerável. Todo meu eu está nu diante dele. Fiz sexo com muitos feéricos ao longo dos anos, homens e mulheres, mas nunca me senti confortável aberto desse jeito com nenhum deles, só com Dayton. A história da nossa amizade — as risadas, as conversas no escuro, a experiência compartilhada de ser amaldiçoado —, tudo isso faz eu me sentir seguro com ele, por mais exposto que meu corpo esteja.

Dayton desliza a mão preguiçosa por meu peito, depois agarra meu membro.

— Que grande pau, lobinho. Sabe disso? Gosto muito deste pau. — Ele se inclina, mantendo os olhos cravados nos meus o tempo todo. — Na verdade, amo este pau.

Meu coração dança no peito. Sei que ele só quer dizer que o sexo que fazemos é incrível. Mas, quando fala essa palavra, sinto que posso saltar do alto do castelo e voar sobre as sarças.

Ele encosta o nariz em minhas bolas e inspira profundamente.

— Seu cheiro me deixa louco, Farron.

E, quando ele fala meu nome, quase gozo na sua cara.

— Se gosta tanto do meu pau — murmuro —, por que não dá um beijo nele?

Dayton ri baixinho.

— Ah, vou fazer mais que isso.

Estrelas explodem diante dos meus olhos quando a língua morna de Dayton desliza por todo meu comprimento. Mas ele não para aí. Enfia minhas bolas na boca uma de cada vez, os olhos sombrios e famintos.

— Sua boca é uma delícia — gemo.

Minhas bolas escapam com um ruído molhado.

— Eu sei. — Sem misericórdia, ele as agarra uma em cada mão, levanta-as e passa a língua no meu cu.

— Porra, você é delicioso. — Seus dedos deixam marcas vermelhas em minhas coxas. Quero responder, mas só consigo emitir gritos e gemidos guturais enquanto a língua gira e gira. — Preciso garantir que você fique gostoso e soltinho para o meu pau — ele diz. — Sabe, Farron, não vou machucar você. — Ele levanta a cabeça e pisca para mim. — A menos que você queira.

Penso e resmungo uma resposta, mas ele já está pegando o frasco de óleo em cima da mesa de cabeceira e espalhando nos dedos. Um dedo lubrificado espalha o líquido morno em cima de mim, e me arrepio de prazer.

O arrepio se transforma em um espasmo que sacode o corpo inteiro quando ele enfia um dedo em mim.

— Não é gostoso, lobinho? E é só um dedo. Sei que você aguenta mais.

— Si... sim — confirmo. — Mas agora quero tanto seu pau...

— Quer? — Dayton sussurra. — Fala que precisa dele. Fala que vai morrer sem meu pau. Fala que vive por esse pau.

— Preciso do seu pau — digo quando ele tira o dedo. — Eu morreria sem seu pau. Vivo pelo seu pau.

— Bom menino. — Ele se coloca entre minhas pernas, bate com o pau no meu uma vez, depois me penetra.

Nós dois gritamos juntos: eu me sinto preenchido e projeto o corpo contra o dele, relaxando para aceitar toda sua largura e todo seu comprimento. É como se meu corpo fosse feito para o dele; a dor dá lugar ao mais puro prazer quando ele recua e me penetra de novo com força.

— Fala que precisa de mim — ele grunhe.

— Preciso de você.

— Fala que não vai me deixar.

— Nunca — prometo, e o juramento é feito com nossos corpos.

Dayton solta um rugido poderoso, penetrando-me com uma intensidade que nunca senti antes. Meu pau bate na barriga com a força de cada movimento.

Vejo pontinhos coloridos e juro que minha língua está pendurada fora da boca, enquanto ele usa meu corpo para se destituir da escuridão que existe dentro de si. E não me importo. Vou esperar para sempre, se for preciso. Espero o dia em que Dayton vai perceber que sempre fui eu.

Ele não é meu amor predestinado.

Mas é o que tenho de mais próximo disso.

— Farron — ele geme.

— Isso — respondo. — Goza em mim. Me inunda.

Pensar no pau dele explodindo dentro de mim, enchendo-me por inteiro, deixando-me cheio *dele* é suficiente para me levar ao limite.

— Dayton! — grito e agarro meu pau. Ele jorra no meu peito, pulsando com jatos de calor.

— Porra — ele grunhe, e quase me perco no prazer puro de sentir seu pau latejar, derramando seu gozo quente dentro do meu corpo.

Estrelas brilham na minha frente, e olho para o céu sem enxergar nada. Acho que tem uma trilha de saliva pingando do meu queixo, mas não me importo. Dayton sai de mim e rola para fora da cama, vai buscar uma toalha no banheiro da suíte. Com um sorriso relaxado, ele se deita ao meu lado e começa a limpar meu peito e a parte de trás.

Por fim, ele me abraça e beija minha cabeça. Quando o enlaço com os braços e acaricio suas costas, toco a pele repuxada das grandes cicatrizes.

Sinto um arrepio.

Minha fera quase escapou esta noite.

Rosa estava lá. E se eu a tivesse machucado? Ou se tivesse machucado Dayton de novo? Por que tenho a sensação de que o lobo está ficando mais forte?

Nosso tempo está acabando.

— Ei, ei. — Dayton segura meu rosto e me faz olhar para ele. — Você está tremendo.

Respiro fundo.

— Estou bem. Estou bem. — Minhas mãos deslizam pelo cabelo dele. — Suas tranças se soltaram. Vou arrumar.

— Amanhã, lobinho. — Dayton boceja. Depois estreita os olhos. — Como é para você?

— Hum?

— Quando a gente faz amor.

Fecho os olhos e revivo a experiência mentalmente. Como traduzir euforia em palavras?

— É como estrelas explodindo no meu corpo todo. Como se um lugar vazio no meu coração fosse preenchido.

— É assim? — Dayton sussurra.

Viro a cabeça e olho para ele.

— E para você?

Nuvens de tempestade se movem em seus olhos, e, pela primeira vez, penso que está acontecendo. Os muros foram demolidos. O momento é agora.

Mas ele só ri e bate no meu rosto de brincadeira.

— Para mim é uma bela de uma trepada. — Ele se deita de costas e apoia a cabeça no travesseiro. — Agora você devia voltar para sua ala.

Fico ali por mais um momento. Um momento para fingir.

Covarde.

Foi disso que a Feiticeira me chamou.

Enquanto me visto com o corpo dolorido e esfolado, reconheço no fundo do coração que ela estava certa.

Rosalina

Keldarion me tira de cima do ombro e me deposita na cama macia. Esperneio, enroscando as pernas nos lençóis.

— Como tem coragem de... — Paro e levo o lençol ao nariz. Sinto cheiro de sabão. — Mandou lavar os lençóis, é sério?

Keldarion se apoia em uma das colunas da cama e olha para mim com os olhos de lascas de gelo.

— Tenho uma noite por mês como humano. Quero tirar o maior proveito dela.

Franzo a testa e me levanto.

— Bem, vou deixá-lo à vontade para isso.

Dou alguns passos e tenho a sensação de que minhas pernas viraram geleia, embora não saiba se é resultado de todo aquele vinho feérico, de ser carregada como um saco de grãos sobre o ombro de Keldarion ou do orgasmo alucinante que Dayton provocou.

Sinto o corpo esquentar quando penso nisso e tropeço. Kel se inclina e me ampara.

— Posso andar sozinha!

— Não parece. — Ele me coloca de novo na beirada da cama, depois se ajoelha no chão para ficarmos frente a frente.

— Por que me trouxe aqui, Kel? — Ele continua olhando para mim. Devo estar horrível, com o cabelo despenteado e a maquiagem borrada. O vestido me cobre inteira, felizmente, embora não possa ignorar a ausência da calcinha com os lençóis de seda roçando em minhas pernas. — Pedi a Dayton que me levasse ao Reino do Verão. Eu não estava tentando fugir. E ele não me obrigou a nada — declaro, incapaz de continuar suportando seu silêncio.

— Eu sei. Dayton é um patife, mas ele nunca forçaria ninguém a nada. — Keldarion vai ao outro lado do quarto. Percebo que ele não respondeu à pergunta. Abre o armário e pega uma túnica bege antes de voltar para perto de mim.

— Para que isso?

— Não pode dormir com *isso*. — Ele aponta para mim vagamente.

Cruzo os braços sobre meu lindo vestido lilás.

— Não, amo este vestido.

Os olhos de Kel brilham.

— Não consigo imaginar quem não amaria.

Minhas bochechas esquentam sob a intensidade de seu olhar, antes de a razão dominar minha mente.

— Não vou ficar aqui. Tenho muitas camisolas no meu quarto.

Kel continua com os braços estendidos.

Desisto de discutir e suspiro.

— Tem alguma coisa com mangas longas? Está gelado aqui.

Kel revira os olhos, mas volta ao armário passando por cima dos espinhos. Tem mais espinhos na Ala Invernal que em qualquer outro lugar do castelo. *Por quê?*

Antes de voltar, ele se ajoelha para acender a lareira. Risca pedra e aço, e fagulhas alaranjadas e vermelhas saltam no ar, enquanto ele dá vida à madeira. Uma pequena chama sobe com mais firmeza, banhando o quarto com uma luz quente, brilhante.

O calor faz meus olhos pesarem.

— Acha que Farron está bem?

— Ez vai cuidar dele. — Keldarion joga para mim uma camisa preta de mangas compridas. — A magia da primavera é tranquilizante.

— Não vai lá ver? — pergunto. — Saber se ele não se transformou em... fera?

— Ele está bem.

— Bem, pelo menos saia do quarto enquanto troco de roupa. — Olho para ele de cara feia.

Keldarion olha para mim de um jeito que sugere que eu poderia andar nua pelo castelo que ele não se importaria, mas enfim resmunga insatisfeito e faz o que eu peço.

Por que me trouxe para cá? Ele poderia ter me trancado de novo na torre da masmorra, se estava bravo por eu ter saído. Ou me levado de volta ao meu quarto. Eu esperava um sermão por ter ido ao Reino do Verão... mas ele se comporta com uma brandura surpreendente. Bem, com toda brandura possível para um homem com tantas arestas de gelo. Mas a questão mais importante é: por que não estou brigando para sair daqui? Conheço o caminho para o meu quarto. Se eu saísse, ele não ousaria me seguir.

Deixo o vestido lilás cair no chão e visto a camisa preta pela cabeça. Ah, é. Sem roupa de baixo. *O idiota do Príncipe do Verão*. A camisa é comprida o bastante para cobrir minha bunda, mas só isso. Preciso encontrar uma calça antes de Kel voltar. Salto os espinhos a caminho do armário.

Alguma coisa ao lado da mesa atrai meu olhar: garrafas transparentes e outras quadradas e empoeiradas, com líquidos de cores diferentes. Keldarion tem umas bebidas chiques.

Ei, ele me obrigou a vir para cá. Vou me servir. Despejo um pouco em um copo e cheiro. Caramba, é forte. Já experimentei vinho feérico esta noite... por que não um pouco de destilado? Preciso de toda coragem líquida que conseguir reunir, se vou ter que passar a noite no quarto do Príncipe do Inverno.

Inclino a cabeça para trás e sinto a bebida descer pela garganta. É fresca e ácida, um pouco parecida com hortelã. Um calor sutil se espalha pelo peito. Preciso ter cuidado, ou posso beber demais. Odiaria acabar apagada no chão gelado.

Mas uma parte de mim sabe que isso não vai acontecer. Meus olhos se voltam para a cama: quatro elegantes colunas de prata envoltas por um dossel branco. Cobertores grossos de pele sobre lençóis recém-passados. É grande demais para uma pessoa só, e fico vermelha.

Viro com o copo na mão e vejo Keldarion parado na porta, observando-me. Deixo o copo na mesa rapidamente e tento dar a impressão de que estava fazendo outra coisa, não bebendo.

— O que você bebeu? — Keldarion atravessa o quarto com dois passos.

— Só um gole. — Faço uma careta. — Fica frio. Ou não, você já é frio. O tempo todo.

Ele pega a garrafa da mesa.

— Rosalina, isso é *fyrana*.

— Relaxa, Kel. — Sorrio e, de repente, não sinto medo nenhum dele. — Já experimentei vinho feérico, mas o efeito passou. Dayton foi um chato, fazendo eu beber muita água.

— Um gole *disso* — Kel aperta minhas bochechas com uma das mãos — é equivalente a duas garrafas de vinho feérico. Em uma hora.

— Parece muito mais eficiente — murmuro com a boca apertada. — Você tem olhos muito bonitos. — Ele abaixa a mão e recua um passo, como se a sugestão de eu ter observado seus olhos fosse ofensiva.

— O que é isso na sua mão? — Inclino a cabeça.

— Os outros estão bem, aliás — Keldarion fala devagar. — Encontrei uma coisa que você deixou para trás.

Enxergo tudo um pouco brilhante, mas ainda vejo com nitidez o que Keldarion me entrega. Renda azul-clara. Minha calcinha rasgada.

Arranco a peça da mão dele.

— Não toca nisso!

— Seria melhor se Marigold a encontrasse de manhã? — Ele esboça um sorriso.

— Ela *jamais* me deixaria sobreviver a isso. — Olho para ele de cara feia, depois me aproximo da lareira e jogo a calcinha no fogo. Não tem como recuperá-la.

— Se quer saber, eu a trouxe para cá a fim de garantir que não teria uma reação ruim ao vinho feérico — diz Keldarion. — Mas, agora que bebeu de novo, não vou ter escolha... passarei a noite acordado para ter certeza de que não vai sufocar com o próprio vômito.

— Está mentindo. Você inventou isso agora. É uma desculpa.

— Desculpa? — Ele reage. — Olha só, tem uma noite...

— Em que você é homem, eu sei. Como costuma passar essa noite? Choramingando sozinho? — Abro os braços. — Não sei por que me trouxe para cá. Talvez se sinta sozinho.

Não sei se estamos falando sobre esta noite ou sobre a eternidade.

Kel cruza os braços e se apoia na parede.

— Pode acreditar, é melhor ficar sozinho que...

Kel teve um grande amor. Dayton me contou. Alguém o magoou, e não sei se tem alguma relação com a maldição, mas isso ainda o afeta.

— Eu fico — anuncio.

E não sei se estou falando sobre esta noite ou sobre a eternidade.

— Mas não vou *fazer* nada com você, sabe disso. Não tenha ideias — continuo. Só queria que meu corpo acompanhasse a cabeça. Porque Keldarion é bom demais banhado pela luz do fogo, de braços cruzados sobre o peito largo, com aquela expressão severa no rosto bonito. Era de se esperar que eu estivesse satisfeita depois de Dayton, mas fiquei querendo mais.

Aperto as coxas uma contra a outra e sinto o calor líquido se acumular entre elas.

— Vou dormir no sofá, é claro.

É assustadora a rapidez com que o homem consegue sugar o calor de tudo. Inclusive de mim. *Cretino gelado.*

— Tudo bem, então.

Alguma coisa atrai meu olhar, um brilho embaixo da cama. Eu me abaixo para ver o que é, porque qualquer coisa é melhor que murchar sob aquele olhar frio.

De início, penso que é um fragmento comprido de gelo, mas depois percebo o cabo. E o seguro antes de me levantar. Uma brisa fria sopra minha bunda nua.

Ah, não.

Olho para Keldarion, que está me encarando de novo com um daqueles olhares de absoluto terror.

— Ai, merda, desculpe. Foi sem querer. — Meu corpo todo deve estar da cor de um tomate. — É que todas as camisas ficam bem curtas em mim...

— Solte isso agora, Rosalina — Keldarion ordena.

Legal, muito bom saber que uma exibição acidental da minha bunda não significa nada para ele. Seguro o objeto na minha frente.

— Isto? — É uma espada. Parece que foi feita de gelo e, tal qual a lâmina, é transparente e fria. Mas foi afiada para se tornar mais reflexiva, como um espelho. Na base, a lâmina se abre e é mais larga que o cabo, que foi criado com vinhas douradas e uma rosa incrustada de pedras onde a guarda encontra a lâmina. A espada é em si uma história...

— Sim, isso. — Ele estende a mão.

O objeto brilha, ouro cintilante na base e azul-safira na lâmina. A magia irradia através de mim, pulsa em minhas orelhas. Talvez seja todo aquele álcool de feérico, mas esta é a coisa mais legal que já vi.

— Opa. — Cambaleio para longe de Kel. — Ela é muito bonita.

— Isso não é brinquedo, Rosalina — Kel grunhe.

— É linda.

— Coloque no chão.

— Não parece que tem cuidado muito bem dela. — Examino a espada. Não sabia que era possível sentir magia como as ondas de calor em um horizonte no deserto ou o gosto das nuvens baixas demais.

— Solte. — Kel me segue. Mas, por alguma razão, ele não pega a espada. Tenho certeza de que poderia arrancá-la das minhas mãos bêbadas e frouxas em um momento, se quisesse.

— Você é sempre muito mal-humorado, Kel. E como não seria, cercado por essas coisas dia e noite? — Aponto os espinhos. — Aquele cara é bizarro demais. Bizarro e gostoso. Mas bizarro. — Se o olhar pudesse matar, o de Keldarion me mandaria para o túmulo. Mas não pode, felizmente, e me viro de novo para os espinhos. — Por que não poda essas coisas?

E, com a confiança idiota que um shot de *fyrana* provoca, passo a espada nos arbustos de espinhos. Ao mesmo tempo, Keldarion grita:

— Rosalina, não!

O espinho fica preto e some em uma nuvem de cinzas.

— Opa. — Pisco atordoada. — Não é que funcionou?

Um estrondo retumba pelo castelo, e uma grande rachadura se forma na parede. As pedras se movem, e, de repente, uma seção inteira do teto desaba.

Keldarion me agarra pela cintura e me joga para o lado. Rolamos juntos no chão duro.

Minha vista escurece e tudo gira, e pisco para tentar recuperar a nitidez. Keldarion está em cima de mim, apoiado nos braços e respirando como um animal selvagem. Uma nova vinha roxa brota e cresce exatamente onde a outra estava.

— Não podemos remover os espinhos — ele explica com voz rouca, depois tira a espada da minha mão trêmula e a arremessa para longe pelo chão gelado.

Mas seu olhar permanece na camisa levantada em volta da minha cintura, expondo a curva suave da barriga e a saliência dolorida entre minhas pernas. Keldarion mantém as mãos no chão, uma de cada lado do meu corpo, e seu cabelo branco como halo em torno do rosto dominado pela mais pura fome.

O ar entre nós é pesado, e o momento se prolonga até eu não suportar mais.

— Você me salvou — sussurro, e o olhar dele ganha intensidade.

— É claro que sim — ele responde carrancudo e olha para minha boca. Keldarion se aproxima. Sua respiração é como uma promessa em meus lábios.

Fecho os olhos e, naquele momento, sinto-me como se estivesse voando, como se fosse livre por completo, como se estivesse exatamente no meu lugar. Então, como um raio, ele se levanta e se afasta de mim. O momento passa, deixando-me sem fôlego e tonta.

— Os espinhos apareceram alguns dias depois do início da maldição — diz Keldarion, olhando para qualquer lugar, menos para mim. — Arranquei cada um deles do castelo. Mas, no dia seguinte, aparecia o dobro dos que foram arrancados, e removê-los acelerava a destruição de Castelárvore. De alguma maneira, ele associou sua magia podre à nossa casa.

— Maldito bastardo — comento, levantando-me e abaixando a camisa.

— O maldito não era gostoso? — Uma calça acerta meu rosto.

— Eu falei… — As palavras se perdem enquanto visto a calça.

Keldarion me pega por debaixo dos braços e me põe em pé.

— Você precisa ir para a cama.

Desta vez, quando ele me carrega pelo quarto, não reclamo. Em vez disso, aproveito a sensação de proximidade e deixo a cabeça cair sobre seu ombro.

— Desculpe, estraguei sua parede ainda mais.

— Está desculpada.

— Meus ombros estão queimados de sol — resmungo, sentindo a bochecha encostar na pele exposta do pescoço dele. — E cheguei no Verão pouco antes de o sol se pôr.

Ele me joga na cama e volta um momento depois com um copo de água, que põe na minha mão.

— Beba.

Bebo dois goles e deixo o copo em cima da mesa de cabeceira. Keldarion desaba no sofá, mas é tão alto que os pés ficam pendurados para fora.

— Vai ficar bem aí?

— Durmo no chão quase todas as noites.

— Mas aí é quando você é lobo.

— Vá dormir, Rosalina.

Estico os braços acima da cabeça, deliciando-me com os lençóis de seda sobre o corpo quente. Minha cabeça está leve e efervescente. Não estou preparada para dormir, ainda não.

— Tive uma noite incrível. O Reino do Verão é muito caloroso. — Keldarion grunhe em sinal de reconhecimento. — Dayton também foi muito agradável. Ele cortou as mãos de um homem que tocou em mim. Por isso tinha sangue no peito dele.

— Ele fez o quê?

— Nunca tinha me sentido daquele jeito. — Não consigo me conter, passo as mãos no corpo e desço até o meio das pernas. Penso na boca de

Dayton ali, em Kel tão perto de mim... Isso me deixa ainda mais molhada.

— Pode trazê-lo aqui?

— De jeito nenhum — Keldarion responde frio e rápido.

— Tudo bem — retruco sonhadora. — Ele está com Farron.

— Como você sabe?

— Eu... — As palavras somem, e tenho dificuldade para encontrá-las na minha mente confusa. — Posso sentir. Estão juntos. Os dois se amam muito, mas não são bons para lidar com sentimentos.

Talvez seja só um palpite, mas é quase como se conseguisse sentir os dois, a paixão me alcançando. Ou estou só imaginando como seria maravilhoso o sexo de reconciliação. Mas sei que Kel precisa mais de mim.

Escorrego a mão para dentro da calça, sinto meu calor latejante e um suspiro escapa da minha boca. Merda, por que meu corpo está desse jeito?

Ouço um movimento, e Keldarion aparece acima de mim. Ele puxa minhas mãos e segura meus punhos acima da cabeça. Cacete, ele é rápido.

— Você tem que dormir, Rosalina. — Sua voz é rouca, relaxada.

Sinto no corpo uma mistura de medo e algo mais.

— É verdade que não faz sexo há vinte e cinco anos?

Ele respira fundo.

— Dayton fala demais, como você deve saber.

— Mas é verdade? — Deixo os olhos passearem por seu corpo. Vejo um contorno comprido sob o tecido fino da calça de dormir. — Obviamente, não é...

— Sou um animal, Rosalina. — Ele aperta meus punhos com mais força. — Os outros podem estar dispostos a se esquecer disso, mas eu não consigo.

Ele é tão bonito; nariz longo e sobrancelhas escuras, olhos cheios de dor. Eu devia concordar com Keldarion. Foi ele quem me prendeu aqui, é ele quem me mantém longe da minha casa. Mas uma onda de emoções diferentes se forma quando o observo.

— Ele também falou que você já se apaixonou — sussurro. — Vejo a calamidade reluzir em seu rosto, e ele me levanta e me faz sentar na beirada da cama. — Não devia sentir vergonha de ter amado, Kel — continuo com tom manso. — Amor não é uma coisa ruim. Sabe o que é ruim? Odiar alguém, julgar alguém. Amar alguém é bem bacana, comparado a isso. Amar é bom.

O ar vibra em sua garganta, e ele passa a mão no cabelo.

— Não para mim.

Por mais que minha mente esteja confusa, sei que ele nunca vai encontrar seu amor predestinado com essa atitude.

— Não acredito nisso.

Ele olha para mim, depois para a mesa de cabeceira.

— Beba sua água.

Pego o copo e escorrego para perto, tão perto que minha coxa toca a dele.

— Vou propor outro acordo. Feéricos gostam de acordo, não é?

— Só os maus. — Ele afasta uma mecha de cabelo do meu rosto.

— Eu bebo a água se você for ao baile.

Ele ri, um som baixo que retumba em seu peito.

— Você é terrível até para uma humana. Quer me devolver ao reino que não visito há vinte e cinco anos para um evento que vou odiar, para quê? Para você beber um copo de água antes de dormir?

— Exatamente. — Sorrio para ele. — Quero que você vá ao baile. Você quer que eu beba isto. Viu? Nós dois ganhamos.

Ele me encara por um longo momento, antes de sussurrar:

— Beba.

O líquido frio desce por minha garganta. Não sei se isso vai me ajudar a escapar da ressaca do século amanhã de manhã, mas mal não vai fazer.

Deixo o copo vazio em cima da mesa de cabeceira e olho para ele cheia de expectativas. Keldarion toca minha boca e limpa as gotas que ficaram nela com um movimento do polegar.

Seguro a mão dele em meu rosto.

— Diga que vai ao baile, Kel.

— Ninguém me quer lá.

— Eu quero. — Concentro-me nos olhos dele, tentando convencê-lo. — Não é o suficiente?

— É o suficiente. — Ele apoia a cabeça na minha, como em rendição. Seus lábios tocam minha orelha, e ele sussurra: — Eu vou ao seu baile, Rosa. Mas não vou encontrar meu amor predestinado lá.

Rosalina

Um sentimento de satisfação me invade. Nunca dormi tão bem. Saboreio o calor dos lençóis, o aroma de pinho e inverno pairando no ar. Alguma vez já estive tão relaxada?

Abro os olhos devagar. O sol vermelho da manhã cintila no gelo que recobre o quarto. Eu me sento com as costas eretas.

Merda.

Merda. Merda. Merda.

Passei mesmo a noite no quarto do Príncipe do Inverno?

— Keldarion? — chamo, hesitante.

Nenhum movimento. O quarto está vazio, e minha cabeça lateja.

Aperto a região entre os olhos, bebo um pouco de água e tento me lembrar dos acontecimentos da noite passada. A situação com Dayton e a provocação com Keldarion estão bem claras, mas quando foi que peguei no sono?

Meu corpo todo se retrai quando me lembro de ter me apoiado nele sonolenta. Coloquei a cabeça em seu colo? Ou isso foi um pesadelo?

Nunca mais vou beber.

Ando pelo quarto e pego meu lindo vestido lilás do chão. Passa pela minha cabeça uma imagem de Dayton afastando o tecido, dos lábios dele chupando meu seio...

A porta se abre, e Keldarion entra no quarto. Ele carrega uma bandeja de café da manhã.

Assim que o vejo, outra lembrança surge em minha mente. As mãos dele no meu cabelo quando me debrucei sobre a beirada da cama e vomitei em um balde.

Um príncipe feérico de verdade teve que passar a noite toda acordado com uma humana idiota que não sabe beber. E agora também estou estragando a manhã dele.

— Bom dia — falo com voz áspera. Talvez de tanto vomitar.

— Rosalina, não devia estar fora da...

— Agradeço pela água e pela camisa. Vou lavar antes de devolver, e a calça também. E vou parar de incomodar você.

Chego ao corredor antes que ele consiga mencionar a humilhação da noite anterior. Meu estômago não gosta do movimento repentino.

Cada passo que dou espalha uma onda de náusea por meu corpo. Ressaca de bebida feérica não é brincadeira. Preciso voltar para o meu quarto e dormir.

Mas alguma coisa treme em meu peito, e paro. Estou no entroncamento das quatro alas. Tem uma porta à direita no alto da escada, uma pela qual nunca passei, que leva à Torre Alta. Eles me proibiram de ir lá. *Mas por quê?*

A porta é de carvalho claro e bonito, com entalhes rebuscados referentes às quatro estações. Há nuvens fofas perto do topo, um emaranhado de roseiras na parte de baixo. Arabescos prateados decoram as extremidades, e a maçaneta é feita de ouro cintilante.

Quanto mais tempo passo observando a porta, mais tenho a impressão de poder ver a magia emanando das frestas, uma aura brilhante e elétrica. Não consigo me conter, toco a madeira antes de segurar a maçaneta. O calor penetra em meus dedos, e uma leve vibração espalha formigamentos sutis por meu corpo. Giro a maçaneta.

Trancada, é claro. Mas se eu...

— Opa, pode parar, Rosa! — Mãos firmes me agarram pela cintura e puxam para longe da porta.

— Ei! — Giro e vejo Dayton.

— Sou bem favorável a quebrar regras, querida, mas tem algumas que nem eu desafio. E você também não deveria.

Encaro o príncipe bonitão, ainda chocada por ele ter conseguido me surpreender desse jeito.

— O que tem na Torre Alta?

— É segredo — ele responde com uma piscada.

— Que tipo de segredo?

— Ah... — Dayton ri, e vejo a malícia dançando em seus olhos. — Uma centena de gnomos. Kel os mantém lá em cima para fazer os biscoitos dele.

— Está me sacaneando — acuso.

— Só um pouquinho. — Dayton me examina da cabeça aos pés. — Vejo que o belo vestido enfim encontrou a morte. O visual até que é fofo, meio grande para você.

— Não foi bem assim. Keldarion...

— É um maldito frígido, eu sei. Se uma mulher bonita como você não consegue fazer o sujeito sair do celibato, poxa, nada vai fazer.

Minhas bochechas esquentam. Mostrei meu corpo nu sem querer duas vezes, e ele não se incomodou. Talvez o homem seja só um cubo de gelo gigante.

— Escute, Rosa. — Dayton respira fundo e passa as mãos no cabelo. — O que aconteceu ontem à noite... — Um nó de ansiedade se forma em meu peito, e sei que ele vai me dizer alguma coisa que não quero ouvir. Dayton sopra o ar demoradamente. Parece quase constrangido. E ele nunca fica constrangido. — Não vou deixar acontecer de novo. Beijar você foi um erro e...

É claro que ele pensa que foi um erro. Talvez tenha percebido que não sou uma de suas peguetes regulares e que vai ter de me encontrar de novo.

— Sim. É claro. Caramba, estamos procurando seu amor predestinado, afinal. — Lágrimas traiçoeiras ameaçam transbordar dos meus olhos. Rosalina idiota, idiota, idiota. *Você sabia que ele era assim antes de saírem juntos. Por que a surpresa?*

— Ótimo. — Ele se vira e acrescenta. — Foi uma boa conversa. E nunca abra aquela porta, entendeu?

Dayton segue para a sala de jantar. Fico ali, tremendo e congelada, antes de correr para o meu quarto. Está tudo bem. Não aconteceu nada de inesperado.

Abro aporta e vejo Astrid já preparando o vestido do dia. No segundo em que me vê, ela torce o nariz e pergunta:

— Que foi, Rosalina? — Todos os pensamentos e todas as emoções transbordam de mim em um soluço.

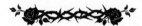

Astrid passa uma hora sentada comigo, afagando meu cabelo enquanto conto cada detalhe da noite anterior. Merda, por que tenho a sensação de que fui usada? Sei quem é Dayton. E não quero nada dele. Ele precisa encontrar o amor predestinado.

Quase perco a cabeça quando Marigold entra carregando uma bandeja de café da manhã. Uma bandeja que parece igual àquela que Keldarion levou ao quarto dele mais cedo. Ele tentou levar café na cama para mim? Na cama dele?

Entendo meus sentimentos por Dayton: a atração, o desejo e o arrependimento fazem sentido. Mas não me atrevo a mergulhar naquela parte da minha mente onde guardei o que sinto por Kel. Isso é muito mais complicado. Meu carcereiro, que sempre me alimenta com minha comida favorita. O animal feroz que também segura meu cabelo quando vomito.

Astrid repete toda a história para Marigold, enquanto tomo meu café da manhã estupidamente excelente. Engulo a torrada com manteiga acompanhada de suco de laranja e penso em como Kel escolheu todas as melhores coisas para curar uma ressaca.

— Aposto que Dayton não teve a intenção de usá-la — diz Astrid. — O jeito como ele olha para você me faz pensar que você é especial para ele, Rosalina.

Uma parte de mim pensa que ela tem razão; quero dizer, o cara cortou as mãos de alguém na minha frente. Mas foi frio hoje de manhã.

— Preciso parar de me preocupar com os príncipes e voltar a me dedicar à pesquisa para tentar quebrar a maldição. Não só por eles, mas por vocês duas também.

Marigold põe as mãos na cintura.

— Olha, seria muito bom. Não é fácil se divertir, quando se vira um guaxinim todas as noites.

— Mas você sempre encontra um jeito. — Astrid ri e gesticula para eu trocar de roupa.

Experimento uma estranha sensação de perda quando as roupas de Keldarion caem no chão.

— Não consigo imaginar. Como era a vida para vocês antes da maldição?

Astrid me ajuda com o vestido do dia, amarrando o corpete.

— Sendo sincera, para mim não era muito diferente. Tinha mais visitantes no castelo. E o estafe fazia mais viagens ao Inverno com o mestre. Castelárvore era um lugar mais feliz, com festas e bailes. Sempre havia coisas para fazer.

— Sinto saudade das festas. — Marigold suspira.

— E da sua família? — pergunto. — Sente saudades?

— Sou órfã — Astrid me conta. — Trabalhar em Castelárvore era motivo de grande prestígio, boas acomodações, toda a comida que se pudesse comer e pagamento digno. O príncipe Keldarion garantia emprego para quem precisasse. Trabalhar aqui foi a melhor coisa que aconteceu comigo. Bem, exceto pela parte da lebre. Mas nada é perfeito.

— Astrid é modesta demais. — Marigold toca o nariz da garota. — Ela aprende rápido e é uma trabalhadora mais esforçada que qualquer pessoa que já conheci.

— Então, todos vocês moravam aqui antes da maldição? — pergunto, sentada diante da penteadeira enquanto Astrid desembaraça os nós do meu cabelo.

— Sim. É costume os príncipes e seus estafes morarem no castelo — responde Marigold. — Em casa, nós olhávamos para Castelárvore e sonhávamos em ser escolhidas para servir nos salões sagrados.

Eu me levanto e olho pela janela para o vasto horizonte, além da área externa do castelo em direção aos espinhos, que tudo dominam. Em algum lugar lá fora está a roseira que me trouxe aqui. E lá está minha casa.

— Ai, céus! — Astrid grita atrás de mim. — Está nevando!

Flocos de neve flutuam do outro lado da janela. Marigold suspira irritada atrás de nós.

— Agora vou ter que tirar todas as lãs dos armários.

— Ah! — Astrid vibra, empolgada. — Guerras de bolas de neve, anjos de neve, decoração para o solstício, chocolate quente com chantili! O lago do jardim congela, e, no ano passado, fomos patinar no gelo. Não é divertido, Rosalina?

É bom vê-la tão animada com alguma coisa.

— Sim para tudo, menos patinar no gelo.

— O quê? Não sabe patinar? — Astrid franze a testa. — Eu posso ensinar.

— Não, não é isso — digo em voz baixa e seguro meu pulso. — Tive uma experiência ruim no passado.

Astrid abre a boca para dizer alguma coisa, mas o sr. Rintoulo, o mordomo que se transforma em um enorme urso-pardo à noite, bate na porta e entrega um pergaminho.

Marigold o desenrola e olha para mim.

— Aqui está a sugestão da lista de convidados para o baile. Astrid e eu podemos enviar os convites hoje.

— Que bom — respondo, determinada a me manter focada no objetivo. — Porque tenho mais notícias.

Astrid e Marigold me encaram com os olhos arregalados.

— Keldarion aceitou comparecer — anuncio com o coração na garganta. — Vamos encontrar o amor predestinado. Vamos encontrar os amores de todos eles. Quebrar a maldição. E, enfim, teremos nossa liberdade.

Keldarion

— Não esperava encontrar você aqui. — A voz de Ezryn ecoa pelo aposento vazio. Não me viro para ele, mantenho o olhar focado. Sarças rangem sob seus passos pesados quando ele caminha em minha direção. — Kel?

— Sabe quantas vezes subi aqui e deixei minha mão pairar sobre as pétalas? — murmuro. — E imaginei que as esmagava entre os dedos? Acabar com tudo por opção.

Deslizo um dedo pelo caule de uma rosa azul-safira. Ela está plantada em uma fileira de terra solta no centro do espaço. A magia da Feiticeira está presente em todos os lugares. Três outras rosas crescem no mesmo canteiro: uma de pétalas cor-de-rosa, a outra de pétalas azul-turquesa e a última cor de laranja.

Ezryn se aproxima da flor cor-de-rosa e a observa.

— Você fala sobre a tentação de destruir sua flor e se tornar um animal para sempre.

— Não é melhor que viver nesse mundo intermediário? Quando não somos homens que se transformam em feras, mas feras que se transformam em homens?

Magia cintilante irradia das pétalas. Como seria fácil se livrar de sonhos inúteis para sempre. Com um único movimento da minha mão, eu poderia destruir esse objeto de escárnio e me libertar da dor da esperança.

— É loucura, na verdade — diz Ez —, sofrer tanto por algo tão frágil.

— Ou que uma coisa tão bonita crie esses monstros. — Desvio o olhar da flor e caminho para o centro do cômodo. — O que quer de mim, Ez?

Ezryn inclina o capacete para olhar em volta, e a luz do sol poente é refletida pelo metal brilhante. De acordo com o costume respeitado por toda realeza do Reino da Primavera, ninguém que não tenha laços consanguíneos com a família ou vínculo predestinado pode ver seu rosto. Apesar de sermos amigos desde a infância, não sei de que cor é seu cabelo ou como é seu sorriso. No entanto, eu o conheço tão bem que posso praticamente ver como ele olha para mim por trás da máscara, como se quisesse encontrar respostas.

— Você se lembra de como era este lugar? — Ezryn pergunta. — As folhas de ouro ao longo das paredes brancas como a lua? Havia um lustre bem acima de nós. Talvez ainda esteja lá. É difícil saber o que se esconde por trás dos espinhos. E, se me lembro bem, havia um mural naquela parede, uma criação da Rainha retratando o Vale Feérico. Eu me lembro de pensar que era a coisa mais bonita que já tinha visto.

Olho para Ez, desconfiado. Ele está dando voltas. Uma estranha sensação de melancolia paira entre nós. Quando foi a última vez que estivemos juntos na Torre Alta? A Torre da Rainha?

Embora tenha ficado vazia nos últimos quinhentos anos, desde que a Rainha deixou o Vale Feérico, ela sempre foi conservada. Um espaço cheio de história. De imensa beleza. De uma magia antiga e visceral.

É compreensível que a Feiticeira tenha nos amaldiçoado aqui e plantado neste lugar os quatro objetos que determinaram nossa desgraça.

Ignoro os comentários de Ezryn, sabendo que ele está adiando a revelação do verdadeiro motivo de sua presença aqui. Mas não importa. Se ele quer recordar, que seja.

— Fale a verdade, irmão — peço. — Nós merecemos isso?

Ezryn para onde está.

— É claro que sim, Kel.

Eu esperava que ele me anistiasse dos males que causei? Não. Ezryn nunca se perdoaria; eu jamais poderia pedir-lhe que me perdoasse.

— Nunca descobrimos quem ela era — Ezryn resmunga. — A Feiticeira.

Vejo com tanta nitidez quanto vi há vinte e cinco anos. Era impossível. Ela era uma estranha, uma mortal. Nós a tínhamos praticamente expulsado do castelo quando ela...

Ela se transformou. Em alguma coisa linda e terrível: uma visão de luz tão intensa, que tornou sombra todo o restante. E foi quando eu soube que aquele ser me enxergava até os ossos e compreendia o que havia em meu coração, e não apoiaria aquilo.

Éramos seres perversos. Todos nós tínhamos vestido o manto de Alto Príncipe, assumido a responsabilidade de liderar nosso povo e usar nossa magia de forma a sustentar a honra da Rainha.

Em vez disso, Dayton se entregou à bebida. Farron se escondeu em sua fortaleza. Ezryn cedeu ao sofrimento e à raiva. E eu...

Massageio o acordo doloroso que envolve meu punho. Traí o Vale e todos que vivem nele.

— Algumas coisas devem permanecer desconhecidas. — Com um suspiro, eu me viro de frente para meu irmão. — Ezryn, o que faz aqui?

A discreta mudança de posição me informa que ele está pouco à vontade.

— Kel, precisamos conversar sobre Rosalina.

Caminho para a porta.

— O que podemos ter para discutir? Não pode estar incomodado com a presença dela. Você quase nunca está aqui.

— Por que a levou para o seu quarto ontem à noite?

Minha voz se torna um grunhido rouco.

— Para mantê-la segura. — Cerro os punhos. Senti o cheiro, mesmo recolhido à Ala Invernal: a excitação. Era como um fio me atraindo para ela em um transe febril.

E descobrir que era *Dayton* causando aquela reação...

Quis rasgar a garganta dele com os dentes. Senti necessidade de abrigá-la. Proteger o que era *meu*.

— Kel. — A voz de Ez era muito mansa. — Você sabe que é mais que o Protetor para mim. Fiquei ao seu lado e vou continuar ao seu lado, seja qual for a escuridão que se levantar. Pode me dizer qualquer coisa, e não vou fugir de você. — Quero que ele pare de falar. Abro a porta. — Tem algum motivo para manter Rosalina prisioneira? — ele pergunta, e não consigo bloquear sua voz, por mais que eu queira. — Sabe alguma coisa sobre ela?

Sei que, apesar de querer, apesar de sua interminável pesquisa, Rosalina nunca vai quebrar a maldição. Porque não vou deixar. Agora sei que deixaria qualquer pessoa no meu reino sucumbir aos goblins e aos espinhos, menos ela.

— Ez, não vamos falar sobre isso.

Ele se aproxima de mim. O som de sua respiração pesada atravessa o capacete.

— Fez algum acordo com Caspian?

Seguro o batente da porta. Ez deveria perder o capacete por falar comigo com tanto atrevimento. Eu deveria jogá-lo no chão e subjugá-lo. Como ele ousa me perguntar essas coisas? Como se atreve a mencionar o nome de Caspian?

— Ez — respondo, mas minha voz não tem a força de uma ordem, soa quebrada. E, quando me viro para encarar meu amigo, o sol desaparece abaixo do horizonte e a fera faz minha pele arrepiar. A forma monstruosa de Ezryn me encara, um lobo negro de osso, fungos e terra revirada.

Ele ainda pode ter esperança de encontrar seu amor predestinado. Talvez isso o livre da maldição. Mas, quando me deito na terra fria com o focinho dele tocando o meu, sua pata sobre a minha, como se pudesse me proteger de mim mesmo, sei que não resta nada para mim.

O Príncipe dos Espinhos me tomou tudo.

Rosalina

Forço os olhos a permanecerem abertos quando as páginas do livro perdem a nitidez diante deles. As últimas semanas foram de noites intermináveis de pesquisa, planejamento do baile e provas de roupas. Bem, basicamente, eu insistindo com os príncipes para voltarem a seus reinos para as provas de roupas. Eles contrataram os melhores alfaiates de cada reino para a confecção dos trajes. É a primeira vez em vinte e cinco anos que os quatro estarão no mesmo lugar, por isso têm de se apresentar com a melhor aparência.

O único que se recusava a ir era Keldarion, o que não me surpreendia. Então, Marigold tirou as medidas dele — coisa de que gostou muito — enquanto eu ria no canto do desconforto estampado no rosto de Kel, que retaliou lhe ordenando a tirar minhas medidas, argumentando que eu também precisaria de um traje decente.

Insisti que não fosse nada exagerado. A ocasião era para eles, não para mim.

Estou na biblioteca lendo um livro sobre etiqueta e maneiras em jantares formais, um tema bem menos interessante que predestinados feéricos. Mas estou determinada a fazer desse baile um sucesso sem parecer uma boba no meio do caminho.

Como não posso viajar ao Reino do Inverno, planejamos tudo por cartas que o estafe do Inverno entrega durante o dia. Por algum milagre, Keldarion e Perth Quellos aceitaram abrir a porta do Reino do Inverno para alguns criados selecionados irem e voltarem, cumprindo obrigações relacionadas aos preparativos.

Falta uma semana para o solstício. Eu adoraria ir ao Inverno antes do baile, mas Keldarion não permitiria. Estou feliz por ele ir ao baile, e é isso.

Viro a página do meu livro e encontro os passos corretos da valsa. Estive treinando com Astrid e Marigold, mas só por diversão. Não vou dançar no baile. Os príncipes vão dançar com possíveis amores predestinados, e duvido que algum feérico vá querer dançar com uma humana.

Levanto o olhar da página e vejo Farron do outro lado da mesa, com a cadeira inclinada sobre as duas pernas de trás e uma caneta presa entre os dentes, os óculos equilibrados quase na ponta do nariz. Sinto um frio na barriga quando olho para ele. O cabelo ondulado cai sobre a testa e nos olhos. Sua beleza é de tirar o fôlego.

Farron levanta a cabeça e nossos olhares se encontram. Ele sorri para mim, e o meio-sorriso me faz querer correr para ele e...

Uma explosão de ar gelado me envolve. Keldarion? Ele está aqui? Endireito as costas. Uma janela se abriu atrás de nós, deixando entrar uma nuvem de neve.

— O que é isso?! — Farron se levanta e corre até lá, fecha e tranca a janela, mas não antes de uma fina camada de neve cobrir seu cabelo castanho. Dou risada e me levanto, aliviada com o intervalo.

— Odeio o inverno — ele resmunga.

Fico na ponta dos pés para limpar o gelo de seu cabelo, antes de olhar para fora. As sarças se transformaram em um paraíso de inverno, e até o rio congelou. Lá embaixo, Astrid e alguns outros serviçais patinam no lago congelado da propriedade, rindo e se divertindo. Mesmo com a maldição, existe alegria aqui.

Mas, quando vejo o lago, não posso deixar de me lembrar do choque frio, da tremedeira interminável, do herói.

— É frio e molhado, e todo mundo deixa rastros de neve na biblioteca — Farron continua, limpando os últimos flocos da jaqueta.

— Eu gosto do inverno — declaro, tentando esquecer o arrepio gelado no corpo.

— Tudo é muito sem graça, tudo branco. Sinto muita falta das folhas vermelhas e alaranjadas.

Toco seu rosto.

— Acho que você é um pouco parcial, sr. Príncipe do Outono.

Ele fica vermelho e cruza os braços.

— Pois bem, qual é sua estação favorita? A de que mais gostava quando era criança? Não deixe nenhum de nós interferir no seu julgamento.

— Vai penar que estou mentindo, mas não estou. Amo todas elas. Fui literalmente a criança que descrevia as quatro estações nos trabalhos de escola. — A neve cai em flocos grandes, graciosos. — Veja o inverno, por exemplo. Você diz que é sem graça, mas já notou a sombra rosada na neve quando o sol nasce? Ou como as frutinhas rasteiras nunca parecem tão vermelhas como quando estão cercadas de branco? O prazer de uma fogueira perto dos pés frios, molhados? E é muito aconchegante ler ao lado do fogo.

Exatamente o que estávamos fazendo: levávamos os livros para perto da enorme lareira da biblioteca e ficávamos lá até o pôr do sol, quando Farron tinha que voltar para a masmorra. Dormi diante daquela lareira duas vezes e, nas duas, fui arrastada de maneira constrangedora para o meu quarto por certo lobo gelado e irritante.

— Depois vem a primavera, com as flores e a chuva, e é como lembrar como a vida pode ser bonita. Céu limpo e azul, árvores verdes e flores, e o jeito como o coração se empolga quando você anda por aí. É um tempo de recomeços — digo. — Tem o verão, com a areia entre os dedos, as manhãs radiantes e os dias tão longos que pensamos que nunca vai haver noite. No verão, quando o sol está no seu rosto, é igual ao beijo mais quente do mundo... — Abro os olhos e vejo Farron me encarando com uma expressão suave.

— É, também gosto do verão.

— E depois vem o outono. — Passo por ele. — Que é legal, acho.

— Ei. — Ele me segura pela manga e me faz encará-lo. — Não pode elogiar as outras e ignorar o outono.

Farron não solta meu braço, e fico analisando o par de olhos dourados.

— Você já mencionou a cor das folhas, mas tem o jeito como elas rangem sob os pés. O cheiro da floresta, cogumelos brotando e campos cobertos de abóboras. Manhãs de neblina cinzenta e noites claras de lua tão radiante quanto o sol.

— Há quem diga que o outono é a morte da vida — Farron retruca.

— Isso não é verdade — sussurro e toco um lado de seu rosto —, e você sabe. O outono nos faz lembrar que tudo é temporário, que os momentos devem ser saboreados. O outono é bonito.

— Seus olhos.

— O quê?

— Seus olhos são como o nascer do sol sobre as colinas douradas no Reino do Outono.

— Sente saudades de casa?

Farron engole em seco e desvia o olhar, depois responde em voz baixa, como se contasse um segredo:

— Talvez menos do que deveria.

Alguma coisa aperta meu coração, e não preciso de explicações. Eu me afasto dele.

— Quando cheguei aqui, o que mais queria era voltar para casa.

Sinto Farron me seguir como uma sombra.

— E agora?

— Agora... — Suspiro. — Estou sempre muito preocupada com meu pai. Mas acredito quando Keldarion diz que o mandou para casa em segurança.

— Kel não faria mal a ele.

— Mas não posso deixar de pensar que agora meu pai deve estar me procurando. E se ele tentar atravessar a roseira...

Farron passa um braço em torno das minhas costas, puxando-me para perto dele.

— O Vale é misterioso, e os caminhos que trazem até aqui estão sempre mudando. Tenho certeza de que seu pai está seguro em Orca Cove.

As palavras dele me enchem de alívio; a última coisa que eu queria era que meu pai voltasse para cá e encontrasse os goblins.

— Tudo é muito complicado.

O sorriso de Farron é triste.

— Entendo melhor do que você imagina. Durante vinte e cinco anos, minha única preocupação foi quebrar a maldição. Não tenho que pensar se sou forte o bastante para comandar um reino inteiro ou como minhas decisões afetam toda uma nação. Esse problema voltou a ser dos meus pais. Mas acho que esse tipo de pensamento é a covardia que me trouxe aqui.

— Farron, não diga isso! Não foi sua culpa!

A porta da biblioteca é aberta com um estrondo, e me afasto dele. Todo o estafe sabe sobre o que aconteceu entre mim e Dayton, e não preciso de mais fofoca circulando.

Mandária e Paavak entram carregando uma pilha de listas. Os dois são do estafe do Reino do Inverno e foram meus principais ajudantes no planejamento do baile. Marigold me contou que ambos eram os coordenadores de evento antes da maldição. Mandária com sua inteligência, e Paavak, autoproclamado, com seu brilho.

Afasto-me de Farron e vou falar com eles para receber uma atualização detalhada sobre os progressos do baile. O evento tem atraído o interesse e despertado empolgação entre os serviçais do Reino do Inverno.

— Francamente, faz tempo que eles têm pouco para comemorar — diz Mandária, ajeitando o longo cabelo loiro atrás de uma orelha pontuda. — Isso pode ajudar a acalmar os protestos. Vai ser bom para o povo ter alguma coisa para esperar.

— Concordo — respondo.

Mandária olha com nostalgia através da janela, para a neve lá fora. À noite, ela se transforma em um pinguim, por isso posso imaginar que adora esse tempo frio.

— A propósito — Paavak se manifesta em voz baixa e com um olhar sério —, tem mais dos bons?

— Não é nenhum segredo! Livros existem para serem compartilhados. — Não consigo deixar de rir, mas dou a volta na mesa e vou buscar os livros que separei para ele.

Nós três temos mantido uma sequência de livros românticos e, inclusive, beiramos os escandalosos. Ei, se eu conseguisse envolver Astrid e Marigold nisso, talvez tivesse mais sorte com um clube do livro aqui do que tive em Orca Cove.

Comecei procurando livros que poderiam nos ajudar a planejar o baile, mas, à medida que conversava com os membros do estafe e descobria seus gostos e suas aversões, comecei a incluir outros livros também. Escolhia a maioria com base nas sinopses, porque não tive tempo para ler todo esse material feérico. Mas havia alguns livros humanos na biblioteca. Nenhum dos últimos vinte e cinco anos, é claro, mas reconheci alguns clássicos.

Assim que a notícia sobre a distribuição de livros começou a circular, o estafe passou a me procurar para pedir recomendações. Tive até que abrir uma planilha para controlar os livros que eram retirados, a fim de não perder nenhum. Bibliotecária feérica Rosalina ao seu dispor!

Entreguei o livro a Paavak, e seu gritinho animado soou muito parecido com o latido do cachorrinho em que ele se transforma à noite.

— Ainda não li esses dois, por isso você vai ter que me contar como são — informo.

Mandária olha a contracapa do livro em suas mãos e lê em voz alta:

— Lugares distantes, ousadas lutas de espadas, encantamentos mágicos e um príncipe disfarçado? É a leitura perfeita.

— Só um príncipe? — Pisco para Farron. — Pelo jeito é sem graça.

Aceno para me despedir dos dois coordenadores de evento e sinto Farron se aproximando de mim.

— Você causou uma excelente impressão no estafe, Rosalina.

Olho para ele, mas o príncipe não recua, e ficamos frente a frente, peito a peito.

— Só estou tentando ajudar.

Ele inclina a cabeça.

— Está fazendo mais que isso. Nos últimos meses, é como se uma luz tivesse voltado a Castelárvore. Você trouxe de volta esperança e propósito. E não é só o estafe; somos nós também.

— Eu mal... — Tento recuar, mas ele me prende entre os braços.

— Não seja tão modesta. Antes da sua chegada, era diferente. Ez fazendo as refeições conosco? Isso é novidade. Keldarion agora sai do quarto. Juro, havia meses em que eu mal o via. E talvez você não acredite nisso, mas Dayton tem bebido menos. Bom, um pouco menos.

Sinto um estranho constrangimento quando o nome de Dayton é mencionado. É um assunto que tenho evitado discutir com Farron há algumas semanas. A culpa ferve dentro de mim.

— Sobre Dayton — murmuro. — Faz tempo que quero dizer isso, mas sempre perco a coragem. Quero pedir desculpas pelo beijo. Sei que vocês dois têm alguma coisa e...

Farron segura a parte de trás da minha cabeça.

— Não tem do que se desculpar, Rosalina. Dayton e eu não somos assim.

— Mas você ficou com ciúmes quando ele trouxe a feérica a Castelárvore. Eu vi e, quando eu o beijei...

— Não foi só um beijo. — A voz de Farron fica um pouco mais grave, mas não expressa raiva. A emoção que surge é outra. — Estava nos braços dele, mexendo-se com ele.

— Desculpe — repito e tento passar por Farron, que não deixa. Em vez disso, ele me empurra contra a estante de livros. Ela balança, e vários volumes caem à nossa volta.

— Já falei, Rosalina. — A voz dele vibra com uma autoridade firme, urgente. Com uma sombra que esqueço que existe por trás do sorriso doce. — Não tem de que se desculpar. — Meu cabelo escapa do coque e cai em volta do rosto. — Ver você se derreter nos braços de Dayton foi a coisa mais linda que testemunhei em toda minha vida.

Minha respiração fica pesada, entrecortada; meu peito roça o dele.

— Na verdade, se Ez não estivesse lá, eu teria ficado para ver mais. — Ele aproxima a boca da minha orelha. — Agora estamos empatados, certo?

Um suspiro assustado escapa de minha boca. *Quando eu o espiei.* Sinto o calor aumentar em meu ventre.

— Na verdade — digo —, para ficarmos empatados de fato, Dayton teria que nos surpreender...

Interrompo a frase quando meu cérebro percebe o que estou dizendo.

Mas o corpo inteiro de Farron enrijece. Ele segura a estante dos dois lados da minha cabeça, e as veias em seus braços ficam salientes.

— Dayton não se comportaria como nós, se aparecesse agora. O homem não tem autocontrole. Ele...

— Participaria — sussurro, lembrando o que ele disse no Reino do Verão.

Uma das mãos de Farron desliza de trás da minha cabeça e toca meu peito.

— Rosa, você não pode dizer essas coisas.

Meus dedos agarram o tecido macio de seu colete, e eu o puxo para perto. O que o Príncipe do Outono faria se eu me erguesse na ponta dos pés e tocasse sua boca com a minha?

Passo por baixo de seus braços.

— Não estou falando sério. Não estou — declaro sem olhar para trás. — O baile vai acontecer em breve, e você, Dayton, Ezryn e Kel... Todos vocês vão encontrar seu amor predestinado, é o que esperamos. E é o fim da história. — Um vazio profundo domina meu peito. — O fim da minha história.

Ezryn

É como um sonho.

Eu me sento em um trono no grande salão de baile do Reino do Inverno, um lugar onde não estive nos últimos vinte e cinco anos. Somos cercados por pessoas que dançam, comem, flertam e se divertem. A luz do sol é refletida por enormes estátuas de gelo de cisnes e ursos-polares. Cada vez que viro a cabeça, alguém da corte disputa minha atenção.

Sim, é como um sonho. Um pesadelo da porra.

— Deus, Ezryn, você também tem uma estaca de metal enfiada no rabo? Relaxe — Dayton comenta e se inclina para a frente, a fim de olhar para mim de seu trono. Falar é fácil. Tudo o que ele faz é relaxar. — Sei que se sente mais à vontade com goblins e feras que com feéricos, mas se esforce um pouco, pelo menos. Nossa garota organizou isso tudo.

Nossa garota.

Ela não é *minha* nada. Não é nem minha prisioneira. É uma hóspede de passagem que induziu Farron, encantou Dayton e... fez alguma coisa com Keldarion. Sou o único com bom senso suficiente para saber que devo me manter bem longe dela.

Reconheço, fiquei impressionado com o que Rosalina fez nos poucos meses desde que chegou ao castelo. Não só alcançou um novo nível de compreensão do vínculo predestinado por intermédio de pesquisa, como também promoveu um evento no Reino do Inverno — um lugar que precisa muito de alegria. É mais que impressionante. E, mais que tudo isso junto... ela convenceu Keldarion a comparecer.

Não consegui convencer Keldarion a tomar a porra de um banho em vinte anos.

Mas ela não é *minha*.

— Ela é bem teimosa, quando enfia na cabeça que vai fazer alguma coisa — respondo de má vontade.

— Tem razão. — Dayton ajeita a gola da longa túnica azul-turquesa. Ela cobre um ombro, revelando metade do peito no estilo tradicional do Reino do Verão. Ele parece mais composto do que esteve em décadas.

Suponho que se possa dizer a mesma coisa sobre mim. De acordo com as regras da realeza no Reino da Primavera, mantenho o rosto coberto pelo capacete. Mas troquei a armadura habitual — arranhada e imunda — por algo mais formal. Placas de metal verde-escuro forram uma túnica preta de tecido fino; uso uma calça do mesmo tecido, apenas com escarcelas de metal, para garantir proteção. Ainda é um traje bem menos prático que os usados pelos outros três, mas me sinto exposto. Em exibição.

Não acredito que estou em uma festa. Algo que nunca pensei que veria de novo. Não que tivesse pressa de me ver cercado por essas pessoas: elas nos cercam como moscas sobrevoando uma carcaça. Os príncipes agora raramente aparecem; somos um produto para fofoca e especulação. E, como estamos no Reino do Inverno, Keldarion carrega o maior fardo.

Felizmente, o vizir do reino, Perth Quellos, manteve afastada a horda faminta, por enquanto, acomodando-nos em quatro tronos sobre um palco cercado por guardas na frente do salão de baile. O trono de Keldarion é o maior, é claro, não só porque estamos em seu reino, mas porque o Inverno foi escolhido pela Rainha como o Protetor Jurado há centenas de anos.

Mais alguém percebe que Keldarion não carrega a espada?

Mesmo pelo visor escuro do capacete, o brilho do gelo está em todo lugar. Pingentes pendem de mesas cobertas de delícias da estação e castanhas assadas; a bunda real de Kel repousa sobre um trono congelado; e geada cobre as vidraças, deixando passar a radiante luz do sol. Tenho certeza de que muitos convidados se perguntam por que um grande baile é oferecido no meio do dia, mas nenhum deles nos questiona. Essa é uma surpresa para a qual não estavam preparados.

Uma escadaria com um carpete cor de safira ocupa o fundo do salão, por onde os convidados entram. Todos os mais lindos e solteiros feéricos do Reino do Inverno estão aqui. Há uma febre de excitação no ar, mas também tem algo mais. Posso ver nos olhos dos cortesãos, dos guardas, dos mercadores presentes. Eles fitam Keldarion com um olhar de acusação, não esperança: *Por que nos deixou? Quando vai voltar? Não sabe que enfrentamos dificuldades?*

Apesar de manter a expressão impassível de sempre, sei que Keldarion está a um comentário bem-intencionado de arrancar a fantasia de feérico e sair correndo com dentes e presas à mostra.

Graças às estrelas, essa ideia maluca de Rosalina começou a ser posta em prática em outro reino. Não me imagino cercado de meus cidadãos. Não consigo pensar neles olhando para mim com a mesma expressão questionadora. Sentir que meu irmão acompanha cada um dos meus movimentos. Ver meu pai quase incapaz de se levantar do trono para devolvê-lo a mim.

Talvez tudo isso valha a pena. Talvez um desses adoráveis diamantes girando na minha frente com os olhares prolongados e as expressões famintas seja meu amor predestinado. Selaremos o vínculo, e o pesadelo em que estou preso há vinte e cinco anos vai acabar.

Quase dou uma gargalhada. Não existem finais de contos de fadas para monstros.

— Lady Ingrid Whitley, de Westfrost! — anuncia o arauto quando mais uma feérica desce a escadaria. Mal olho para ela.

— Sir Kristoff Dederic, de Silverwick!

— Lady Gretchen Foxglove, de Annestron!

Sentado no trono entre Kel e Dayton, Farron inclina o corpo para a frente e olha para cada um de nós.

— Alguém sente alguma coisa?

— Nada além da aflição por uma bebida bem forte — diz Dayton, analisando os feéricos que descem a escada. São alguns dos mais bonitos e imponentes em todo o Reino do Inverno.

Não sinto nada.

O pingente pesa em meu peito, escondido pela túnica, e ponho a mão sobre ele em um gesto inconsciente. Em geral, ele fica seguro sob a armadura. É um pequeno quadrado de madeira gravado com as runas ancestrais da Primavera. Abri-lo me daria liberdade neste lugar, revelaria a porta para eu voltar para casa através do espelho.

— Temos que continuar tentando — afirma Farron. — Por Rosa.

Keldarion permanece mais imóvel que nunca.

Uma estranha melancolia cai sobre mim quando olho para os três príncipes. Eu era só um mero conhecido de Dayton e Farron antes da maldição, mas, depois de vinte e cinco anos dividindo o mesmo sofrimento, agora temos uma irmandade que jamais poderia ter sido forjada por laços de sangue.

Os pais de Keldarion eram queridos pelos meus, por isso cresci com ele. Pensava que nossa amizade ia além da irmandade. Éramos irmãos de armas, confidentes. Mesmo depois da Guerra dos Espinhos, quando fomos traídos por quem ele mais amava e todos o abandonaram, eu fiquei.

Então a Feiticeira lançou a maldição sobre nós.

E nem toda amizade poderia ter impedido que o gelo envolvesse o coração de Keldarion.

— Lady Aurelia Mastiff, do Bosque do Bálsamo!

— Quantas apresentações ainda vamos ter que aguentar? — Dayton suspira. Percebo que, como eu, meus irmãos não se interessam pela procissão de mulheres e homens feéricos.

Minhas pernas balançam para cima e para baixo. Não estou acostumado a passar tanto tempo sentado, muito menos a ser observado como um pedaço de carne para o corte. Apesar das revoltas no Reino do Inverno, do número cada vez maior de ataques de goblins em todos os reinos, do lento apagamento de Castelárvore, é evidente que há uma coisa mais importante: o fato de os quatro príncipes feéricos estarem ali sentados e serem todos solteiros.

— Preciso de um tempo — anuncio e me levanto. — É inútil ficar aqui...

— Lady Rosalina O'Connell, de Orca Cove!

Uma visão cintila escada abaixo: um longo vestido de refinado veludo azul-marinho adornado por pedras brilhantes. As mangas compridas têm acabamento de renda azul, e o decote do corpete expõe a curva dos seios fartos. Um incrível emaranhado de diamantes enfeita seu pescoço, e não consigo imaginar que pecados Marigold cometeu para se apoderar desse traje. Seu cabelo escuro desce em ondas suaves sobre um ombro, e o rosto é realçado por maquiagem, batom escuro nos lábios e sombra azul em torno dos olhos castanhos.

Sinto uma estranha vibração no peito e um impulso de me esconder atrás do trono. Ela vem em nossa direção com um sorriso luminoso. Seus olhos passam de um lado a outro do palco, de Kel, em seu traje azul-royal com a coroa de gelo e osso sobre a cabeça, a Farron, com pó de ouro salpicado nas faces, passando por Dayton, de pernas abertas com as mãos espalmadas sobre os joelhos, e...

Ela está olhando para mim?

Aquele sorriso delicado é para mim?

Preciso me sentar. Todos os outros estão sentados. Dou um passo para trás, mas tropeço nas botas e enrosco o calcanhar na beirada do trono. Caio, estendo a mão para o vazio e aterrisso sentado com um ruído alto de metal.

— Ezryn! — ela grita.

Levanto-me com a mesma rapidez com que caí, endireitando o capacete e tentando me apoiar no trono, como se essa fosse minha intenção desde o início.

— Você está bem? — pergunta Rosalina, segurando as saias e correndo para nós. No mesmo instante, dois guardas se colocam em seu caminho.

— Ela pode passar. — A voz de Keldarion retumba.

Os guardas hesitam por um momento, depois abrem caminho. Rosalina sorri satisfeita para eles e faz a mesura mais patética que já vi, antes de subir no palco onde estamos. Os outros se levantam para cumprimentá-la.

— Uau — ela diz. — Vocês quatro estão incríveis.

Nós nos olhamos e, como se estivéssemos pensando a mesma coisa: *Você é que está incrível.*

É claro, Dayton é quem se adianta, segura seu braço e a puxa para perto.

— E você está arrebatadora, sem dúvidas. Uma Rainha do Inverno em carne e osso. Não acha, Kel?

Kel não piscou desde que Rosalina apareceu no alto da escada. Seus olhos azuis estão arregalados, e as narinas se abrem quando ele inspira de maneira profunda.

— Está muito bonita, Rosalina — diz Farron, e ela sorri com carinho. Seus sorrisos mais afetuosos sempre são para Farron. E por que não? O lobo dele pode ser o mais monstruoso, mas não há dúvida de que seu coração é o mais puro entre os quatro. Se só um de nós pudesse quebrar essa maldição desgraçada, eu torceria por ele acima de todos os outros. Ele é o que mais merece uma segunda chance.

— Seu reino é absolutamente impressionante — ela diz a Keldarion. — É como estar em um paraíso de inverno. Como se Kris Kringle fosse aparecer a qualquer segundo.

Kel salta do trono e a segura pelo antebraço.

— Quem é esse *Kris Kringle*?

Farron pigarreia.

— É uma lenda do reino humano, Kel. Uma entidade misteriosa que observa as crianças quando elas dormem e invade a casa das pessoas à noite.

— Ah. Uma lenda. — Kel recua. — Não se preocupe, Rosalina. Não existem seres maléficos por aqui.

Rosalina olha para Farron, para Kel, depois se dobra de tanto rir.

— Ai, meu Deus. Vocês nunca vão poder visitar o reino humano em dezembro. Espancariam o Papai Noel do shopping. — De novo, os quatro trocam olhares confusos. Rosalina recupera o fôlego e enxuga uma lágrima do olho. Ela toca o ombro de Kel. — Você é muito engraçado. — Juro que vejo a alma de Kel sair do corpo. E agora é nossa vez de rir. — Que foi? — ela estranha.

— Acho que é a primeira vez que alguém diz que Kel é engraçado — Dayton explica, ofegante.

— A menos que se considere o cabelo dele — comento com tom seco.

E todos nós rimos de novo. Até Kel é traído por um sorriso.

Mas observo os convidados pelo canto da viseira. Jovens feéricos se reúnem em grupos, cochichando e cobrindo a boca com as mãos. Eles olham para... Rosalina.

É claro que sim. Uma humana vestida como feérica. Permitida ao palco real para cumprimentar os quatro machos mais poderosos do Vale Feérico. Eles nos veem falando com ela, rindo com ela, tocando nela...

Eu poderia aguçar os sentidos para ouvir o que dizem, mas não quero saber. A relação que mantemos com Rosalina não é da conta deles.

Quando estou desviando o olhar dos convidados, um deles atrai minha atenção. Perth Quellos, o vizir, está parado em um raio de sol sob uma janela, segurando o copo com dedos tensos. O jeito como olha para Keldarion e Rosalina faz o lobo dentro de mim mostrar os dentes. Sempre houve alguma coisa em Quellos que me incomoda... mas Keldarion confia nele.

E eu confio mais em mim mesmo.

— Então, como vai o plano? — Rosalina dá uma piscada exagerada e me arranca de meus pensamentos. — Já sentiram alguma coisa especial?

— Só um pouco de indigestão. — Dayton dá de ombros.

Rosalina franze a testa e bate de leve com o pé no chão.

— Passei a maior parte da festa observando vocês lá de fora. Ficaram aqui protegidos como um bando de velhas. Precisam descer lá e *tocar* nas pessoas. — Ela pigarreia. — De um jeito totalmente consensual e respeitoso. Encontrem alguém e dancem!

Dayton exibe um sorriso canalha e dá de ombros.

— Sim, senhora, chefe. — Ele se dirige ao grupo de mulheres mais próximo e, de imediato, provoca um ataque de risadinhas. Com um movimento elegante, segura a mão de uma delas e a gira até a pista de dança.

Rosalina aplaude.

— Muito bem, você é o próximo! — Ela segura o ombro de Farron.

— Acho que preciso de outro drinque antes. Ou melhor, preciso usar o quartinho feérico. — Ele tenta, mas não é páreo para Rosalina, que o empurra até o salão, e é agarrado por uma senhora peituda de imediato.

— Ezryn? — Ela sorri para mim.

— Estou indo, estou indo — murmuro, ouvindo o eco da minha voz no capacete. Mais um motivo para ser grato por essa maldita coisa de metal: prefiro lutar contra mil goblins a encarar essa pista de dança.

Felizmente, os convidados percebem que os príncipes estão dançando, e uma feérica logo se aproxima de mim, poupando-me do constrangimento de sair à procura de uma parceira. Mal registro a presença dela antes de segurar sua mão.

Nada de fagulhas. Nada de brilho das estrelas.

Só a atração incessante do palco. Olho para trás e vejo Kel e Rosalina fazendo o que sempre fazem: discutindo. É claro, ele está se recusando a tentar.

Giro minha parceira de dança.

— É uma maravilha vê-lo aqui, príncipe Ezryn — ela murmura. Talvez seja bonita. Ou pode ser horrorosa. Mal escuto o que ela diz. — Dizem que não é visto no Reino da Primavera há muito tempo.

Resmungo uma resposta e a giro para ter uma visão clara do palco.

Pisco e passo a mão na viseira, pensando que meus olhos me enganam. Mas não.

Kel escolheu uma parceira de dança.

Ele passa por mim com um braço estendido, segurando a mão de Rosalina.

É como se todo o salão de baile suspirasse ao mesmo tempo.

— O que em todos os reinos o príncipe Keldarion está fazendo com aquela humana? — minha parceira pergunta com desdém.

Kel toma Rosalina nos braços e a música fica mais lenta, uma melodia apaixonada que flutua no ar. Meus lábios se distendem num esboço de sorriso. Meu peito relaxa pela primeira vez desde que isso tudo começou.

— Ele está dançando — respondo — com a nossa garota.

Rosalina

Há muitas coisas na vida que eu sabia que nunca faria. E a maioria delas por razões muito práticas.

Nunca iria para a universidade, porque não tinha dinheiro. Nunca saí da casa do meu pai, porque ele precisava da minha ajuda. Nunca rejeitei Lucas, porque ele havia arrancado uma parte de mim e a mantinha como refém no bolso traseiro.

E nunca dançaria com um príncipe feérico, porque minha vida não era mágica. Contos de fadas não existiam, e eu não era a personagem principal.

Depois de repreender o príncipe Keldarion, do Reino do Inverno, por não escolher uma parceira de dança, no entanto, ele me encara com aqueles olhos azuis, toca meu rosto com a mão áspera e diz:

— A única pessoa neste salão com quem quero dançar é você.

Inspiro profundamente. A voz cruel no fundo da minha mente, a que parece um coral formado por Lucas, meu chefe e todos os moradores da minha cidade, grita para mim: *Você conhece Keldarion. Ele prefere se rebaixar e dançar com você a ter o trabalho de procurar alguém melhor.*

Mas há uma voz diferente, mais alta e mais forte, e esta vem de dentro de mim, lá do fundo, e diz: *Sim para esta dança. Sim para todas as outras. Sim para dançar nas estrelas, através das eras, através dos reinos, através de todos os universos. Sim para ele para sempre, sempre e sempre.*

— Precisa encontrar seu amor predestinado, Kel — consigo dizer, finalmente. — Dançar com alguém com quem sinta uma faísca...

— Não é uma faísca. É um fogo eterno que queima dentro do meu coração e tenta alcançar o seu. — Os olhos de Kel têm um brilho feroz. — E, a cada momento que não toco você, minha alma é devorada de dentro para fora, e isso me rasga por dentro, até que apenas olhar você seja uma angústia que só desejo ao meu pior inimigo.

Eu o observo com um ar idiota, até gargalhar.

— Só porque te chamei de engraçado uma vez, agora vai querer fazer esse tipo de piada?

Os dedos de Kel mergulham no meu cabelo, e sua outra mão está na minha cintura. Ele me puxa para perto.

— Dance comigo, Rosa.

Tudo bem, então, não vai ter discussão com ele. Quando respondo que sim balançando a cabeça, linhas surgem em torno de seus olhos e ele sorri, um sorriso tão doce que lamento todas as vezes que deixei de vê-lo.

Ele segura minha mão e me leva à pista. Juro, cada pessoa no salão se vira para ver. Deve ser uma bela imagem: a primeira dança do Príncipe do Inverno em mais de duas décadas.

— Todo mundo está olhando para você — sussurro.

Keldarion ri.

— Não é para mim que estão olhando.

Meu rosto esquenta e fico tensa, percebendo quanta atenção atraí. Devo estar ridícula nesse vestido grandioso e cheia de joias.

— Relaxe — ele murmura. — Você está linda.

Quando abrimos caminho até o centro da pista, passamos por Farron e sua parceira idosa. Os olhos dele brilham, e seu sorriso faz meu coração palpitar.

Ali perto, Dayton mantém um braço em torno de uma feérica loira e peituda, mas os olhos dele estão em mim. Ele pisca, e sinto o calor se espalhar por meu corpo.

E à nossa frente, Ezryn está parado, com as mãos repousando sobre uma feérica. Ele assente, e uma sensação de paz e conforto me invade como a luz do sol.

Keldarion para e me gira, antes de tocar minha cintura com uma das mãos e segurar a minha mão com a outra.

— Espero que saiba dançar — ele sussurra —, porque sou péssimo nisso.

A música se transforma em uma valsa mais sonhadora que qualquer uma que eu poderia imaginar entre as que ouvi no mundo humano. É como se a melodia descesse sobre mim na brisa que levanta meus pés e transforma todo o restante em nuvens.

E Keldarion é um mentiroso. Ele não é um péssimo dançarino, de jeito nenhum. É extraordinário e me conduz no ritmo da música sem qualquer esforço.

Eu me perco no labirinto do momento: seu longo cabelo branco caindo sobre os ombros, com algumas mechas afastadas das faces e do queixo perfeitamente esculpido; a elegância das roupas, tão macias que imagino como seria senti-las sobre a pele nua.

A mão envolvendo a minha com perfeição, e, durante a valsa, essa dança, não existe mais nada.

— Você me ajudou a tomar uma decisão importante, Rosalina — afirma Keldarion. — Depois de decidir, eu me sinto mais... leve.

Inclino a cabeça. Agora que diz isso, algo nele está diferente. Como se um peso houvesse sido tirado de cima de seus ombros.

— Que decisão é essa?

— Depois do baile, quando estivermos todos juntos, contarei — ele responde. — O que achou do Reino do Inverno?

— É o lugar mais bonito que já vi. Combina com você.

— E com você. — Seus olhos descem por meu corpo. — Gostou do vestido?

— É claro que sim. E este colar! Não sei como Marigold conseguiu tudo isso, mas...

Keldarion sorri.

— Eu mandei buscar o colar. Era da minha mãe.

— Ah! Ah. — Meu queixo cai. — Prometo que devolvo depois do baile! Logo depois do baile. E com certeza eu não estava comendo trufas e tocando nele. Tudo bem, estava, mas só um pouquinho...

A risada dele é rica.

— O colar é seu, Rosa. Considere-o um presente.

— Por fazer você vir ao baile? — Brinco.

— Por nos despertar.

Nossos corpos estão colados, mais juntos do que seria adequado à pista de dança. A ousadia cresce em meu peito, e pergunto:

— Ainda sou sua prisioneira?

— Ah, Rosalina, agora lê meus pensamentos? — ele murmura. — Pelo contrário. Você nunca foi minha prisioneira, eu sempre fui o seu.

Minhas palavras são um sopro.

— Como assim?

A música aumenta e giro sob um braço de Kel. Ele me puxa para perto, depois me curva para trás.

— Você é a enseada onde nosso navio naufragado pela tempestade atraca. O farol na noite mais escura, a luz que nos guia para casa. Uma vela cuja chama tremula contra o vento mais frio. Você deu esperança a eles.

Ele me conduz, e sigo seu olhar pelo salão. Ezryn, Farron e Dayton. Ao observá-los, um desejo arde mais intensamente que todos os outros.

— Quero quebrar a maldição — falo e volto a dançar. — Quero que vocês possam proteger seus reinos de novo. Que se apoderem de sua verdadeira magia e salvem Castelárvore das sarças. Quero que tenham a liberdade de ser quem são de verdade.

— É o que quero para eles também — afirma Keldarion.

Paro de dançar e seguro o rosto de Kel entre as mãos. Seus olhos brilham quando ele me encara.

— Mas Kel... e você?

Ele põe a mão sobre a minha e se inclina em direção ao toque.

— Meu tempo está acabando, Rosalina. Perdi boa parte dele no frio e no escuro. Aquele que tenho antes de a fera me dominar... quero passá-lo fazendo todas as coisas que gostaria. Enfim fazendo o que é certo. — Ele me conduz na dança novamente. — E isso significa que não vou dançar com outra parceira que não seja você, minha Rosa.

Nenhuma outra parceira além de mim...

Não. Não. Não, não, não, não, não.

Kel não pode fazer isso. Ele *precisa* encontrar seu amor predestinado. *Precisa* quebrar a maldição. Por mais que me mate por dentro pensar nele com outra pessoa... não posso perdê-lo para a maldição. Não vou.

Eu me afasto.

— Kel, o que está dizendo? Pare. Você tem que *tentar* quebrar a maldição. Por que não tenta?

— Quebrar a maldição não vai trazer a liberdade que você busca — ele fala em voz baixa. — Só eu posso dar isso a você... e darei.

— Não. Eu o ajudo a quebrar a maldição, e nós dois ficamos livres.

— Rosalina — ele murmura —, fale baixo.

— Kel, *tente*.

Seu olhar é intenso quando ele grunhe.

— Prefiro morrer a ver essa maldição quebrada.

— Não. — Lágrimas transbordam dos meus olhos, e todos os casais que dançam à nossa volta se viram para ver. — Não pode fazer isso, Kel.

É egoísta. Sabe disso? E seus amigos? E as pessoas que... as pessoas que o amam?

— Rosalina. — Ele tenta me puxar, mas recuo.

— Você é um maldito egoísta! — choro. — E sempre foi. Por isso é amaldiçoado.

Antes que ele possa impedir, viro e corro pelo salão, sentindo as lágrimas virarem gelo.

Rosalina

Apresso-me para fora do salão e continuo pelo corredor. Preciso sair daqui. É como se as paredes se fechassem sobre mim.

É demais. A vida que criei nos últimos meses… é muito frágil. Keldarion estava certo. Nunca fui prisioneira. Fui uma escapista fugindo da minha vida real.

Quero que os príncipes encontrem seu amor predestinado mais que tudo. E, ao mesmo tempo, fico apavorada com a ideia de perdê-los.

Mas, mais que isso, não posso ver Kel definhar. Agora sei que ele nunca vai acreditar em mim de verdade. Nunca vai confiar em mim.

Abro as portas até ser banhada pela luz vespertina. Um jardim coberto de neve se estende diante de mim, com cercas-vivas e arbustos esculpidos enfeitados de neve. No meio dele, uma fonte enorme com um jorro de água congelada brilhando como fogos de artifício congelados.

Eu me atiro sobre ela e choro. Pelo menos aqui minhas lágrimas congelam instantaneamente e os soluços são roubados pelo vento.

— Ora, ora, minha criança. O que poderia causar tanta tristeza em uma filha do reino terreno?

Pisco e vejo uma silhueta azul debruçada sobre mim. Levo um segundo para identificar quem é. O vizir real do Reino do Inverno, Perth Quellos.

— Ah, me desculpe, este lugar é restrito? Eu saio. — Sento-me e limpo a neve do vestido.

O vizir senta-se ao meu lado e oferece um sorriso bondoso. Ele é careca e tem a pele pálida, quase azulada. Os lábios são manchados, como se ele tivesse acabado de comer um balde cheio de mirtilos.

— Não se atormente. O Reino do Inverno está aberto para todos os filhos da terra.

Limpo a região sob os olhos, certa de que destruí a linda maquiagem que Marigold demorou uma hora para fazer.

— Obrigada.

Perth lambe os lábios arroxeados.

— Sua Alteza Real sempre foi conhecido pelo... temperamento. Posso saber o que ele disse para perturbá-la tanto, lady Rosalina?

— A culpa é toda minha — murmuro. — Das minhas expectativas. Eu queria ser útil.

— Ouvi dizer que você teve uma importância fundamental para a organização deste evento. — Perth coça o queixo. — Fiquei surpreso quando Sua Majestade aceitou comparecer.

— Ele só permitiu que o baile acontecesse porque nunca teve a intenção de fazer esforço nenhum — resmungo. — Se ele tivesse *tentado* encontrar o amor predestinado... — Respiro fundo e me acalmo. Sei que nem o vizir tem conhecimento sobre a maldição dos príncipes.

Perth se levanta e leva as mãos às costas. Observá-lo me inquieta. Tal qual todos os feéricos, ele tem uma elegância atemporal, mas o rosto parece jovial e envelhecido. Como um homem jovem forçado a assistir ao mundo no modo repetição.

— Uma ideia muito interessante. Vínculos predestinados aumentam a magia dos feéricos. Se Keldarion se descobrir vinculado, ele pode ter o poder para, enfim, libertar Castelárvore do Príncipe dos Espinhos. — Uma sombra passa por seus olhos brancos como gelo. — Esteve muito ocupada, não é, humaninha?

Alguma coisa muda no ar entre nós; meus instintos entram em alerta, e fico em pé.

— Obrigada por ter oferecido conforto. Vou voltar para a festa.

— Mas só agora tivemos uma chance de conversar. E temos muito o que discutir, não temos? — Ele sorri, e percebo que até seus dentes são manchados.

— Talvez outra hora. Preciso ir. — Dou as costas para ele.

— Há quanto tempo está apaixonada por Keldarion?

O sangue congela em minhas veias. Eu me sinto como uma das estátuas enfeitando as mesas: rígida, exposta.

— Eu nã... não estou apa... apaixonada.

Perth Quellos anda à minha volta, e sua voz se torna incisiva.

— Foi quando ele a acolheu, como se fosse um gato vira-latas? Quando mandou as criadas vestirem-na para você poder brincar de faz de conta e fingir que é feérica? Ou foi quando dançou com você e zombou do nosso reino? E os outros príncipes, hum? Vi como olhava para eles. Acha que vai abrir as pernas para o Príncipe do Verão e ele vai coroá-la princesa? Ah, sim, humana, eu ouço tudo. E é quase doloroso ver como você é patética.

Não consigo falar, paralisada por medo e vergonha.

— Por... por que está me dizendo essas coisas?

Perth para de dar voltas e se coloca na minha frente, olhando-me com um sorriso ameaçador.

— Porque você entendeu bem uma coisa. Keldarion é um governante fraco e inútil, e, a menos que ele se livre das garras do Príncipe dos Espinhos de uma vez por todas, o Reino do Inverno vai sofrer as consequências. Se isso significa que ele precisa encontrar o amor predestinado para fortalecer a própria magia, que seja. E você é um empecilho.

— Estou ajudando os príncipes. — Por que minha voz está tão fraca?

— Está? — Ele enxuga uma das minhas lágrimas com uma unha comprida. — Ou espera mais? Francamente, minha cara. Nunca pensou que um deles pudesse querer você? Amá-la?

— Não — sussurro e estou falando sério. Porque ninguém jamais me amou como os predestinados são descritos nos livros, de um jeito sobrenatural. Ninguém jamais poderia. A brincadeira de Keldarion sobre sentir isso por mim é a maior crueldade que ele poderia ter feito.

Porque, nas minhas fantasias mais secretas durante o tempo que passei no Vale... foi o que desejei.

— Como imaginou que isso acabaria, humaninha? — A voz dele serpenteia por minha mente. — Um deles se vincularia a você? Imagine. Você é só um verme em um carvalho. Um é resistente. A outra é uma criatura repugnante e rastejante que mal vive do amanhecer ao anoitecer. — Ele se aproxima, e recuo, tropeço e caio na fonte. Ele se debruça em minha direção, apoia as mãos dos dois lados do meu corpo. — O Reino do Inverno está no fio da navalha, a um passo de uma rebelião generalizada. Sua presença tem perturbado a ordem das coisas. Você sabe que estou dizendo a verdade. — Ele aproxima a boca manchada da minha orelha. — Não há futuro para você no Vale Feérico.

Cada gota de energia é drenada de mim. Não há como fugir. Estou novamente no quarto de Lucas, chorando enquanto ele entalha meu pulso. Estou embaixo d'água, afundando. A música que dancei com Keldarion é uma fantasia distante. *É assim que a história acontece para pessoas como eu.*

Fecho os olhos e espero isso acabar.

O hálito de Perth cheira a carne e álcool, quando passa por meu rosto.

— Agora que estamos entendidos, vou organizar sua partida para o reino humano. Não se preocupe. Vou providenciar para que seja bem recompensada pelo tempo que passou aqui. — Sua risada é sombria. — Eu nunca deixo de pagar as prostitutas.

No mesmo instante em que uma enxurrada de lágrimas lava meu rosto, uma brisa toca minha pele. Abro os olhos e vejo Perth Quellos sendo arrancado de cima de mim e jogado no chão.

E, à minha frente, com o corpo rígido e a respiração pesada, vejo o Príncipe da Primavera.

Rosalina

— Ezryn! — grito.

Mas ele se aproxima de onde Perth Quellos está caído no chão gelado. Agarra o vizir pelo colarinho e o levanta.

— Não me interessa quem você é, Quellos. — A voz de Ezryn me faz pensar que esse som imita a sensação do aço. — Se falar com ela desse jeito de novo, arranco sua língua bifurcada da boca.

— Ah, Príncipe da Primavera — Perth fala com uma voz aguda. Seus pés buscam apoio no ar, mas Ezryn o mantém longe do chão, como se ele não pesasse mais que as vestes brancas que usa. — Não ouvi seus passos.

— E também não vai ouvir na próxima vez que ofender a Senhora de Castelárvore — Ezryn rosna. — Porque sua cabeça vai cair do pescoço antes que perceba minha presença.

Perth faz uma careta aborrecida.

— Quando Keldarion souber que você ameaçou o vizir real...

— Se Keldarion tivesse escutado, em vez de mim, você estaria morto.

Ezryn joga o feérico no chão. O vizir rasteja e se afasta.

— Corra, vá chamar seus guardas e seus cortesãos — o Príncipe da Primavera diz ao se colocar à minha frente. — Mas trate de não se aproximar mais de nós.

Com um olhar furioso, o vizir endireita as roupas e marcha de volta ao castelo.

É como se eu conseguisse respirar pela primeira vez desde que saí.

— Ezryn...

Ouço um barulho alto e vejo Ezryn sentar-se ao meu lado na beirada da fonte, com sua armadura.

— Você está bem?

Lágrimas inundam meus olhos.

— Si... sim.

Ele segura minha mão trêmula.

— Pode dizer não.

Olho para o capacete. Apesar de o rosto estar escondido, de o visor ser escuro demais para conseguir ver seu olhar, é como se eu pudesse sentir a compaixão em sua face. Um sentimento de segurança toma conta de mim.

— Não... não estou. — O soluço se mistura a uma risada. — Ele foi bem cruel!

Ezryn ameaça tocar meu rosto, quase como se fosse enxugar minhas lágrimas, mas recua.

— Acredite em mim, entendo. Já estive do outro lado de um ataque de Quellos. Ele fica transtornado quando percebe que alguém está muito próximo de Keldarion.

Um sorriso distende meus lábios.

— Não consigo imaginar você ouvindo um sermão dessa criatura.

Ezryn muda de posição.

— Quando herdei o reinado de minha mãe, e também a magia que acompanha esse posto, eu não tinha controle sobre ela. Keldarion nunca me considerou perverso por minhas transgressões. Mas Quellos fez questão de me explicar o perigo que eu representava para Kel. Para o meu reino. Para a minha família.

— Isso é terrível. — Sem pensar, seguro as mãos de Ezryn. Ele fica tenso por um momento, depois relaxa. Suas mãos são enormes, as luvas são grossas e bem-feitas. — Posso imaginar como deve ser assustador de repente ter um monte de poderes mágicos que você nem sabe como usar. Sua mãe conseguiu ajudar?

O momento de silêncio se prolonga entre nós. A voz dele ecoa suave.

— Minha mãe morreu pouco depois de eu herdar o trono.

E lá vai Rosalina boca de sacola de novo.

— Sinto muito, Ezryn. — Meu coração bate forte e, lentamente, toco a extremidade da luva. Puxo. Ele não tenta impedir. Deixo a luva no meu colo e seguro sua mão nua. Flocos de neve caem sobre a pele bronzeada, e deslizo um dedo pela palma calejada até a ponta dos dedos. — Mas sua magia é boa. Sei que é. Você me curou quando cheguei ao castelo. E a usou para acalmar Farron. Sua magia é boa, Ezryn. Você é bom.

Ele solta o ar, provocando um ruído abafado que escapa por baixo do capacete. Seu movimento é rápido, e sua mão vira e segura a minha.

— Como queria que você estivesse certa.

O ar fica pesado entre nós, e posso sentir que ele olha para nossas mãos unidas. Meu coração dispara, e sinto alguma coisa se torcer em minha barriga em resposta ao nervosismo. É muito simples, só minha mão na dele, mas tenho a sensação de estar nua e exposta. Talvez porque essa pequena porção de pele visível é muito rara, vulnerável.

— Ezryn — sussurro. — Por que não pode mostrar o rosto para ninguém?

— É como se faz no Reino da Primavera. Todos os membros da família real escondem o rosto. Uma tradição antiga. O ato de permanecer sem uma face demonstra nossa dedicação ao povo. Somos servos do reino, acima de tudo, guerreiros da terra. Se um membro da família real revelasse o rosto... — Ele baixa a voz. — Seria a maior desonra que se pode imaginar, passível de punição por banimento eterno do Reino da Primavera.

— Uau — sussurro. — Isso é... intenso. Então, ninguém jamais viu seu rosto?

— As velhas leis estabelecem que o rosto pode ser exibido entre pessoas do mesmo sangue, mas minha família é radical. Assim que completei cinco anos, pus o capacete e, desde então, nunca mais fiquei sem ele.

Arregalo os olhos e me inclino para ele, pousando as mãos sobre seus joelhos.

— Espera! Você *nunca* tira o capacete? Tipo... nem *você* conhece o próprio rosto?

Ele ri.

— Sim, eu posso tirar o capacete quando estou sozinho. Eu como e tomo banho, sabe?

— Ah, é. — Dou risada.

— E... — Ele olha para o céu. — Vou remover o capacete na presença do meu amor predestinado.

Eu me perco em como os flocos de neve dançam sobre o brilho de sua armadura, no visor. Imagino como ficariam em seus cílios.

— Isso é muito romântico.

Ele ri. Lentamente, quase como se não quisesse, pega a luva e a põe de volta.

— Acho que já passou muito tempo aqui fora, no frio. Vamos voltar para a festa?

Olho para as portas do castelo. A voz de Perth ecoa em minha cabeça. *Humana. Verme. Prostituta.*

— Todos vão me encarar. Vão julgar como é ridículo uma humana estar aqui. Vão pensar que sou um monstro odioso.

Ezryn se levanta e estende a mão.

— Você agora é a Senhora de Castelárvore. Nós, monstros, temos que nos unir.

Ele disse isso a Perth. *A Senhora de Castelárvore.* Lágrimas inundam meus olhos de novo, e respiro fundo.

Ezryn recua, abalado.

— Você está chorando...

— Não, não, desta vez estou feliz — explico depressa. — Nunca pertenci a lugar nenhum antes.

Estou me acostumando com isto: a imobilidade de seu corpo enquanto ele absorve informação e depois o movimento rápido. Ezryn me oferece o braço. É meio engraçado esse enorme corpo guardado por uma armadura fazendo um gesto de cavalheirismo. Aceito seu braço e sorrio.

Voltamos ao salão de baile. Ouço a valsa leve e rio ao ver Dayton ser conduzido por um feérico grandalhão, e Farron é seguido por uma fila de senhoras feéricas. Keldarion, por sua vez, está sentado no trono, segurando a cabeça com mão.

— Ninguém se deprime como o Kel — Ezryn cochicha.

Dou risada, antes de ser sacudida por um pensamento. *Você é um empecilho.*

— Eu devia me afastar de vocês.

— Humana ridícula — ele murmura e me leva para a pista de dança, onde me toma nos braços.

Sinto o calor se espalhar por meu corpo, apesar da armadura fria. A música agora é mais rápida, e ele me gira até a sala toda rodar.

— Ez! — grito e caio contra seu peito dando risada. Quando nos tocamos, é como se eu fosse sacudida por um choque elétrico e deixo escapar uma exclamação sufocada. Consigo ouvir a respiração dele, apesar da música e do barulho da festa.

Ele inclina o capacete em minha direção.

— Ezryn — sussurro —, de que cor são seus olhos?

— Castanhos — ele responde no mesmo tom. — Meus olhos são castanhos.

Levanto a mão e toco o capacete, deslizando os dedos pelo metal frio. É como se todo o restante do mundo desaparecesse em uma névoa à nossa volta.

— Castanhos...

De repente, portas se abrem com um *vuuush* do deslocamento de ar e um vento gelado invade o salão. Um murmúrio chocado se eleva dos convidados e a música silencia.

— Muito bem, Keldarion. — Uma voz intensa retumba da soleira. — Você sempre soube como dar uma festa.

E, no alto da escada, apoiando-se tranquilamente no corrimão, vejo Caspian, o Príncipe dos Espinhos.

Rosalina

O Príncipe dos Espinhos está aqui. No Reino do Inverno. No baile que *eu* organizei.

O silêncio é tão absoluto que cada passo de Caspian na escada ecoa como um baque. Ezryn segura meus ombros e me puxa contra o corpo, colocando-se na minha frente. Eu me viro e vejo os outros príncipes. Dayton e Farron atravessam o salão correndo. Mas não para Caspian.

Para Keldarion.

Cada um segura um braço de Kel, mantendo-o sobre o trono. E a expressão dele...

Tenho a sensação de que meu coração está se partindo.

Fúria e angústia passam por seu rosto.

Caspian, por sua vez, sorri para as pessoas, um sorriso bonito demais para alguém tão perverso.

— Vim trazer meu respeito a quem organizou este belo baile — afirma ele, e sua voz reverbera pelo espaço. — Creio que meu convite foi extraviado pelo correio. — Seus olhos negros me encontram.

Caspian... veio me ver? Que jogo ele está fazendo?

Ele para quando termina de descer a escada. Está bem-vestido, usando um casaco preto com forro prateado nos punhos e uma capa roxa. O cabelo negro desce em ondas sobre os ombros. E os olhos escuros... Ele é tão bonito, que me descubro sem ar só de observá-lo.

— A recepção não é das mais calorosas — ele diz. — Não vim causar problemas. Só quero dançar como todos vocês, feéricos lindos.

— Fora do meu reino — Keldarion rosna do trono.

Caspian ri e volta a andar. Os convidados abrem caminho para ele.

— Sinceramente, não estou aqui para ver você, meu caro Kel. Vim por...

Vejo seus lábios dizerem *ela*. Mas, no fundo, escuto *você*.

O ar fica preso em minha garganta. Seguro a parte de trás da armadura de Ezryn como se ela fosse a única coisa capaz de me manter presa à terra.

— Sua Alteza, Príncipe do Reino do Inverno e Protetor Jurado do Vale o mandou ir embora — Ezryn avisa com autoridade.

Caspian arqueia uma sobrancelha e para bem na frente dele. Muito perto. Se eu inclinasse a cabeça atrás das gigantescas costas metálicas de Ez, poderia tocá-lo.

— Ah, Ez, querido. Há quanto tempo. Vejo que ainda é o cão de metal de Keldarion.

— E você é tão indesejado aqui quanto sempre foi — Ezryn responde.

— Não faça isso, Caspian. Quer brigar? Tudo bem. Mas a deixe fora disso.

Caspian levanta as mãos e examina as unhas.

— Diferente de você, Ez, eu não acato todos os caprichos de Keldarion. Sei que você cortaria a própria mão, se isso garantisse um carinho de Sua Alteza Congelada na sua barriga, mas tenho outros assuntos para resolver. E, hoje, gostaria de dançar com a prestigiada hóspede de Castelárvore.

Ezryn emite o que só pode ser descrito como um grunhido feroz, que se torna ainda mais aterrorizante quando acompanhado pelo eco da máscara.

A tensão na sala é palpável. Juro que, se eu respirar muito alto, posso fazer a coisa toda explodir, e o baile iria junto.

— Ei, Caspian, você não era convidado para as festas vinte e cinco anos atrás. E não é convidado agora — diz Dayton de cima do palco. Ele ainda mantém a mão sobre o ombro de Keldarion, ancorando-o no trono. — Por que não se comporta como um bom menino e vai embora?

Caspian ri.

— É claro, é fácil bancar o durão quando se está do lado de Kel, não é, Dayton? Só para eu me lembrar, quem está governando o Reino do Verão, mesmo?

Dayton fica tenso, e seu rosto bonito se contrai.

— Ah, é — Caspian continua. — Você deixou sua irmã no comando, uma menina. Mas acho que seu reino teve sorte. Ela é melhor que o bêbado que deixou os irmãos irem sozinhos para a batalha. Aquilo acabou bem para você, não é, Príncipe do Reino do Verão?

Farron olha do rosto pálido de Dayton para Caspian e rosna.

— Cale a boca. Você é o vilão aqui, Caspian. Está sugando a vida de Castelárvore...

— Ah, se não é nosso pequeno pesquisador. A vida está atrás de um livro, não é? Você deve amar meus espinhos. Passa todos os dias escondido, tentando encontrar uma cura para eles. Mas o que faria se eles desaparecessem e você tivesse que voltar para governar de verdade? Não tente me enganar. Devia estar me agradecendo de joelhos pelo presente. — A voz de Caspian perdeu a nota de deboche bem-humorado. Agora ele é somente escuridão.

Farron parece ter sido atingido por flechas. Cambaleia para trás, levando a mão ao peito.

— Chega. — Ezryn dá um passo na direção de Caspian. — Guardas, uma espada...

— É claro que precisa de uma espada. O que é o Príncipe da Primavera sem sangue nas mãos? — Caspian se move diante dele, anda de um lado para o outro com uma carranca arruinando a carinha angelical. — Os goblins adoram falar, sabe? Você é a história de fantasmas favorita no Inferior. A Fera Negra das Sarças.

— Silêncio — Ezryn ordena.

— Sei que ama matá-los — Caspian continua. — Que às vezes não tem pressa. Você os tortura, deixa os gritos encherem seus ouvidos e saboreia o sangue deles em sua boca. Tudo bem, sei apreciar a arte da tortura.

Ezryn avança contra ele, até estarem cara a cara.

— Vou arrancar sua língua.

Mas Caspian não recua. Em vez disso, sorri.

— Eles têm medo de você. E você adora isso. Eu o conheço bem, Ezryn da Primavera. É verdade que o único tempo em que se sente em paz é quando é um monstro e está coberto de sangue? Que vai matar meus goblins bem devagar para os gritos encobrirem os gritos de todos aqueles com quem você falhou? — Ele exibe um sorriso branco. — Como sua mãe?

Ezryn fica em silêncio. Uma lágrima escorre por meu rosto e cai no chão, e o som é como o de uma explosão. Olho para Keldarion no trono. *Faça alguma coisa. Ajude-os.*

Mas Kel está imóvel, como se algemas invisíveis o prendessem, e seu rosto é contorcido pela dor.

— Todos vocês — Caspian declara. — Patéticos.

A fúria invade meu corpo.

Quem esse cara pensa que é para invadir *minha* festa e humilhar *meus* príncipes? Perth Quellos fez eu me sentir uma formiga embaixo de sua bota, um sentimento que conheço bem. Passei a vida inteira sendo esmagada dessa forma por pessoas da minha cidade, por Lucas. E aceitei cada ataque, cada golpe, porque era mais fácil ser nocauteada que ficar em pé.

Mas, agora, sinto o fogo arder em minha carne. E não vou deitar nessas brasas. Não mais.

Saio de trás de Ezryn e empurro o Príncipe dos Espinhos com as mãos em seu peito.

Ele cambaleia para trás, e um murmúrio se levanta dos convidados.

Caspian olha para os próprios pés, depois para mim e arqueia uma sobrancelha. Ele abre a boca, mas não permito que diga uma só palavra.

— Já entendemos, Príncipe dos Espinhos. Está com inveja. — Minha voz é uma mistura de sopro e grunhido. Agora sou eu que ando na frente dele. — Os quatro príncipes têm um ao outro. E você tem o quê? Seus goblins e seus espinhos. Não é à toa que passa o tempo todo perseguindo os príncipes, obcecado por eles. — Paro bem embaixo de seu nariz e olho para cima. — Queria ser eles.

Caspian sorri para mim.

— Ah, minha doce Rosa, você nem imagina o que eu quero.

— Cale a boca. Ainda não terminei. — Meu coração urra nos ouvidos, mas não me importo. Estou de saco muito cheio desse bando de homens inseguros. — Os príncipes são perfeitos? Não. Eles cometeram erros? Sim. Mas ainda estão aqui. Apareceram, porque se importam com o Vale e com todos que vivem nele. — Cutuco seu peito duro. — E você, se importa com o quê? Espalhar seu jardim horroroso? Fazer papel de idiota nas festas? — Meneio a cabeça. — Você é o patético aqui, Caspian. E sabe disso.

Caspian fica em silêncio, e respiro fundo, esperando seus espinhos rasgarem todos os presentes e me cercarem. Mas, quando nada acontece, dou as costas para ele e olho para meus príncipes. Ezryn, Dayton, Farron e Keldarion. Cada um deles, muito destruído. E, mesmo assim, seus cacos ainda brilham como pó de estrelas.

— Os príncipes têm mais coragem e coração do que você jamais poderia imaginar, Caspian — sussurro. — Posso ver que sua vida foi muito triste. Lamento que tenha sofrido. — Meus olhos cintilam com lágrimas furiosas enquanto o encaro. — Mas não pode acabar com eles por causa disso.

Caspian desliza a língua pelos lábios carnudos. Estreita os olhos, e um sorriso traiçoeiro levanta um canto de sua boca.

— Quem diria? Minha rosa tem espinhos.

Abro os ombros e caminho até estar bem na frente dele, embaixo de seu nariz. Encaro esse príncipe da escuridão e não me retraio.

— Você disse que veio à festa para me ver e dançar. Pois bem, estou aqui. Vamos dançar.

— Rosalina, não — Ezryn protesta, mas eu o ignoro.

— Caspian? — insisto.

Ele passa a mão nas ondas escuras do meu cabelo.

— Seria uma honra dançar com você.

Aceno com a cabeça para os músicos, que olham para Keldarion. As mãos dele cavam sulcos no trono de gelo, mas eu o pressiono com o olhar: *Sei o que estou fazendo.*

Ele acena para os músicos, ordenando que toquem.

A valsa começa.

Não tem mais ninguém dançando. O Príncipe dos Espinhos e eu nos movemos como duas pétalas pairando na brisa, como uma onda inigualável em um lago ao luar. Se eu considerava Kel um bom dançarino, Caspian o envergonha. Cada movimento dele é fluido e sensual.

Não consigo desviar o olhar de seu rosto; ele sustenta a expressão sardônica, praticamente sem piscar. Os olhos são poços escuros, e sou atraída por sua gravidade.

— Então, me conte, o que acha de ser a Princesa de Castelárvore? — Caspian pergunta, incisivo.

— Maravilhoso — respondo no mesmo tom. — A comida é esplêndida. Devia ir jantar, qualquer dia.

— Ah, princesa, não vai querer me convidar. — Ele me inclina para trás. — Eu sempre apareço.

Meus seios se projetam quando respiro, e sua visão mergulha no meu decote. Ele sorri com malícia.

Preciso de foco.

— Por que seus espinhos estão em todas as partes do castelo? Por que se nega a removê-los?

Ele me gira e me puxa contra o peito.

— Você não ia gostar se eu fizesse isso.

— O que você quer? — insisto. — Roubar a magia de Castelárvore? Por quê?

— Vou contar um segredo a você. Acredito que queremos a mesma coisa.

— Duvido, Caspian.

Seu polegar desenha pequenos círculos em minha cintura.

— Ouça com atenção, princesa. Confie em seus instintos, acima de tudo. O mundo vai dizer que você não se encaixa. Que é só uma humana. Que não tem domínio sobre o desenrolar do destino. — Ele se inclina para a frente, e o hálito morno acaricia meu queixo. — Não é verdade.

— Por que devo acreditar no que diz?

Um estalo de energia explode entre nós quando ele joga a cabeça para trás, afastando o cabelo escuro do rosto.

— Porque sou especialista em coisas inferiores à superfície.

A música ganha intensidade, e nossos movimentos se tornam mais rápidos, mais rápidos, mais rápidos. Tenho a nítida sensação de estar me perdendo em uma correnteza, e não há nada que eu possa fazer para me ancorar de novo.

— Nossa dança está quase acabando — afirma ele. — Então, vou revelar o verdadeiro motivo de eu estar aqui. Seus preciosos príncipes estão escondendo uma coisa de você. — Não respondo. Não consigo responder. — A Torre Alta onde é proibida de entrar? — A voz dele é mansa sobre minha cabeça, e, por um momento, é quase como se ele falasse *dentro* de minha mente. — O tempo está acabando. Veja por você mesma.

— Não tem como entrar na Torre Alta.

— Agora você vai encontrar o acesso com mais facilidade. Confie só em você. — A música chega ao ápice, e giramos, giramos e giramos até Caspian me inclinar tanto que meu cabelo toca o chão da pista de dança. — Nosso momento juntos chegou ao fim, princesa — ele sussurra. — Obrigado por uma noite memorável.

Sua língua sobe da região entre meus seios até o pescoço e aos meus lábios...

Ouço um estrondo e olho para o palco. Keldarion empurra Dayton e Farron para longe, levantando-se.

E avança em nossa direção.

Rosalina

Keldarion alcança Caspian antes que ele tenha a chance de me levantar. Ele o joga no chão, e eu caio. Kel o levanta pela frente da túnica.

Caspian o encara com ar de deboche, com um sorriso de provocação.

— Ah, Kel, você me deixou preocupado. Permitiu que eu dançasse quase uma música inteira na sua frente, antes de ser dominado pelo ciúme. E eu aqui, pensando que não era mais tão especial para você.

— Saia. — Os olhos dele brilham com uma promessa sombria.

Eu me levanto no mesmo instante em que Caspian se liberta da mão dele e aterrissa com elegância, segurando o punho de Kel.

— Eu tive que vir. Estava ficando impaciente.

Seus olhos se voltam para mim, e alguma coisa rasteja em torno da minha cabeça. Lentamente, olho para o meu reflexo na parede de gelo. Uma coroa de espinhos se forma sobre minha testa.

— Fica melhor nela — diz Caspian. — Kel congela, e me sinto presa em uma estranha bolha com os dois. Caspian se levanta na ponta dos pés e aproxima a boca da orelha de Kel. — Quanto tempo até você desabar e ela ser minha?

É o movimento da mão de Caspian que atrai meu olhar: o polegar acariciando o punho de Kel de um jeito estranhamente íntimo. Traçando a linha escura logo acima da tatuagem do acordo entre mim e ele. *O que é isso?*

— Nunca — Keldarion rosna. E arremessa Caspian do outro lado do salão.

Keldarion permanece na minha frente, agachado e ofegante. Fendas surgem na geada sob seus pés, e as pontas dos dedos se iluminam com o azul da magia do gelo. Se ele se deixar dominar pela fúria, vai revelar o segredo a todos os nobres do reino.

Caspian se levanta do chão e limpa a neve da jaqueta. Absolutamente controlado. Um sopro de vento balança meu vestido e meu cabelo quando Dayton, Farron e Ez correm para perto de Keldarion.

— Ainda não suporta me ferir, não é? — Um sorriso animado e cruel modifica o rosto bonito de Caspian.

— você não é bem-vindo! — Keldarion uiva, e uma série de estalagmites imensas e afiadas com pontas mortais irrompem do chão, buscando o Príncipe dos Espinhos.

Caspian levanta as mãos, e o chão é rasgado por enormes sarças roxas, que envolvem suas pernas e o levantam, tirando-o do alcance das lanças de gelo.

— Quando vai meter isso na cabeça? — Caspian grita. — Você *não* está no controle.

Mais espinhos explodem das paredes, do chão, até do palco. Convidados gritam e saem correndo. Os galhos atravessam as mesas de comida. Esculturas de gelo caem no chão, partindo-se em incontáveis de pedaços. O trono de Kel é envolvido por um arbusto espinhento até restar só uma luminosidade azul embaixo dele.

Os espinhos levantam Caspian ainda mais.

— Ah, como eu amo o caos. — Seus olhos escuros me encontram, e ele pisca. — Adeus, princesa. — Os espinhos o apertam cada vez mais, até que...

Ele desaparece.

Quase deixo escapar um suspiro de alívio... mas um murmúrio vibra entre os convidados em pânico.

— Ele trouxe o Príncipe dos Espinhos aqui.

— Uma vez traidor, sempre traidor.

— Keldarion se alia novamente ao Inferior! Ele trouxe os espinhos de volta ao Inverno!

— A culpa é de Keldarion, por confiar nele.

Minhas pernas tremem. Os príncipes formaram um círculo, todos olhando para o lado de fora.

Tem alguma coisa errada.

Um nobre sai do esconderijo atrás de uma mesa coberta de espinhos.

— Olhem para isso! O príncipe Keldarion volta depois de anos de abandono, só para abrir caminho para uma emboscada do Príncipe dos Espinhos! Ele ainda está aliado ao Inferior... aqui está a prova!

— Não — Kel grunhe. — Sou leal à Rainha.

Uma feérica grita do meio das pessoas:

— Então, por que não carrega a Espada do Protetor? Por que não matou Caspian enquanto ele estava aqui?

— Eu não... — Kel hesita.

Ah, não. As rebeliões de que Perth Quellos está sempre falando. Isso é o começo de uma delas? Olho em volta e vejo o vizir escondido em uma das portas. Por que ele não faz nada?

Alguma coisa voa e cai na bela túnica de Kel. Uma romã. Suco vermelho-escuro escorre em seu peito.

— Abaixo o príncipe! — grita um jovem nobre. — Vamos recuperar nosso reino do traidor!

— Não sou traidor — Kel ruge. — Parem com...

Mas uma febre dominou o grupo. O pânico corre em minhas veias, e não há nada que eu possa fazer. Convidados arrancam os espinhos e empunham facas e garfos que pegam das mesas. Um grupo sobe no palco e começa a derrubar os tronos. Ezryn e Dayton se colocam na frente de Keldarion, e a luz da magia se acende em torno deles. Uma barreira de água se forma quando Dayton move as mãos como um maestro. Ez toca o chão, que começa a se transformar em terra revirada e raízes tão grossas que os nobres que correm em direção ao palco tropeçam e caem. Kel continua entre os príncipes, chocado.

Onde está Farron? Olho em volta e encaro uma feérica, cuja expressão é de fervor intenso.

— Você estava dançando com o Príncipe dos Espinhos. É uma das súcubos do Inferior? — Ela empunha a cabeça decapitada de um cisne esculpido: os restos de uma escultura de gelo destruída. — Vou enfiar a porra das suas orelhas redondas no seu crânio — ela grita.

Grito e caio para trás. Mas uma brisa repleta de folhas vermelhas e douradas explode das mãos de Farron quando ele pula na minha frente. A feérica voa para o outro lado da sala, e a cabeça do cisne se espatifa no chão.

Farron me olha com um cacho castanho caído entre os olhos.

— Depressa. Tenho que tirar você daqui.

Ele segura minha mão, e me deixo ser puxada pelo salão de baile. A anarquia toma conta de tudo. Os guardas formam um cordão de isolamento em torno dos três príncipes, protegendo-os dos nobres rebeldes, e outros tentam subjugá-los. Mas vejo alguns guardas do outro lado, usando as lanças para destruir o salão.

— O que está acontecendo? — grito.

— O Reino do Inverno foi incendiado pelo Príncipe dos Espinhos no passado — Farron relata ofegante, empurrando-me para baixo de uma mesa quando tentamos atravessar uma briga acirrada. — Isso é a explosão do medo e da raiva deixados pela última traição.

— Mas estão acusando Kel. — Meu lindo vestido rasga quando Farron me puxa para o outro lado da mesa.

— Bem, Kel não foi exatamente um modelo de governante — Farron murmura. — Venha.

— Mas ele está tentando melhorar! — grito, ofegante pelo esforço de acompanhá-lo. Onde está Perth Quellos? Ele ficou no comando no lugar de Kel. Mas não o vejo em lugar nenhum.

Farron me empurra por uma porta para um corredor vazio. Corremos até sairmos do jardim. Levanto o olhar, tentando encontrar o sol através das nuvens escuras.

O Príncipe do Outono segura seu pingente de folha brilhante e o ergue. O espelho iridescente se ilumina.

— Corra, Rosalina. Pense nos aposentos de Castelárvore. Lá você vai estar segura.

— Não sem você. — Agarro o braço de Farron.

Ele balança a cabeça.

— Tenho que ficar e ajudar a sufocar essa rebelião como puder.

— E Kel? Ele está em perigo. O povo pode matá-lo.

— Ez e Dayton jamais permitiriam que isso acontecesse. Eu nunca vou deixar isso acontecer. — Farron toca meu rosto. — Confie em mim.

Portas se abrem com um estrondo, e por elas passa um grupo de nobres armados com facas enormes e espinhos afiados arrancados das sarças.

— Vá, Rosalina — Farron murmura.

Penso em minha cama quente no castelo, na penteadeira diante da qual me sento para me deixar ser arrumada por Astrid e Marigold. Nos murais de eras e prados exuberantes que me fazem lembrar do sol e do cheiro da terra fresca.

Penso no lar.

Olho para Farron pela última vez e pulo através da luz. A calamidade atrás de mim desaparece.

Rosalina

Impotente, vejo o sol descer mais e mais. Onde eles estão? Por que ainda não voltaram?

Não sei quanto tempo faz que cheguei em Castelárvore pelo espelho. Cada minuto parece um ano, meu estômago se contorce e a mente avalia todas as horríveis possibilidades.

Nem os serviçais que foram ao Reino do Inverno retornaram. Será que estão machucados? Em perigo? Se não voltarem logo, a noite vai cair, e o segredo deles será revelado a todos.

Meu vestido arruinado flutua como uma cascata de gelo sobre o cobertor quando me jogo na cama. Eu não devia ter vindo... Mas o que poderia fazer? Teria sido só mais um problema para os príncipes.

Talvez Perth Quellos estivesse certo.

Pensei que dançar com o Príncipe dos Espinhos fosse a solução pacífica. Como fui idiota. Ele é mesmo um enganador.

Seus preciosos príncipes estão escondendo uma coisa de você.

Minha mão busca a coroa de espinhos sobre minha cabeça e olho para o teto. Todos sempre fizeram muito mistério sobre a Torre Alta. O que ela é? Mas, na única vez que tentei abrir a porta, estava trancada. Kel me disse que o lugar é estritamente proibido.

Eu me levanto e ando pelo quarto. O que estão escondendo que pode ser pior que a própria maldição? Depois de tudo o que vivemos nos últimos meses, eles confiam em mim.

Eu sei.

As palavras de Caspian, porém, persistem em minha cabeça, provocando um calafrio na pele.

O que tem na Torre Alta?

Vou até o parapeito e olho novamente para o sol. Eles ainda não voltaram. E não posso fazer nada, apenas esperá-los.

É hora de tomar as rédeas do meu destino.

Fecho os olhos e sinto um conhecimento profundo, uma coisa visceral que sinto desde que vim morar em Castelárvore. Há algo mais neste castelo, nestes espinhos. Eles podem me *ouvir*.

— Mostre-me o caminho para a Torre Alta — sussurro. — Mostre-me o caminho.

Sinto um tremor atrás de mim e observo a cerejeira no canto do meu quarto. O tronco, cheio de sarças e espinhos roxos, abre-se com um estalo. Os espinhos recuam, o tronco se retrai e as pétalas rosadas estremecem, caindo no chão.

Onde antes ficava minha cerejeira, agora tem uma escada estreita. Um caminho para as profundezas de Castelárvore.

— Confio em mim — murmuro. E, como se houvesse um cordão amarrado ao meu coração, deslizo para a escuridão.

A escada é escura e circular; são muitas, muitas, muitas voltas. Sigo para o coração da árvore, subo para os galhos mais altos. É como se pudesse sentir o pulsar da magia no meu cerne.

A sensação de alguma coisa muito sagrada e muito antiga.

Cada passo é deliberado, e juro que meu coração bate no pulsar da magia. Há sarças na escada, mas não são tão abrangentes como em todos os outros lugares. Em vez disso, um único galho de espinhos acompanha as paredes de cada lado, servindo quase como um corrimão conforme subo no escuro.

Por fim, chego a uma porta de madeira. Giro a maçaneta e entro no topo da Torre Alta.

Ofuscada, examino o grande aposento. Enormes janelas de aço e vidro deixam entrar a luz que ainda resta e que pinta o espaço com uma mistura cintilante de vermelho, azul, laranja e verde. E as sarças...

Nenhuma outra área do castelo, nem mesmo a Ala Invernal, é tão infestada por elas. São tal qual um tapete no chão, enroscando no meu vestido. Sobem pelas paredes e se emaranham nas vigas inclinadas do teto. É como se fossem o esqueleto de Castelárvore.

Fico sem ar por um instante. No meio do cômodo, há uma forma crescente onde nenhum espinho ousa tocar. O piso é revestido com a grande imagem resplandecente de uma chuva de estrelas cadentes: luzes brilhantes descendo do céu. E quatro rosas brotam de um pequeno canteiro de terra rica.

Uma tem pétalas cor-de-rosa e é banhada pela luz verde que entra pela janela de vitral. Ao lado dela, cresce uma rosa de pétalas azul-turquesa, banhada em luz amarela. A seguir, há uma rosa cor de laranja, sobre a qual se projeta uma luz vermelha. E, finalmente, uma impressionante rosa azul, uma cor tão intensa que sinto que posso congelar se tocá-la.

E elas estão murchando.

Caio sobre as mãos e os joelhos, e a magia que irradia das flores me envolve como uma onda no mar.

Elas parecem ter pouca vida restante. As pétalas estão enrugadas, e as folhas, caídas. Uma preciosa pétala azul cai de uma delas e se transforma em cinzas ao tocar o chão.

— O que isso significa? — pergunto. — O que está tentando me mostrar?

E, como se Castelárvore ouvisse minha súplica, a luz que entra pelo vitral cintila e *se move*. Ela se contorce e os raios se unem, girando e desenhando um arco, um arco-íris luminoso, até formar uma imagem.

Uma exclamação escapa do meu peito. Diante de mim estão... meus príncipes.

Sei que são eles, embora sejam só representações feitas de luz. Ezryn está em pé atrás de sua flor, com uma das mãos empunhando uma espada. Dayton, com o cabelo mais curto, mas o sorriso é o mesmo. Farron, encolhido e tímido. E Keldarion, com o cabelo branco emaranhado sobre a cabeça, uma expressão feroz no rosto.

Eles olham para mim.

Não, não é para mim. É para alguma coisa atrás de mim. Alguém.

Viro-me e avisto a silhueta de uma mulher, formada com a luz cinza do crepúsculo. Seu corpo se adianta, cintilante, atravessa o meu e se coloca à frente dos príncipes. Ela segura quatro rosas. Cada uma brilhando como se fosse feita de um prisma.

Agora entendo.

— Castelárvore — sussurro. — Está me mostrando uma lembrança.

Os príncipes olham para a mulher, dublês prismáticos que se movem de maneiras muito familiares. Ezryn dá as costas para ela, Dayton ri, Farron se retrai e Keldarion... Keldarion aponta um dedo acusador.

Sou invadida por um pavor intenso. Porque sei como a história acaba. Vi o pesadelo com meus próprios olhos. Essa não é uma viajante perdida em busca de abrigo contra o vento cortante.

É a Feiticeira.

E, de repente, uma brilhante luz branca explode à minha volta e a mulher se recolhe dentro dela mesma, sendo envolta pelo casulo das vestes.

E emerge como a mais bela feérica que já vi. Uma entidade radiante de luz das estrelas reunida.

Lágrimas molham meu rosto, e não sei porquê. Dou um passo à frente e tento agarrar sua mão, mas ela está fora do meu alcance.

Os príncipes a seguem, e a luz deles vai se apagando. As rosas que ela segurava agora flutuam sobre a cabeça de cada um deles.

— O universo é cíclico — diz a voz da mulher, e ela é como o brilho das estrelas na atmosfera. — O dia dá lugar à noite e retorna. Primavera vira verão, verão vira outono, outono vira inverno e inverno, primavera. Os que morrem voltam aos cosmos, seus espíritos retornam em grama, em animais e em feéricos renascidos.

Essa voz... Ela desperta alguma coisa dentro de mim, como um sonho de que não consigo me lembrar depois de acordar. Caio de joelhos, estendo o braço para a lembrança.

— E, como o universo é cíclico, também são o governo e a magia dos reinos — diz a Feiticeira aos príncipes. — O Destino passou esse governo a vocês. — Sua voz se torna sombria. — E vocês rejeitaram a responsabilidade.

Os quatro príncipes caem de joelhos, de cabeça baixa. A feiticeira feérica fica ainda maior.

— Em seus estados, são todos indignos do grande destino que os espera. Esta providência não deixará de levar em consideração como todos vocês falharam com seus reinos e seu povo.

— Por favor, ofereça-nos perdão — pedem eles em uníssono.

A voz dela é a brisa do mar e o estalar do gelo quebrando no primeiro degelo.

— Precisam aprender a contrição.

Ela olha para Ezryn.

— Aqui está o vigilante, que busca vingança em vez de redenção. Que afoga as mágoas em sangue e ossos em vez de encarar o que existe por baixo disso. Aqui está uma fera que vai deixar seu reino apodrecer, enquanto tiver a espada molhada de sangue.

Ezryn desaba, arranhando a própria pele.

Deixe-o em paz! Quero gritar, mas minha voz está presa dentro de mim.

Ela olha para Dayton.

— Aqui está o tolo, que corre para a carne por medo de seu destino. Que desperdiça seu tempo e seu talento. Aqui está uma fera que vai deixar seu reino apodrecer enquanto tiver a mente tão confusa a ponto de não compreender.

Dayton cai de joelhos, arqueia as costas e contorce o rosto em aflição.

Mas a Feiticeira não terminou. Ela se debruça sobre Farron.

— E aqui está o covarde, fingindo que passividade é pacifismo. Que se esconde atrás da investigação em vez de admitir indecisão. Aqui está uma fera que vai deixar seu reino apodrecer enquanto suas cortinas estiverem fechadas para que ele não precise ver.

É a vez de Farron cair no chão e se encolher.

E, finalmente, a Feiticeira encara Keldarion, que cai de joelhos, implorando. Mas sei que não é por ele, é pelos outros.

Grito para o vazio, suplicando para ela não fazer o que sei que vem a seguir. Mas é inútil. Isso é uma lembrança. E o curso do tempo foi devastado pelo destino.

— Aqui está o Protetor Jurado do Reino, o desleal que traiu seu povo por amor. — A voz da feérica retumba como o desmoronar de uma floresta. — O que perseguiu glória e paixão. Aqui está uma fera que vai deixar todo o Vale apodrecer pelo bem de seu coração egoísta.

— Não! — grito.

Mas não há nada que eu possa fazer para impedir o passado.

Com um movimento triunfante, a Feiticeira levanta as mãos, e os príncipes se contorcem, sofrem a metamorfose de seus corpos em algo monstruoso e horrível. As costas se curvam, o rosto vira focinho, garras substituem as mãos que desde então me ampararam.

E agora há lobos diante de mim.

As rosas pairam sobre suas cabeças, e a Feiticeira toca cada uma delas.

— Lanço sobre este castelo uma maldição, que se estende a todos dentro dele, e a cada Alto Príncipe do Vale. Todas as noites, vocês terão a forma horrenda de um animal. Este feitiço só será quebrado pela conquista verdadeira do amor predestinado, e só se o vínculo amoroso há muito tempo escrito nas estrelas for aceito. — Uma lágrima brilhante corre por seu rosto iluminado. — Pois só então vocês terão provado que são dignos de seu destino.

Os lobos se deitam diante da feérica, e é possível ver claramente o tormento, apesar de serem só rostos de luz.

A Feiticeira se eleva no ar.

— Essas rosas vão permanecer em Castelárvore. Quando murcharem e retornarem às cinzas... — Ela fecha os olhos. — A maldição será selada, e vocês serão animais para sempre.

Os lobos uivam, e o som é de mil tempestades desabando ao mesmo tempo. Em meio à calamidade de luz e uivos, a Feiticeira gira, e a imagem desaparece diante de mim.

51

Rosalina

De repente, tudo fica muito escuro.

Ofegante, caio de joelhos e agarro os espinhos, que rasgam minhas mãos. Foi isso que não me contaram… Era isso que Caspian sabia.

Os quatro me fizeram acreditar que foram amaldiçoados sem razão, mas a Feiticeira havia falado sobre más ações do passado. O que cada príncipe fez, exatamente?

Uma urgência mais premente aperta meu coração.

O tempo está acabando.

Rastejo pelo chão sem me importar com os espinhos furando minhas mãos, até alcançar as rosas. Cada uma está inclinada, derrubando pétalas na terra. Faz vinte e cinco anos que foram amaldiçoados… Quanto tempo ainda tinham?

Preciso salvá-los. Eles não podem ser amaldiçoados para sempre. Não só os príncipes perderiam a vida para os animais dentro deles, como o estafe também. Astrid, Marigold… presas em animais pelo resto da vida. E, sem a magia dos príncipes para deter os espinhos, Castelárvore cairia sob o poder de Caspian.

— Não, não, não — choro. Enfio os dedos na terra. Deve haver alguma coisa que eu possa fazer para ganhar mais tempo. Se eu pudesse dar às rosas alguma magia, mantê-las vivas por um período maior…

Ouço um ruído baixo, e alguns arbustos se contorcem na minha direção.

— Me ajude — sussurro. — Mantenha as flores vivas.

Os arbustos escalam meu corpo devagar, envolvendo meus braços. Mas não tenho medo. É como um arrepio de energia. Podemos fazer isso juntos. Lágrimas lavam meu rosto, e as percebo cintilando roxas. Uma estranha luz violeta se acende sob minha pele.

— Consigo quebrar a maldição, garanto. Só preciso de vocês vivas por mais um tempinho.

Meus dedos enfeitados por espinhos pairam sobre as flores. Primeiro, a rosa da primavera. Ela treme. Penso em Ezryn, nas mãos dele nas minhas enquanto curava meu ferimento. Na força mantendo todos os seus pedaços quebrados juntos. Ele é um mistério que quero muito decifrar.

Depois, com todo cuidado, passo as mãos sobre a rosa do verão. Penso no sorriso secreto de Dayton, o tesouro mais raro. O calor de seu beijo, o afeto que senti em seus braços. Ele tem muito para dar; vou garantir que tenha essa chance.

Meu coração vibra quando acaricio a rosa do outono. Meu querido Farron. A primeira pessoa em toda minha vida que considerei um amigo de verdade, alguém que realmente me conhece. Quero mais dias na biblioteca com ele e quero a chance de uma noite também.

As flores que toquei... os caules se endireitam. As pétalas desabrocham. Não estão inteiras, mas há vida ali.

Não terminei, contudo. Toco a rosa do inverno. Meu Príncipe do Inverno. Meu Keldarion. Meu carcereiro e meu salvador. Preciso lhe dizer isso. Dizer que ele me salvou de muitas maneiras. Dizer que ele pode se salvar. Eu *sei* que pode.

Sua rosa desabrocha sob meu toque. Mais, posso dar mais a eles...

Um rugido ecoa em meus ouvidos, e, de repente, voo para o outro lado do cômodo. Os arbustos se estendem e me amparam, colocando-me em pé.

E Keldarion aparece diante das flores, com a imagem da morte no rosto.

— Sua presença aqui é proibida. — A voz dele é o som produzido por uma fera. Ele me dá as costas, verificando rapidamente as rosas. — Você não sabe o que poderia ter feito!

O medo pulsa dentro de mim. Nunca tinha visto tanta fúria em Keldarion, nem mesmo quando ele me capturou.

— Você nunca me falou que seu tempo estava acabando — murmuro.

Keldarion se aproxima, ameaçador.

— O que é isso? — Ele agarra os galhos enrolados em meus braços e os puxa.

Grito quando os espinhos me rasgam e me sinto indefesa diante dele.

— Você não tem ideia do que poderia ter feito! — ruge de novo e corre de volta às flores, arrancando os espinhos mais próximos delas. É como se a escuridão tivesse se instalado dentro dele, um lugar onde a luz vai morrer.

Ruídos ecoam na porta, e lá estão Ez, Dayton e Farron.

— Rosa. — A voz de Farron treme. — O que está fazendo aqui?

Mas estou cansada de ser acusada por coisas que não são culpa minha.

— Você mentiu para mim. Os quatro mentiram. Fizeram-me acreditar que a Feiticeira era má. Mas o que vocês fizeram? — O medo se apodera do meu coração. — Ela os chamou de animais. Todos vocês!

— Caspian é o monstro! — grita Kel. — Com um rugido, arranca um punhado de sarças do chão e as despedaça. O castelo estremece.

Os outros continuam na porta, chocados, mas eu me aproximo. Keldarion corre para uma das paredes e arranca mais espinhos. Um grande *crac* explode quando o teto desaba. Um galho enorme despenca e eu grito, encolhendo-me contra a parede.

Mas Keldarion não para. Cada vez mais, arranca os espinhos das paredes e do teto. O castelo geme, é quase um grito de agonia.

— Kel, pare! Está piorando as coisas! — grito.

— Tudo está arruinado — ele rosna. Seus dedos sangram onde os espinhos cortaram a carne. — Acabou!

Meu plano falhou; só piorei tudo para ele. Obriguei-o a encarar o povo do qual ele se escondia. E agora descobri seu maior segredo.

Com força descomunal, Kel arranca dois punhados de sarça. Pedras se soltam das paredes, e eu grito quando um galho enorme quebra a janela, cobrindo-nos de vidro colorido.

— O castelo está se desfazendo! — Ezryn berra. — Depressa, ele precisa de mais magia!

Os príncipes correm para as rosas, ajoelhando-se em círculo.

— Canalizem a energia para a árvore — Farron os orienta. — Temos que manter este lugar em pé.

Dayton levanta a cabeça, e vejo o pânico em seu rosto.

— Kel, precisamos da sua ajuda.

Mas Keldarion está mergulhado em sangue e espinhos. Ele levanta a cabeça e olha para mim por entre mechas de cabelo úmido de suor, com olhos que queimam como chamas azuis.

— Seu lugar não é aqui. Saia.

— Kel — sussurro.

— SAIA DAQUI! — ele urra.

E com o castelo, meu lar, desmoronando à minha volta, eu corro.

Rosalina

Gelo e neve respingam em minhas pernas nuas. Meus pés estão adormecidos, os sapatos finos e prateados estão ensopados.

Não me importo, o exterior do meu corpo pode combinar com meu coração. Nada. Não sinto nada. Tudo o que sei é que tenho de ir embora, voltar para casa. Minha casa de verdade.

Ninguém me segue quando atravesso a ponte e corro para os densos arbustos de espinhos, cobertos de neve.

O gelo treme e faz barulho nas sarças gigantes quando passo entre elas. A lua que se ergue no céu me oferece uma trilha de marfim. Preciso voltar à roseira, voltar para Orca Cove, para meu pai, para Lucas e para tudo o que deixei para trás.

Fui idiota por pensar que meu lugar era aqui. Lágrimas cristalizam no meu rosto, e passos desajeitados me empurram contra espinhos que rasgam meu lindo vestido e riscam linhas vermelhas em meus braços e minhas pernas.

De qualquer maneira, não sinto nada.

Tropeço e rasgo a pele nos espinhos antes de cair em uma pilha de neve enlameada. Fico ali por um momento, deixando o ar sair de mim em sopros pesados.

Uma risada chilreante e conhecida vibra no ar. Meu sangue fica gelado. *Não...*

Vários olhos amarelos e brilhantes me espiam da penumbra.

Os goblins chegaram.

Tremendo, pego um galho e me levanto. *Corra! Rosalina, corra*, grita uma voz mansa em meu ouvido, tão alta que bloqueia todo o restante. *Corra! Estou com um problema no momento. Não consigo chegar aí, não posso...* A voz é interrompida por um grito aflito, mas o desespero nas palavras injeta adrenalina em meu corpo. Entro em ação, jogo-me contra o emaranhado de espinhos e saio da trilha perigosa. Quem era? A voz era muito distante, mas conhecida, ao mesmo tempo.

Não posso me preocupar com nada, exceto fugir dos goblins. Na última vez, eles cercaram Lucas e a mim. Não vou ser pega do mesmo jeito de novo. Um ruído de empolgação ecoa quando percebem que estou fugindo. Os espinheiros sacodem, e neve e gelo se espalham em todas as direções quando os goblins rastejam atrás de mim.

— É tarde para a princesinha estar fora do seu castelo — um goblin debocha.

— *Onde estão seus lobos? Onde estão seus lobos?* — eles cantam.

Corro para o fundo de um emaranhado de galhos. Tem uma pequena fresta de luz lá na frente, e é para lá que eu vou, perguntando-me se ela pode ao menos me dar uma ideia de onde estou. Talvez eu consiga ver um lugar onde me esconder ou fugir.

Um grito lancinante corta a noite quando um goblin pavoroso aparece na minha frente, descendo dos galhos mais altos. Seus enormes olhos de inseto brilham como brasas ao luar, a pele pálida é coberta de uma camada pegajosa de musgo e cogumelos. Ele usa uma armadura de couro rasgado e empunha uma foice mortal feita de espinhos.

Um grito aterrorizante brota da minha garganta quando avança em minha direção.

— Que humaninha bonitinha. — O goblin lambe os lábios. — Que vestidinho brilhante.

O medo se acumula em minha barriga. Atrás de mim, os espinhos se movem com a aproximação de mais goblins. *Não. Não.* Não vou acabar a pior noite da minha vida sendo comida por um goblin desgraçado!

— Desculpe, acho que o vestido não serve em você — resmungo. — Azul não combina com seu mofo.

Então, faço a única coisa idiota em que consigo pensar. Corro na direção dele com toda força que tenho e o empurro de volta para os arbustos.

Um espinho gigante atravessa sua barriga, espirrando sangue preto em mim. Ele derruba a espada de espinho, e um grito agudo escapa de sua boca.

Os espinhos se contorcem e se fecham em torno dele. O canteiro de sarça está se movendo. *Merda.* Ouço o chilrear e o choro de outros goblins ainda escondidos ali.

Preciso fugir. Não quero me enroscar e acabar espetada com meu amigo goblin. É muito fácil me cercarem aqui.

Corro para a luz e saio dos arbustos em uma colina nevada, quase livre das pontas afiadas. Lá embaixo tem um rio congelado e uma floresta comum. E, no cume da colina do outro lado, em um vão entre as árvores, a roseira. As flores vermelhas se destacam em intenso contraste com o luar. Tenho que atravessar o rio e a floresta antes de os goblins me comerem.

Fácil demais para uma garota de vestido de baile que odeia correr.

Não tenho opção, preciso tentar.

Atrás de mim, as sarças continuam girando, como se a oferenda de sangue de goblin fosse tudo de que precisavam para ganhar vida.

Fique nas sarças, Rosalina, uma voz ordena em minha cabeça. Agora a reconheço. É o Príncipe dos Espinhos. Caspian.

— O quê? Para seus amiguinhos conseguirem me comer? — respondo e corro para a neve. Nem pensar. É onde ele quer que eu fique. Não vou dar a Caspian outra chance de atormentar Kel. — E saia da minha mente!

A neve aqui é profunda, e ando com ela na altura dos joelhos. Um uivo sinistro ecoa atrás de mim, e me arrisco a olhar para trás. Mais goblins saem dos arbustos.

O movimento das sarças parou, talvez porque o príncipe idiota percebeu que não fui burra o bastante para cair na armadilha. Mas isso deve ter enlouquecido os goblins, porque não são dois ou três saindo do meio delas. Dez, vinte, cinquenta. O medo invade meu corpo quando centenas de criaturas saem correndo dos gigantescos arbustos. E todas vêm em minha direção.

Grito e me jogo colina abaixo. O movimento me faz pegar impulso e desço em cambalhotas. Tento proteger o rosto, mas não demoro a perder todo o controle sobre o meu corpo. Batendo na neve, rolo até parar ao pé da colina. Lá em cima, o mundo gira e gira.

Faço esforço e fico em pé. Meu corpo dói. A visão é turva. Sombras escuras descem a encosta correndo, aproximando-se cada vez mais. Merda, essas coisinhas são rápidas.

O único caminho para a roseira é pelo rio congelado, mas, sem uma ponte, não sei se consigo atravessar. Paro na margem, mas hesito com um pé próximo do gelo pelo que parece uma eternidade.

Minha hesitação é a oportunidade de que os goblins precisam.

Um canto insano se levanta da massa de goblins que me cerca. Eles se reuniram em um círculo fechado. Não consigo mais nem contar quantos são. Em pânico, eu me atiro sobre o gelo e deslizo, tentando fugir. Um rangido profundo retumba embaixo de mim. Qual é a espessura disso?

Alguns goblins me seguem para o rio congelado, e o rangido soa mais alto. Essa droga de rio é larga demais, mas não me atrevo a parar.

Mas as criaturas são mais rápidas. Um goblin agarra meu vestido e eu caio. Meu corpo arde e o sangue se espalha pelo gelo, vertendo de um corte no joelho.

Sombras escuras giram sobre a superfície congelada, e os goblins me alcançam e me cercam. Há um enxame deles cobrindo a margem. Eles se abaixam com as corcundas salientes, rosnam, espumam pelas bocas podres.

— Me deixem em paz! — grito, fazendo um esforço para me levantar. Estou cercada, não tenho para onde fugir. — O que vocês querem?

As criaturas trocam olhares cheios de significados e riem; alguns debocham em voz alta.

— *Dança com os príncipes. Ela dança, sim.*

— *Quebra a maldição. Quebra a maldição. Acha que vai quebrar a maldição.*

Giro desesperada, tentando encontrar uma brecha.

— *Mãe e irmão não iam gostar.*

— *Não gostam disso. Não, não, não.*

O hálito das criaturas cheia a leite azedo e enxofre, um odor sufocante que domina o ar à medida que o círculo se fecha.

— Que o príncipe de vocês queime no inferno. — Cuspo.

Uma dor aguda explode em mim quando um deles ataca, fere minha coxa com sua espada de espinho. Grito e me dobro ao meio.

— *Não vai debochar do nosso príncipe* — o goblin grunhe, depois lambe os lábios ao ver meu sangue. — *Vermelho como uma rosa.*

— Vermelho como uma rosa! — Outro goblin ataca, tentando atingir meu rosto.

— Não! — berro desesperada, levantando os braços para me defender. A lâmina afiada abre um talho em um deles.

— *Vermelho como uma rosa. Vermelho como uma rosa. Vermelho como uma rosa.* — Estou cercada pelo som repulsivo de gargalhadas maliciosas, e cada risada vibra no ar gelado como uma onda mortal.

— *Cai, cai, cai, para a mãe você vai.* — O cântico muda, e eles batem os pés. Dois me agarram.

— Não! — grito e me solto de suas mãos. — Não, não vou.

Uma das criaturas inclina a cabeça em um ângulo estranho.

— *A cabeça dela vai ficar bonita em uma estaca.*

Terror corre em minhas veias. Dois agarram meus braços, outro enrosca os dedos mofados em meu vestido, rasgando o tecido. E o que tem a grande espada de espinho avança na minha frente.

— *Seus olhos brilhantes serão brincos. Seu cabelo de bronze será corda. Cabeça em uma estaca.*

Eu me debato loucamente, gritando. Uma fúria insana me ilumina por dentro. E uma voz que não parece ser minha rosna uma promessa terrível.

— Vou deixar suas entranhas espalhadas no gelo.

Eles se entreolham e riem. O goblin na minha frente levanta a espada de espinho.

Um rugido ensurdecedor corta o ar, e os goblins silenciam, um instante antes de uma gigantesca pata branca abrir caminho através de um grupo deles. O goblin à minha frente se vira a tempo de ver um lobo branco de quase três metros de altura saltar do nada. Ele arranca a cabeça do goblin com uma mordida.

Joga o restante do corpo para o lado, antes de os olhos gelados encontrarem os meus.

Keldarion veio me salvar.

Keldarion

Um fogo como nenhum outro arde em meu corpo. E este é um momento em que me sinto grato pela selvageria da minha fera. O sangue de Rosalina mancha o gelo.

Portanto, cada um desses monstros desprezíveis vai morrer.

— Para o chão — ordeno.

Rosalina obedece, e me posiciono sobre ela, estudando os goblins que a cercam. Alguma coisa fora do controle os afeta, e eles não recuam. *Por que mandou tantos? Por ela ou por mim? Mais um dos seus planos cruéis?*

Um grupo de criaturas ergue a espada e avança. Eu os dizimo com uma pata, rasgo sua carne com as unhas. Entranhas pintam o gelo de preto. Giro e rasgo mais dois, sentindo os ossos quebrarem entre meus dentes.

— Cuidado! — Rosalina grita.

Sinto a dor na pata dianteira quando um deles a alcança com sua espada. Eu o jogo longe com uma patada e mastigo os poucos que ainda nos cercam. Mais goblins se aproximam da margem do rio.

— Para a floresta — rosno.

Rosalina assente e se levanta embaixo de mim. Ela corre, mas percebo que está mancando. O corte em sua perna provoca outra onda de raiva em meu interior. Não me atrevo a carregá-la. Se os goblins nos alcançarem, vou ter que lutar. E não a quero ao meu lado se isso acontecer.

A floresta do outro lado do rio está mais perto; percorremos metade da distância.

— Espere! — Rosalina agarra meu pelo. — É muito fino!

O gelo desenha teias embaixo de nós.

— Sou muito pesado — respondo.

Ela olha em volta desesperada, procurando outro caminho.

— Vou segurar os goblins — decido. — O gelo é espesso o suficiente para você.

Rosalina me encara com os olhos vidrados.

— O quê?

— Vá — ordeno. E espero que ela entenda exatamente o significado disso. Vá para a floresta. Vá para a roseira. Vá para casa.

Sem esperar uma resposta, eu me viro e corro de volta para os goblins. Sou tomado por uma euforia louca e deixo a fera consumir minha mente até não ter consciência de nada que não seja o gosto de sangue podre, o som de ossos quebrando e gritos apavorados, o cheiro pútrido de decomposição.

Minutos passam, ou são horas; não tenho compreensão do tempo.

Espinhos rasgam minha carne e garras arrancam meu pelo. Cada fisgada de dor não é mais do que mereço. Mandá-la embora como mandei... Meu corpo deveria cair destruído como punição.

E talvez caia.

Mais goblins sobem em minhas costas, e não tenho mais a força para jogá-los longe.

— *Não recuem agora!* — grita um deles. — *Ele está fraquejando! Vamos levá-lo ao nosso príncipe. Um presente muito valioso!*

Um rugido selvagem brota de minha garganta e me debato. A morte seria mais doce que voltar ao Inferior. Uma garra penetra em minha pata, depois uma corda.

Mas essa é uma opção que esses monstros não me dão.

Não importa. A dor alimenta a fúria contra mim mesmo. Meu corpo destruído vai ser uma reparação pequena para um pecado tão imperdoável.

— Ei! Fedidos! — uma voz chama.

Não.

Rosalina ainda está aqui. Exatamente onde a deixei, no meio do gelo. Por que ela não corre?

— Pensei que quisessem minha cabeça em uma estaca! — ela grita. — A menos que a *mãe* não se interesse por isso.

Os goblins conversam agitados.

— *Dois prêmios para o Inferior. Cair eles vão. Cair eles vão.*

Alguns se movem na direção dela. Rosalina tira a bela coroa da cabeça e arranca dela um espinho longo e reto. E o enfia no gelo.

Não...

Está tentando atraí-los. Levá-los até onde o gelo é mais fino. Onde vai se partir sob o peso.

Rosalina está tentando me salvar.

Mas ela não entende? Não vai ser assim. Por mais que tente, não importa o que faça, meu fim já está decidido.

E há uma última coisa que posso fazer por ela.

Levanto-me sobre as patas traseiras e, com toda a força que tenho, jogo-me sobre o gelo. Ele racha e se parte. Ouço o rugido furioso do rio ainda correndo sob a camada mais rígida. Grandes pedaços de gelo vêm à tona à nossa volta.

Goblins gritam em pânico e tentam correr da área que está desabando, mas não conseguem escapar. Seus corpos são levados pela correnteza sob a placa congelada.

A última coisa que escuto antes de ser levado pela água fria são os gritos desesperados de Rosalina.

O frio me envolve. Frio ao qual nem um animal do Inverno pode sobreviver. E me pergunto se vou afundar direto para o Inferior.

Rosalina

Em um momento, o lobo gigante e a horda de goblins estão na minha frente; no outro... não tem nada além do vento de inverno e o barulho do rio.

Aquele idiota gelado. *Eu* ia salvá-lo.

Teria afundado a qualquer profundidade, se isso significasse lhe dar uma chance. Foi muito estranho. No espaço de um instante, submergir no gelo passou de meu maior medo a nada. Porque percebi que meu maior medo de verdade estava diante de mim. A cada golpe que os goblins acertavam em Keldarion, a cada gota de sangue que ele derramava na neve, mais certeza eu tinha de que nenhum medo seria comparável àquele.

Continuo xingando a criatura de todos os nomes, mas ponho a coroa de espinhos de volta na cabeça e manco em direção ao gelo quebrado. Ando mais devagar quando me aproximo. As placas ainda se desfazem em grandes pedaços. Mas isso não é um lago. É um rio; qualquer coisa que caia será levada pela correnteza até onde o gelo é mais grosso, impossível de quebrar.

Não tenho muito tempo.

A lua é brilhante, e sombras se movem depressa embaixo da placa superior. Os goblins. Kel.

Saio correndo, ignorando a dor lancinante na perna. Preciso alcançá-lo. Nada mais importa. O rio fica mais estreito lá na frente, e mais sarças se aglomeram na margem.

Sinto um impacto sob meus pés e vejo a mão aberta contra o gelo — um goblin de rosto cinzento, olhos abertos, com bolhas saindo do nariz enquanto se afoga. A criatura afunda e outra passa, depois mais uma. Uma espiral de corpos de goblin dança abaixo da superfície congelada.

Mais adiante, o rio é represado por um denso aglomerado de sarças. Os corpos se empilharam sob o gelo ou se enroscaram nos arbustos congelados dentro d'água. Um caleidoscópio de goblins gira sob meus pés, batendo com desespero na placa sólida.

— Kel! — grito. — Kel!

Correndo de um extremo a outro, não vejo mais que silhuetas escuras, apodrecidas. Caio de joelhos e tento enxergar mais fundo. Nada.

Ele tem que estar aqui.

Ele *tem* que estar.

Caio deitada no gelo, não sinto nada além do frio na pele. Por que ele fez isso? Por que se jogou daquele jeito?

O rio é represado. Ele tem que estar aqui. Lágrimas de raiva e tristeza caem dos meus olhos, mas não consigo aceitar que ele se foi.

Ele *não* foi embora.

Alguma coisa cintila dentro de mim. *Ele* está *aqui*. Levanto a cabeça, sentindo o coração palpitar. Alguma coisa se contrai no meu peito, meu corpo inteiro treme, como se eu tivesse levado um choque.

Parecendo que algo me puxa, eu me levanto com um pulo. Tal qual uma seta explodindo em meu coração, guiando-me. Corro para a margem do rio e rastejo para baixo de um aglomerado de galhos caídos.

Rapidamente, removo a camada superior de neve e vejo o pelo branco pressionado contra o gelo.

— Kel! — Pego a coroa de espinhos da cabeça. Eu a giro nas mãos, e fumaça começa a se desprender das palmas. A coroa se transforma, alongando-se em uma espada roxa encantada. — Sinistro, mas ótimo — falo e enfio a espada de espinho no rio congelado. A placa se racha com um rangido pavoroso. Fico em pé e levo a espada comigo. O buraco se alarga, fragmentos de gelo passam boiando na água. O corpo do lobo branco sobe à superfície, com dois goblins flutuantes. Todos mortos.

Mas não ele. Eu *sei* que ele não.

Caio de bruços e rastejo para perto da extremidade do buraco, estendo um braço e agarro seu pelo. Porra, ele é pesado.

— Kel — grito.

Meu braço toca a água gelada e agarro um tufo de pelos. Ele bate na beirada do buraco. Preciso tirar seu rosto da água.

Com cuidado, eu me posiciono à margem e me sento. Agarro o pelo branco com as mãos e *puxo*. Ele nem se mexe. Minhas mãos escorregam e o corpo cai, respingando água gelada em mim.

— Não, não, não — murmuro, agarrando-o de novo. Vou conseguir. Tenho de conseguir. Grito, os músculos dos braços se contraindo, mas ele não se move mais que antes. Meus dedos escorregam no pelo sedoso, e ele afunda outra vez.

Tento novamente, ensopando a frente do vestido na água no esforço de agarrar uma pata ou enlaçar o meio do corpo com um braço. Ele não se move. E meu tempo está acabando.

Gritos ferozes e desesperados escapam do meu peito, e faço mais uma tentativa. O esforço me joga para trás, e bato a cabeça no gelo com força. Viro de lado e, com um bramido impotente, eu me encolho.

Não consigo levantá-lo. Ele é muito grande. Sou apenas uma humana fraca que não tem nenhum poder aqui.

E ele vai morrer por mim.

Ele vai morrer por nada.

Soluços sacodem meu corpo, e é como se o frio cortasse cada parte de mim.

Algo suave pousa em mim, mais aveludado que a neve, e levanto um braço para afastá-lo. Abro os olhos e vejo o que é. Uma pétala de rosa negra. Outra pousa em meu braço. As sarças acima de mim floresceram em uma solitária e linda rosa negra.

O canteiro de sarças é uma roseira.

Devagar, eu me levanto e estendo a mão para a rosa, e o caule espinhoso se curva em minha direção.

Da mesma forma que envolveram meu corpo quando caí no penhasco na primeira vez que os goblins atacaram.

Como criaram a escada para eu descer da masmorra.

E me ajudaram a salvar as rosas encantadas na Torre Alta.

A jaula que criaram para os goblins quando eu tentava fugir.

E se Caspian não for o único que tem controle sobre eles?

Quando a sarça com a rosa negra se abaixa, eu a pego e sinto o choque provocado pela conexão. Minha consciência se projeta na teia de sarças à minha volta.

E, nessa rede de espinhos, despejo minha fúria, minha frustração, meu desespero e meu amor. Vou salvá-lo.

Os galhos estremecem e começam a se mover. Eles se estendem para dentro d'água, envolvendo com cuidado o lobo gigantesco e o içando...

Meu coração falha, e aperto o caule com mais força, sentindo que a conexão enfraquece. *Ainda não.*

Os ramos depositam o lobo branco ao lado do rio. Arfante, solto a roseira negra. Minhas pernas tremem. Tenho a sensação de que passei mil anos correndo...

Caio, a visão fica turva. Mas não posso parar agora. Só mais um pouco de força. Lentamente, rastejo sobre o gelo. Meus dedos mergulham na neve macia e fresca da margem do rio.

Quase lá...

Toco o pelo frio, molhado. Keldarion estremece. Ele *estremece*.

Está vivo. Com grande esforço, ele se levanta sobre as patas e tosse, expelindo água. Os olhos azuis se voltam para mim.

Envolvo seu pescoço com os braços, enfim sentindo o afrouxar do cordão que me puxava com insistência. Ele já me trouxe aqui, ao meu lugar.

Rosalina

A recuperação de um feérico deve ser rápida, porque alguma coisa molhada cutuca minhas costas e, meio sem foco, vejo o enorme lobo branco em pé. Ele inclina a cabeça, e compreendo sua intenção. Com grande esforço, subo em suas costas.

Seus pelos estão congelados nas pontas, cobertos de neve. Mas não tem outro jeito. Não me sinto capaz de nem sequer dar mais um passo.

Não sei para onde vamos, só sei que estou coberta de neve e que todo o frio do inverno penetrou nos meus ossos.

Ao longe, registro o vento cortante mais fraco que antes, abro os olhos com esforço e vejo as sólidas paredes de pedra de uma caverna.

O lobo deixa escapar um grande suspiro e desaba. Caio de cima dele no chão de pedra. Keldarion fecha os olhos, e avalio a extensão dos ferimentos em seu corpo. Uma trilha de sangue indica o caminho que fizemos até a caverna.

E percebo que talvez os feéricos não se recuperem tão depressa assim. Mesmo que sejam animais. Talvez ele tenha dado tudo o que tinha para me trazer aqui.

— Onde estamos? — pergunto e me levanto para olhar em volta. A caverna é pequena, com paredes lisas iluminadas apenas pelo luar brilhante.

— Em um dos esconderijos de Ezryn — Keldarion responde com dificuldade, demonstrando dor em cada palavra.

É isso, Rosalina, hora de pôr a cabeça no lugar. Keldarion está ferido. Estamos muito longe do castelo para tentarmos chegar lá. Estou correndo um grande risco de sofrer hipotermia.

Um dos esconderijos de Ezryn. Ele deve usar esses lugares quando passa dias fora, caçando goblins na Sarça. O que significa que deve ter suprimentos aqui. Vejo uma caixa de madeira brilhante próximo à parede do fundo, escondida pelas sombras. Rastejo até lá, tentando ignorar a dor na perna e no braço, além do fato de não conseguir sentir os dedos das mãos e dos pés.

Tem uma fechadura pequena em forma de flor de cerejeira, mas ela se abre com um estalo quando a toco. *Segurança bem ridícula, Ez.* Em contrapartida, já pude perceber que, apesar de cruéis, esses goblins não são grandes gênios.

Assim que levanto a tampa, faço uma oração pelo Príncipe da Primavera. A caixa está cheia de suprimentos. Cobertores, roupas, pacotes de comida desidratada, cantis com água, um capacete de metal, fósforos e... Abro uma bolsa de tecido e encontro tiras longas de faixas para curativo e várias latas de uma pomada com cheiro forte. Espero que tenha remédio suficiente para ajudar um lobo gigante.

— Faça uma fogueira antes — diz Keldarion. — Primeiro se aqueça, depois cuide dos seus ferimentos.

— É só um arranhão. — Reviro os olhos. — Não sou eu quem está formando poças de sangue no chão.

O sangue que se acumula em volta de sua pata traseira faz meu coração parar, de tanta preocupação. Mas sigo o conselho dele sobre a fogueira. Não vou poder ajudar ninguém se meus dedos congelarem.

Tem uma pilha de lenha em um canto e fósforos no fundo da caixa. Com minhas habilidades de campista vergonhosamente limitadas e os grunhidos de Keldarion cada vez que faço algo errado, consigo acender um fogo decente.

Resmungo alguns palavrões quando meus dedos começam a formigar, mas depois descongelam.

— Agora preciso ver seus ferimentos. — Olho para Keldarion. — Pode assumir sua forma de homem? Seria mais fácil.

Ele aponta o focinho para a entrada da caverna.

— Estrelas brilham no céu escuro.

— É verdade. Ainda é noite. — Massageio minha nuca, depois sorrio para ele. — Bom, eu queria ser veterinária, quando era criança.

É difícil interpretar os movimentos da mandíbula de um lobo, mas acho que ele sorri para mim... ou é uma careta de dor. O gelo no meu vestido está derretendo, e água fria escorre pelas minhas pernas. Mas nada disso importa até Kel melhorar ou parar de sangrar, pelo menos. Pego a bolsa de primeiros-socorros e me sento diante dele, grata pelo calor do fogo em minhas costas.

Espalho o conteúdo da bolsa na minha frente e suspiro, aliviada.

— Caramba, eu amo Ez.

Kel levanta uma sobrancelha de lobo.

Pego a primeira lata e a aproximo de seu focinho.

— Ele rotulou os recipientes com números e pictografia. Muito útil. Tipo, ainda não sei para que serve cada coisa, mas ele já me curou uma vez, então, imagino que saiba o que está fazendo.

— A cura é uma magia que muitos governantes do Reino da Primavera possuíram — explica Keldarion. — Ezryn é talentoso. Poderia ser magistral, se visse nisso a mesma virtude que vê em seus outros dons.

Continuo organizando os suprimentos. Se tivesse que arriscar um palpite, diria que tem ali uma mistura antisséptica com um cheiro ácido, um bálsamo calmante branco e um gel cicatrizante transparente.

Sei que o antisséptico faz arder, porque Kel rosna baixo e mostra as presas enormes quando o aplico nos ferimentos. Ele não me assusta mais; dou um peteleco em seu focinho e digo para deixar de ser chorão.

Trabalho dos cortes maiores para os menores. Felizmente, o gel cicatrizante interrompe o sangramento, mas não consigo fazer muita coisa em relação ao sangue que colou no pelo. Tenho que limpar com cuidado e desviar dos tufos endurecidos pelo gelo, mas parece que a maioria está descongelando. Os machucados ainda vão estar lá quando ele voltar a ser um feérico? Estarão melhores ou piores?

Quando estou guardando o material, Kel cutuca minha perna com o focinho molhado.

— Não esqueça.

Passo o bálsamo no meu ferimento e resmungo outro palavrão.

— Que merda, isso arde muito.

— Deixe de ser chorona. — O gel cicatrizante deve estar funcionando, porque percebo uma nota de humor na voz dele.

— Retiro todas as coisas positivas que falei sobre Ez — resmungo e passo o restante da pomada.

— Precisa tirar a roupa molhada — Keldarion fala com aquela voz grave.

— Quem é você, o Dayton? — Apesar da piada, vou ver o que encontro na caixa de suprimentos.

— Vai ficar doente.

— Estou brincando. — Pego um cobertor, uma camisa preta de mangas compridas e uma calça. É isso que Ez veste por baixo da armadura?
— Feche os olhos.

O grunhido do lobo é a única resposta. Mas nem me viro para ver se ele está olhando ou não. Confio em Kel. Tiro o vestido rasgado, deixo o colar de diamante em cima dele com todo cuidado e uso parte das bandagens para cobrir as cicatrizes no meu pulso. Com o cobertor sobre os ombros, eu me aproximo da fogueira e estendo no chão o vestido destruído, a calça e a camisa preta. Meu corpo ainda está úmido, e não quero molhar as únicas roupas secas que tenho.

— Pronto, pode abrir os olhos — anuncio, sentada do outro lado da fogueira. — Vou ficar embaixo do cobertor até meu corpo secar.

Mas Keldarion olha para mim com os olhos brilhantes meio fechados.
— Venha aqui.

Obedeço de imediato, seguro o cobertor bem firme em volta do corpo e me sento encostada no peito dele. O pelo branco esquentou ali perto do fogo.

— Está com frio? — pergunto. — Só tem um cobertor, mas pode ficar...

Ele se ajeita à minha volta formando um C e apoia a cabeça enorme nas patas.

— Estou perfeitamente bem, minha Rosa.

Minha Rosa. Ele me chamou assim no baile e agora de novo. E é impossível não me lembrar do sentimento que me levou até ele, como uma estrela explodindo em meu peito.

— Lamento por tudo isso — ele diz, e as palavras vibram em mim. — Tudo o que você sempre fez foi tentar ajudar, mas...

— Não se preocupe — respondo. — Estou feliz por você estar bem. E os outros...

— Estão usando magia para manter Castelárvore em pé. — Ouço a dor em suas palavras. — Mas, quando percebemos que tinha saído do castelo, eu soube que precisava encontrá-la.

— Bom, você me mandou embora.

— Pensei que voltaria para o seu quarto. Eu nunca mandaria você sair sozinha — explica Keldarion. — Rosalina, me desculpe. Por fazê-la minha prisioneira, por cada comentário grosseiro, por mandá-la embora. Agora sei o que preciso fazer.

— Precisa descansar. Tem certeza de que não está com frio? — Eu me aninho em seu pescoço e afago o pelo branco e macio. — Depois que caí na água gelada, senti frio durante uma semana.

Ele levanta as orelhas.

— Quando foi isso?

— Faz muito tempo.

— Me conte. — As orelhas baixam lentamente, e ele se aproxima. — E não, não estou com frio. O frio quase nunca me incomoda. Mas ficar preso em um rio congelado desafiou até os meus limites.

Distraída, deslizo a mão pela cicatriz no meu pulso esquerdo.

— Eu tinha catorze anos, e o lago em Orca Cove havia congelado — começo. — Meu pai estava fora, como sempre. Nas Rochosas, talvez, ou em Nunavut. Não me lembro, mas o pessoal da minha turma na escola falou sobre patinar no gelo no fim de semana. Usei todas as minhas economias para comprar patins e me senti culpada por isso, porque sabia que meu pai sempre precisava de dinheiro. Mas queria muito ir, embora ninguém tivesse me convidado.

— Por que não a convidaram?

— Não sei. — Suspiro. — Eu não era muito incluída nos grupos da escola. Nas poucas vezes que as pessoas tentaram conversar comigo, acabei falando alguma coisa esquisita, como não parar de comentar o último livro que tinha lido ou um programa de TV em que estava interessada. Uma vez, passei trinta minutos explicando como era possível engolir estrelas cadentes para ter magia.

— Bem, eu acho isso bem interessante. — A voz de Keldarion é profunda e grave.

— Tem muitos livros que eu gostaria de ler para você — sussurro. — Enfim, apareci no lago torcendo para todo mundo pensar que alguém tinha me convidado. Não era uma grande patinadora. Fiquei na beirada, distante das pessoas. De repente, ouvi um estalo alto, e o gelo rachou como vidro embaixo dos meus pés. E, no momento seguinte, só existia o frio. Senti um peso nos tornozelos. Todas as minhas roupas de inverno eram pesadas. Minha primeira reação foi gritar, mas a água gelada inundou minha garganta.

O coração de Kel bate depressa. Talvez ele esteja se lembrando da experiência que teve antes.

— Fui afundando e afundando. Então, braços me envolveram, e começamos a nos mover. De repente, o vento gelado atingiu meu rosto, e uma voz gritou no meu ouvido: "Bata os pés! Bata os pés!". E eu bati. Tossi, e saiu muita água de dentro de mim. Percebi que alguém tinha pulado na água para me salvar.

Meu corpo ficou imóvel com a lembrança dos braços dele à minha volta. Meu corpo não é meu, eu o perdi para o frio e para a água, e o perdi para ele.

— Ele subiu na placa de gelo sem soltar minha jaqueta, sem me deixar afundar de novo. E me tirou da água sozinho. Caí em cima dele tossindo e, quando abri os olhos, tudo o que vi foi um garoto com cabelo brilhante como o pôr do sol. Ele perguntou: "Quem é você? Como é que eu nunca vi você antes?". Os outros nos cobriram com casacos e tentaram nos manter aquecidos até os paramédicos chegarem. Fomos levados em uma ambulância, e eu tremia muito. Mas ele ficou sentado ao meu lado, com um braço em torno do meu corpo, e disse que eu estava segura, que ele ia cuidar de mim. O nome dele era Lucas.

Observo Kel, perguntando-me se ainda está interessado. Ele só me observa. Seus olhos ficam mais estreitos.

— Continue, Rosalina. Quero saber sobre sua vida, por mais que seja difícil ouvir sobre sua dor.

— Acho que nunca contei essa história para ninguém — resmungo. — Não sei por quê. É algo que todos na cidade já sabiam.

— Mas nunca ouviram sua versão — afirma Keldarion.

Assinto, puxando o cobertor mais para cima dos ombros.

— Meu pai estava muito longe para me buscar no hospital. Na verdade, nem conseguiram fazer contato com ele durante três dias. Mas a família de Lucas insistiu em me levar com eles para casa. Eles moravam na pousada e disponibilizaram um quarto inteiro só para mim. Na época, pensei que nunca havia tido uma semana melhor na vida. Tudo era sopa quente e lareira acesa. Lucas e eu passávamos todos os dias maratonando *realities* na TV. Eu não achava nada estranho. Ele continuava repetindo que não acreditava que não tínhamos nos conhecido antes. Eu sabia quem ele era, claro. Todo mundo na cidade conhecia Lucas. O menino de ouro de Orca Cove, perfeito e bonito...

Um ronco baixo vibra no peito de Kel, e não contenho uma risadinha.

— Quando voltamos para a escola, ele foi tratado como o herói que tinha derrotado o dragão, e eu era a princesa resgatada. A escola fez até uma reunião sobre segurança na neve, e a polícia compareceu para dar uma medalha a ele. Se antes Lucas era popular, depois disso passou a ser reverenciado. — A luz do fogo dança sobre minha pele pálida e o pelo branco de Keldarion. — A partir daí, foi como se todo mundo me *visse*. As garotas me diziam que gostavam da minha presilha de cabelo ou como eu estava bonita.

— Você é bonita, Rosalina — diz Keldarion.

— Talvez isso fosse tudo em que conseguiam pensar para me dizer. A sensação era de que, quanto mais me viam... menos de mim restava. Eu não falava sobre as coisas de que gostava e fazia menos as que gostava de fazer. Lucas era o sol, e eu era a sombra dele. E era tão boa nisso, que ele se esqueceu de que tinha a própria sombra. Mas eu tinha pavor de ficar sozinha. E ser uma sombra ao lado de alguém... Bem, não era melhor que ficar só comigo mesma?

Um grunhido raivoso ressoa em Keldarion, que se aproxima. Ajeito o cobertor e desapareço em seu calor.

— E aqui? Você finge?

— Não. — Dou risada. — Por que fingiria? Não tenho nada a perder. Prisioneira...

— Já falei que você não é prisioneira.

Assinto, lembrando as palavras dele no baile.

— Depois do dia da patinação no gelo, acho que foi o destino. Eu devia minha vida a Lucas e...

— Salvar a vida de alguém não confere propriedade sobre ela.

Absorvo suas palavras, antes de continuar.

— Ele era meu herói, e eu era sua...

— Você o ama?

Aperto o punho com os dedos até sentir dor.

— Sempre pensei que sim. Quero dizer, sim. De certa forma. Às vezes me pergunto... todo amor é bom?

A respiração de Kel é pesada, e seu corpo se move antes de responder:

— Não.

Lágrimas caem de meus olhos e as enxugo com o dorso da mão.

— Não comece a pensar em você agora, ok? Essa sessão de autopiedade é minha. Seu amor predestinado vai ter muita sorte, quando vocês se encontrarem. — Foi difícil dizer as últimas palavras, pareciam erradas em minha boca.

— Já falei, Rosalina. Nunca terei um amor predestinado.

Eu poderia desmenti-lo, como fiz no baile, mas minha força estava acabando.

— Vai se apaixonar de novo, Kel — sussurro. — Não é difícil, na verdade.

Meus olhos se fecham, e me deixo envolver pelo calor do fogo enquanto mergulho em um sono profundo. Não é difícil se apaixonar de novo. De algum jeito, aconteceu comigo.

O gelo e a escuridão não entram em meus sonhos, onde só há calor. A estrela que me conduziu até ele desabrocha em meu peito, espalhando uma cascata de contentamento dentro de mim. Imagens passam flutuando: neve caindo mansa, um garoto assando castanhas e enfileirando fatias de laranja sobre uma cornija. Vejo Kel mais jovem e com um sorriso doce. Uma feérica mais velha para as mãos no cabelo dele, beija seu rosto. Agora tem um campo de flores, e ele as encaixa entre as placas de metal da armadura de outro menino pequeno, dando risada. Sei que aquele é um jovem Ezryn.

Sinto meus sonhos como lembranças que não me pertencem, mas do melhor tipo, do tipo que fica guardado no coração. Lençóis de cetim escuro sob as mãos grandes de Kel. Um beijo desesperado me aquece por dentro, e sua voz rouca preenche minha mente: "Não existe nada neste mundo que eu não daria por você, nenhum sacrifício que eu não faria". Paixão e desejo enchem cada parte do meu corpo, e sinto o cobertor áspero sobre minha pele nua, uma sensação distante. "Então prove, Kel. Prove para mim."

A faixa em torno do meu punho queima, e mergulho ainda mais nesse sonho. Nessa lembrança. Uma noite de chuva lavando as janelas. O rosto de uma bonita mulher humana com quatro rosas nas mãos. Depois, uma luz, uma luz tão intensa que não enxergo nada. A Feiticeira brilha diante dos meus olhos, um rosto de beleza sobrenatural, um rosto que eu nunca tinha visto.

Aqui está uma fera que vai deixar todo o Vale apodrecer pelo bem de seu coração egoísta.

Abro os olhos, e um grito se forma em meus lábios. O fogo foi reduzido a brasas, e o luar ainda dança na entrada da caverna. Estrelas cintilam no céu da noite.

O frio faz meu corpo arrepiar, uma parte do cobertor escorregou, mas a mão forte segura minha cintura. Retomo a consciência e sinto o contorno de uma silhueta atrás de mim, em minhas costas. Uma forma que não é de lobo.

É de homem.

Rosalina

Há pelo menos quatro coisas brigando na minha cabeça, fazendo-me entrar em pânico. Tenho que fazer um tremendo esforço para não me mexer.

Uma: é óbvio que Keldarion é um homem. Tipo, é bem óbvio que ele é um homem, embora ainda seja noite. Não é lua cheia. Isso não devia ser possível. *Como está acontecendo?*

Duas: estou nua. Idiota e imbecil que sou, dormi enrolada no cobertor, em vez de vestir as roupas que Ezryn deixou na caixa. Não seria um grande problema, se...

Três: o príncipe feérico também está pelado e me abraça com tanta força que é difícil respirar. Dormi ao lado de um lobo! Um lobo! Isso é muito, muito diferente.

Mentalmente, catalogo cada parte em que o corpo dele toca o meu. Seu braço nu em volta da minha cintura, segurando-me contra o peito musculoso. O outro braço criou um travesseiro para a minha cabeça, e a mão pende solta perto do meu seio. Ele não está me apalpando, exatamente, mas, se eu me mexer um pouquinho, pode acontecer, não há dúvida disso.

Sim, tudo isso é compreensível. Mas o que está me deixando enlouquecida agora é como nossas pernas estão enroscadas. Meu quadril se encaixa perfeitamente no dele, e seu pau ereto pressiona minha bunda.

E quatro: o pior de tudo é que não quero respirar. Não quero me mexer. A cabeça dele está inclinada, apoiada em meu cabelo, e consigo sentir a regularidade mansa de sua respiração, as batidas de seu coração. Não quero acordá-lo, porque nunca me senti tão bem em toda minha vida. Quero ficar colada nele desse jeito para sempre. Não, não é verdade. Quero estar mais perto...

Um calor delicioso se espalha em mim e meus músculos se contraem. Sinto a umidade aumentar entre as pernas. Porra, aposto que ele conseguiria entrar sem nenhum problema. Ou quase nenhum. Porque tenho a sensação de que ele é enorme.

A ideia provoca uma confusão de sensações em meu corpo. Meu quadril se projeta para trás involuntariamente. Um ronco baixo vibra em seu peito, e ele se mexe.

Errei quando pensei que ele não poderia me abraçar mais forte. Um braço seu passa sobre meu seio, e o outro me puxa em um abraço de aço. O quadril avança de encontro ao meu, o pau desliza na minha bunda.

— Kel. — O nome dele escapa da minha boca, metade gemido, metade súplica.

E sei o momento exato em que ele acorda. Os braços afrouxam à minha volta, e ouço a inspiração mais profunda, repentina.

Então ele se move, e o choque provocado pelo afastamento de seu corpo é doloroso. Os braços ainda estão apoiados dos dois lados da minha cabeça, e ele olha do céu estrelado para o próprio peito nu, depois para mim, deitada no chão ao seu lado.

Nós nos encaramos. Estou me tornando dele. Não sinto vergonha da minha nudez, só uma poderosa conexão entre nós que transcende qualquer sensação física. Um raio de luz se alarga sobre mim a cada carícia de seus olhos, como se cada parte minha existisse para ser vista por ele.

E, da mesma maneira que olha para mim, eu olho para ele. A largura dos ombros, os pelos no peito, a linha perfeitamente reta do nariz e as sobrancelhas escuras que emolduram aqueles olhos de lascas de gelo. Ferimentos ainda marcam sua pele, como marcavam a do lobo, mas não parecem graves. Existe uma suavidade em sua expressão que nunca vi antes, como se o gelo nele houvesse... derretido.

— Kel — sussurro, porque é a única palavra que existe. A única palavra que meu ser é capaz de compreender. Quando traço o contorno de seu rosto com a ponta dos dedos, um som surpreso brota do fundo de sua garganta. Ele segura meu braço, mantendo-me ali. Vira a cabeça e beija a palma da minha mão.

É como se o mundo desaparecesse e voltasse com as batidas dos dois corações, e vejo em meu punho direito a faixa de flocos de neve e gelo, o acordo que me prende a ele. A este lugar. Há um espelho dessa faixa no braço dele. Mas há alguma coisa acima dela, outra marca em seu punho. Ela ganha vida e foco diante dos meus olhos, uma linha preta e retorcida com espinhos escuros afiados...

Outro acordo?

— Rosalina. — A voz dele é baixa e profunda, provocando um arrepio em meu corpo. Estremeço e me mexo contra o tecido macio do cobertor. Preciso de mais que sua boca em minha mão.

— Como você está assim? — Deslizo a ponta dos dedos por seu peito, sentindo os pelos finos e os músculos rígidos. Ele crava em mim um olhar cheio de desejo. — Kel, você sabe?

De repente, ele fica em pé e se afasta de mim. Uma expressão de aflição e dor passa por seu rosto, antes de um estalo alto de magia ecoar na caverna e ele se dobrar. Gelo cobre seu corpo, e o pelo e os espinhos do lobo branco aparecem.

O frio se desloca no interior da caverna e sufoco um gritinho surpreso. Puxo o cobertor contra o corpo.

— Kel!

Mas o lobo branco se dirige à entrada da caverna, de onde grunhe:

— Alimente a fogueira e volte a dormir. Vou patrulhar a área e verificar se os goblins não se reagruparam.

— Kel, espere. — Também me levanto, mas, quando chego à entrada da caverna, ele já saiu. E estou aqui sozinha, olhando para o horizonte nevado, varrendo com os olhos a floresta, o rio, a roseira e a Sarça. E, além de tudo isso, Castelárvore.

Farron, Dayton e Ez estão lá. Conseguiram recuperar magia suficiente? Estão todos bem?

Keldarion pode ter se afastado agora, mas, amanhã, ele vai me levar para casa. E vamos continuar trabalhando para quebrar a maldição.

Não vou desistir dele. Não vou desistir de nenhum deles.

Rosalina

Um fogo alto estala e crepita, e o cheiro de especiarias doces invade meu olfato. Viro para o outro lado e me encolho ainda mais dentro do cobertor, antes de abrir lentamente os olhos.

A luz suave do amanhecer enche a caverna, e Keldarion está sentado na minha frente. Ele é um macho feérico de novo e veste as roupas que encontrei na caixa de Ez na noite anterior: uma túnica preta simples e calça. Eu também vesti roupas extras ontem, depois que Kel saiu.

— Bom dia, Rosalina. — A voz rouca quebra o silêncio.

— Bom dia — respondo e me sento, tentando ajeitar meu cabelo rebelde.

O príncipe se debruça sobre a fogueira, mexe o conteúdo de uma panela de metal e a tira do fogo, despejando a mistura em um prato de metal. Caramba, Ez pensou mesmo em tudo aqui.

Kel põe o prato na minha frente.

— Não é tão bom quanto as coisas que nosso cozinheiro faz, mas vai dar a força de que você precisa para a jornada.

— Obrigada — murmuro. Parece um cuscuz com vegetais e temperos. Como um pouco e deixo os sabores intensos e o calor me preencherem.

Não consigo evitar um olhar constrangido para Keldarion, que recolhe o acampamento de um jeito metódico. *Vamos conversar sobre isso?* Vamos falar sobre como acordei nua em seus braços e ele me olhou como... nem sei como descrever aquele olhar, porque ninguém jamais olhou para mim daquele jeito. Exceto Farron, talvez, quando me mandou através do portal, ou Dayton, quando eu tremia em seus braços. Ou esse olhar é um sentimento, talvez, porque juro que Ezryn olhou para mim assim quando estávamos na fonte.

— Como estão os ferimentos? Consegue andar? — Keldarion deixa um par de botas na minha frente. — Enchi a ponta com meias. Deve resolver.

Deixo de lado o prato vazio e levanto a perna da calça para examinar o corte. Não sobrou nada dele, exceto uma fina linha vermelha.

— Não vai ser problema. E você?

— Estou bem. — Com um sorriso quase sombrio, ele diz: — Talvez você devesse ter sido veterinária. — Calço as botas. Não são muito confortáveis, mas cumprem a tarefa. Kel deve ver a careta que faço, porque comenta: — Não é muito longe.

Talvez não para um animal ou um príncipe feérico. Sei que corri por muito tempo para escapar daqueles goblins.

— Vamos ter que encontrar um trecho seguro para atravessar o gelo. A menos que você conheça uma ponte.

Kel ignora meu comentário e continua guardando os suprimentos na caixa. Ele está estranho. Pode ser muitas coisas: o desastre do baile na noite passada, quase ter congelado no rio ou a maneira como ele acordou. Não sei se está preparado para falar sobre alguma dessas coisas.

Não sei se eu estou.

— Acha que os outros vão ficar impressionados quando eu contar para eles que o resgatei? — brinco.

— Eles já a idolatram como uma rainha. Você vai ser uma deusa para todos.

Um calor se espalha em meu peito quando ouço o carinho com que fala sobre os outros príncipes.

— Acho bom mesmo — respondo rindo.

Mas Keldarion me encara sério.

— Você não merece menos, minha Rosa.

— Na verdade, não fiz tudo sozinha.

Ele olha para mim e, agora que já guardou tudo, apaga o fogo com as botas.

— Como assim?

Engulo em seco.

— Os espinhos ajudaram. Foi como se eu pudesse movê-los. Eles o pegaram e o tiraram da água. Você era um lobo gigante e estava ainda mais pesado todo molhado e...

Paro de imediato, porque sei que falei algo errado. Keldarion está imóvel, só seu peito arfa, e uma tempestade se forma em seus olhos.

Lentamente, eu me levanto determinada a não me acovardar diante de sua ira. Se consigo enfrentar o Príncipe dos Espinhos, também posso enfrentar esse filho da mãe gelado.

— Olhe, sei que os espinhos estão atacando Castelárvore. Mas e se não forem totalmente maus? — Tento expressar o argumento que tem passado por minha cabeça. — Eles me ouvem, quando preciso de ajuda. Foi assim que saí da masmorra naquele primeiro dia. Fizeram uma escada para me ajudar a fugir. E, na Sarça, eles me protegeram dos goblins. Acho que também queriam ajudar as rosas na Torre Alta. — Keldarion ainda está imóvel, como o mundo congelado lá fora. Só o punho cerrado me informa que ele ouviu o que eu disse. — Kel. — Ando em sua direção.

Ele sai do meu caminho e rosna:

— O Príncipe dos Espinhos é o único que pode controlar os espinhos. Nem a mãe dele é capaz. Os espinhos são um tormento exclusivo dele.

— Sim, mas e se...

— Não, Rosalina. — Ele me segura pelos ombros, forçando-me a encará-lo. — Isso significa que ele vigia você o tempo todo. Pode ter parecido ajuda, mas é tudo um jogo cruel.

Meu coração vibra na garganta. Na minha primeira noite aqui, a silhueta escura que me levou ao castelo... foi ele?

— Se isso é verdade, ele salvou sua vida. — *E a minha.*

Keldarion grunhe e passa a mão no cabelo branco e sujo.

— Ele não me quer morto. Quer que eu veja quando se apoderar do castelo, quando tomar nossos reinos. Quando se apropriar de tudo o que é importante para mim.

— Eu sei que é isso o que sente — insisto, sem saber o porquê. — Mas *senti* os espinhos, e eles...

— Rosalina, ouça com atenção — diz. — Cada parte da Sarça é maléfica, assim como cada parte dele.

Afasto-me de Kel e sinto a raiva crescer.

— Então, por que se juntou a ele? Ouvi as pessoas no seu reino. O que aconteceu com Caspian?

É como se eu pudesse ver brechas se abrindo na expressão de Kel quando menciono o nome do Príncipe dos Espinhos.

— Não é da sua conta — ele responde.

Avanço para ele e levanto a manga de sua túnica.

— Que acordo você fez com o Inferior, Keldarion?

Está ali, claramente gravado em sua pele. A marca retorcida em seu braço. Ele olha para mim com tristeza.

— Um acordo que condenou todo o Vale Feérico. — Um gemido silencioso escapa da minha garganta e tento recuar, mas Keldarion segura meu rosto e me puxa para perto. O que significa isso? Todo o Vale? Isso tem a ver com a maldição? — Você não vê, Rosalina? — O pânico invade seus olhos. — Não vou deixar ele dominar você.

— Ele não vai — murmuro. — Você está aqui. E Ez, Dayton e Farron. Eles vão me proteger.

— Em pouco tempo, não vão conseguir proteger nem a si próprios. Você viu. Castelárvore está morrendo.

Lágrimas descem por meu rosto, e balanço a cabeça.

— Não, porque vamos quebrar a maldição, tudo vai ficar bem e...

— Ele está seguindo você. Ele a *quer*. — As mãos de Kel tremem. — E não vou permitir que ele a tenha. Não percebe, Rosa? É por isso que precisa ir para casa.

— Mas tem espinhos em casa. — Começo a protestar, antes de ter a sensação de que há gelo correndo em minhas veias. Caí no rio outra vez. — Kel, não...

— A decisão foi tomada. Já fez mais que o suficiente por nós. — Ele endireita as costas. — Você está livre.

Keldarion não pretende me levar de volta a Castelárvore. Ele quer me levar à roseira.

Quer me levar de volta à minha vida de antes.

Rosalina

O Príncipe do Inverno me conduz pela floresta gelada, e sinto o corpo entorpecido e formigando, um arrepio nas costas. Quase nem registro a beleza das árvores cobertas de neve. Uma parte de mim ainda está congelada.

Keldarion anda depressa, e acompanho seu ritmo, tropeçando nas botas grandes. Sempre soube que esse dia chegaria, o dia em que voltaria para casa e para minha antiga vida. Nunca fiz parte de Castelárvore de fato, entre os príncipes feéricos, as feras e os espinhos.

Caspian se enganou. Sou só uma simples humana.

Kel para tão de repente que quase me choco contra as costas dele. Diante de nós há arbustos emaranhados de uma roseira vermelho-sangue.

Pensei nesse lugar muitas vezes desde que cheguei aqui, mas vê-lo de novo...

— Mandei seu pai para casa com muito mais do que ele possuía. — Kel pendura uma bolsa em meu ombro. — Mas, como ele não parece ser um modelo de responsabilidade, por favor, venda o que tiver que vender nesta bolsa para garantir uma vida confortável.

Distraída, levanto a aba que fecha a bolsa. Vejo o colar de pedras brilhando lá dentro.

— O colar da sua mãe... não posso vendê-lo.

— Vai fazer o que tiver que fazer. Como todos nós. — Keldarion dá um passo para o lado, e é como se a roseira tivesse mudado desde a última vez que estive aqui. Agora ela emoldura um túnel escuro por onde posso andar.

Dou um passo na direção dele sem sequer olhar para Keldarion. De volta a Orca Cove. De volta para casa.

Mas essa palavra não tem mais o mesmo sentido. Nunca me senti em casa lá.

— Não. — Paro antes da roseira.

— Que foi?

— Não cumpri o acordo. Prisioneira ou não, fiz uma promessa a você, Keldarion. A todos vocês.

Ele franze a testa e segura meu punho, cobrindo toda a circunferência com uma das mãos.

— Nosso acordo nunca a beneficiaria, Rosa. Se o cumprisse, poderia deixar Castelárvore, mas não teria liberdade. Só eu posso libertar você.

Algo perigoso vibra por trás de suas palavras.

— O que quer dizer?

— Seu dever foi cumprido. O acordo foi honrado.

A magia estala à nossa volta; fagulhas douradas voam, iluminando a manhã clara. Uma luz brilhante se acende em torno do meu punho, e a marca do Príncipe do Inverno desaparece. Seguro seu antebraço e intuo além da compreensão que algo entre nós nunca poderá ser rompido.

— Não! — grito, e é como um rugido. — Não precisa fazer nada disso. Eu *não* vou voltar.

— E seu pai? — Ele não solta meu braço.

— Ele nunca esteve comigo! — Uma raiva que venho construindo durante vinte e cinco anos explode dentro de mim. — Deixe-me ir avisar que estou bem e segura. Venha comigo dizer a ele que enfim encontrei meu lugar. E depois me leve para casa. Kel, leve-me para casa.

— Sua casa é lá do outro lado. — A voz dele hesita, a mão treme sobre a minha.

— Não é, não. Minha casa é do outro lado da Sarça e além do rio. Minha casa é Castelárvore. — Eu o seguro com força. — Escute, Kel. Sei disso mais do que jamais soube qualquer outra coisa.

Um grunhido retumba no fundo de seu peito, e ele me pega nos braços. Por um segundo, fico em paz ao sentir seu corpo forte contra o meu. Então percebo que ele se aproxima da roseira.

Tento escapar do abraço, mas ele me segura com força.

— Isso não é uma negociação.

— Não! — grito e juro que meu grito sacode as sarças e as árvores. Grito tão alto que tenho certeza de que os príncipes de Castelárvore podem me ouvir.

E meu grito deve ter assustado Keldarion, porque seus braços me soltam e eu caio no chão.

— Você nem deixou eu me despedir. Farron... Ele não pode fazer a pesquisa sozinho. E ainda tenho muito o que aprender com Dayton. E acho que Ez finalmente está começando a gostar de mim. Parte do estafe tirou livros da biblioteca que ainda não incluí no controle. E não tive oportunidade de dizer a Astrid e Marigold o que a amizade delas significa, e Kel... — Minha voz se torna um soluço, e o encaro com lágrimas nos olhos. — Eu não conseguia encontrar você — digo com a voz embargada. — Não conseguia achá-lo quando caiu no gelo quebrado. Mas uma luz se acendeu em meu peito. Uma luz que me levou até você. — Seus olhos ficam maiores e ele continua me encarando, respirando mais depressa. Agarro sua túnica, aproximando-me. — Ainda consigo sentir. Kel, pode me mandar embora, mas sempre vou encontrar o caminho de volta para você.

— Rosalina. — A voz dele é tanto um alerta quanto um convite, e a mão toca meu rosto de leve.

Meu coração se abre, tão vulnerável e frágil quanto um floco de neve.

— Eu sou seu amor predestinado?

A boca cai sobre a minha. Eu me perco, entrego a ele tudo o que tenho. Seu nome dança em meus lábios quando os abro para saborear a doçura deste beijo. Uma faísca se acende dentro de mim quando ele me segura contra o peito.

Keldarion sussurra meu nome com devoção reverente.

— Rosalina, minha Rosa. — A barba que começa a crescer arranha meu rosto quando a boca se aproxima da minha orelha. — A partir de agora, este caminho se fecha para você, para sempre.

E então estou caindo, rolando entre galhos, arbustos e rosas vermelhas. Vejo o rosto de Kel cada vez mais longe através do emaranhado de espinhos.

Ele me libertou.

Caio no chão e grito desesperada, tomada por uma mistura de raiva e tristeza.

— Keldarion!

Sem perder um momento, eu me levanto e volto aos arbustos. Mas um frio ardido recebe meu dedo: a geada se espalha sobre os galhos e as rosas. Eles cristalizam e morrem.

Kel matou a roseira. O único caminho para o Vale Feérico. Sou tomada pelo pânico e corro de volta à roseira enquanto a geada se espalha cada vez mais depressa. Tropeço em uma raiz e rolo no chão até parar com o rosto sobre uma pilha de folhas em decomposição.

Apoio as mãos no solo lamacento e levanto a cabeça. O que restava da roseira congela e desaparece em uma nuvem de gelo e neve. À minha volta, vejo o bosque conhecido, de repente despido de toda cor que eu tinha aprendido a enxergar.

Voltei para Orca Cove.

Mas não estou em casa.

59

O Príncipe dos Espinhos

Patético. Essa é a única palavra em que consigo pensar quando olho para a criatura miserável encolhida no canto.

Ele nem levanta a cabeça quando entro pela janela.

Ou estou perdendo o jeito, ou ele está ainda pior do que eu pensava.

— Qual é? — Sorrio, debochado. — Nem um oi para um velho amigo?

Um tremor profundo ecoa por todo o grande lobo branco, que sacode o corpo, espalhando lascas de gelo e neve que caem no chão como sininhos tilintando. Mas há outras partes dele que permanecem: fragmentos afiados de gelo se projetando das patas traseiras e cicatrizes azuis fluorescentes desenhadas no rosto. Tudo lembra que isso não é um lobo comum, mas sinais da maldição da Feiticeira. A única coisa que o feitiço deixou intocado foram os olhos, azuis como o céu de inverno.

Bem, os olhos e o temperamento. Isso sempre foi um problema.

Eu me obrigo a olhar para outro lugar, para a destruição do quarto. Cortinas rasgadas, móveis quebrados e o inverno tocando com suas garras geladas cada centímetro do cômodo. O gelo cobre até os espinhos escuros que sobem pelas paredes. Tudo completamente coberto por minha arte. *Tem que ser*. O inverno incontrolável de Keldarion continua destruindo tudo.

Acompanhar esse avanço é mais que irritante.

Estremeço com exagero e observo o lobo.

— Sei que prefere o frio, mas isso está ficando ridículo.

— Saia — a besta rosna e avança em minha direção. Mesmo nessa forma, ele é mais alto que eu, e a mandíbula gigantesca fica bem na frente do meu rosto.

— Não pode pensar que vou perder *isso*, não é? — A barra da minha capa preta arrasta no gelo quando ando em torno dele, desenhando um círculo. — A que ponto você desceu, príncipe. — Ele não responde, e continuo andando, deslizando uma das mãos no pelo branco e macio de suas costas. — Que criatura patética você se tornou. O sol brilha lá fora, e você ainda é um animal. — Aponto para a janela. — Sem mencionar que seu reino está à beira de uma franca rebelião. O que vai fazer se derrubarem a porta? O castelo não tem magia suficiente para mantê-la fechada por muito mais tempo.

— Saia agora.

— Sempre pensei que eu teria a honra de acabar com você — digo. — Mas parece que seu povo vai cuidar disso.

Nada. O corpo dele estremece, mais lascas de gelo caem do animal enorme, e ele baixa o olhar.

— Quanto tempo faz que ela foi embora, um mês? — Balanço a cabeça e passo a mão no cabelo. — Ela o destruiu, não foi? — Ele rosna alto o bastante para sacudir o castelo. Adagas de gelo despencam do teto, e estacas afiadas brotam do chão. *Aí vamos nós.* — Rosalina. — Falo o nome dela como um poema, e consigo ver a reação em seu corpo como se tivesse acertado um golpe físico. — Sua...

— Não.

— É claro que a mandou embora. Você sempre foi dramático em relação ao... *amor* — declaro, sem conseguir banir a raiva da voz. — Prefere condenar todos no Vale Feérico a quebrar a maldição. — Kel avança, jogando-me no chão com as patas enormes. Quando rosna, exibe dentes tão longos quanto minhas mãos. — Faz muito tempo que não me deixa nessa posição, Kel. — Seguro sua orelha e puxo o focinho de lobo para mim. Meus espinhos rompem o chão congelado com grande esforço, rachando o gelo à nossa volta. Envolvem as pernas dele e cobrem as patas imensas, porque assim ele pode lembrar quem está no comando e quem é a fera amaldiçoada e mal-humorada afundando em tristeza. — Mas não me lembro desse mau hálito — acrescento.

Ele levanta a cabeça, grunhindo, e os espinhos recuam quando sacode o corpo. *Tão irritante.*

— Vou rasgar você em pedaços. — As unhas tocam meu peito com força suficiente para deixar linhas vermelhas na pele.

— Ah, Kel, nós dois sabemos que, se fosse capaz disso, teria me rasgado na primeira vez que o traí.

O lobo se retrai, eriçando os pelos. Gelo e neve tremem no ar antes de caírem como chuva sobre mim. Olho através do frio e vejo um homem. Seu cabelo branco e longo está solto, o peito musculoso arfa como o de um homem que, depois de quase se afogar, chega à superfície e respira desesperado. Não consigo, porém, ver sua expressão menos bestial. Alguma coisa feroz se instalou nele de modo permanente: sobrancelhas baixas, dentes à mostra. Ora, surpreende-me ele não estar espumando pela boca.

Sua mão grande ainda pressiona meu peito. Lentamente, ele se move, agarra o tecido da minha camisa, depois segura meu punho.

— Acabe com isso — ele praticamente implora. — Por favor, Cas...

Não posso nem vou permitir que me chame pelo nome, por isso invoco espinhos e sombras através do gelo. Mas não antes de me levantar e aproximar os lábios de seu rosto, sussurrando uma promessa para toda a eternidade.

— Nunca.

Meus espinhos me envolvem e me puxam de volta para o Inferior, deixando o Príncipe do Inverno sozinho.

Seguro meu punho, afagando com os dedos a tatuagem escura que me prende a Keldarion. Não, nosso pacto nunca será desfeito. Porque, um dia, o Príncipe do Inverno vai ceder a Rosalina, e, quando isso acontecer, vou esperar ansioso que a magia do nosso acordo jogue seu amor predestinado bem na frente da minha porta.